REGISTRO PERMANENTE

MARY H. K. CHOI

REGISTRO PERMANENTE

Título original: *Permanent Record*

Traducción: José Carlos Ramos Murguía

Diseño de portada: Lizzy Bromley
Ilustraciones de portada: © 2019 por ohgigue
Fotografía de la autora: Aaron Richter

Bajo el sello editorial CROSSBOOKS M.R.
Avenida Presidente Masarik núm. 111,
Piso 2, Polanco V Sección, Miguel Hidalgo
C.P. 11560, Ciudad de México
www.planetadelibros.com.mx

Primera edición impresa en México: enero de 2022
ISBN: 978-607-07-8284-8

Impreso en los talleres de Impresora Tauro, S.A. de C.V.
Av. Año de Juárez 343, Col. Granjas San Antonio,
Iztapalapa, C.P. 09070, Ciudad de México
Impreso y hecho en México / *Printed in Mexico*

Para mi familia de Nueva York.
Todos están locos y los adoro.

CAPÍTULO 1

No me importa lo que digan los imbéciles con los que vivo. No trabajo en una «tiendita». Es una tienda de alimentos saludables. Lo dice ahí mismo, en el letrero: M&A BARRA DE JUGOS, DELI ORGÁNICO Y ABARROTES NATURALES.

Sí, sí, ya sé. Está *implícito*.

En fin, está bien iluminada, es enorme para los estándares neoyorquinos y tiene toda una tropa de licuadoras Vitamix al frente, cuando menos con valor de unos cuatro mil dólares. Además, vendemos todo tipo de comida fetiche para ricos. ¿Buscas goji berries orgánicas y sin sulfatos de dieciocho dólares por bolsa? Aquí las encuentras. ¿Pastel libre de gluten, libre de azúcar y libre de colorantes para el próximo cumpleaños de tu niño sin vacunar? También. Tenemos incluso mezcla de harina para pastel con gluten, que es igual de cara porque es irónica.

¿Ves? Es una cosa muy elegante, para nada una «tiendita». No importa que esté abierta las veinticuatro horas del día, que sea propiedad de una pareja de coreanos que no se anda con estupideces y que tengamos un gato llamado Gusto. Repito: No. Es. Una. Tiendita.

Como sea, solo me gustaría que la estúpida tienda de comida saludable estuviera un poco más cerca de mi departamento. Sobre todo cuando el aire gélido te destaza la cara.

Deslizo mi tarjeta del metro con suavidad —y velocidad—, preparándome para escuchar el *clonk,* la barrera bloqueada por el pase expirado, pero el torniquete me deja pasar. El lector parpadea: «EXP 13/02».

Genial, mi tarjeta se morirá al dar la medianoche del día en que nací: San Valentín. Lo bueno es que no soy ultrasupersticioso ni tiendo a la ansiedad paralizante. (Sí lo soy y sí tiendo a eso).

Una lata de Red Bull se estremece en las vías cuando una rata pasa junto a ella. Tengo los dedos de la mano derecha tan entumidos que verlos buscar el estúpido video en mi teléfono es como una experiencia extracorporal, como si estuviera viendo por encima del hombro de alguien más.

«¿Cómo entré a Columbia con beca completa?».

Debería meterme la mano muerta al bolsillo, pero no puedo. Tengo que averiguar cómo lo hizo.

Porque así es mi locura (todos estamos locos de una forma muy particular; la variedad de sabores de locura es casi interminable, pero ¿y la mía?): estoy convencido de que el siguiente video en la lista de reproducción contiene la respuesta, el antídoto para mi vida entera. Creo (pero jamás lo reconocería abiertamente) que ver a aquella chica afrobritánica, cuya belleza parece imposible y que tiene un espacio entre los dos dientes delanteros, revelar cómo logró que la aceptaran en Columbia con una beca completa utilizando su cuenta de Instagram hará que la misma mierda me suceda a mí. Como si la realidad fuera una película de terror japonesa en la que ves un video con baja definición y te conviertes en «el elegido». Así será, tan pronto este portal de trece minutos hacia una mejor versión de mi vida se apure y cargue en medio de esta tundra.

La universidad.

Nada más hablar de ello hace que me suba la presión. Es solo uno de varios temas que no toco con mi mamá, quien es asiática; coreana, para ser más específicos (surcoreana, por si queda duda). Una mujer humana que se mudó a Estados Unidos a los nueve años para mejorar sus condiciones de vida. Pero, como ella lo cuenta, no es a su benevolente tía en Virginia a quien le debe el éxito. Fueron determinación pura y una aparentemente inagotable reserva de furia las responsables de que se haya convertido en doctora. Mamá lo deseaba más que cualquier otra cosa. Y es con esa misma rudeza obcecada con la que desprecia mi trabajo. Desprecia cómo se ve. Desprecia la óptica. Desprecia la *melanina.* No le importa si trabajo en una tiendita o en un negocio de alimentación saludable o abriendo almejas en el mejor restaurante orgánico de Manhattan. No quiere que esté ni cerca de la industria de servicios. Ni tantito. No viajó siete mil kilómetros para pagarse la carrera de medicina y luego una especialidad para convertirse en anestesióloga del hospital Presbiteriano de Nueva York, todo para que su primogénito trabajara en lo que ella llama «un empleo de primera generación». A mi papá, quien es de origen paquistaní y nació en Jersey (él diría Jersey, si le preguntas, en vez de Princeton, que es mucho más exacto), no le importa tanto. A pesar de su título de ingeniero *de Princeton,* es el patriarca más relajado del mundo. En serio, hace que la marihuana parezca ansiosa. Es medio musulmán, pero no reza cinco veces al día, sino que medita todo el tiempo con una app que es gratis si escuchas los anuncios. No come puerco, pero dice que es por la misma razón por la que no come pulpo: porque son animales inteligentes que sienten miedo. En McDonald's pide la hamburguesa *Filet-O-Fish,* pero no porque sea *halal,* sino porque es lo que siempre pedía cuando era niño. Bebe sidra y le pone Baileys a su té en Navidad, lo que no solo es *haram,* sino también lo más básico del mundo.

En pocas palabras, mi papá es un paco: paquistaní-americano confundido. Son sus palabras, no las mías. Tras nacer y crecer en la costa este, su papá, mi *dada abu,* se mudó en los setenta para tomar un puesto como profesor de Humanidades. Fue todo un logro, un inmenso orgullo para su familia, quienes eran trabajadores textiles en Lahore. Todo iba saliendo conforme lo planeado, hasta que mi papá decidió no estudiar un posgrado, sino trabajar en una compañía naciente de videojuegos y luego se casó con mi mamá. Nos hemos distanciado de ese lado de la familia, sobre todo desde hace diez años, cuando mi tía Naz, la hermana menor de mi papá, literalmente se mudó a Tasmania.

Pero la principal razón por la que a mi papá no le importa en qué trabaje, siempre y cuando esté «persiguiendo mis sueños» (lo juro: son sus palabras), es que, aunque trabajara en la NASA, la gente seguiría creyendo que trabajo en la industria de servicios. De hecho, mi papá y yo hemos hablado de cómo, cuando estamos en cualquiera de las grandes cadenas de tiendas, la gente suele suponer que somos empleados. Nunca falla. Sé que si entro a una farmacia CVS con una polo, aun si es esa de Ralph Lauren que dice SNOW BEACH, más de una persona tendrá el descaro de preguntarme por las vitaminas o hasta qué hora estará abierto. Si lo piensa uno bien, es increíble: el racismo es onda y partícula, pues también nos siguen en las tiendas como si fuéramos a robar algo. Quizá sospechan que el crimen viene desde adentro.

El tren. Gracias a Dios. Logro conseguir un asiento. Mi teléfono vibra en mi mano. Número bloqueado. Pero sé perfecto quién es. Cualquiera que tenga suficiente dinero para bloquear su número o que tenga uno de esos que inician con cero uno ochocientos demasiado fáciles de recordar —como 882-88-88—, llama para cobrar algo. Sobre todo si llama a la hora de la cena.

Reviso mi saldo bancario en el celular. Entre las tarjetas de crédito, los préstamos estudiantiles y la renta, la cosa está dura.

Solo una de las puertas del vagón se abre en mi parada. Típico.

Mierda. Voy tarde. Mi aliento forma nubes como de caricatura cuando salgo disparado de la plataforma y voy hacia las escaleras. No era mi intención llegar tarde. Nunca es mi intención llegar tarde.

—¡Oye! —grita un chico con una chamarra roja cuando paso corriendo junto a él—. Déjame pasar, amigo.

—Ay, por favor —estallo contra el idiota, pero regreso para prestarle mi tarjeta de todos modos.

Salgo a toda prisa por la Séptima, empujo la puerta de plástico, tomo una uva de la hielera y me la echo a la boca, y de inmediato me arrepiento, pues la tienda es un panóptico y el señor Kim tiene cámaras en todas partes. Además, seguro me provoqué una infección por *E. coli* por no haberme lavado las manos, todavía sucias por viajar en metro.

—Hola, Tina. —Tina de inmediato revisa la hora el reloj de pared que está detrás de la caja y me lanza una mirada asesina—. Vamos —intento convencerla—. Son cuatro minutos.

Tina mide un metro y medio exacto, y tiene memoria fotográfica para los números y los rencores. Los cabellitos de su frente están despeinados, lo que suele ser un buen indicativo de su humor, y tiene enormes ojeras debajo de los ojos. Durante una época estuvo obsesionada con su labial rojo de MAC.

—¡Es Ruby Woooooooo! —exclamaba con su aguda voz y alargando la última vocal cuando la clientela le preguntaba al respecto. Pero eso fue antes de que las náuseas matutinas la destruyeran. Ahora me pela los dientes y va a buscar su abrigo a la parte trasera de la tienda.

Desde que se embarazó, Tina se comporta como si fuera mi jefa. Éramos amigos de verdad apenas el verano pasado. Fuimos a la playa. No fue precisamente una cita romántica, pero llevamos una hielera a las Rockaways y comimos espagueti con salami, lo que según Tina es una comida tradicional dominicana para la playa. Nos lo bajamos con aguas locas azules, cuyas botellas tenían *stickers* de unicornios y que son, por supuesto, la bebida neoyorquina tradicional que se consume en la playa. Luego nos quedamos dormidos hasta que una parvada de gaviotas intentó robarse nuestra enorme bolsa de Herr's Honey Cheese Curls, y tuve que arrojarle una de mis botas Timberland para ahuyentarla. No hay actividad de playa más neoyorquina que esa. Como sea, extraño a esa Tina. Entiendo por qué ya no puede andar haciendo tonterías conmigo, pero es horrible. Me tardo un buen rato en llegar al mostrador, tomo el bote de doce dólares de yogurt australiano de vaca de libre pastoreo de la sección de antojos junto a la caja, y lo guardo de nuevo en el refrigerador. Me llevo también el panqué de matcha de nueve dólares que quedó olvidado junto a los tés. Hago toda una faramalla para demostrar lo acomedido que soy.

Tina no muerde el anzuelo.

—Se supone que debes llegar quince minutos antes para hacer eso. Así que, en realidad, llegaste diecinueve minutos tarde, Pab. —Tina se pone los guantes con tanta furia que mete dos dedos en el mismo agujero.

—Ay, ya le ahorré a la empresa como veinte dólares en veinte segundos —le digo mientras me quito el gorro y señalo las hieleras con la cabeza—. Esas son como dos horas de trabajo. —Traigo puesta mi sudadera XXXL, lo que significa que estoy en el último aliento de mi ciclo de lavado.

Apenas si cabe debajo de mi abrigo, así que la arremango para liberar los brazos—. Vamos, T —le ruego—. ¿Cómo te puedes enojar con un hombre que padece de trastorno estacional afectivo? Ya sabes que mi gente no está hecha para estos climas. —Tina está casi lista para matarme—. Perdón. —Meto el abrigo debajo del mostrador y le doy a ella un empujoncito afectuoso, pero Tina ya activó la secuencia de lanzamiento de los misiles.

—Siempre haces lo mismo. Intentas usar tu encanto y ese cabello para librarte de estas situaciones. —De puntitas, da manotazos en el aire entre nosotros, pues mido casi cuarenta centímetros más que ella—. Y esa cara. —Manotazo, manotazo—. ¡Estoy harta! —Me lanza una mirada dramática y levanta una mano envuelta en un guante rojo—. Estas mierdas ya no funcionan conmigo.

No quiero sonar como un imbécil, pero con las mujeres estas mierdas suelen funcionarme.

—De acuerdo, mira. —Estiro la mano y tomo dos Ferrero Rocher dorados de la canasta de dulces de cincuenta centavos que está junto a la caja, y los pongo sobre su palma envuelta en estambre rojo. Son sus favoritos—. Déjame trabajar la mitad de tu siguiente turno. —No soporto que la gente esté enojada conmigo—. Que sea mi regalo de San Valentín para ti.

—Y para Daniel —aclara ella, más tranquila. Daniel es su hombre. Un ñoño medio retrasado.

—Y para Daniel… aunque sea un ñoño medio retrasado —repongo, envalentonado.

Daniel es buen tipo, pero que trabaje en una tienda de Verizon es un problema. Pero bueno, yo trabajo en una tiendita.

—Y también me vas a cubrir en mi cumpleaños el mes que viene —agrega.

Carajo. Debí haber visto venir ese chantaje.

—Está bien.

Tina sonríe con los ojos entrecerrados, pestañea y se guarda los dulces en el bolsillo.

—Y vas a poner un dólar en la caja en este preciso instante —añade mientras señala la canasta de dulces y se envuelve la cara con la bufanda, como si fuera a enfrentar una tormenta de arena—. Que no se te olvide. —Y luego, antes de irse, se acerca a la caja y me abraza—. Feliz cumpleaños, Pablito.

La puerta se azota cuando sale, justo al mismo tiempo que Gusto salta sobre el mostrador. Gusto es completamente negro, salvo por un mechón blanco en el mentón que, lo juro, parece una barbita. Es como si tocara el contrabajo en una banda de gatos jazzeros. Él y yo tenemos una conexión especial. No deja que nadie más que yo lo toque. Es mi compadre.

Busco cambio en mis bolsillos. El señor y la señora Kim están obsesionados con el inventario. Si alguien los viera, creería que están a punto de jugar una ronda espontánea de golf, pues lucen como eternos vacacionistas, pero no se les escapa una. Saben a la perfección cuántos Ferrero Rocher y cuántos de esos bombones Baci hay en la canasta, además de los chiclosos de jengibre que, a cincuenta centavos cada uno, me parecen un robo absoluto.

Me pongo algo de gel desinfectante en las manos y miro hacia la ventana. No sé por qué me molesto en hacerlo. Está tan brillante aquí adentro que más bien parece un espejo.

Algunas noches, cuando estoy solo, me convenzo de que alguien me observa.

«¿Cómo logré volver a NYU con calificaciones patéticas y una deuda estudiantil devastadora?».

Me descubro mirándome. Me hace falta un corte de cabello. Ya comenzó a rizarse detrás de las orejas. Y no me vendría mal dormir un poco.

«¿Parezco alguien que trabaja en una tiendita? ¿De verdad?».

Esbozo una sonrisa. Grande. Es un accidente genético en mi familia el que yo tenga visión y dentadura perfectas. Nunca necesité frenos ni lentes. Me veo dejar de sonreír. ¿Qué importa si parece como que trabajo aquí? Llevo un año haciéndolo.

Inhalo profundo. Me imagino cómo se expanden y contraen mis pulmones. Encontraré la forma de volver a la escuela. Lo haré. Tengo que hacerlo.

Las orejas de Gusto se yerguen. Miro en dirección a lo que llamó su atención. No me asusta trabajar en el turno de la noche, pero hay momentos en los que me pongo un poco paranoico.

No es sorpresa lo mucho que mi mamá detesta mi turno de medianoche. «No es que no confíe en ti», dice con respecto a mis horarios de trabajo. «No confío en los demás. Te podrían asaltar o golpear… o… Dios no lo quiera, confundirte con alguien más y dispararte».

Cuando dice «alguien más» seguramente se refiere a algún chico negro desarmado que lleva una bolsa de Skittles.

Por otro lado, si el turno de la noche consistiera en hacer guardia como residente en un hospital, las cosas serían muy distintas. La mayoría de la gente supone que mi hermano menor, Rain, y yo somos armenios por culpa de una familia de celebridades que no vale la pena mencionar. Me han dicho también algunas veces que parezco hawaiano, ya que es carga histórica de todos los niños mestizos soportar interminables rondas de «déjame adivinar tu procedencia». Nuestros nombres tampoco son muy sugerentes de nuestra ascendencia y eso permite dibujar una imagen más clara de qué clase de persona es mi papá. Me puso Pablo Neruda en honor al poeta chileno, el tipo aquel de «Me gusta cuando callas porque estás como ausente», que en realidad ni siquiera se llamaba Pablo. Su nombre era Ricardo y lo de «Neruda» se lo robó a otro poeta. Suficientemente confuso es llamarse Pablo sin ser latino, pero en lo personal creo que es bastante cursi que mi acta de nacimiento diga que mi primer nombre es Pablo Neruda, que no tenga segundo nombre y que mi apellido sea Rind. Parece una tontería de clase de inglés de principiantes. A mi hermano tampoco le fue muy bien: Rainer Maria Rind por Rainer Maria Rilke, cuyos sonetos intenté leer en la prepa y fue como un «no, gracias». Lo único que recuerdo era que había muchas exclamaciones, montones de «uh» y «ah» que hacían casi todo el trabajo.

Por lo menos la segunda parte de mi primer nombre no es de mujer: Maria. De cualquier forma, todo el mundo le dice Rain. Sí, como el sensual cantante y actor coreano de *Ninja Assasin* que tiene como veinte cuadritos en los abdominales. Suena como Leaf, Apple, Petal, uno de esos nombres idiotas de los hijos de los famosos.

«Rain estrella su Tesla contra el hotel Plaza».

«Rain brilla en el festival Burning Man».

«La saludable vida de Rain: el plan proteínico libre de crueldad animal».

Las chicas lo llaman «Rainy» y suelen acompañar el apodo con muchas risitas. Es bastante grotesco, pero algunas de las chicas con las que lo he visto no parecen tener trece años, ni mucho menos se visten como si los tuvieran. Me recuerdo que debo tener la conversación con él más a profundidad que aquella vez en que solamente le grité que usara condón cuando Tice y yo lo vimos besándose con una chica en el pórtico del edificio de mamá.

Mi mamá se llama Kyung Hee, pero responde al apodo de Kay. Mi papá se llama Bilal y —curiosamente— lo único que lo tensa en la vida es que la gente blanca le diga Bill. Mi mamá quería que yo me llamara Daniel o David y que Rain se llamara John, pues son nombres fáciles de pronunciar. Esa es su forma de entender las cosas. Al mismo tiempo, son nombres tan blandengues que suenan mucho más a nuevo migrante que Kyung Hee. Para completar mi biografía: mis padres no están divorciados, solo se separaron antes de que Rain naciera. Así que, aunque no tengo ni un solo recuerdo de haberlos visto besarse, la evidencia sugiere que existió actividad desagradable que no quiero ni imaginar.

Me quito las botas, las hago a un lado y me pongo las pantuflas de felpa gris que dicen deporte en el empeine, como si esa fuera la marca. La señora Kim me las compró después de que me viera admirando las suyas, porque luego de todo un turno las botas se convierten en una prisión. El dedo chiquito de mi pie derecho se asoma por un agujero en el calcetín, así que intento moverlo para que el hoyo quede en otro lugar.

Cuando sea rico y exitoso estos serán los detalles que tendrán que recordar al filmar la película de mi vida para darle algo de color y que el público se identifique más conmigo.

—Ey, ey, ey, ey, ey.

—Ay, carajo. Llegaron los mirones —les grito a mis roomies, Tice y Selwyn. Tice y yo somos casi de la misma altura, un metro ochenta y cinco, pero mientras que él parece estar en forma, yo luzco como un muerto de hambre. Tiene cara de famoso y pestañas como de Tupac que a las mujeres les parecen de ensueño. En términos prácticos, es mi mejor amigo, aunque jamás se lo diría a la cara. Selwyn el Posadero es un chico al que conozco desde primaria, aunque no fuimos amigos hasta que me mudé a su departamento. Para ser franco, no sé si de verdad lo considero mi amigo. Es un poco idiota. Es ese sujeto del grupo que por accidente mira a los ojos al indigente violento en el tren o que compra la misma gorra que tú y no entiende por qué puede ser un problema.

—Pab. —Tice asiente—. Hola, señor Kim.

Me doy vuelta. A veces el señor Kim me recuerda a Gusto por la forma en la que se materializa de repente. Está leyendo el periódico del otro lado del mostrador. No tengo idea de cuánto tiempo lleva ahí.

—Tice —saluda—. Hola, Wyn.

En la universidad (el enfermo se graduó de Hunter en tres años), Selwyn empezó a hacerse llamar Wyn. Incluso tuvo esa canción de DJ Khaleed («*All I Do Is Win, Win, Win*») como su *ringtone* un tiempo. ¡Dios! ¡Qué mal gusto!

Wyn intenta agarrarle la cola a Gusto. Al chico le encantan los gatos, aunque es alérgico.

—¿Se están portando bien, chicos? —pregunta el señor Kim.

—Claro que sí —contesta Tice y esboza la sonrisa más grande que puede. La última ocurrencia de Tice es que ahora quiere ser actor. Toma clases nocturnas y esas cosas cuando sale de trabajar de Zara. Antes de eso quiso ser DJ, pero bueno, todos pasamos al menos un año de nuestra vida creyendo que queremos ser DJ.

El señor Kim vuelve a su oficina y me lanza una mirada que parece decir que no me está pagando por pasar el rato con mis amigos. Su esposa no es tan estricta. Una vez le regaló un Baci a Tice a pesar de que no somos su tiendita habitual. Su tiendita de siempre está más cerca del departamento y es de una familia afroamericana.

—Estás retrasado —advierte Wyn en tono oficioso y se señala la palma de la mano abierta, como si fuera a golpearme por ser un inquilino moroso. Tiene veintiún años y alma de cincuentón, y hay algo en la mezcla de los genes croatas de su mamá y los jamaiquinos de su papá que le hace tener cara de viejo. Además, sus vellos púbicos son anaranjados, y ese es justo el tipo de cosa que te hace tener una perspectiva distinta del mundo.

—Ya sé. Pero hoy me pagan. —No le digo que me van a faltar sesenta dólares. Y eso es de la renta del mes pasado. En realidad son sesenta y uno, puesto que tuve que gastar un dólar en chocolates de disculpa para Tina porque soy un idiota.

—Esto no puede seguir pasando —repone Wyn mientras se frota las manos. Tiene una de esas sonrisas que es mitad encías y mitad dientes. Es en momentos como este en los que odio vivir con él. Una parte de mí sabe que cien por ciento de mi renta va directo a sus padres, quienes son dueños del edificio; pero sé también que Wyn solo paga trescientos, mientras que los demás pagamos seiscientos. Y yo, al haber sido el último en mudarme, pago más de seiscientos cuarenta dólares por un cuarto que no es más grande que una bodega de limpieza. Miggs, nuestro cuarto roomie —cuya novia, Dara, es la quinta roomie no oficial—, es comediante. Él es quien lleva más tiempo viviendo ahí y el mes pasado, cuando estaba drogado, me confesó cuánto pagaba cada quien.

Además, Wyn tiene la habitación más grande, pero es una tontería pensar que eso es injusto, considerando que el departamento es suyo y lo barato que es para los precios de Nueva York. Pero, dependiendo de mi humor del día, a veces me hace querer darle una paliza. Sus padres son viejos en serio. Tenían edad de abuelos cuando lo tuvieron, así que lo tratan como si fuera de oro. Además es hijo único. Un hijo único con pubis de payaso.

—Ya, hombre. —Tice hace un gesto de fastidio a espaldas de Wyn y lo empuja hacia el pasillo de las galletas.

—A ver —dice Win después de que termina de recolectar sus provisiones. Lo hago esperar mientras publico una foto de sus Oreo sabor incógnito de edición limitada.

Tengo un número decente de seguidores (diecinueve mil) en @Munchies_Paradise, una cuenta que es mitad snack, mitad tenis, que mi mamá sigue y deja de seguir porque no sabe si debería condonar las mierdas que como.

Snacks y tenis. Es casi lo único para lo que sirve internet. Es un insulto que no haya obtenido aún mi palomita azul. Lo más probable es que publique las Oreo con unos Nike x ACW* Zoom Vomero 5, porque el relleno me recuerda a la pequeña lengüeta en la parte de atrás.

Wyn me entrega uno de sus Hi-Chews de manzana verde.

—¿Qué vamos a hacer mañana por tu cumpleaños? —pregunta mientras mastica el chicloso.

—Tengo que trabajar —les digo y tomo otro dulce, pues guardé el primero para después—. Salgo a las seis de la mañana y llego a las siete a la casa.

—Ya. —Wyn se frota las manos—. Desayuno de cumpleaños entonces.

Odio y amo a Wyn en igual medida. Tampoco olvidó mi cumpleaños el año pasado, a pesar de que tenía una semana de haberme mudado. El chico me horneó unos brownies. Con chispas. Y una vela. Fue adorable.

CAPÍTULO 2

En lo que respecta a horarios de trabajo, el turno de diez de la noche a seis de la mañana es obsceno.

Gano quince dólares por hora. Es al mismo tiempo más y menos de lo que cualquiera creería. Es evidente que el salario no fue lo que me atrajo; ahora que lo pienso, no podría explicar por qué pedí trabajar aquí. Solo puedo decir que necesitaba trabajo. Fue unas semanas después de que dejé la escuela y seguía viviendo con mi mamá. Había salido de una terrible fiesta de Año Nuevo en Brooklyn Heights donde nadie dejaba de hablar de lo «revelador» que había sido el primer semestre en la universidad. Si no era de eso, hablaban de lo «edificante» de su experiencia. Palabras pomposas que esa bola de idiotas tiraba a diestra y siniestra, a pesar de que estaban atracando la cava del papá de la dueña de la casa, como si siguiéramos en la prepa. Me fui sin despedirme de Randall, mi mejor amigo desde la secundaria, quien había vuelto a casa al terminar el semestre en Tufts. Me mandó un mensaje para invitarme a la fiesta, como si no hubiéramos perdido contacto desde la graduación sin otra razón que el simple hecho de que tal vez no nos caíamos tan bien. Esa noche también estaba helando. Y caminé durante una eternidad, intentando descifrar si estaba más borracho o drogado, pero luego me detuve a comprar una taza de café. Vi el letrero de ESTAMOS CONTRATANDO para el puesto de cajero y supuse que si caminar drogado por una tiendita era la única actividad que siempre estaba dispuesto a hacer, bien podrían pagarme por ello. Corte al presente. Un año y algunas monedas después.

Honestamente, me asusta la forma en que termino viviendo las consecuencias de decisiones que no recuerdo haber tomado.

Miro a mi alrededor dentro de la tienda. Luego examino el monitor de las cámaras de seguridad a la izquierda de los billetes de lotería para tener una poco nítida vista aérea. Intento verla desde los ojos de un cliente. Este solía ser uno de mis delis favoritos, pero algunas noches siento que el pánico se acumula en mi pecho y me dan ganas de arrancarme la piel de los brazos. Cada hora que pasa es interminable. Intento no mirar el reloj.

11:52.

«Mierda».

Cuento los segundos (veintiocho mil ochocientos en un turno de ocho horas) y no puedo dejar de golpear una moneda de veinticinco centavos sobre el mostrador ni de agitar los pies mientras estoy sentado en el banquito.

«Tienes que estar donde estén tus pies».

Eso es lo que dice mi mamá cuando me futurizo; o sea, cuando me angustio por lo que podría pasar después. Se supone que debería dejar que un hielo se me derrita en la mano o pellizcarme las muñecas para sacarme del trance. Pero nunca lo hago. Dejo que los círculos sigan girando.

—Es de mala suerte —dice la señora Kim mirando con gesto parco mi pie inquieto—. Haces que toda la buena suerte se escape.

—Lo siento.

Me concentro en mantener la calma hasta que se vaya a la oficina. Me regaló un mochi de helado de fresa por mi cumpleaños, así que intento fingir que estoy de buen humor. Veo otro video. Es una serie web llamada *Punto de inflexión,* que se trata sobre los momentos más importantes en la vida de los emprendedores. El último fue sobre una millonaria de diecinueve años que transformó la industria de las ensaladas desde su dormitorio estudiantil, y mientras el siguiente video está por comenzar —con estadísticas sobre cómo el «arte callejero» de este creativo se vende por ciento cuarenta mil dólares cada pieza—, siento una quemazón y un ardor en la garganta. Conozco a este imbécil. Es el estúpido de Cruzo. Sí, *ese* Cruzo. Cuando yo lo conocí, en segundo de secundaria, su nombre era Salvatore Caruso y tenía un problema en la columna o algo por el estilo, así que lo apodábamos Escolio. Da igual. Los niños son idiotas y no es como si a mí no hubieran intentado apodarme Pubis hasta que estrellé unas cuantas cabezas contra unas cuantas paredes.

Como sea. Algunos de nosotros vimos *Wild Style,* esa película de los ochenta sobre grafitti, literalmente en un VHS que un hermano mayor o un primo tenía, y nos obsesionamos. Poníamos nuestros tags en todo. No podíamos entrar a un baño sin llevar unos cuantos Sharpie y *taggear* nuestros nombres por todas partes. Yo solía escribir «esco» por Pablo Escobar, el capo de la droga, porque me parecía que el tipo era un cabrón y porque a los trece años me faltaba bastante imaginación. Además, «esco» es bastante fácil de escribir, cosa que no se puede decir de «Neruda». Hacer enes es difícil. Las mías parecían jorobadas y embarazadas al mismo tiempo.

Nunca corrí el peligro de ser un buen grafitero. Jamás sería como Jester, Zephyr, Lee Quiñones, Dondi White o esos tipos que llegaron después, como REAS o KAWS. Pero ver al idiota de Cruzo es una tortura. No tiene vergüenza. Veo el video solo para autoflagelarme, mientras él se cubre el rostro con un paliacate y se niega a revelar qué significa el nombre de su grupo, BIC, porque es un forajido, y el escuadrón de vándalos está tras él. Yo sé lo que significa BIC: bola de imbéciles citadinos. Es un nombre que yo inventé cuando estábamos hasta el culo de drogados en casa de Rosario, en Orchard. Eso debería revelar qué tanto ese nombre era una broma.

Es muy desmoralizante cuando el éxito no tiene nada que ver con el talento. Por ejemplo, Daniel Dalton. Su mamá era Oliver, la supermodelo que era famosa en los noventa porque se rasuraba la cabeza, lo que hacía que se viera su tatuaje de cobra. Ella abrió una tienda de patinetas en Crosby en la que mis amigos y yo siempre estábamos. No íbamos a la misma escuela (como era de esperarse, Daniel Dalton asistía a Dalton), pero ella y yo teníamos una relación cordial en tanto que nos decíamos: «¿Qué onda?». Sin embargo, eso se acabó cuando la nominaron al Oscar por un cortometraje que hizo «de forma irónica» en una videocámara antigua de mierda. Mientras tanto, su papá tiene tanto dinero que son dueños del edificio curveado de marfil ubicado en Manhattan. Debieron verla cuando perdió frente a la japonesa que hizo una película sobre la gente en un asilo de ancianos operado por robots. Yo me moría de felicidad. A la mierda con los niños ricos. En serio.

Porque si yo tuviera montañas de dinero y apoyo parental para «hacer arte», estaría hasta las bubis de esculturas y «obra encontrada», o como se le llame a cuando juntas un montón de porquerías que encontraste en la banqueta y las exhibes en una galería. En unos años también me saldrían premios por las orejas.

No es que sueñe con hacer eso. De hecho, de forma inequívoca, no tengo ni un gramo de idea de qué hacer con mi vida. Recuerdo que la consejera vocacional del bachillerato, la señora Miranda, me preguntó algo al respecto cuando iba en segundo año. Tenía el rostro preocupado, la cabeza ladeada y acentuaba los argumentos más importantes con ligeras palmaditas en el dorso de mi mano. Pero lo único que yo oía era ruido blanco. Donde debió haber semillas de aspiraciones a punto de florecer o esperanzas urgentes a punto de detonar, lo único que había era un enorme asterisco que parpadeaba una y otra vez. Al día de hoy no tengo ni la menor sospecha de qué es lo que más me importa. Todo me importa de igual manera hasta que me importan demasiadas cosas, y luego me abrumo y todo deja de importarme. Eso de encontrar algo en particular a lo que quiera dedicarme el resto de mi vida es un músculo que no sé ejercitar. Soy como una luciérnaga a la que se le olvidó cómo encender el culo.

—Si el dinero no fuera problema, ¿qué es lo que harías sin cobrar? —me preguntó la señora Miranda cuando estaba por irme.

Sí, claro. Como si alguien de verdad hiciera algo sin cobrar.

Un grupo de clientes frecuentes comienza a entrar, uno detrás de otro. Intento adivinar quién es quién a partir de sus abrigos acolchados, sus gorros y sus bufandas. Acierto la mayoría de las veces y siempre sé quiénes son gracias a lo que eligen comprar. El tipo paquistaní con la esposa pelirroja asiente, como para decirme que estamos en el mismo equipo. Sin excepción, compra dos latas de cerveza Beck's a las ocho de la mañana, pero solo los martes, cuando su esposa no está con él. La mujer vegana negra con una perforación en el septum subsiste casi exclusivamente a base de helado de coco, sin importar la época del año o el clima. Y la chica del cabello rizado y lentes, que es la única otra persona a la que Gusto el gato saluda, compra cigarros y leche, pero solo a veces. Está el viejo que se lleva una comida congelada de Amy's distinta todas las noches, pero nunca compra más de una. Está también el hombre barbudo de brillantes ojos azules y un carrito negro de metal que compra montones de provisiones de verdad y a quien quiero hablarle sobre el supermercado de verdad que está a cuatro cuadras de aquí. Solo sé el nombre de algunos de ellos y no hay forma de que ellos sepan cuál es el mío. Uno creería que existe una palabra para ello, para esa intimidad citadina en la que conoces hasta el más mínimo detalle de los rituales, las rutinas y la ropa de la gente, pero nada más. He visto que a veces el señor Kim les hace descuento a otros coreanos. No es nada del otro mundo, pero jamás le ha rebajado ni un centavo al chico que le habla en coreano y hace reverencias y toda la cosa. Estoy seguro de que es porque está tatuado y tiene expansiones en las orejas.

—¿Estás bien? —pregunta el señor Kim antes de ir a la parte trasera de la tienda, como a la una de la mañana. Asiento en respuesta.

Suele quedarse en su oficina o se va a casa a dormir, pero nunca me avisa cuando se va. Eso me obliga a comportarme como si siempre me estuviera vigilando. Es inteligente. Es lo que yo haría si fuera el jefe. Pongo el calentador bajo mis pies, porque ahora es cuando empieza la verdadera fiesta.

A las tres de la mañana me compro nueces de la India cubiertas de chocolate como regalo de cumpleaños. Luego construyo una llamativa pirámide de dulces en forma de corazón al frente de la tienda. Mañana a esta hora tendré que ponerlos a mitad de precio y considero por un instante llevarle uno a mi mamá. Pero yo siempre argumento que mi cumpleaños cancela su San Valentín y es por eso que es una porquería tener hijos.

No le daré nada a Alice, cuyo número está guardado en mi teléfono como «Alice (Tinder)». Es la única chica a quien veo con cierta regularidad, pero desde el momento en que devolvió una copa de vino tinto en nuestra primera cita —que para empezar, ordenó en una cocina económica— supe que no llegaríamos a ningún lado. Imagínense: una vez me dijo que odia las flores y a los bebés. ¿Quién odia a los bebés? Son misteriosos y diminutos enviados del otro lado que huelen a talco y sol.

El tiempo se arrastra y se detiene a las cinco de la mañana. Alcanzo a oír una aguda pulsación en mis oídos. Antes creía que era tinnitus o una consecuencia de subirle demasiado el volumen a los audífonos, pero Miggs me dijo que era el sonido de la sangre recorriendo mi cuerpo. Al parecer puedes oír tu propia sangre y a tus órganos moviéndose dentro de ti. La sangre tiene un sonido más agudo que los órganos, pero a mí todo ese asunto me vuelve loco. Pensar en qué está pasando dentro de tu cabeza cuando estás pensando sobre lo que está pasando dentro de tu cabeza es justo lo último que necesito hacer cuando estoy solo. Carajo. Qué horrible es tenerme de compañía.

Necesito que pase algo. Lo que sea.

Me pellizco. Fuerte.

Luego lo hago con ritmo.

«Fe-liz cum-plea-ños a mí».

Luego la versión de Stevie Wonder, porque es más festiva.

«Fe-liz cum-plea-ños a mí. Feliz cumpleaaa…».

Una chica entra.

Más bien se abalanza dentro a toda prisa.

Está jadeando, como si llevara varias cuadras corriendo. Las mangas le cubren las manos y se las lleva a la cara para calentarlas con su aliento. Trae puesta la capucha de la sudadera, pero no trae gorro ni bufanda. Su chamarra es una colaboración de hace unos años entre Supreme y North Face, pero en el mejor de los casos no es más que un ligero revestimiento. Bien podría traer puesta una cortina de baño. Mira directo hacia donde estoy con sus enormes ojos castaños y se sobresalta, lo que me sobresalta a mí. A ninguno de los dos se nos ocurre que la otra persona podría ser real. Debe estar congelándose.

La chica asiente, así que yo asiento en respuesta, mientras los vellos de la nuca se me erizan. Conforme avanza por el pasillo, noto que la sigue un largo tren de tela.

CAPÍTULO 3

Observo a la chica en las cuatro pantallitas. Quienes suelen visitar las tienditas a medianoche suelen ser sujetos misteriosos y ella no es la excepción. Estoy lo suficientemente desorientado como para preguntarme si yo la invoqué. No soy un loco conspiranoico de lo paranormal, como Miggs, pero en sexto grado me ocurrió algo inexplicable. Estaba aburrido a morir y me entretenía utilizando toda mi energía mental para decirle —más bien, para obligar— al profesor Miller de Biología a que se sentara sin atinarle a la silla. Debieron ver mi cara cuando pasó. Esa fracción de segundo me hizo creer en Dios, en los ovnis, en los fantasmas y en la reencarnación, todo al mismo tiempo. El tipo intentó sentarse y no le atinó a la silla. En el último instante, se aferró al escritorio con ambas manos y colapsó sobre el asiento con un estruendo que sonó como un disparo. Nos reímos en el momento, pero fue una de esas risas de sorpresa, en las que estás confundido sobre si algo malo está pasando o no. Yo me carcajeaba porque me sentí un extraño psíquico, de esos que doblan cucharas.

No sé cuál sea la historia de esta chica, pero no cabe duda de que no es de por aquí. Pasa de largo ignorando los productos de limpieza, el papel de baño, los filtros de café y las bolsas de basura —cualquier cosa que necesitarías si vives cerca—, y va directo hacia los snacks. Camina con cuidado y veo que calza unas botas blancas brillantes que están partidas, abiertas por la mitad como una pezuña de cerdo. Debajo de la chamarra extragrande hay un vestido como de Morticia Addams con jirones desiguales en la cola. Bien podría ser la villana de una vieja película de acción espacial.

Es indudable que es atractiva. No necesito verle el resto del cuerpo para saberlo. Es más bien por la forma en que se conduce, como cuando ves que un grupo de chicas son sexys en conjunto. La risa sexy también es un asunto importante. Mientras más sexy sea el grupo de chicas, más seductora será su risa. Ciertamente, la risa puede ser molesta o aterradora, intimidante incluso, pero eso es parte de su atractivo.

Con gestos nerviosos, revisa su celular con frecuencia y mira por encima del hombro. Pero cuando se posiciona frente al helado concentra toda su atención en él. Nuestra selección de helados es cautivadora. Yo estoy a cargo de hacer las órdenes, así que lo entiendo mejor que nadie.

Sea quien sea y venga de donde venga, soy su fan. Se asoma por el cristal para ver los sabores en vez de dejar la puerta abierta. A esto mi mamá le llama *nunchi*, que en coreano significa «conciencia situacional» o «ser considerado». La gente que carece de ello no se quita la mochila en un tren lleno y se niega a bajar la velocidad cuando camina detrás de ancianos. En otras palabras, son imbéciles. Esta chica tiene *nunchi*. Es educada.

Cuando descarga su tesoro frente a mí, es un botín de lo más respetable. Seguro está drogada.

Papas fritas con sal y vinagre. El mejor sabor, sin duda. El segundo lugar se lo llevan las de cebolla dulce (solo de la marca Hawaiian, no de Deep River ni de Kettle. Perdón).

Gomitas amargas de botellas de refresco. A mi parecer, un exceso después de lo salado de las papas. Como alguien que se ha comido medio kilo de gomitas ácidas en el cine después de una bolsa de papas de sal y vinagre, doy fe de ello.

Helado artesanal de masa para galletas de chispas de chocolate y avena. (Nada de porquerías artificiales de Halo Top).

Hojuelas de crema de cacahuate y chocolate blanco en trocitos del pasillo de las cosas para repostería, y es ahí cuando mi corazón se acelera, pues también logró conseguir una botella de Magic Shell, el chocolate que se endurece cuando lo viertes sobre el helado. Solo tenemos unas cuantas botellas en el inventario, pues la marca competidora deslactosada y orgánica se vende mejor, a pesar de que su capacidad de endurecimiento es cuestionable.

Un paquete resellable de queso provolone en rebanadas. A mi manera de ver, el queso más discreto, accesible y elegante para botanear.

—Hola —saluda con una voz inesperadamente rasposa.

—Qué tal —respondo mientras marco los productos y los guardo en una bolsa—. Gran selección. ¿Fiesta de San Valentín?

—Ja —se ríe de forma sarcástica—. Más bien lo contrario… —Se estira y saca los dulces de la bolsa—. El plástico me lastima el corazón… —dice alisando la bolsa sobre el mostrador—. Me lo llevaré en las manos.

Sonríe deprisa. Con melancolía. Rayos. Parece que es más bien la fiesta de alguien con el corazón roto.

—Perdón —balbuceo—. Digo, no por la bolsa, aunque también le debo una disculpa al planeta… Perdón por mencionar San Valentín. No sé cuál sea tu situación. Ni tu vida.

—Ah. —Me sonríe. De hecho, ahora sí me está mirando—. Está bien. No estoy triste. Para nada. —Señala sus compras con un gesto de la cabeza—. Es más bien una maldita celebración, ALV.

No puedo creer que acaba de decir «a-la-v» en la vida real.

—O… key… —murmuro y ella ríe en respuesta. Y luego, porque soy como soy—: ¿Te puedo sugerir algo?

Me mira. Con suspicacia. Como si sintiera mi energía salvaje contenida, pero sin tener idea de adónde quiero llegar con esto.

—Claro.

—Admiro todas tus selecciones de snacks —comienzo a decir—. Sin embargo, si vas a comer papas de sal y vinagre, una gran decisión, por cierto, ¿estás completamente segura de añadirle más agrio a lo agrio con las gomitas de refresco? Solo digo que tenemos otros sabores, como de cereza… También tenemos gomitas de rana, si se te antoja una delicia de malvavisco con un toque oculto de durazno. O bueno, sé que puede parecer una locura, pero escúchame. —Levanto las manos—. ¿Estarías dispuesta a combinar las gomitas agrias con unas papas Zapp's Voodoo para añadir algo de dulzura? Aunque, bueno, no sé si las papas sean racistas de alguna manera…

«Aydiosmíoyacállateporfavor».

Ella ladea la cabeza y frunce el ceño. Hay algo en su maquillaje cargado y toda esa mierda brillante que tiene en la cara que bajo esta luz la hace parecer como si fuera una animación digital: muy atractiva, pero da la impresión de que si le quitaras todo eso su rostro sería liso y sin ningún tipo de facciones.

—Señor —me interrumpe—, tantito momentito. ¿Acaba usted de informarme que esas ranas de Haribo son sabor durazno?

«¿Tantito momentito?». Okey. Es superlinda.

—Sí —confirmo, tras aclararme la garganta.

—Vaya que es muy sutil. Siempre creí que eran de manzana.

Quiero ser amigo de esta persona.

—Además, otro dato poco conocido: los ositos verdes son de fresa.

¿Por qué sigo hablando? Quiero encogerme hasta que mi columna vertebral se trague a sí misma. ¿«Además, otro dato poco conocido: los ositos verdes son de fresa»? Si existieran oraciones que pudieran devolverte la virginidad, esta, sin duda, sería una de ellas.

—Pues es bueno saberlo. —Sin embargo, tal parece que ella no me juzga. Y entonces golpea el mostrador con un puño, como si fuera el mazo de un juez—. Como sea, me la voy a jugar combinando agrio con agrio.

—Visionario —rimo.

«Dios mío».

Suelta una risita y revisa sus bolsillos. Luego se pasa las manos por el vestido ajustado de malla, cuyo tono azul oscuro es el mismo que lleva en las uñas; dos están despintadas y tiene la del pulgar rota. No trae bolso, ni siquiera uno pequeño, señal definitiva de que no es de por aquí. Como los tipos que usan Samba de Adidas o tenis de Aldo en el metro: turistas inconfundibles.

—Mierda —murmura y se rasca una ceja. Luego suspira.

—¿Cartera?

—Sí. —La veo mirar su comida, devastada—. ¿Apple Pay? —pregunta en tono alegre mientras me muestra su celular.

—Creo que no tenemos esa opción. —Miro la caja registradora—. ¿Sabes cómo funciona esa mierda?

—Bueno, nunca en mi vida he logrado usarlo. ¿Y si paso el teléfono sobre el lector…?

—Pues, no lo sé —me encojo de hombros—. ¿Y si requiere un escaneo de retina?

—Ay, no —se lamenta—. Qué joda.

Luego tiembla de forma frenética y vuelve a soplarse las manos.

—¿Frío? —pregunto. Me sonríe y alza las cejas—. Lo sé, mis capacidades de deducción son legendarias.

—¿Cuáles son los síntomas de la hipotermia? —cuestiona entre risas, mientras se abraza con fuerza. Me duele la mandíbula solo de ver cómo le castañetean los dientes. Tiene los ojos cerrados, como para conservar energía—. Creo que solo caminaré hacia la luz, si no te molesta.

—Okey. —Pongo manos a la obra—. Esto es lo que haremos. —Le doy la vuelta al mostrador y me dirijo a las cafeteras. Le sirvo una taza y se la entrego—. Yo invito.

—Gracias —me dice. Le da un trago al café negro, hace una mueca y luego le agrega copiosas cantidades de crema y azúcar del refrigerador. Me sonríe, un tanto cohibida, y le agrega aún más crema y azúcar antes de darle otro trago—. Me salvaste la vida —admite con una sonrisa.

—¿Lista para la segunda parte?

—Adelante.

—Es un poco salvaje —le advierto—. ¿Lista?

Tomo el calentador de veinte dólares de detrás del mostrador, me quito las pantuflas, me pongo las botas, y lo acerco a ella tanto como lo permite el cable.

—Epa —exclama en tono agradecido—. Es como volver a la vida.

—¿Verdad?

Okey. De cerca es extra, extralinda.

—Caray. Esta es sin duda la mejor parte de mi noche… ¿o madrugada? —Se encoge de hombros e inspecciona su pulgar antes de llevárselo a la boca—. Gracias.

Tomo el helado y el resto de sus provisiones del mostrador para devolverlas a su lugar, aunque la idea de deconstruir una curaduría tan perfecta me parece terrible.

—¿Sabes qué? —digo al fin—. Quédate todo esto. —Señalo las papas y los dulces.

Ya sé. Es una locura. Pero supe que me gustaba esta chica desde el momento en que no le permití verme en pantuflas.

—¡Nooo! —niega con un gesto dramático, los ojos bien abiertos y el pulgar aún entre los dientes.

—Sííí. —Le doy el Magic Shell. ¿Cómo podría negarle un placer así?

—De ninguna manera. —Le da otro sorbo a su café.

—Lo digo en serio. —La entiendo. Nueva York a veces te pone a prueba—. Es evidente que has tenido un largo viaje… quizá de muchos, muchos años luz. —Señalo su vestido.

Se ríe mientras hago un gesto magnánimo con la mano, con mi mejor imitación de Brando como Vito Corleone perdonando una deuda. Entrecierro los ojos para darle un efecto más dramático, envalentonado por mi generosidad.

«¿Por qué quedar a deber sesenta dólares de renta si puedes quedar a deber cien?».

La chica me observa. Fijamente. Le dirijo una mirada como de «yo sé». Suspira. Tenemos justo el mismo tipo de cansancio.

—¡Ay! —exclama—. ¡No, espera! —Revisa un bolsillo trasero de su chamarra, de donde saca una tarjeta de crédito y la azota sobre el mostrador, celebrando su victoria—. ¡Sí! —Es una AmEx negra. De esas de las que hablan los raperos y que los capos de la droga nunca mencionan. De las que no tienen tasa de interés ni límite de crédito—. Gracias a Dios. —Entrelaza su brazo con el mío y me lleva de regreso a la caja, donde retoma su posición como la cliente que tiene su vida en orden.

Vuelvo a marcar todos los productos con el brazo cosquilleándome después del contacto. Desliza la tarjeta por el lector, que pita en protesta.

—Es de chip, creo —digo, aunque nunca en mi vida había visto una tarjeta negra.

«¿Quién es esta chica?».

—Ah, carajo —se lamenta y le da otro sorbo al café—. Ahora tengo pánico escénico.

—A ver. —Estiro la mano y presiono «sí» antes de reinsertar la tarjeta. Alcanzo a ver el nombre: «Carolina Suárez».

Carolina Suárez… como de mi edad, con una tarjeta AmEx negra.

«¿Socialité? ¿Heredera? ¿Dueña de galerías de arte?». Cuando le entrego el recibo, nuestros dedos se rozan. *Bzzzzzz.*

—¿Te puedo preguntar…?

—Adelante —dice ella.

—¿Cuántas millas de viajero acumulaste el año pasado? —No hay forma de que la AmEx Centurion negra convenga más que la Chase Sapphire Reserve.

—¿Presiento una oleada de machiexplicación en el pronóstico del clima?

—Okey, tienes razón. —Me detengo.

—Ay, vamos —me anima a continuar con una sonrisa—. El suspenso me está matando.

Esto y los snacks son mi especialidad. Mi casa, mi dominio. Si no les estás chupando tanto dinero como sea posible a las instituciones, ¿vale la pena vivir? Sí, es algo raro sobre lo cual alardear, pero una vez pasé una hora al teléfono con la compañía de cable porque no nos habían dado el mes gratuito de Showtime que nos habían prometido. Terminé obligándolos a que nos dieran HBO y una línea de teléfono fija sin costo adicional.

Sé que existe una tarjeta en el mundo que conviene más que una AmEx negra. Uno no cae en un pozo interminable de deudas sin alimentar una sana obsesión con las tarjetas de crédito que te podrían salvar el culo si calificaras para que te las dieran.

—Entonces ¿viajas mucho?

—Mucho —confirma.

—¿Viajas con una sola aerolínea?

—Sí… claro…

—¿Delta? ¿American? —Parece demasiado elegante como para subirse a una porquería como Southwest. En Virgin, tal vez, pero ya todo es lo mismo con eso de las adquisiciones y fusiones.

Carraspea y luego se saca el cabello de la parte trasera de la chamarra. Es largo y de un tono rojo neón casi hipnótico. El efecto es fascinante. Me recuerda a la Sirenita.

Entonces me doy cuenta de quién es.

Epa.

Qué tonto soy.

Carolina

Suárez.

«Carolina Suárez» es Leanna Smart.

El corazón se me cae al culo. Leanna Smart está en la tienda. En mi tienda. Leanna Smart, la estrella de Disney que pasó de protagonizar un programa para niños sobre una familia de brujas huérfanas y millonarias, atrapadas en un laberinto, a ser una de las estrellas de pop más famosas del mundo. Cuando era más chico, mi hermano estaba obsesionado con su especial de Navidad, el cual seguían pasando hasta bien entrado julio.

—¿JetBlue? —logro croar tras lo que parece una hora. Intento pasar saliva—. No viajas en aerolíneas comerciales, ¿verdad?

Ella sabe que ya me di cuenta, pero me mantengo firme.

—Pues… alguna vez… —murmura y la sangre retumba en mis oídos.

Toma sus compras y yo retrocedo medio paso.

—Entonces…

—¿Entonces?

¿Qué más da? ¿Cuándo voy a volver a verla, de todos modos?

—Entonces, ¿es verdad que los aviones privados cuestan trescientos mil dólares para un vuelo internacional? Siempre me lo he preguntado.

Suelta una carcajada.

—¿Por qué estás tan obsesionado con el dinero?

—¿Acaso no lo está todo el mundo?

—Supongo —admite—. Incluso quienes no hablan de ello.

—Sobre todo quienes no hablan de ello.

De pronto se queda callada.

—Entonces ¿estás hecho de dinero y snacks?

—Estoy hecho de muchos yo.

—Suena a un caos de gente —insinúa, sonriendo para aminorar el golpe.

—Nos las arreglamos. —Le sonrío también. De oreja a oreja.

Leanna Smart ladea la cabeza y me examina.

—Espera… ¿no te conozco yo de algún lado? —Es sin duda la pregunta más surrealista que un famoso puede hacerte. Y cuando lo recuerda, da una palmada—. Eres el chico ese…

«Cómo odio esta parte».

CAPÍTULO 4

«Es lo peor».

—Eres el chico triste.

«No puedo creer que Leanna Smart haya visto esa idiotez».

Okey. Es hora de confesarme. Tuve un breve encuentro con la fama. Diminuto. Más que irrelevante en el panorama general del universo, pero fue Algo Que Pasó.

Tuve fama en internet. Además, fue el peor tipo de fama de internet —fama de meme—, por no más de dos segundos. No son quince minutos, como dijo Warhol; son dos segundos y los míos ocurrieron en el último mes de mi último año de preparatoria.

Fue una tontería. Más que una tontería. No fue evidencia de ningún talento ni inteligencia, ni de algún tipo de perspicacia particular o preternatural. Y sí, estoy haciendo tiempo porque estoy demasiado avergonzado como para admitir qué fue.

Estaba por invitar a mi ahora exnovia Heather al baile de graduación. Sí, hay quienes llaman a esto «propuesta», como si se tratara de pedir matrimonio. Ya sé. Es totalmente ridículo. Pero fue hace ya varios años. A Heather le encantaban los grandes eventos y las ocasiones especiales, así que fue una decisión un tanto sencilla. Pero mi propuesta era en realidad algo así como *fake news*. Fue un gran montaje que requirió semanas enteras de ensayos, una estación de cámaras construida para la ocasión y un set armado por el club audiovisual de la escuela. Se filmó desde mi propia perspectiva y en una sola toma, dentro de una cafetería repleta. Se lo pueden imaginar. Una estereotípica escena preparatoriana: ruido, grupitos de amigos e imperceptibles actos de terrorismo emocional. La cámara hace un paneo, examina a la multitud y se detiene sobre Heather. *Bum*. Silencio. Todo el mundo se aleja, mientras la habitación se inunda de una luz rosada, y unas extrañas flores nacientes abarrotan las paredes. Se suponía que capturaría el destello del primer amor de la forma más cursi imaginable y fue un verdadero dolor de nalgas, pues sesenta chicos tuvieron que agacharse y arrastrarse por debajo de la cámara para no salir a cuadro ni proyectar sus sombras en las flores. Sin embargo, el resultado fue una puta maravilla.

Justo en el momento más álgido, cuando casi tengo corazones en los ojos —la cámara hace zoom sobre mí—, la invito al baile. Por supuesto, ella contesta que no, y la cafetería vuelve a convertirse en una cafetería. Y es ahí cuando se ve mi cara: devastación absoluta.

Sé lo que piensan: que me avergoncé por someterme al rechazo público, pero la verdad es que no me importó. Todos en la escuela sabían que Heather y yo habíamos estado juntos desde segundo año, y necesitaba los créditos extracurriculares del club audiovisual, así que estaba bastante emocionado.

Después de grabarlo, lo subimos a YouTube. Lo que nunca me imaginé fue que lo verían once millones de personas. A la gente le encantaba ver mi expresión ridícula. Estaba impactado cuando llegamos a cincuenta mil reproducciones; pero unos meses después alguien en

Reddit hizo un remix con canciones emo, lo que logró que una supermodelo lo reposteara al final de una nota sobre una terrible ruptura. Fue solo cuestión de tiempo para que alguien lo añadiera a los teclados de GIF cuando buscabas «corazón roto» y luego se volviera un *sticker* de Instastories. El resto es historia. Mi cabezota se convirtió en el nuevo emoji de lagrimita. Salí en un segmento de seis minutos en el programa matutino de CBS. Tuve que despertar a las cinco y cuarto de la mañana, y mi mamá intentó hacer que me pusiera un traje, pero negociamos hasta acordar que solo sería un estúpido suéter. Enviaron una limosina, lo que fue bastante genial, y al día de hoy es la principal razón por la que tengo tantos seguidores en Instagram, en una cuenta de comida y tenis, en la cual casi no publico, que hice a partir de mi cuenta personal.

Sobra decir que no descubrí cómo monetizar la situación y a eso me refiero con que fueron dos segundos de fama. Si no consigues un segmento en *Ellen* y un contrato para publicar un libro de inmediato, estás frito.

De cualquier modo, es increíble la cantidad de gente que me reconoce por algo así.

—Sí —asiento—. El chico triste. Por lo que todos quisieran ser reconocidos a sus veintitantos años.

Ella le arranca el sello a su helado, sin dejar de sonreír y sin quitarme los ojos de encima.

—No logro descifrar si te ves igual en la vida real.

—Permíteme preguntarte algo —me aventuro a decir—. ¿Tú disfrutas que la gente hable de ti enfrente de ti?

Leanna Smart se carcajea. Es un ladrido poco elegante que le nace del fondo de la garganta y está cargado de alegría.

—Lo siento. —No parece arrepentida, en realidad—. Jamás se me habría ocurrido que fueras una persona de verdad. Además, eres mucho más alto de lo que pareces en el meme. No eres tan cautivador en la pantalla, ni de cerca. —Leanna Smart alza las cejas de forma caricaturesca.

«En serio, ¿quién es esta chica? Pero, también, ¿Leanna Smart está coqueteando conmigo?».

—¿Tienes una cuchara que me prestes? —Tomo las de plástico que guardamos bajo la caja. «No, idiota. Estás loco. ¡Abortar! ¡Abortar! Solo quiere tus utensilios»—. ¿Tienes una de metal? Para sacar los pedazos sólidos.

Niego con la cabeza. En realidad sí tengo, pues la señora Kim solo come con cubiertos de metal. Pero están en la parte de atrás de la tienda y no quiero dejar mi puesto. Más que cualquier otra cosa, me pregunto por qué Leanna Smart me jugaría una broma para su *reality show* a estas horas de la noche. Me pregunto si el equipo de filmación está afuera o si tomarán el video de las cámaras de seguridad.

—Toma. —Le ofrezco un par de palillos de madera y una cuchara de plástico—. Para la espeleología.

Me sonríe.

—Gran palabra —dice—. *Espeleo*. Dice lo que es, como piedras que caen al agua y generan eco. *Espeleo*. —La palabra da vueltas en su boca de marfil y cae con la «o» del final. La boca de Leanna Smart. ¡Leanna Smart!—. Tengo una pregunta.

—Dime.

—¿Cuál es la proveniencia de tu ancestría?

—¿Perdón? —Me río. «¿Quién habla así?».

—O sea, ¿qué nacionalidades, en plural, supongo, hay dentro de ti?

Tengo que darle crédito por la forma en la que lo expresó. Por lo general, la gente me pregunta de dónde soy en realidad, como si fuera a contestar Timor en vez de Nueva York. Dicen que es por mis ojos: son de un extraño color avellana.

—Mamá es de la ciudad. Ha vivido aquí desde que era adolescente.

—¿Esta ciudad?

—Sí, Nueva York. ¿Qué otra ciudad hay por aquí?

—Buen punto.

«Guau. ¿Estoy coqueteándole?».

—Papá es de Jersey y ahora vive en Queens. Mamá es coreana, papá es paquistaní.

Leanna Smart empieza a apoyarse en el refrigerador bajo con la fruta cortada en exhibición y las palabras PROHIBIDO SENTARSE escritas con plumón. Me mira. Me encojo de hombros, así que se sienta. Supongo que hay cierto nivel de fama en el que los letreros de advertencia como ese no son aplicables.

—¿Qué hay de ti?

—Los Ángeles —contesta—. Bueno, en realidad de las afueras de Los Ángeles. Eh, mitad mexicana. Ah, de hecho, estoy intentando no decirlo así. *Soy* mexicana. —Asiente con determinación—. Indígena por muchas, muchas generaciones, hasta que mis bisabuelos se mezclaron un poco. Además, mira. —Levanta un dedo—. Es un tema de adición, no de sustracción; soy de muchos tonos de blanco.

—Ah, entonces eres crema…

—Hueso. —No pierde ni un segundo—. Lino, yeso crudo, marfil y… si puedes creerlo, también ascendencia galesa por el lado de mi mamá.

Caramba. Sí que piensa rápido. Y me encanta aquello de no decir que es mitad algo. Estoy estupefacto. Hechizado. Hipnotizado y ansioso al mismo tiempo.

«Adición, adición, adición».

Su resplandeciente sonrisa es uniforme y blanca. Mierda. ¿Debería blanquearme los dientes?

—¿Tienes un bote de basura allá atrás?

Se me acerca y yo paso saliva tan fuerte que seguro me escuchó. A esta distancia, la examinación física es tanto involuntaria como inmediata. Su frente es amplia y su nariz es más redonda que en las fotografías, lo que resulta muy extraño notar en el físico de alguien. Me da el envoltorio de los palillos. Más allá de las plastas de maquillaje, no consigo deducir qué tiene su aspecto físico que la hace famosa. No sé si haya determinantes biológicos enterrados en sus genes. Su rostro es una cohesión angular de paneles que solo he visto amplificados en carteles, pero en la vida real —y no es broma— es como un corazón perfecto.

Los ojos de Leanna Smart son enormes, como los de un venado de caricatura, verdosos y con un castaño más oscuro en la parte externa. Y no logro averiguar qué la distingue del resto de los mortales. Solo sé que es hermosa. Cuando menos, yo creo que es hermosa. Me gustaría afirmar que la atracción es algo empírico, objetivo. Pero hay un nivel en el que se vuelve imposible ignorar quién es. Hasta mi mamá sabe quién es Leanna Smart.

Los humanos somos seres extraños. Es raro que nos importen tanto las jerarquías.

—Por cierto, mientras me evalúas, ¿sabías que las cabras tienen las pupilas rectangulares?

«Mierda. Sabe que me le quedé viendo. Mierda. Puede ver lo que hago. Mierda».

Agito la cabeza de forma enérgica.

—Mi tutor para los exámenes de admisión a la universidad me lo dijo antes de intentar propasarse conmigo.

—¿Qué? —Eso me saca del trance—. Oye, lo siento. —No sé qué más se supone que debes decir ante algo así. Abro un Kinder Bueno para distraerme, para tener algo que hacer con las manos—. ¿Quieres que le patee el trasero?

—Sí, por favor.

—¿Lo despidieron?

—Algo así —explica—. Se convirtió en un guionista famoso de un programa de tele muy aclamado. Ahora es rico. —Le doy un trozo de chocolate, el cual ella deja que le cuelgue de la boca como un puro, mientras le quita el envoltorio a la salsa de chocolate para su helado—. Por supuesto que es exitoso. Era un mentiroso de mierda —espeta con la boca llena—. ¿Quién diría que lo de las cabras ni siquiera venía en el examen?

—Ahora seguro que sí le pateo el trasero.

—Para ser sincera, si no hubiera contratado ya a un sicario, te dejaría hacerlo —aclara. No puedo creer que estoy compartiendo comida chatarra con Leanna Smart—. Esta es una buena tienda —afirma mientras abre la bolsa de hojuelas de crema de cacahuate con los dientes y las vierte sobre el helado. Las cosas se están poniendo precarias entre la salsa de chocolate y los trozos sólidos—. No sabía que estaba abierta las veinticuatro horas.

«Espera. ¿Vive cerca de aquí?».

En ese momento la lengua se le asoma por una orilla de la boca en un gesto de concentración absoluta y, cuando toma otra taza de café y me prepara una porción de helado, los circuitos de mi área pélvica hacen corto. Le da la vuelta al mostrador para dármela y se queda ahí, de pie a mi lado.

Cabe recalcar que, en la vida real, Carolina Suárez huele a nísperos, a duraznos, a tabaco y a chocolate. Se siente como si estuvieras viendo una joya tan impresionante que se te olvida en dónde estás.

—Salud. —Ella alza su bote de helado. Yo levanto mi taza.

—Salud.

Masticamos en silencio y cada tanto tengo que recordarme respirar para no desmayarme.

—Feliz día de San Valentín —dice.

Y entonces nos casamos.

Ajá, sí, claro.

CAPÍTULO 5

—Tranquitranquitranquitranqui —dice Miggs y al mismo tiempo agita las manos con gesto dramático—. No es posible.

Cuando llego a casa, me están esperando. Apenas son las siete, así que pusieron las alarmas mucho más temprano que de costumbre, lo cual es tan tonto como lindo. Sobre la porquería de mesa de IKEA hay una pequeña torre de donas, una de las cuales tiene chispas de todos los colores y una vela enterrada. Alrededor hay tocino, huevos y quesos envueltos en papel aluminio que parecen estar rezando en el altar de las donas.

—Okey. Cuatro punto ochenta y dos —declara Wyn, mientras desenvuelve su sándwich.

—Son reglas de *Atínale al precio*, baboso. —Miggs hace una mueca de fastidio. La mejor manera de describir a Miggs es si tomaras a Bruno Mars, lo inflaras a tres veces su tamaño y lo llenaras de cemento mojado.

Jugar con las reglas de *Atínale al precio* significa que si te pasas, pierdes.

—Me retiro. —Tice toma su sándwich, me da una palmadita en el hombro y se va a su habitación. Suele dormir hasta mediodía.

—Ya lo sé —responde Wyn—. Pero a todo el mundo le caigo bien. Además hablo con cada uno de mis conductores.

—Cuatro punto cuatro, cerrados. —Dara ni siquiera se está esforzando. Le pongo tocino a mi dona glaseada. Es la única forma de comerla—. Necesitas que todo venga en un maldito combo, como tú —dice ella al ver mi comida.

Tiene razón: mejoras son mejoras. Le tomo una fotografía antes del primer mordisco.

Miggs asiente y emite su juicio.

—Pab, tú tienes cuatro punto cincuenta y siete; Wyn, cuatro punto ochenta y dos; y yo, cuatro punto sesenta y seis.

Luego, todos sacamos nuestros teléfonos.

Así somos. Cuando tenemos un solo minuto muerto hacemos apuestas absurdas. Las condiciones siempre son un millón de dólares y superioridad moral eterna. Al menos hasta que llega la siguiente apuesta. Tenemos como mil millones de dólares en apuestas corrientes. ¿Quién será el primero en tener una reservación permanente en Rao's, el restaurante italiano donde, cuenta la leyenda, tienes que esperar a que muera un jefe de la mafia para poder entrar? O ¿quién será el primero en ser anfitrión e invitado musical de *Saturday Night Live*? También apostamos sobre cosas importantes, claro, como quién será el primero en tener una cuenta verificada en Instagram.

Veo que mi calificación de Uber es cuatro punto cincuenta y siete.

—¡Eso es todo! —celebro.

—Miren a este idiota —exclama Miggs mientras me da un manotazo en la espalda y me entrega un porro. Es de conocimiento general que se dedica a vender marihuana. Solo marihuana, dado su código de ética; además, apenas bebe o fuma en cumpleaños, aniversarios y otras ocasiones especiales. Su rutina es inamovible: trabajo, gimnasio y luego sus shows de comedia. Hay algo un poco nefasto en su aspecto y actitud y, si fuera blanco tendría vibra como de trumpista. Pero es puertorriqueño y dominicano, razón por la cual se exalta con muchísima facilidad. Dice que su conflicto interior es como ser trinitario y jamaiquino al mismo tiempo.

Por supuesto, yo sigo pensando en Leanna Smart. No solo porque tengo la panza inflamada por la montaña de chatarra que comí hace unas horas, sino porque ahora que he vuelto a la atmósfera de mi propio planeta, llena de muebles de plástico de segunda mano y una bola de idiotas ruidosos, estoy desesperado por saborear aquello. Esos momentos. Parados uno junto al otro frente al calentador, conversando. Cómo su cabello me rozó el pecho cuando pasó junto a mí al irse. Cómo vaciló un instante en la puerta y volteó, y yo pensé que era la señal para abrazarla o… o… o… Y entonces, justo cuando estuve a punto de pedirle su teléfono, me acobardé.

La verdad es que tengo el corazón un poco roto, aunque sé que no tiene sentido.

—Bro, eres un monstruo —le dice Miggs a su novia y con eso trae mi cabeza de vuelta a este basurero.

Veo a Dara ponerle mayonesa a su desayuno. Enormes borbotones directos de la botella.

—No me digas «bro» —dice Dara, a quien siempre le decimos «bro», y le da un manotazo en el brazo a Miggs. No hay nada más blanco en el mundo que ponerle mayonesa al tocino, huevo y queso; pero bueno, he visto a Miggs ponerle mayonesa y cátsup al arroz frito. Se puede aprender mucho de la gente con solo observar su abuso de los condimentos.

Wyn revela su calificación de Uber: 4.33.

—Guauuu —decimos a coro. Vergonzoso.

—¡Qué estupidez! —espeta Dara—. ¿A quién le importa tu calificación en Uber? No es como que te den descuento en los siguientes viajes. Además, un neoyorquino de verdad para taxis amarillos, como la gente decente.

—Naaah, a la mierda con las placas oficiales —dice Miggs—. La comisión de taxis y limosinas es corrupta.

Dara tira su basura, le da un beso a Miggs y se pone el abrigo para ir a trabajar; es gerente de un elegante restaurante italiano en el distrito financiero.

—Da igual. Los veo al rato, idiotas.

—Esta mierda está llena de prejuicios. —Wyn menea la cabeza, incrédulo—. ¿Cómo es posible que tenga peor calificación que tú? —Me apunta con el dedo.

—¿Por qué no tendría yo una mejor calificación que tú?

—O sea, sin ofender, Pab, pero ¿cómo puedes tener siquiera una calificación si tu estúpida cuenta está desactivada porque ninguna de tus tarjetas pasa? —Una sonrisa condescendiente se le dibuja en la cara.

—Bueno —interviene Miggs, quitándose comida de los dientes y tomando su llavero de cinco kilos para amarrarlo a su mochila. Miggs pasea perros y tiene un complejo sistema para todo, al punto de cargar diez diferentes tipos de premios, según las necesidades dietéticas y emocionales de sus clientes—. Él tiene un buen punto, Pab. Y hablando de eso… —Miggs toma unos sobres de la mesa junto a la puerta y me los lanza—. Te llegaron más recibos.

—¡Váyanse a la mierda los dos! —grito mientras él azota la puerta. Espero hasta que Wyn no esté mirándome para tomar el correo y meterlo a mi cajón de calcetines, junto a los demás sobres.

Quizá mi situación financiera no sea ideal, pero por lo menos guardo los recibos. Tengo toda la intención de lidiar con ellos. En algún momento. Sin embargo, lo más humillante de mi deuda es que la tarjeta que más me estresa es la de Guitar Center. Sobre todo si pienso en lo que pasó. Compré unas tornamesas. ¡Ya sé, ya sé! Pero, o sea, eran Technics 1200s, y no podía dejar pasar esos clásicos descontinuados, aun si ahora están en una situación menos favorable de la que esperaba, acumulando polvo debajo de mi cama porque tuve que vender todos mis discos para pagar el recibo del teléfono.

Lo peor es que la gente ya empezó a llamarme y eso es mucho más difícil de ignorar. Hace que la deuda se vuelva más real. Hay un tipo que se llama Harold. Ni siquiera es una grabación. Es una persona real, llamada Harold, sin apellido, que me dice que la llamada puede ser grabada por cuestiones de control de calidad.

—¿Se encontrará el señor Rind? —pregunta cada vez que llama. El cabrón tiene el descaro de pronunciar bien mi apellido. «Rind», como lo pronuncian en India, y no «raind», como hacen siempre. En serio, estos tipos saben todo.

—Soy yo.

—Habla Harold de New York National Mutual y le llamo con respecto a su cuenta vencida con Guitar Center. Somos una agencia de cobranza externa…

Quise aventar el celular a la calle. Es muy aleccionador que una persona te llame, una persona que se levanta todas las mañanas, se despide de su pareja con un beso con aliento a café y se pone corbata para ir al trabajo, a un empleo cuyo objetivo es sacarte dinero.

Que tenga esas estúpidas tornamesas es culpa del idiota de Tice. Lo conocí en unas fiestas que un tal Benny organizaba en el sótano del Palace, que antes era Alibi y que en sus mejores tiempos se llamaba Arca. Benny tenía un trabajo poco conocido: manejaba una estación de radio pirata que se colgaba del 90.1 FM e interrumpía un programa cristiano que se transmitía desde Filadelfia. Ponía música dancehall y soca para que los lamebiblias oyeran canciones sobre penes y culotes cuando menos lo esperaran.

Era divertidísimo y lo admirábamos, hasta que se mudó a Miami. Y fue su voz animándome la que oí cuando me encontré con esas resplandecientes bellezas. Tice estaba parloteando sobre la autenticidad, lo que me hizo hablar de la creatividad, y entonces nos empezamos a quejar de los perdedores con memorias USB que se las dan de artistas; en otras palabras, sonábamos como cualquier idiota que ha estado parado en medio de esa tienda en particular, a media tarde de un miércoles. Fue inevitable.

Eso me lleva a mencionar la regla de oro por la que cualquiera debería vivir y morir: nunca vayas drogado a Guitar Center.

Limpio un poco la cocina y luego me tiro en la cama. Cuando despierto es la una de la tarde y tengo tres mensajes de voz, un montón de mensajes de texto y llamadas perdidas de un número que no reconozco. Por un segundo, creo que estoy soñando. Me levanto de un brinco, preocupado de que los Harolds se hayan multiplicado y hayan decidido llamarme al unísono desde distintos números bloqueados, pero no parece ser el caso. Resulta que son llamadas de la escuela de Rain, por lo que asumo que algo terrible acaba de pasar, hasta que me doy cuenta de que la señora al teléfono está furiosa, no angustiada. Y claro que llevan una hora llamando a mi mamá, que está en cirugía, y a mi papá, que siempre es imposible de localizar. Ahora tiene que conformarse con hablar conmigo.

—¿Es una puta broma? —Considerando las circunstancias, es una respuesta bastante recatada de mi parte—. Okey, okey, perdón. Voy para allá.

Sobra decir que la Escuela Pública 72, en la calle Cincuenta y nueve al este en Manhattan, no es el lugar en el que me gustaría pasar mi cumpleaños ni mi día de descanso, pero mantengo la compostura. Cuando llego, es evidente que el director Daley y la maestra Zapruda no están bromeando, y, en defensa de Rain, por lo menos aparenta estar arrepentido.

—¿Dónde está la señora *Raind*? —pregunta Daley. Parece la encarnación del que se esperaría que fuera el emoji de un director de escuela: cuarenta y pocos, cara rechoncha, mostacho bien poblado y pantalones caqui plisados.

—Es Rind —lo corrijo por puro hábito.

—No importa —tartamudea él—. ¿Dónde están tus padres? Esta es una infracción grave y estamos contemplando expulsar a tu hermano.

—Podría considerarse un tema de pornografía infantil —agrega la maestra Zapruda.

—Oiga… —Alzo ambas palmas para intentar apaciguar las cosas. La pornografía infantil es demasiado hasta para mí—. De ninguna manera. Solo son… —No puedo creer que tenga que decir esta palabra en la oficina de un director de escuela—. Dildos.

Todos miramos hacia el escritorio de Daley.

—Vibradores —me corrige Rain, y juro que estoy a punto de agarrarlo del cuello y aventarlo por la ventana.

—Hijo, ¿de dónde sacaste estos… estos…? —Daley no puede ni enunciarlo.

—Vibradores —repite Rain—. No puedo delatar a mi proveedor.

Sobre el escritorio hay seis cajas blancas con enormes letras moradas que dicen vivace y, a un lado, uno fuera de la caja, de color rosa mexicano. Parece estar, pues, vibrando, dado lo estridente y brillante que es. Daley, por su parte, se torna color cereza cuando miro los vibradores y vuelvo a mirarlo a él. Son costosos. No soy experto, pero, por los empaques, se nota que hay varios cientos de dólares de autosatisfacción frente a nosotros.

—Intentó venderle uno a una chica de segundo de secundaria —explica la maestra Zapruda, quien tiene un fleco plano y una diminuta perforación en la nariz. El arete me hace pensar en la vida de la mujer cuando no está dando clases de Ciencias Sociales en una escuela pública que va de mediocre para abajo. Me pregunto si su carrera es todo lo que imaginó que sería.

—Dios —digo con un suspiro—. Digo, perdón. La cosa es que mi madre está trabajando. Seguro está en cirugía. Y mi papá… bueno, mi papá cree que el celular produce cáncer de rostro, así que lo deja en casa.

El director Daley me estudia. No está seguro de si estoy siendo insolente o no.

—Pues parece haber una terrible falta de contribución parental que se refleja en el comportamiento de Rain.

«No jodas. ¿Tú crees?».

—No estoy en desacuerdo, señor. —Daley siente cuando lo llamo «señor». Si tuviera cola, la estaría moviendo—. Es solo que yo trabajo tiempo completo y ya casi ahorré lo suficiente para volver a la universidad. —Mentira—. Y sin una educación formal a nivel superior no creo llegar a ningún lado. —Mitad mentira—. Y si encima de eso tengo que hacerme cargo de mi hermano, entonces los dos estaremos perdidos. —Eso no es mentira.

—Rain es inteligente —dice la maestra Zapruda. Rain le sonríe, mostrando sus diminutos colmillos—. Y si bien esto es por mucho lo más estúpido que ha hecho en la vida, tenemos que tomar en cuenta los deseos de los padres de la chica a la que quiso venderle esto… —Señala los vibradores, rodando los ojos con desagrado—. Dicho eso, tomaremos sus palabras en consideración, señor Rind.

El director Daley asiente con expresión adusta.

—Mientras deliberamos, estará suspendido toda la semana entrante —añade.

—Entendido.

Es todo lo que respondo. Tengo recuerdos muy poco agradables de este tipo de sucesos, por aquella vez que me encontraron grafiteando los vestidores de mujeres. No fue premeditado. Ni tampoco fue por ser un pervertido de mierda. Solo quería saber si podía hacerlo.

Los chicos Rind no tenemos una gran capacidad para controlar nuestros impulsos.

—¡Hermanooo! —dice Rain cuando estamos fuera, bailando sobre los escalones de la escuela como si estuviera celebrando—. Una semana de vacaciones. A la mierda con despertar antes de que salga el sol. Entonces, Pab, ¿qué vamos a hacer hoy?

—¿Qué? —Me paralizo. Él me mira entre pasos de baile y se congela también—. ¿Estás loco? ¿No ves el tamaño del problema en el que estás metido? Mamá te va a matar. Y me va a matar a mí, de paso. Y luego va a matar a papá por no tener su puto teléfono encendido.

—Está fuera del área de servicio. —Rain baja un escalón—. Intenté llamarlo ayer para preguntarle si quería un vibrador.

—¿Para qué querría papá un vibrador?

—Bueno, no le iba a ofrecer uno a mamá. ¡Qué asco!

—¿Eres parte de una red de tráfico de juguetes sexuales o algo así? —pregunto mirándolo con atención—. ¿De dónde sacaste tantos? ¿Los robaste? ¿Qué está pasando? Tienen trece años. ¿Para qué coño necesita una niña de trece años un vibrador?

Entre el encuentro con Leanna Smart y esto, mi vida de repente es muy surreal. Alzo la mirada hacia el cielo, a espaldas de mi hermano menor, e inhalo profundamente.

Lo peor del invierno es que apenas son las dos y media de la tarde y el sol ya empieza a ocultarse.

—¿Estás metido en problemas?

—Nah —contesta.

—¿Cuánto le debes a tu *dealer* de dildos?

«En serio, qué oración más extraña».

—Nada. Los compré con mi dinero de cumpleaños. Fue un buen negocio. Se venden al menudeo por doscientos cincuenta cada uno. Y yo los conseguí a sesenta por pieza. El primo de Marley, Jonah, se los robó de una fiesta en la que estaba trabajando. —Marley es la chica del edificio contiguo al de mi mamá que se muere por Rain—. Estaban en unas bolsas de regalo o algo así.

Si hay algo que no puedo reclamarle es su ingenio.

—¿Entonces eran nuevos? —Tengo que admitir que me impresiona. El margen de ganancias es sólido.

—Sí, son nuevos —dice Rain, pero luego se queda pensando—. Qué asco.

—Caray. No puedo creer que perdiste mil dólares en juguetes sexuales. —Comenzamos a arrastrar los pies hacia el metro—. Nunca los vas a recuperar. Ni los vibradores ni tu inversión inicial.

—¿Qué vamos a hacer con mamá? —me pregunta cuando subimos al tren número cuatro. Al fin tiene suficiente sentido común para saber que debe estar asustado.

—No te preocupes. Lo vamos a resolver.

La verdad es que somos hombres muertos. Troya va a arder cuando mamá llegue a casa, sobre todo si lo expulsan de la escuela. Preparo la cena que, para ser franco, da un giro inesperado. Estaba improvisando un curry con pavo, papas y demasiada carne de masala marca Everest cuando me di cuenta de que no había arroz (¿a qué familia asiática se le acaba el arroz?), así que al final lo serví con pasta farfalle. Da igual. Rain cena solo casi siempre y se va a la cama sin que nadie se lo ordene. Debería venir a visitarlo más seguido. Es un buen chico, la mayoría de las veces. No hace fiestas ni mete mujeres a la casa. Nada.

—¿Te quedas a dormir? —pregunta Rain, por encima del ruido del capítulo repetido de *Dragon Ball Z*, y me mira con una expresión tan esperanzada que me provoca dolor de estómago.

—Sí, está bien —acepto encogiéndome de hombros.

—Genial. —Rain camina hacia su cuarto—. Mamá me dejó comprar masa de galleta. La podemos comer de postre. —No pregunto por qué saca el frasco de su habitación, pero ambos nos sentamos con él, un bote de helado y galletas Butter Crunch de Linden que trituramos con las cucharas—. Extraño a papá —confiesa de pronto y me doy cuenta de que yo también. Han pasado unas cuantas semanas desde la última vez que fuimos a verlo.

—No puedo creer que le hayan desconectado el teléfono al idiota. —Mientras tanto, yo debo tanto del mío que cada vez que pierdo la señal pienso que me lo cortaron para siempre.

—Típico —dice Rain, quien está dejando que su helado se derrita para comerlo como sopa.

—Supertípico. —Mi hermano menor parece derrotado. Extrañamente contemplativo—. Iremos a visitarlo esta semana —propongo y le doy un empujoncito—. Por lo menos sabemos que tendrás algo de tiempo libre.

—Soy hombre muerto —declara, y por un instante se ve como si tuviera cinco años, la edad que yo tenía cuando mamá empezó a hacer guardias nocturnas.

—Cómete el helado —le ordeno. El pobre desgraciado va a tener que tomarlo con popote cuando mamá acabe con él.

CAPÍTULO 6

Mamá llega al cuarto para las siete de la mañana siguiente y encuentra su desayuno en la mesa al entrar a casa. Rain aún sigue muerto para el mundo del mismo modo en que los convictos duermen como troncos una vez que los capturan.

—Vienes por dinero de cumpleaños, ¿verdad? —pregunta mientras cuelga su abrigo.

Pasar tiempo con mamá se ha vuelto complicado. Casi no hablamos desde que dejé la escuela hace un año, por no contar la gran cantidad de veces que me gritoneó con una puerta cerrada de por medio. Apenas en Navidad zanjamos el asunto de forma adecuada. Pero durante meses no hubo más que silencio, hasta que Rain tuvo una crisis nerviosa y papá se vio obligado a intervenir.

—¿Quieres comer? —ofrece. Se ve cansada, pero también se ve de maravilla para su edad. Es esa cosa de la piel asiática. Parece que no tiene más de veinticinco.

—Hice pasta. —Señalo con la cabeza en dirección de la mesa.

—Pasta para extorsionar —murmura mientras va a su habitación. Tiene razón, pero es molesto que nunca deje pasar las cosas. Cuando vuelve, trae puestos unos leggings grises que, curiosamente, son del mismo tono que su pijama quirúrgica. Es como si pasara la vida entera vestida de color paloma—. Pues come —dice y yo asiento.

Cuando recién acaba de salir de trabajar es cuando mejor me cae. Está más ensimismada y tranquila, y se vuelve un poco más dulce. Es curioso pensar que ambos cubrimos básicamente el mismo horario de trabajo, pero ella tiene un salario de seis cifras anuales y yo no. Solo desayuna comida típica para cenar. Y siempre la acompaña con kimchi.

—¿Qué pasó en la escuela de Rain? —pregunta mientras alza la pasta con palillos antes de ponerla en la cuchara. Le paso la salsa picante, la cual vierte sin reparos—. No quisieron dar detalles en el mensaje de voz que dejaron y cuando llamé la escuela ya estaba cerrada.

—Es una tontería —digo intentando decidir cómo manejar las cosas—. Estaba intentando vender… —Desvío la mirada—. Intentaba vender tenis en la escuela y pensaron que eran robados, pero no. —Mamá deja los palillos en la mesa—. O sea, él no los robó. —Me llevo un buen bocado de pasta a la boca para hacer tiempo—. Alguien en la cadena de distribución fue quien los robó, quizá.

—¿Tenis? —Me mira con suspicacia—. ¿Acaso organizó un asalto a Champs? Tu hermano jamás podría ser el autor intelectual de algo así.

Al carajo. Estoy harto de mentirle a esta mujer. Ni siquiera es mi problema.

—Bueno, bueno. —Trago el bocado e inhalo profundo—. Estaba vendiendo vibradores.

De su garganta surge una especie de hipido crujiente en el instante en el que deja de masticar.

—¿Perdón? —Mamá parpadea deprisa.

—Eran parte de una bolsa de regalos de las que un promotor de fiestas estaba intentando deshacerse, y…

—Espera —dice y alza la mano como queriendo decir: «Dame un momento para procesarlo». Menea la cabeza como un personaje de caricatura al que le acaba de caer un yunque encima—. ¿Que estaba vendiendo qué? —Inhalo profundo—. A ver —continúa—. Sí te escuché. Pero carajo, ojalá hubiera oído mal.

Permanecemos sentados en silencio. Ella con las manos sobre la mesa. Yo tengo las mías en el regazo. Nadie dice ni come nada durante un largo rato. Luego le da un trago enorme a su vaso de agua.

Y entonces, de forma superinesperada, sonríe.

—¿Vibradores? —Mamá pone un montoncito de pasta en su cuchara.

—Vibradores.

—Con razón Daley sonaba tan tenso.

—Mamá, estaba púrpura. —Visualizo sus ojos saltones y su carraspeo crónico.

—¿Eran púrpuras?

—No, los vibradores eran rosas.

—¿Rosas? —La sonrisa de mamá se ensancha.

—Sí, rosas.

—Caray. —Se reclina en su asiento—. ¿Y tú tuviste que ir a lidiar con eso?

—Ajá. —Lo está tomando demasiado bien—. Daley estaba púrpura. Los vibradores eran rosas. Y también estaba ahí la maestra Zapruda. Podría jurar que Rain estuvo coqueteándole todo el rato.

Mamá apoya la frente en sus manos.

—¿Qué voy a hacer con tu hermano? —pregunta con franqueza.

—Bueno, lo suspendieron una semana en lo que determinan qué harán al respecto, pero no me da la impresión de que lo vayan a expulsar.

—Tu hermano es demasiado escurridizo. —Escupe la

última palabra como si fuera una semilla. Luego viene un suspiro, que suena más como un resoplido burlón. Alzo la mirada y descubro que se está riendo.

—¿Quién habría podido imaginarlo? —dice entre carcajadas—. Ni en un millón de años. ¿Vibradores?

—Ajá. —Me encantaría no tener que escuchar a mi madre volver a decir esa palabra.

—¡Vibradores! —exclama una vez más, mientras menea la cabeza, entre risotadas, y luego vuelve a concentrarse en su comida.

La situación es completamente descabellada. Mamá me habría enviado a Corea si hubiera hecho una cosa así. Era su amenaza favorita cuando era niño, como si enviarme a un internado en un país donde venden pollo frito y refrito con miel y el internet es cuarenta veces más rápido fuera un castigo de verdad. Como si Rain y yo no lleváramos toda la vida rogándole que nos llevara. En todo caso, el hecho de jamás haber visitado Corea o Paquistán es casi un abuso parental que uno podría denunciar en la embajada o algo por el estilo. Creo que si enviara a Rain a Seúl se la pasaría bomba conviviendo con los primos que seguimos en Instagram. Y sí, Rain *es* escurridizo. Ese desgraciado parece hecho de teflón.

—Si sirve de algo, puedo pasar más tiempo con él —sugiero. Al oír eso cierra los ojos, y la habitación parece estar sellada al vacío. Tensa los hombros. Se acabó la buena onda.

—Donde deberías estar es en la universidad —murmura con la quijada tensa—. Por cierto, ¿ya sabes qué te pondrás para la reunión del 1 de marzo a las dos y media de la tarde?

Sé lo que está haciendo. Repite la hora y la fecha como si se me fuera a olvidar.

—Sí, ya sé qué me pondré para la reunión del 1 de marzo a las dos y media de la tarde.

—Pablo… —Su tono es desafiante. Me pregunto cuánto tardará en mencionar el nombre de su jefe, el doctor Houlihan—. Sabes lo difícil que fue conseguirte esa cita…

«Aquí vamos de nuevo».

—Tuve que pedirle al doctor Houlihan que hablara con Connie y…

«Todo es tan predecible».

—Mamá.

—Prometiste que irías. Que harías un esfuerzo y escucharías.

Se refiere al apreciado consejero académico, un tal Joey Santos, un señor muy cercano a la esposa del doctor Houlihan, y que está en el consejo de admisiones de la Universidad Five Points de Nueva York. Como si valiera la pena tener contactos con una escuela que se anuncia junto a Cellino & Barnes en el metro. No es que sea ingrato, pero uno querría tener influencias para entrar a Columbia, a Yale, no a CUNY. Aun así, estoy dispuesto a discutir opciones de vestimenta si eso nos permite terminar de comer sin pelear. Lo que sea con tal de que me deje de joder, a pesar de lo resentido que estoy de que no me crea capaz de volver a NYU.

—Me pondré un suéter —le digo finalmente.

—Gracias.

—Debajo del esmoquin. Incluso me pondré lentes para verme hiperinteligente. Y un estetoscopio colgando del cuello.

Entre suspiros, mamá va a la cocina y vuelve con una pera coreana y un cuchillo para pelar. Cuando era niño siempre creí que tenía una destreza incomparable porque era capaz de pelar una pera formando un único espiral de piel que nunca se rompía. Luego le corta pequeños triangulitos a cada rebanada para quitarle las semillas y me pasa una.

—¡Rain! —exclama—. Rain, ven acá. En este instante.

—¿Qué pasó? —pregunta él cuando sale de su habitación. Tiene el cabello aplastado y alborotado por la almohada y está bostezando. Nos mira con ojos cansados.

Mamá le entrega un trozo de pera fría que él toma aunque sigue adormilado. Es su fruta favorita. Hace dos veranos se comió cuatro enteras de golpe y luego se cagó en los pantalones cuando estaba jugando ping-pong en el bar mitzvá de Eddie Mao-Silver. Hasta el día de hoy, mamá no sabe esa historia. Tuve que tomar un taxi para llevarle un par de pants limpios. Es un chico tan competitivo que terminó el partido con la ropa cagada con tal de pasar a la siguiente ronda. Un maniático absoluto.

—Ven a felicitar a tu *huyng* por su cumpleaños —ordena y saca una caja de dulces en forma de corazón del bolso que tiene a sus pies mientras sostiene un sobre en la otra mano. Gracias a Dios. El grosor del sobre sugiere que contiene al menos unos cien dólares—. Pensé que vendrías antes a husmear en la casa en busca de tu regalo —dice y me entrega la caja de dulces, pero me arrebata el sobre cuando intento tomarlo. Luego lo deja en la mesa frente a mí.

Le doy un gran mordisco a la fruta jugosa para disimular la sonrisa.

—No porque tu hermano sea un delincuente juvenil y tú seas un desertor significa que no te merezcas un feliz cumpleaños. —Me da un beso en la mejilla—. ¿Todo lo demás está bien? —Su preocupación es genuina. Sé que solo hay una respuesta posible a esa pregunta.

—Claro —aseguro—. No podría estar mejor.

—¿Cómo va el trabajo?

—Bien.

—¿Y el departamento? ¿Estás pagando tus cuentas a tiempo?

—Sí, mamá. —Disimulo la irritación en mi tono de voz, el dinero me tiene atado de manos—. Gracias por preocuparte. Pero está bien, se trata de Wyn.

—Nada de que «se trata de Wyn» —dice—. Se trata de la familia de Wyn y no te crié para que fueras un desobligado.

Vuelvo a darle las gracias para evitar un segundo *round*.

—¿Y a mí qué me vas a regalar? —pregunta Rain mientras le echa un vistazo al sobre—. También es San Valentín para mí.

—Tu regalo es que te voy a castigar sin televisión, sin Play Station y sin internet durante dos semanas. Y además te voy a desollar vivo para San Valentín —contesta—. Y estás muy equivocado si crees que no vas a trabajar esta semana; empezarás por limpiar el refrigerador y hacer las compras. —Le pasa otro pedazo de pera—. También llamaré a tu escuela para enterarme de su decisión, así que existe la posibilidad de que te desuelle dos veces.

—Okey —contesta él, con los ojos bien abiertos.

—Otra cosa —continúa mamá—. ¿Pueden los dos, por el amor de Dios, quitar el aire acondicionado? Estamos en febrero.

Quitar de la ventana la gigantesca unidad del aire acondicionado de mi mamá es un trabajo que requiere dos personas. Solía volverse loca si seguía puesto en Navidad, pues hace tanto frío que bien podrías tener un agujero en la pared. Me siento fatal de que haya pasado tanto tiempo ahí, aun si es un dolor de cabeza sacarlo. Cada segundo que pasas cargando la parte trasera de la caja metálica te convences de que lo dejarás caer y matarás a un peatón.

—Vamos, Rain —digo.

¿Ven? Eso es lo que extraño de visitar a mamá. Es tan exigente con cosas tan razonables que nos da una cantidad inagotable de oportunidades para decepcionarla.

CAPÍTULO 7

El metro se detiene entre dos estaciones durante veinte minutos y todo el mundo pierde la cabeza. ¿Y yo? Retrocedo un par de pasos dentro de mis ojos para sentarme en algún lugar de las profundidades de mi cabeza. El tiempo no significa nada. Estoy muy tranquilo y satisfecho. Al menos hasta que mi ansiedad se dispara. En el regazo contiguo al mío hay un libro subrayado de pies a cabeza y con un montón de notas escritas con lapicero en los márgenes.

Dejo que mi mirada se traslade hasta la cara. Le pertenece a una chica asiática un par de años más grande que yo; ella mira su Apple Watch y suspira. Parece el tipo de persona que es un as en la escuela. Y no es ningún prejuicio racial: en ese libro hay, por lo menos, tres tipos de subrayado distintos. ¿Cómo se vuelve uno así? ¿Por qué no hay un curso obligatorio de cómo ir a la universidad antes de ir a la universidad? Lo pregunto en serio.

Esto es lo que querría saber sobre la escuela. Todo el mundo da por sentado que los jóvenes somos malos para tomar decisiones, ¿cierto? ¿Por qué entonces dejamos que alguien de dieciocho años decida qué quiere estudiar en la universidad? Y es que, si lo pensamos bien, cuando eres adolescente y vives en Estados Unidos, los riesgos financieros son devastadores. Es el equivalente a darle a un niño las llaves de un Bugatti Veyron y esperar que todo salga bien. Por supuesto que el tonto va a hacer donas en el estacionamiento a doscientos kilómetros por hora y luego intentará jugar a *Rápido y furioso* hasta estrellarse contra el aparador de una tienda. Sin importar la crianza o la genética, así son las cosas.

Y así son las cosas con NYU. El precio es una locura, pero si te aceptan, asistes. Y aunque parezca insólito, a mí me aceptaron. Martin Scorsese, Donald Glover y Jonas Salk, el tipo que curó la polio, asistieron a NYU. Así que, si me dieron la opción, ¿por qué diablos no habría de ir? Claro que me creí el mito de las universidades de renombre. ¿Ya mencioné que mi mamá es una doctora coreana? ¿Saben cómo se siente vivir con esas expectativas? Ese es el tipo de carga emocional que traen consigo las cajas redondas para guardar sombreros y los baúles gigantes que la gente sube a los trenes. Así que ahí estaba yo, en la preparatoria, leyendo los porcentajes de admisión para las buenas escuelas, como Harvard, Columbia, Princeton o lo que sea… y casi puedes escuchar las risas cuando abres los folletos. Así que, cuando al fin me aceptaron en NYU, estaba estupefacto. Si bien tenía calificaciones fenomenales en los exámenes, mis actividades extracurriculares dejaban mucho que desear. Y cuando el imbécil envidioso y pecoso de Shane McManus me dijo que era porque *no* soy blanco, le creí.

Claro que le dices que sí a NYU. Les dices que sí antes de que recobren la cordura. Les dices que sí porque no eres un idiota. No puedes ser un idiota porque, carajo, ¡entraste a NYU! Pero entonces tu mamá, esa traidora obsesionada con las Ivy Leagues que creíste que estaría extasiada, te baja de tu nube.

—Pab —dice con los labios apretados—. No conseguiste ninguna beca.

¿Pueden creerlo? Nunca nada es lo suficientemente bueno para ella.

Miren, quizá no sabía lo que quería estudiar en aquella época. Y es posible que no sea el mejor para planear ni para averiguar cómo funcionan los préstamos estudiantiles. Pero lo que sí sé es tirar alto, así que me fajé los pantalones e hice lo que haría cualquier hijo de padres separados que se respeta. Fui derecho a ver a mi papá y le conté una triste historia sobre sueños y ambiciones; él me dio su bendición y juntos llenamos los formatos de solicitud para los múltiples préstamos con los que asistiría a la que, pronto descubriría, es una de las escuelas privadas más costosas del mundo.

Pero en vez de preocuparte por leer la letra chiquita subsidias tus gastos con el supuesto dinero gratis adicional que traen consigo las tarjetas de crédito que solicitas en tu primer día en el campus, después de que te ofrecen cero por ciento de anualidad y un precioso termo de regalo. Luego te llevas las dos tarjetas a Stadium Goods; no vas a comprar nada, solo vas a ver qué tienen. Y ahí es cuando las cosas se ponen más complicadas. ¿Tarjetas de crédito y préstamos estudiantiles? Eso es darle al niño las llaves del Bugatti Veyron que se convierte en supersaiyajin.

Ni siquiera sé adónde va esta metáfora. Pero aquello era lo mismo que esperar a que el dinero cayera del cielo, porque el dinero de las tarjetas de crédito es dinero teórico. Sin embargo, cuando empiezas a reprobar clases y tu mamá saca tus estados de cuenta de debajo del colchón, junto con gran parte de tu colección de pornografía no digital, emprendes el camino de menos resistencia. Eres un adulto. Un hombre. Te mudas con Tice y Wyn a una pequeña caja de tablaroca que técnicamente es parte de la cocina y regresas a casa unos cuantos meses después para cenar y anunciar que dejaste la escuela. Hay que darle crédito a tu sentido de la precaución que ya no estés viviendo en casa cuando le dices a tu madre que hay un cuerpo de agua y un puente colgante que te separan de su juicio radiactivo, porque eso habría hecho que se te cayera el cabello.

En la siguiente parada me pongo de pie para cederles mi lugar a una mujer y a su hijo. En parte porque soy un ser lleno de bondad y en parte porque ya no soporto que el libro en tecnicolor me siga juzgando.

Cuando llego a casa tiro la ropa sobre una silla, me lavo la cara y reviso la arrocera. Es una Zojirushi, la Ferrari de las arroceras. Hasta tiene un reloj. Mi mamá nos la dio como regalo de mudanza en Navidad, y ahora todos, incluida Dara, que es blanca —bueno, judía y siciliana—, la usan. Funciona igual que una cafetera en una oficina. Nos une. Todo el mundo tiene un par de tazas siempre preparándose y todos cooperamos para la bolsa de tres kilos de un buen arroz para sushi con el logotipo en forma de rosa que yo compro en la tienda.

Frío tres huevos, apretujo algunos trocitos de alga en el tazón y me lo como todo con arroz y salsa picante. Veo unos cuantos videos de otra serie de emprendedores en YouTube. Esta se llama *El arquitecto*.

Justo antes de que comience el video sobre Ai Weiwei, aparece un anuncio sobre el nuevo curso intensivo de programación de Leanna Smart, porque a la gente a quien le interesan los artistas subversivos chinos también le interesa Leanna Smart. Estoy tan hipnotizado por la forma en la que su cabello se mueve que no me doy cuenta de que Tice acerca una silla.

—Uy, ¿te vas a inscribir al campamento de computación de Disney?

Cierro la laptop de golpe. Me está mirando con una sonrisa estúpida en la cara.

—¿Qué? ¿Te sacaste la lotería o alguna estupidez así? —Se me cae un pedazo de arroz de la boca que aterriza en la mesa, pero no me molesto en levantarlo. Parece estar contento y, con el humor que traigo, lo tomo como una afrenta personal.

—Tenemos que salir el sábado —me dice.

En Nueva York, los lugares para gente de todas las edades son una porquería. Siempre son los mismos idiotas y los asquerosos cuarentones buscando niñas de diecinueve. Miggs y Dara tienen veintiocho y veintitrés, respectivamente; Selwyn tiene veintiuno; Tice y yo, sin embargo, somos menores de edad.

—¿Tú también? —pregunto. Wyn lleva días molestándome con mis planes de cumpleaños—. ¿Por qué a Wyn le emociona tanto ir al estúpido Portal o al Piso de Arriba? —El Portal es un restaurante salvadoreño que en las noches se convierte en una pista de baile para hipsters blancos, mientras que el Piso de Arriba es un karaoke en el barrio chino que en las noches se convierte en una pista de baile para hipsters negros. Ochenta y Ocho Soñadores, por su parte, es un salón de banquetes que es mitad casino y mitad fiesta de baile para chicos asiáticos buena onda, pero la lista para entrar es una pesadilla—. Quiero pasarla tranquilo en mi cumpleaños —digo mientras enjuago mi plato.

—No todo se trata de tu cumpleaños —señala mientras me acompaña al fregadero. En serio nunca lo había visto tan feliz y es muy molesto.

—Okey. ¿De qué se trata entonces? —Volteo para mirarlo de frente—. ¿Por qué estás tan animado?

—Hermano, ¡me lo dieron! —declara, con los brazos bien abiertos, como si estuviera a punto de abrazarme. Al día de hoy, nunca nos hemos abrazado. Yo soy un gran defensor del espacio personal y Tice aborrece el contacto humano.

—¿Qué? ¿Qué te dieron? ¿Papiloma? ¿Un cachorro? ¿Diez mil dólares para distribuir de forma equitativa entre tus roomies, empezando por mí? —pregunto. Está sonriendo como loco otra vez y por un segundo me pregunto si lo que tiene es uno de esos tumores cerebrales inoperables que te cambian la personalidad por completo.

—¡Me dieron el papel en *Los agentes*! —grita.

—¡No jodas! —Sí es algo importante—. ¡No jodas! ¡Te lo dieron!

—¡No jodas! —grita de nuevo y hacemos esa cosa en la que brincamos abrazados por un segundo y él aúlla en mi oído—. ¡No jodas! ¡No jodas!

Y yo también lo hago, porque no sé cómo más responder. Ni siquiera sabía que había hecho una audición para un papel en *Los agentes,* pero es mucho mejor que *La ley y el orden: unidad de víctimas especiales,* que es el único programa de televisión que también se filma en Nueva York, pero en el que tendría que emocionarte la idea de salir como un pedófilo o un camionero asesino. Además, es una locura la cantidad de veces que una historia del mundo real termina en ese programa. Su tiempo de reacción no es tan rápido como el de *South Park,* pero ¿recuerdan ese episodio del satanista que vivía bajo el piso de una casa en Long Island? Seguía prófugo cuando lo vimos.

—Bro, no puedo creerlo. —Tice exhala—. No creí que de verdad…

Por un segundo estoy convencido de que empezará a llorar, y me aterra. Por fortuna, Wyn interviene.

—¿Qué les pasa, idiotas? Estaba durmiendo.

—¡Se lo dieron! —le digo.

—¿Te dieron el papel en *Los agentes*? —Las cejas se le van hasta el cabello. Tice asiente y Wyn grita—: ¡Aaaaaah! —Corre hasta donde estamos y los tres volvemos a hacer eso de abrazarnos y dar brinquitos.

Soy el primero en soltarlos, en parte porque me hace falta un baño y en parte porque tanta actividad ya me mareó un poco.

—Por supuesto que tenemos que celebrar —le informo a Tice—. Pero de verdad, hermano, estoy muy feliz por ti.

—Les escribiré a Miggs y Dara para ver si quieren venir con nosotros el sábado —avisa Wyn. Miggs y Dara suelen ir a bares con otros comediantes. Y cualquiera creería que son muy graciosos en grupo, pero una vez vinieron y son tan aburridos y deprimentes como el resto de la gente normal—. Seguro querrán venir —afirma—. ¿Qué papel te dieron?

—Ziad al-Abbasi —contesta mientras se sirve un plato de cereal.

—Momento. —No me gusta hacia dónde va esto. Esa es la cosa sobre *Los agentes* que no quería mencionar. Es un programa muy trumpista cuando lo analizas a fondo—. ¿Vas a interpretar a un tipo cuyo nombre es Ziad al-Abbasi?

—Ajá. —Tice se encoge de hombros.

—¿En serio? ¿En *Los agentes*?

—Es un papel pequeño.

—No jodas —le digo. Ni en sueños un personaje llamado Ziad al-Abbasi podría tener un arco narrativo de nueve temporadas en una serie sobre contraterrorismo estadounidense en Nueva York—. Y ¿cuál es la historia del tal Ziad al-Abbasi? —pregunto con un dejo de inocencia—. ¿Su gente viene de La Española?

—Bueno —dice y juro por Dios que me mira de esa manera.

—¿Qué? ¿Es un tipo moreno y radicalizado? —Quiero preguntarle si le pidieron que fingiera un acento, pero la respuesta me da demasiado miedo.

—Mira, lo sé. —El tono de Tice es solemne—. ¿Te molesta?

Detesto estas idioteces. Como si yo tuviera la autoridad de emitirle un permiso para interpretar una caricatura racista en televisión frente al resto del Equipo Moreno. No me siento completamente cómodo defendiendo la diáspora islámica en su totalidad ni a todos los países árabes porque, además, quién sabe qué clase de desquiciado sea el tal Ziad al-Abbasi. Pero no puedo creer que esta sea una conversación que deba tener con mis amigos, mis buenos amigos.

Wyn observa el intercambio con interés, como si estuviera esperando a que se desatara una pelea en cualquier momento.

—¿Hay musulmanes haitianos? —pregunta de pronto.

—¿Qué tiene que ver el país de origen con la religión o la raza? —cuestiona Tice a su vez.

—Cierto. Barack Obama es musulmán. —Wyn asiente.

Tice y yo lo miramos fijamente. Luego nos volteamos a ver y nos reímos.

—¿Qué? —le pregunto.

—Obama no es musulmán —aclara Tice con una mueca de hartazgo—. Sus papás eran intelectuales ateos.

—Lo que digo es que puedes ser mitad blanco y mitad negro, y también ser musulmán —argumenta Wyn—. Su madre era blanca.

Y ahora sí me parto de risa.

—Eres un idiota, Wyn. —Tice menea la cabeza—. Pero espera, Pab. ¿De verdad estás molesto por esto?

No lo sé. Esto tiene muchas aristas. No puedo enojarme con alguien por trabajar y ganar dinero, pero jamás creí que llegaría el día en que tuviera que enfrentarme a la página de IMDB de mi mejor amigo y dijera algo así como: «Tyson Scott como el yihadista».

—No sé si yo podría interpretar a alguien que no fuera de mi raza —le digo.

—Ya sé. Apropiación cultural —murmura Wyn, como si estuviera jugando una ronda rápida de bingo de la corrección política.

—La raza es un constructo —interviene Tice.

Odio discutir con él o con Miggs sobre estas cosas. Les encantan los argumentos confusos.

—Solo digo que... —Me pongo de pie e intento acomodar mis ideas—. ¿Y si me pidieran interpretar a un tipo negro que además resultara ser traficante o adicto o exconvicto...?

—Pues... —Tice también se levanta y enjuaga su plato—, cuando los blancos que toman las decisiones en el departamento de casting de una cadena de televisión importante te paguen dinero de verdad por representar a un afroamericano que vende drogas y también las inhala, y que además haya sido falsamente acusado, tendrás mi bendición.

No sé por qué no puedo simplemente estar feliz por él. Es muy mezquino, pero no lo puedo evitar. En este momento me encantaría tener la claridad para decir: «Carajo, si le van a pagar a alguien por hacerlo, que mejor que sea alguien a quien quiero». Pero no puedo. Ni siquiera sé qué parte de mi molestia tiene que ver con él y qué parte tiene que ver conmigo por estar enojado con él.

—Sí sabes que tú no me puedes dar esa bendición, ¿verdad? —afirmo intentando buscar otra forma de abordar el tema—. Tú no eres afroamericano. ¿Qué no ser haitiano te hace más T'Challa que Killmonger?

—¿Qué? —Los ojos se le saltan—. Ser haitiano me hace mucho más Killmonger. ¿Qué no sabes nada de historia? —Ya ni siquiera sé por qué estamos discutiendo, pero queda claro que enfrascarnos en una competencia para ver quién dice la cosa más ignorante es mucho más sencillo que tener una discusión de verdad—. ¿Estamos bien? —pregunta con una sonrisa en la cara.

—Sí —le digo después de asentir. Pero sigo más molesto que cualquier otra cosa. No estamos bien. Para nada.

—¿Sabes? Así es como nos dividen —declara por encima del hombro antes de volver a su habitación.

—Seguro —confirmo—. Y vaya que debemos mantenernos unidos, porque es claro que el lado croata de Wyn es un nacionalista conspiranoico de la ultraderecha que duda de la nacionalidad de Obama.

Tice y Wyn se ríen mientras yo cruzo el pasillo, cierro la puerta del baño y abro la llave de la regadera.

Limpio el espejo empañado con la mano y siento todo lo que podría sentir. A nivel intelectual lo entiendo. No sé qué haría si estuviera en sus zapatos. Tampoco sé cómo se lo diría a mis amigos. El vapor deforma mi reflejo en el espejo.

El agua caliente ayuda. Parado debajo del chorro del agua, intento enjuagarme la sensación de repulsión. Él no entendería la ambigüedad. La verdad es que, al ser mestizo, y a la hora de la verdad, nunca sé si tengo derecho a sentirme ofendido. ¿Cuánta idnignación tengo permitido sentir? Me refiero a que no es como si un tipo blanco hubiera dicho la palabra con «N» enfrente de mí, porque ahí ni siquiera habría intentado discutir. Pero lo cierto es que nadie trata los chistes sobre los *hijabs* ni las estupideces ignorantes sobre Corea del Norte de la misma forma. Y en este país, con nuestra historia, lo entiendo. Ya ni siquiera sé cuántas veces personas que me parecían muy razonables argumentaron enfrente de mí que Apu no era problemático porque se trataba de *Los Simpson*. Pero cuando se trata de mi parentesco islámico por asociación con una familia a la que apenas conozco, o cuando la gente no se da cuenta de que hay un coreano entre ellos cuando estoy cerca, nunca sé qué pensar. Quisiera decirles que no tienen derecho. Decirles que esa no es su gente y no se pueden burlar. Pero no puedo evitar preguntarme qué tan mía es esa gente. Si ellos me aceptarían como suyo de la misma forma que a mí me gustaría decir que son míos.

CAPÍTULO 8

—Dijiste que iríamos ayer —gimotea Rain con una voz chillona que me rompe los tímpanos.

—¿Qué más da? Iremos hoy. —Estamos en el tren siete para ir a ver a papá. Son las seis de la tarde y desperté hace una hora con un dolor de cabeza infame.

—¡Había hecho arreglos! —Rain exclama con un toque de histeria. Es viernes y se nota que la suspensión escolar no está resultando ser las vacaciones que él esperaba. Mamá no bromeaba con respecto a los quehaceres.

Al bajar del tren, guío a Rain al deli que más me gusta de los que hay cerca de casa de papá. En ese momento la veo. Leanna Smart. No es la Leanna Smart de carne y hueso, sino un cartel descolorido en el que anunciaba cierta marca de agua hace algunos veranos. Trae un vestido de algodón blanco y cabello largo como de sirena; el sol le ilumina los hombros desnudos y algún chico le ennegreció los dientes con marcador. Quiero torcerle el cuello al payaso que lo haya hecho, aunque he de confesar que ese payaso bien podría haber sido yo de haber tenido un Sharpie a la mano.

—¡Pab! —Rain me mira desde el final del pasillo. Siento que me arde la cara de vergüenza, como si me hubieran atrapado haciendo algo pervertido—. ¡Apúrate!

Agarro un chocolate inglés, un paquete de cincuenta centavos de galletas Parle-G, esas que tienen al chico que hace una seña de pandillero de la costa oeste, una bolsa pequeña de la mezcla de frituras picantes Bombay a las que mi papá me volvió aficionado y una Coca-Cola.

Subimos por el ascensor. Se nota que en el edificio viven puros migrantes porque los pasillos siempre huelen a comida: comida polaca, comida del Medio Oriente, comida china, comida coreana y comida india. Cada una lucha por ser la más dominante. Si solo hubiera residentes caucásicos y adinerados, todo olería a detergente Tide y vainilla.

—¡Hijos míos!

Papá nos saluda con los brazos abiertos. Él es más afectuoso que mamá. Llora por cualquier cosa y tienes que moverte rápido o seguramente te dará un beso en la boca. Su rasgo más peculiar es que se ha vuelto más atractivo conforme envejece. Tiene ojos claros que me recuerdan a aquel héroe de Bollywood, Hrithik Roshan, así como una cabellera espesa y barba partida. De hecho, cuando se deja la barba, y no es broma, las mujeres se cruzan la calle para intentar hacerle conversación. El problema es que es tan atractivo que no da mucha confianza. Tampoco va con su personalidad, que tiende hacia la ñoñería. Alguna vez le dijo a Rain que tenía el tipo de cara que otros tipos quieren golpear. Fue una larga conversación sobre cómo te tratan los hombres cuando es evidente que eres hermoso, y la verdad estaba más dirigida a Rain que a mí. Juro por Dios que el enano de mi hermano se tarda una hora para arreglarse cada mañana.

—Hola, papá —le devuelvo el saludo.

—*Baba!* —Rain le da un largo abrazo y lo deja besarle la mejilla—. Perdona por llegar tarde —dice y luego me fulmina con la mirada.

Rain y yo nos quitamos los zapatos, lo que según la mayoría de la gente es una costumbre de asiáticos, pero yo he descubierto que es algo que hace todo el mundo salvo los estadounidenses blancos. La mamá de Miggs, que vive en Bed-Stuy, enloquece si entras con los zapatos de la calle a la sala de su casa, donde los sofás están cubiertos de plástico transparente. Te da un par de chanclas gigantescas que bien podría lanzarte a cien kilómetros por hora si tratas de rechazarlas.

—No pasa nada. —Papá lo tranquiliza y me agarra de la nuca—. ¡Feliz cumpleaños, Pablo!

—¿No lleva un mes siendo tu cumpleaños? —reclama Rain.

—¿Ya comieron, chicos?

En casa de papá siempre se come lo mismo. Tiene listos dos sándwiches de *grilled cheese* hechos con el pan de caja más barato y rebanadas queso amarillo de marca libre. A uno de los panes le unta *murabba*, una especie de mermelada, y al otro le pone mango verde en escabeche que también compra en frascos. Preparó además té Barry's Gold Blend endulzado con leche condensada. No sé de dónde sacó esta combinación, pero desde que vive solo come lo mismo. No sé si es porque le gusta o es para lo que le alcanza. Pero a esto me refiero cuando digo que mi papá actúa como si tuviera cien años. Si invitara a una mujer a su departamento, lo imagino ofreciéndole este mismo patético menú. Sigo sin poder creer que no haya un equivalente masculino para *solterona*.

Aun así, es una experiencia reconfortante. Trae puesto un suéter azul de botones que, como le queda grande, hace parecer que él se está encogiendo. Estoy seguro de que es un suéter de mujer, pero no recuerdo de qué lado tendrían que estar los botones. Mi papá nunca le ha dado demasiada importancia a la ropa.

—Entonces ¿te aceptaron en LaGuardia? —Estamos sentados en torno a su diminuta mesa plegable, lo que le permite estirarse sin dificultad y acariciarle la mejilla a Rain.

—Sip —contesta mi hermano mientras revisa su celular con una mano y come el sándwich con la otra.

—¿En serio?

Es imposible entrar a LaGuardia. Literalmente tienes que ser Lady Gaga o Nicky Minaj para que te acepten. A Leanna Smart, por su parte, la educaron en casa. Y lo sé porque ya llegué al punto de googlearla con tanta frecuencia que todo el tiempo me salen anuncios de su línea de ropa deportiva en el navegador. Rain asiente y le da otra mordida al sándwich. Come lentísimo desde que era bebé.

—Ajá, para canto.

—No jodas —le digo—. Felicidades. —Esperen, ¿este enano galán también va a ser famoso? Se me quita el apetito y ya no quiero terminar mi sándwich.

—Hablando de eso… —Papá se levanta, sacudiéndose las migajas del regazo. Luego se pone los lentes y le entrega a Rain una carpeta de aros—. Quiero pedirles que lean mi obra de teatro.

No puede ser. «Quiero pedirles que lean mi obra de teatro» no es algo que debería decirte tu padre. Es vergonzoso. Es como si vieras a tu papá en un video viral o haciendo un performance de poesía en un evento a micrófono abierto. Por cierto, he experimentado en carne propia cómo se te pudre el cerebro en ambas circunstancias.

—¿Una obra de teatro? —pregunto con las cejas en alto.

Rain me da una patada bajo la mesa.

—Es su pasión más reciente —me informa.

—Soy dramaturgo —dice papá alegremente, sin la autoconsciencia de calificarse como «en ciernes», o de decir algo como «estoy intentando escribir una obra de teatro», que es lo que haría una persona normal. Mientras tanto, en los últimos años ha sido poeta, maestro de tai chi, sanador de reiki, ¿y ahora esto? Siento que mi papá se comporta como hijo de ricos, pero sin fideicomiso de por medio.

—¿Podrías enviárnosla? —Siento que el queso plasticoso se me pega al esófago. Ni en sueños leería la obra de mi padre enfrente de él.

—Preferiría no hacerlo —afirma—. Por temas de derechos de autor. —Claro, porque seguro un hacker ruso que está pidiendo comida desde su departamento en Moscú está ansioso por leer el primer intento dramatúrgico de mi padre—. ¿Saben qué? —dice alegremente mientras junta las manos—. Vengan en unas semanas al ensayo. —Revisa el calendario que tiene colgado en la pared. Es rojo con letras doradas, se lo regalaron en Año Nuevo en la tienda de productos chinos—. El fin de semana del dieciocho, a las tres de la tarde.

—¡Genial! —exclama Rain.

—Uy —digo, desanimado—. Ese día trabajo.

—Trabajas por las noches. —Rain me aniquila con la mirada—. Aquí estaremos.

—¡Fantástico! —dice papá—. Salgamos a dar una vuelta.

Desde que leyó en la biografía de Steve Jobs que el fundador de Apple era fanático de las caminatas, papá acostumbra tomar largos paseos sin rumbo durante dos o tres horas, dependiendo del día, mientras mastica semillas de hinojo. Hoy en día es lo primero que hace al levantarse y después de comer. Y entre paseos escribe currículos ajenos por setenta y cinco dólares. No es mal negocio. Papá no reniega de nada; ha dado asesorías, impartió clases de manejo, e incluso trabajó como el portero más dicharachero del Triborough durante una temporada.

—Se me ocurrió la idea para la obra cuando caminaba por Kissena —explica en tono reverencial mientras caminamos por Main y cruzamos Roosevelt. Créanme que Kissena Boulevard no tiene nada especial, salvo porque el cerrajero vende peces exóticos en la parte trasera de su local, lo cual solo es confuso. ¿Cómo anuncias un negocio así? El parque es agradable, pero papá nunca va para allá—. Se aprende mucho sobre uno mismo cuando estás en silencio.

Mientras dice eso, se escuchan los cláxones de los autos y las maldiciones multilingües de los conductores, incluso a pesar del frío invierno. Cuando papá camina, se inclina hacia el frente y entrelaza las manos detrás de la espalda, como un viejito. Rain lo imita. Siempre han sido Rain y papá por un lado, y mamá y yo por el otro. Ellos son los soñadores; nosotros somos los realistas.

—Deben escucharse a sí mismos para saber lo que quieren.

Supongo que no tendría nada de malo intentarlo. Entrelazo las manos y sincronizo mis pisadas con las suyas. Mientras intento «escuchar lo que quiero» ocurre lo impensable: un taxista pasa junto a nosotros con la ventana abierta, escuchando a todo volumen «Agonize», cantada ni más ni menos que por la mismísima Leanna Smart. Juro que no estoy mintiendo. Me enderezo y camino de forma normal, como si ella me estuviera observando. Un poco aturdido, sigo a mi padre y a mi hermano directamente hacia un salón de banquetes genérico, con alfombra roja y repleto de gente. Papá, quien va a la cabeza, cruza el salón con paso decidido.

—Papá —le susurro entre dientes, pero está demasiado lejos para escucharme. Todo mundo está vestido muy formal. Los *shalwar kameez,* los trajes Anarkali y los *saris* son superelegantes, engalanados directamente con joyas y pedrería brillante. Mi hermano y yo lo seguimos.

—¡Sunny! —exclama papá con alegría y un tipo que supongo que es Sunny, un cincuentón en un traje de tres piezas, se levanta de la mesa donde es evidente que los doce comensales acaban de sentarse a comer. Tienen sonrisas rígidas, como diciendo: «¿Quiénes son estos intrusos malvestidos?». De cualquier modo, Sunny toma a mi padre de las manos y sonríe—. Ellos son mis hijos —explica y luego dice algo en urdu que hace reír a Sunny. Rain y yo solo sabemos unas cuantas palabras en urdu, además de las frases en coreano que mamá nos hizo aprender por la fuerza. Papá es capaz de conversar en urdu y nos quemó unos CD con tutoriales, pero nunca nos obligó a escucharlos ni nos hacía exámenes sorpresa, como mamá.

—*Salaam* —dice Sunny.

—*Wa-Alaium-Salaam* —murmuramos ambos a la vez.

—*Aapka naam kia hai?*

—Rain —anuncia mi hermano.

—Pablo —digo en un murmullo. Siempre me siento como mil por ciento más tonto cuando hablo con paquistaníes o coreanos que acabo de conocer.

—*Zabardast!* —exclama Rain con su estúpida voz al estilo Bill y Ted, pues *zabardast* significa «excelente».

Sunny se ríe como para darle gusto y señala la larga mesa, rebosante de comida.

—Ya comimos —dice papá.

—Postre, entonces.

Tomamos unos tazones de ras malai —imaginen un pastel de queso hiperdulce y sin la base, y espolvoreado con nueces— y algunos gulab jamun, mis favoritos: pastelitos redondos fritos, bañados en un jarabe aromático. Mamá nos los preparó una vez en un cumpleaños de papá, pero el aceite se derramó por todas partes; nos tomó más de una hora limpiar. Más tarde papá nos dijo que sabían a resentimiento, mientras nos hacía un guiño, pero la verdad a mí me encantaron. También hay burfi y grandes cantidades de mithai variados, así como un complicado plato de paan: pequeños paquetitos de hoja de betel con especias, frutas azucaradas y otros ingredientes que te dan un levantón tremendo. Papá alguna vez se hizo adicto por accidente al paan de tabaco durante un año, en el que se la pasó escupiendo un jugo rojo todo el tiempo, hasta que lo obligamos a dejarlo porque nos parecía asqueroso.

Hay una mesa medio vacía en la esquina, así que ahí nos sentamos. Otro tipo trajeado toma el micrófono.

—Gracias otra vez por acompañarnos a celebrar a mi hija Amina y a su esposo, Hamid.

El salón estalla en aplausos.

Al igual que Rain, me doy cuenta demasiado tarde: nos colamos a una boda. Miro a mi alrededor, en un intento ansioso por adivinar en qué parte de la festividad estamos. No sé si el caballo ya vino y se fue. No sé si me obligarán a participar en bailes cuyas coreografías no entiendo, salvo por aquel que se parece al de Kid 'n Play.

—Amina, haciéndole honor a su nombre, siempre ha sido constante. Y a pesar del amor de Hamid por los Yankees… —Hace una pausa para efecto cómico—. Cuando menos tiene la decencia de ser punjabi. *Alhamdulillah*…

—Papá —digo en un susurro. Mientras tanto, papá mira a la feliz pareja con orgullo, como si fueran sus propios hijos—. ¡Papá! —Por fin me mira—. ¿Quién es esta gente?

—¡Shhh! Es la familia de Sunny.

—¿Y quién diablos es Sunny?

—Es dueño del restaurante de biryani en Fresh Meadows.

—¿Te invitaron a esto? —pregunta Rain.

Papá mueve la cabeza de un lado a otro, sin dejar de sonreír mientras observa el brindis.

—No como tal —dice—. Pero miren a su alrededor. Somos bienvenidos. Es una celebración.

Rain se parte de risa y yo tomo un último bocado con la cuchara.

—Vámonos —los apresuro, con la boca llena.

Papá se encoge de hombros y se pone de pie.

Rain toma un puñado de pakora a la salida, y papá le quita una mordida (o, como él dice, le cobra impuestos). Trotamos hasta el final de la cuadra, riéndonos, como si fueran a perseguirnos.

Cuando llego a casa el chocolate que compré, y que había olvidado, se me cae del bolsillo de la sudadera. Es feo, delicioso, chicloso, y está lleno de cacahuate, pasas y caramelo. Lo corto en pedacitos y lo echo a la bolsa de mezcla de frituras de Haldiram, pues combina con lo salado y lo crujiente. Las galletas las dejo para después. Lo subo a Instagram junto con los Kiko Kostadinov x Asics Gel-Delva 1; uso el filtro más estrafalario que encuentro, porque esos tenis también son una combinación de lo más extraña y porque, escúchenme bien, es una combinación que va más allá de los colores.

Me preparo para ir a dormir. Estoy exhausto, pero siempre que detengo mi cerebro es como si veinte pares de ojos dentro de mi cabeza se abrieran de golpe. Me pregunto qué estará haciendo. Me pregunto qué estará comiendo. Me pregunto si Carolina Suárez me recuerda, tomando en cuenta que ni siquiera sabe cómo me llamo.

Mis dedos me llevan hasta su perfil. Me ataca una sorprendente sensación de soledad. Vuelvo a mi última publicación, la cual ha conseguido unos cuantos *likes* a pesar de la hora. Le agrego un *hashtag* más a la cacofonía habitual. Junto a #foodporn, #foodie, #chocolate, #tenis, #sneakers, #Asics y #búlgaro, pongo #espeleología.

Dos días después, Alice (Tinder) me escribe cuando estoy saliendo del trabajo.

Alice (Tinder)
¿Dónde estás?

Pablo
Saliendo

Han pasado tres semanas desde la última vez que supe de ella.

Alice (Tinder)
Ven.

Alice trabaja como asistente en una editorial, así que su redacción siempre es impecable. Pero el tono que el punto final le da a su mensaje me pone de mal humor. Es tan imperativo. Alice vive en Midtown, en un departamento de una sola habitación con lavadora y secadora; lo comparte con su novio, quien paga la mitad de la renta desde que consiguió trabajo en Albany, pero él solo viene a la ciudad los fines de semana. Comienzo a escribir la respuesta

Pablo
No puedo

Leanna Smart aparece en mi cabeza.

«Deja de soñar».

Borro el mensaje. Estoy en la cama con Alice a las nueve… en punto.

CAPÍTULO 9

—Huele esto —dice Alice un par de horas después, mientras me restriega el antebrazo en la cara. El cabello se me esponja mientras se seca, pero no dejo de intentar aplacarlo con las manos, pues no traje ningún producto conmigo. Ella insiste en que me bañe antes de siquiera entrar a la habitación. «Gérmenes del metro», dice siempre, sin falta, con la nariz arrugada.

Estamos acostados, y la escena parece mucho más familiar con la luz del día. Es como si fuera fin de semana en una relación de verdad.

—Huélela —me ordena. Su delgada muñeca se planta justo debajo de mi nariz. Me acerco adonde las venas se entrecruzan y detecto el aroma frutal: ciruelas, cerezas y moras tan maduras que están casi podridas. Sin maquillaje, Alice es tan pálida que se le ve algo de azul en las sienes. Vuelve a frotar la muñeca contra la pequeña tira de muestra de su revista. Y en ese momento veo a Leanna Smart, retorcida y brillante, mirándome desde la página.

Si estuviera jugando «Dónde está Leanna Smart», ya habría ganado. Es eso o me estoy volviendo loco.

Las muñecas de Alice son muy distintas a las de Leanna Smart, su química, su pulso, sus hormonas, los depósitos de aceite en su piel y, por supuesto, la forma en la que las partículas se trasladan al papel. Pero esperaba olerla. Esperaba oler el intenso aroma a durazno, con un oscuro e inefable acento de madera muy sutil. Es el anuncio de la fragancia llamada Leanna Smart, diseñada por Leanna Smart, pero no es lo mismo.

Alice se pone una corta bata de seda y tira la ofensiva página al bote de basura de metal que hace juego perfecto con su escritorio y la silla.

—¿Sabías que le dieron un contrato de más de un millón por sus memorias? —pregunta—. ¿Quién necesita contar la historia de su vida a los diecinueve años?

Necesito aire.

—¿Quieres salir? —sugiero.

—Está helando —objeta mientras se asoma por la ventana—. ¿Quieres beber? —Los ojos se le iluminan—. ¡Brunch con alcohol! —exclama—. Mimosas o... uff... unas hot toddies. —Se talla las muñecas una y otra vez con una toalla que cuelga de un gancho en su baño—. Qué asco este perfume. Da dolor de cabeza. Parece una fragancia hecha para *strippers* preadolescentes. Con unas notas de dulce quemado. Dulce quemado y metanfetamina. —Alice retuerce la cara en un gesto dramático y toma su celular. Alguna vez me contó (con bastante orgullo) que duerme con él sobre el pecho—. ¡Dios! —exclama mientras pasa el dedo por el teléfono con gesto de fastidio—. ¿Cómo es que tengo cincuenta y cuatro correos nuevos?

La actividad favorita de Alice es contar cuántos mensajes ha recibido desde la última vez que revisó el celular. Es como si esa cifra diera cuenta de lo importante que es su trabajo, de cómo la está «rompiendo» en Nueva York. Tiene dos jefes y trabaja en los equipos de ambos, y una vez, mientras tomábamos café, me mostró sus notificaciones de Slack; en ese mismo instante perdí las ganas de vivir.

—Me alegra mucho que hayamos tenido el día libre. —No sé si lo dice de forma irónica, entre el caminar furioso y el tecleo incesante—. Ugh, están todos enojados conmigo. Necesito un trago.

Lo que yo necesito es largarme de aquí. Alice me está estresando. Es cierto que parece tener un propósito, y su absoluta dedicación a mandar correos mientras frunce el ceño tiene algo de atractivo. Una parte de mí se pregunta si quisiera su vida: un trabajo normal, una dirección de correo que suene oficial, tarjetas de presentación. Alice dice que en su edificio hay una cafetería solo para su empresa.

Debería ir a casa y terminar mis solicitudes para la universidad. Investigar acerca de los apoyos financieros. Intentar conseguir algún seguro médico. Lo que sea, menos ver a alguien más trabajar. Pero la idea de sentarme a leer la letra pequeña me pone nervioso.

—Gracias por venir —dice y al fin voltea a verme. Lo tomo como la señal para irme y me pongo los jeans.

—¿Te gusta tu trabajo? —Nunca había pensado en preguntárselo de forma directa.

—Claro. —Suena casi a la defensiva, como si el celular del trabajo pudiera escucharla. Se sienta frente al tocador y se unta crema en los brazos con un vigor que hace parecer que está enojada con su piel por necesitar la hidratación. Me resulta una escena extrañamente íntima—. Digo, tú *sabes* cómo es el mercado laboral —le dice a mi reflejo. En realidad nunca me ha preguntado a qué me dedico—. Hice seis pasantías. Cuatro sin cobrar. Y tuve que ganarles a otras tres chicas para conseguir el puesto permanente, después de siete meses de trabajar como externa. Me encanta mi trabajo. Aunque no estoy diciendo que me quedaría más de dos años, a menos que me den un mejor puesto y me suban el salario. —Hace una pausa, toma de nuevo su celular y sonríe—. Ya lo verás cuando estés listo para decidir qué quieres —añade en ese tono meloso que sugiere que va a querer besarme la frente y darme una nalgada cuando me corra de su casa.

—Bueno, me voy.

Examino la cuadra al salir. Hace frío, pero es un día brillante. Resplandeciente. El aire me pica en la nariz como si estuviera hecho de agujas diminutas.

Sin duda alguna, el peor lugar en Nueva York es Times Square. Pregúntenle a cualquiera. Sin embargo, si vas en el momento correcto, cuando las coladeras humean como hacen en las películas, aunque no haya saxofonistas con boinas y frasecitas sabias, la luz puede ser encantadora. Zigzagueo entre una familia de turistas, cada uno lleva a cuestas una montaña de bolsas llenas de compras, vadeando a paso glacial la nieve enlodada.

Hay una gran presencia policiaca. Siempre que veo muchos policías en una sola cuadra en esta parte de la ciudad pienso lo mismo: desastre natural. He visto todas las odas cinematográficas a la destrucción de mi ciudad, así que, si voy a cualquier sitio que parezca una referencia cinematográfica de ella —la Estatua de la Libertad, el edificio Chrysler o el puente de Brooklyn—, lugares que mis amigos y yo solemos evitar, pienso en tsunamis y en *Sharknado*.

Hay barricadas metálicas por todas partes y manadas enteras de adolescentes que se zangolotean. Parecen peces recién salidos del agua: tuercen el cuello hacia arriba en busca de alguna actualización, cualquier actualización, y se pasean de un lado a otro, mirando alternativamente sus teléfonos, las pantallas de LED y las tiendas.

—¿Qué pasa? —le pregunto a un vendedor de hot dogs de Bangladesh que está en su esquina habitual, frente a las gradas de TKTS. Al norte de la ciudad, los vendedores de hot dogs son dominicanos, pero en esta zona absolutamente todos son de Bangladesh, a diferencia de los vendedores de nueces, los tipos que tienen arroz con pollo halal y los vendedores de jugos, que son más bien de una especie distinta.

El tipo de los hot dogs señala hacia arriba y, juro que no estoy bromeando, veo a Leanna Smart. Una versión electrónica y de catorce pisos de su cara.

—¡Por fin llegó el día a la Gran Manzana! —dice el video. Como si de verdad alguien le llamara la Gran Manzana—. La nueva fragancia Leanna Smart, de Leanna Smart. —Muestra la botella de aspecto arquitectónico y le da un beso. Es un trozo de cristal con forma de clarín, rosado de un lado y esmerilado del otro—. Hoy, solo en Sephora.

El video se disuelve en pequeñas partículas blancas y negras. Y cuando vuelve a tomar forma, la imagen es la de una niña dentro de la tienda, con la botella en la mano y llorando de emoción. El público aúlla.

Luego aparece otra niña. Después otra que no puede tener más de ocho años. Todo el mundo está perdiendo la cabeza ante la idea de entrar, comprar su botella, tomarse una selfie con Leanna Smart, y mirar por encima de Nueva York como si fueran diosas. Es una escena de la cual sus amigas envidiosas no pueden más que tomar una fotografía desde afuera. Tal vez un video. Quizá un *boomerang*, si es que son supersolidarias, y por el cual más les vale recibir crédito. Un turista se estrella conmigo cuando me doy vuelta para cortar camino por otra cuadra. Esto es peor que cuando el papa viene a la ciudad. Las calles cerradas implican que el tráfico estará hecho un desastre. Estoy a punto de cruzar la calle para tomar un tren cuando veo a un tipo con un chaleco anaranjado brillante y un letrero plateado y naranja. La forma en la que dirige el tráfico —jovial, como si le encantara su trabajo— me recuerda mucho a mi papá; por eso, cuando veo su suéter azul marino debajo del chaleco, casi me atropella un taxi.

Tengo las piernas empapadas del negro y lodoso jugo de la calle, y a pesar de que el tipo es más bajito que mi papá y no tiene barba, siento como si hubiera visto un fantasma.

Por favor, no me dejen terminar como él.

Corro hacia el andén y logro tomar un tren de inmediato. Una vez ahí, entro a las Instastories de Leanna Smart en busca de más información. Hay un video de ella con la botella de perfume que luego lanza a la cama de su habitación de hotel, detrás de la cual se puede ver Nueva York. Así que de verdad está aquí.

El pie de foto dice:

> Sé que es una locura experimental y superconceptual ponerle mi nombre al perfume. Pero qué soy sino una lunática que ama los riesgos.

Entonces lo veo: #LeannaSmart, #Sephora, #NuevaYork, #Smartees, #Espeleología.

Me acerco la pantalla. #Espeleología

Incredulidad.

Una temblorina de júbilo me revuelve el estómago. Es como una sacudida de la gravedad, cuando sientes tus intestinos caer al subirte a una montaña rusa, pero más pequeño y cálido. ¿Qué significa todo esto? ¿Qué significa cualquier cosa?

CAPÍTULO 10

Le doy *like* sin pensarlo. Es indudable que el juego ha comenzado. Que quede claro que estoy dispuesto a jugar.

Pero ¿para qué?

Durante tres días enteros contemplo la inutilidad de enviar un mensaje privado, mientras me parto la cabeza pensando si debería dejar un comentario. Decido no hacerlo. Quisiera que existiera una guía para hacer estas cosas. Alguien a quien preguntarle sobre las reglas. Quora, como es de esperarse, no sirve para nada. Siempre funciona para medir la desesperación: si ya estoy navegando en los rincones más oscuros de Quora es porque me urge recibir ayuda.

En un intento por sentir aunque sea un ápice de calma no hago nada y me revuelco en el autodesprecio mientras me mantengo superatento en el deli, en caso de que, en efecto, viva cerca de aquí. La sensación de ser un perdedor alcanza unos niveles repugnantes y ensordecedores para cuando vuelve.

Porque sí, ella vuelve. Así como así.

Leanna Smart entra a la tienda. Todo ocurre en una cámara lenta onírica y extracorporal. Recibo tanta información sensorial al mismo tiempo que me siento como si fuera Daredevil: su olor (diferente al perfume que lleva su nombre), la forma en que mueve la cabeza cuando habla, sus dientes. Ni siquiera puedo explicar cómo en ese momento todo parece imposible y, simultáneamente, inevitable. Es como el fin del mundo en algunas mitologías. Todo el mundo sabe que se avecina, pero no lo crees por completo hasta que ocurre. Salvo que, por supuesto, esto es diferente. Este es un principio, no un final.

Por fin.

—Hola, chico triste —saluda Leanna Smart exactamente once días después de que nos conociéramos. Otra vez viene a una hora indecible.

Me quedo atónito, mientras miles de pestañas en el navegador de mi cabeza estallan con un GIF de mí agitando el puño hacia el cielo. Estoy jubiloso. Triunfante. También siento la tentación de pellizcarle la mejilla para asegurarme de que no es uno de esos hologramas de sobrecargo que ponen ahora en los aeropuertos.

Esta vez trae puesto un abrigo pachón, a juego con una estola y pants.

—Ah, hola —le digo. Y luego—: ¿Qué onda, Suárez? —Llamarla Leanna Smart es una locura. Sería como decirle a alguien Mickey Mouse o Coca-Cola.

—¿Sabes algo? —dice—. Me he comido tu comida y me acurruqué contigo para calentarme, pero no sé cómo te llamas. —Esboza una sonrisa sin complicaciones. Como si fuéramos amigos. Como si lleváramos tiempo siendo amigos.

¿Y yo? Parece que tengo un retraso de cinco segundos. Estoy atrapado en sus labios, en la forma en que se mueven. En sus pómulos. En la mano que se quita un mechón de cabello de la frente. En los diminutos pulgares que parecen más dedos del pie que de la mano. Una serie de cifras me pasa volando por la cabeza: trescientos cuarenta y cinco millones, ciento doce mil cuatrocientos cincuenta y nueve, el número de veces que se ha reproducido «Tower», el sencillo multiplatino de *Milestone*, el exitoso cuarto álbum de Leanna Smart; ciento cuarenta y tres millones, el número de seguidores de Leanna Smart en redes sociales (contando bots, pero qué más da). Sé que su ojo izquierdo es ligeramente más grande que el derecho. Más triste. ¿Más triste? Sí, más triste. Un poco. Y la voz, la voz, LA VOZ. Más profunda de lo que cualquiera imaginaría. Más grave. No, rasposa. Con textura. Tangible.

—Sé que arroba Munchies Paradise no es tu nombre oficial —dice en tono ecuánime—. A menos que tus padres sean operativos de Sabritas y tú seas el vocero de la diabetes infantil... y la gota.

Me sonríe, ladeando la cabeza de un modo que reconozco como Eso Que Leanna Smart Hace, después de haber estudiado horas y horas de videos y entrevistas. Hago la nota mental de borrar mi historial de búsquedas.

—¿Te imaginas? —pregunto con absoluta tranquilidad. En realidad el corazón me está martillando el pecho (y suena como a *espeleo, espeleo, espeleo*), pero mantengo la calma—. ¿Y si eso fuera lo que mis papás realmente quisieran de mi vida? Tendría que tatuarme logotipos de comida chatarra en el cuerpo como si fueran mi uniforme de NASCAR.

—Sería increíble —afirma—. Mitad rapero de SoundCloud y mitad anuncio de Nestlé. —Se acerca con la mano extendida—. Puedes llamarme Lee —dice y yo siento una calidez ante la idea de decirle cualquier cosa, pues estaba convencido de que nunca volvería a verla.

«Lee». Mi mente hace un esfuerzo monumental por reconciliar la sílaba con los anuncios que cubren edificios completos y las incontables —en serio son muchísimas— fotografías desde todos los ángulos posibles que he absorbido. Lee. Como el título del recién anunciado quinto álbum de estudio de Leanna Smart. En teoría, su álbum adulto. El…

«Mierda. Tienes que contestarle».

—Pablo —digo, estrechándole la mano. Está fría. La suelto en contra de mi voluntad—. Y no creas que mis papás me hicieron ningún favor. Mi primer nombre es Pablo Neruda, así, completo. Mi apellido es Rind.

—¿El poeta?

Suelo detestar esto. La gente que reconoce el nombre me pide que recite algo, como si eso fuera a acercarlos al célebre poeta chileno. Dicho eso, me alegra que Leanna —*Lee*— sepa quién es. La mayoría de la gente lo ignora.

—Sí —contesto.

—¡Dios! ¡Qué emo! —exclama. No se equivoca—. Momento, ¿entonces tengo que llamarte Pablo Neruda? ¿Todo completo?

—Nah. Pab está bien.

—Pab será entonces. —Esboza una sonrisa boba. Debajo del abrigo, Lee trae puesto un suéter amarillo pollo—. Dime, Pab —continúa—, ¿qué has hecho últimamente?

—He estado aquí parado desde que te fuiste, contemplando la mortalidad y la condición humana. Solo me apago cuando se acaba mi turno.

—Eso creía de los adultos cuando era niña —dice—. ¿Alguna vez leíste esos libros para niños en los que cada uno de los animales del pueblo tenía empleo? El gato era cartero. *¿Scarry Town?*

—¡Scarry Town! —Lo recuerdo—. ¿No había un león y un gusano que usaba sombrero?

—¡Sí! Yo creía que los maestros vivían en la escuela y que el cura vivía en la iglesia.

—¿Dónde más vivirían? —Me imagino una versión infantil de ella. La misma cara con forma de corazón. La misma seriedad. Tantas interrogantes.

—Y luego empecé a actuar —explica—. Resulta que la gente que ves en las películas y en la televisión es real y aburrida. Son chaparros, y algunos tienen tan mal aliento que te mueres.

—Una razón más para no trabajar en TMZ, supongo. —No puedo dejar de sonreírle—. Conocer a tus héroes y descubrir que su higiene dental es menos que óptima.

—Superdecepcionante.

—Jamás me repondría de ese golpe.

—Hablando de dientes, a mí me dolieron después de toda el azúcar que comimos —afirma—. La última vez. Cuando estuve... eh... aquí. Tú también estabas aquí —añade.

Leanna Smart está tartamudeando en mi tienda. «¿Acaso está nerviosa?».

—Y ¿con qué te podemos ayudar esta noche? —Si esta fuera una cantina, le deslizaría un vaso de whisky por toda la barra hasta que llegara justo a su mano.

—¿Por qué no echo un vistazo... y hago un poco de espeleología?

Sonrío.

—Espeleola todo lo que gustes.

Observo su gigantesco abrigo en el diminuto monitor. Se sumerge en el pasillo de la comida saludable, y yo me siento como un pervertido observándola, hasta que reaparece con algas bajas en calorías y un agua de coco no pasteurizada, además de un paquete de moras.

—Ahora soy vegana —aclara.

—Aquí no juzgamos a nadie —le aseguro mientras marco los productos. El corazón se me encoge tres tallas.

Pone su tarjeta en el mostrador y saca una de esas bolsas reusables que se doblan dentro de sí mismas. Noto que el patrón de la tela es de perritos yorkshire terriers en vez de lunares, y algo en mi interior se derrite.

Esta vez no tiene problemas con el lector, y cuando cruzamos miradas me sonríe.

Le entrego su compra, y se apodera de mí un pánico porque está por irse de nuevo y desaparecer en el éter de internet, así que hago la única cosa apropiada, aquello que cualquier neoyorquino que se respete haría en presencia de un vegano.

—Oye, tú, déjame invitarte el desayuno —escupo.

—Oye, tú —me imita, sonriendo—. ¿Cómo dices?

Lo intento de nuevo.

—Hay un lugar de bagels aquí junto, si gustas acompañarme. Los bagels son veganos.

—¿No tienen huevo ni nada?

—Nah. A menos que pidas un bagel de huevo. —Siento otro latido—. Ese sí tiene huevo.

—Sí, pero ¿tiene bagel?

—Solo trazas de bagel.

Dos sonrisas idénticas atraviesan nuestros rostros.

—¿Cuándo?

Miro el reloj. Mi turno termina en diez minutos.

—¿Ahora?

—Okey —contesta.

Es una cita. Tengo una cita con Leanna Smart.

—No va a ser… ya sabes… *Desayuno en Tiffany's*, ni nada por el estilo —le advierto, antes de informarle al señor Kim que me voy. Tomo mi abrigo del gancho en la parte trasera y vacilo por un segundo, creyendo que, si dejamos la atmósfera de la tienda, esto habrá resultado ser un sueño.

—Sí sabes que en la película en realidad no desayunan en Tiffany's, ¿verdad? —pregunta cuando salimos a la oscuridad de la calle. Se pone la capucha y la cierra como si fuera Kenny de *South Park*. Con el viento, debemos estar a veinte grados bajo cero, y mi cuerpo entero se contrae como si hubiera saltado al mar helado. Lo único que sé sobre esa película es que tiene un chiste racista contra los asiáticos, y mi mamá la detesta.

—Pensé que era como *Una noche en el museo*, pero con omelettes en la joyería.

—Nop.

—¿Waffles?

Sacude la cabeza con fuerza.

—Y tampoco hay croquetas de papas.

—¿Quién lo habría pensado?

—Unas cuantas personas.

Vamos a la tienda de bagels que está al final de la cuadra: el Universo del Bagel. No debe confundirse con el Mundo del Bagel ni con el Paraíso del Bagel; ni siquiera con el Abismo del Bagel, que está a dos cuadras. Que no te engañen los imitadores: el Universo del Bagel es la onda. Además, abre a las cinco y media de la mañana.

—¡Ufff! —exclama cuando entramos corriendo, abrazándose y temblando frenéticamente—. Nunca me voy a acostumbrar a este clima.

La iluminación es una mierda, pero el tocino huele bien. Choco puños con Nando, el parrillero. No sé si tiene treinta o cincuenta años, pero le damos kimchi a cambio del pan del día anterior, con el que el señor Kim hace frituras para vender. La frugalidad de un hombre coreano es implacable.

Nando saluda a Leanna, y busco en su cara alguna señal de que la reconoce, pero su actitud pícara tiene mucho más que ver con el hecho de que haya llegado con una chica linda a las seis de la mañana que con cualquier otra cosa. Además, Nando solo escucha bachata, y para él toda la música se divide en Anthony Santos y *lo que no es* Anthony Santos.

—Sabes que no soy vegana —dice mientras le echa cátsup al bagel de tocino, huevo y queso que pidió.

—Tenía mis sospechas. —Apunto con la cabeza hacia el sándwich. Cuando pidió huevo, queso y tocino, Nando y yo la corregimos por instinto. Es muy molesto ser un machiexplicador de sándwiches, pero en Nueva York siempre es tocino, huevo y queso: THQ. En ese orden. Es una tradición, o algo así.

—Fue una tontería —dice con dulzura—. Pensé que te burlarías de mí por la comida saludable, pero no lo hiciste. Y luego me di cuenta de que era una estupidez, porque entonces tendrías que devolverla a los estantes. Así que decidí comprarlo todo, aunque creo que el agua de coco sin pasteurizar es una estafa. —En ese mismo instante le doy una mordida de proporciones ridículas a mi comida, y no puedo más que asentir y masticar como reacción al chiste, mientras Leanna se encoge de hombros y se sonroja. Es tan linda; quiero estrujarla—. Tengo una pregunta —agrega, con los ojos clavados en la mesa.

—Dime.

Se toma un momento.

—Eh… ¿compartimos una de esas galletas blanco y negro?

Suelen ser un poco decepcionantes, parecidas a las Nuts 4 Nuts, esas empaquetadas que compras en la calle, pero no se lo digo.

—Por supuesto que sí. —Estoy casi seguro de que eso no es lo que quería preguntarme—. ¿Qué más?

Se lleva el pulgar a la boca.

—¿Sabías quién era cuando te ofreciste a pagar mis compras la semana pasada?

Repaso la escena en mi cabeza.

—No —digo al fin. Ella asiente y le da una mordida a su bagel, así que continúo—. La verdad, solo me pareciste alguien que había tenido una noche muy loca. Entre que eran las cinco de la mañana, no traías abrigo, el vestido y la expresión que tenías en la cara, parecía que te hacía falta un snack.

—Ja. Qué buena descripción.

—No me di cuenta de lo que estaba pasando hasta lo de la tarjeta. Y luego quise hacerme el genial.

—Pues sí fue genial cuando me llenaste de datos sobre tarjetas de crédito y millas de viajero.

—Claro. El mejor momento de la noche.

Sigue un poco tímida con el contacto visual, así que me pongo de pie para ir por la galleta. La partimos por la mitad y dividimos la tirita de papel encerado; y cuando me da una parte de lo que le sobró del bagel lo inhalo. Estoy a punto de reventar, pero si Leanna Smart te da comida, te la tragas. Lo mismo si te pide que le abras un frasco. Aun si tuviera que llevarlo a la parte trasera del restaurante y golpear la tapa con desesperación contra una pared y amarrarle una liga para agarrarla mejor después de pasarla por agua caliente. Y si eso no funcionara, tendría que pedirle a Nando que me cubriera mientras yo paso mi enorme cuerpo por la diminuta ventana del baño para salir corriendo a la tienda y comprar un frasco que sí pudiera abrir.

Mierda. En este momento me doy cuenta de lo mucho que me gusta esta chica. Es cierto que millones de personas están obsesionadas con ella, se echan a llorar o se desmayan cuando la ven. Pero a mí me gusta. Mátenme ya.

Lee se quita el gorro, lo que me permite examinar su cabello. Se da cuenta de que la estoy viendo y se jala las puntas.

—¿Nuevo corte? —Le llega solo a los hombros y no hasta la cintura.

—Les gusta experimentar con él.

—¿A quiénes? —Alzo las cejas y le doy un sorbo al café mientras imagino a una tropa de elfos con tijeras cortándolo mientras ella duerme.

—Al equipo.

—Ah, el equipo. —Los elfos se transforman en una marabunta de ejecutivos trajeados.

—Me dan siempre los mismos papeles en las películas, así que están experimentando con cosas nuevas.

—Y ¿cuál es el papel?

—Personalidad tipo A, molesta, superblanca.

—Qué horror.

Aplasta el aluminio de su bagel y lo hace bolita, y yo hago lo mismo con el mío.

—¿Sabes algo? Lo de la música no me encanta.

—¿Qué no vas a lanzar un álbum pronto? —pregunto en tono casual, como si no supiera que sale a la venta exactamente en tres semanas.

En ese momento, un pedazo de galleta se desvía hacia su tráquea, y le entra un ataque de tos. Me pongo de pie tan rápido que mi silla cae hacia atrás, por si acaso necesita que le haga la maniobra Heimlich. Tiene los ojos bien abiertos. Se cubre la boca con una mano y agita la otra para indicar que está bien.

Me vuelvo a sentar y abro su agua de coco, que está en la bolsa del piso, junto a sus pies, y espero a que los espasmos cedan.

—Ay. —Exhala y toma un traguito. Tiene los ojos llenos de lágrimas—. Qué vergüenza. —Mierda. Mi sistema suprarrenal no resiste estar con esta chica—. Dios. —Suspira—. ¿No te gustaría tener un letrero de ERROR: DISCULPE LAS MOLESTIAS para la otra persona cuando pasan cosas así?

—Confieso que es un lado de ti que jamás creí ver.

Se ríe mientras se seca las lágrimas.

—Supongo que somos demasiado geniales para esta vida.

—Entonces, antes de que casi te murieras…

—¿Antes de que viera mi vida entera pasar frente a mis ojos…?

—¿Estabas diciendo que no te gusta la música?

—No toda la música —puntualiza—. Mi música. —Jamás se me ha ocurrido formarme una opinión sobre su música. Es de lo más inofensiva. Pegajosa. Como jadeante. Por lo general suena como si estuviera intentando enfriar comida caliente dentro de su boca—. No tiene nada que ver conmigo.

—Por lo menos funciona —intento reconfortarla.

A la música de Leanna Smart no le falta difusión.

—No tengo un Grammy.

Me pregunto cómo sería mi vida si esa fuera una de mis preocupaciones: no tener un Grammy.

—¿Un Grammy te haría feliz?

Se encoge de hombros.

—Antes de que saliera mi primer álbum estaba muy nerviosa. No dormí durante semanas. Estaba hecha un desastre. «¿Y si me odian? ¿Y si solo quieren verme en la televisión y lo demás no les importa? ¿Y si llegué a la cima de mi carrera a los nueve años?». Todo eso.

—¿Y cuando eso no pasó…?

—La verdad, me sorprendió. Billboard, Spotify, YouTube, todo… Los números eran una locura.

—Eso tuvo que sentirse bien, ¿no? —Pienso en mi propio y patético momento de fama, cuando todo el internet parecía estarme mirando. Es una sensación que solo se vuelve tóxica cuando empieza a desaparecer.

—Claro —murmura, como por obligación—. No tengo derecho a quejarme.

—Te puedes quejar si quieres.

—Es solo que… primero, yo no escribo mis canciones —explica—. Luca, mi manager, se hace cargo de todo. Él elige los *tracks*, a quienes componen, a quienes hacen las mezclas, a quienes producen, la secuenciación, las mezclas duras, el primer corte, el segundo corte. —No conozco ni la mitad de esos términos, pero no la interrumpo—. Organiza unas cosas que se llaman «campamentos de composición», y ahí reúne a la mejor gente de la industria musical de todo el mundo. Los compositores y productores responsables de tus canciones favoritas. Se reúnen durante semanas y hacen cientos de miles de *tracks* para que escojas. —Le da otro sorbo a su agua de coco—. Luego vas al estudio y te autotunean hasta la muerte —continúa—. Escogen los mejores segundos de tu voz de cada grabación, y luego lo pegostean todo. —Me pregunto si Lee siquiera está en el estudio durante esa parte del proceso—. ¿Sabes lo que es el valle inquietante?

—Claro —le digo—. Es cuando un robot baila tan parecido a un humano que el humano siente repulsión.

—Exactamente. —Lanza una risa seca—. Mi vida es ser prácticamente ese robot bailarín. Cuando escucho una de mis canciones en el radio tengo como un estallido de reconocimiento. Como si me cayera un rayo. Es como «ay, mira, soy yo». Pero luego me doy cuenta. Guau. Yo soy la parte menos indispensable de todo.

—Eso no puede ser cierto —aseguro, mientras me pregunto si acaso podrá serlo.

Leanna Smart suspira como si tuviera mil años.

—A veces ni siquiera me siento dentro de mi propio cuerpo, y no ayuda que nunca sé dónde estoy. —Acerca su silla a la mía—. ¿Tú qué haces cuando no estás trabajando, Pab? —Me encanta que diga mi nombre. No le cuento que la vi en Times Square. Tampoco le cuento que compré una revista en el puesto de periódicos en la que salía el anuncio de su perfume solo para poder olerla—. ¿Vas a la escuela?

Solo tardo un segundo en decidir mentirle.

CAPÍTULO 11

—Voy a la Universidad de Nueva York.

—Uf, qué envidia —dice ella—. A mí me aceptaron en Berkeley, pero tuve que darme de baja. Todo el tiempo fantaseo con ir. Es como mi otra vida fantasma: un lindo departamento en la bahía, con buena iluminación y pisos de duela.

Me viene a la mente una imagen de ella en ese espacio —junto a la ventana, y con una taza azul en las manos—, y pienso en lo mucho que me gustaría estar junto a ella.

—¿Qué estudiarías? —pregunto con la esperanza de que no me devuelva la cortesía de la pregunta.

—Algo ridículo, como filosofía o poesía.

—Poesía chilena, por supuesto.

—Obvio. —Me da un empujoncito con el hombro. Muerde su galleta por última vez y se sacude las migajas de las manos—. Es más panecillo que galleta.

—Tenemos mejores cosas.

—Sí, es decepcionante —confirma. Amo a esta chica.

—Es solo una de tantas formas en las que Nueva York te engaña.

—¿Qué harás el resto del día? —me pregunta.

—No lo sé. Absorber un poco de cultura. Tal vez ir al museo. Observar algo de arte. Darme una vuelta por el mercado de comida orgánica y cocinar *ratatouille*.

—¿En serio?

—Nah. Mis planes precisos implicaban hacerme bolita en la oscuridad de mi cuarto mientras escucho a mis roomies discutir sobre basquetbol.

Me estudia de pies a cabeza.

—Okey —dice—. ¿Quieres jugar piedra, papel o tijera?

Me pregunto adónde quiere llegar con esto.

—Bueno.

—A las tres —indica. Movemos los puños al mismo tiempo—. Una, dos... —Pero antes de llegar al tres, suelta—: ¿Por qué quieres más a tu papá que a tu mamá?

—¿Qué?

—Tres —dice. Pongo tijeras, que ella vence con piedra—. Sabía que ibas a poner tijeras —confiesa. Estoy anonadado—. Si haces una pregunta intrusiva, tu oponente va a poner tijeras. Es un mecanismo de defensa —aclara. Me miro la mano, sintiéndome traicionado—. El secreto está en cómo lo dices. No importa si es cierto lo que estás diciendo. Si hay una relación complicada con cualquiera de los padres, la otra persona querrá interrumpirte y defenderse. De ahí las tijeras.

—Espera. Mi turno. —Presento el puño y lo hacemos de nuevo—. A las tres —digo. Pero después del dos le digo—: ¡Sal conmigo!

Ella pone papel y envuelve mi piedra. Tiene la mano caliente y un poco húmeda.

—Esa no es una pregunta —me corrige con tono amable, mirándome directo a los ojos con una intensidad que me hace perder el aliento.

«Guau. ¿Me estoy desmayando? ¿Los hombres se desmayan por estar enamorados?».

—Tienes razón. —Carraspeo—. ¿Quieres salir conmigo?

—¿Cuándo?

—¿Qué te parece ahora mismo?

Me mira a los ojos.

—Está bien. —Busco en mi cabeza cosas que hacer en las primeras horas de la mañana con este clima congelado. La lista es (¡oh, sorpresa!) bastante corta—. Ven conmigo —dice de pronto; la cálida palma de su mano aún cálida sobre la mía.

—Esa tampoco es una pregunta.

—Ya sé.

Sus ojos oscuros son desafiantes.

—De acuerdo.

—Ni siquiera sabes adónde vamos —susurra.

—Pero ese no es el punto, ¿o sí?

Sus labios están separados. Solo un poco. Nos estamos mirando sin tapujos. Tiene una pestaña en la mejilla, y me siento tentado a tomarla, mostrársela y decirle que pida un deseo. Pero es demasiado cursi y confuso. No estamos en una película.

Se acerca lo suficiente para que me dé cuenta de que los dos estamos conteniendo la respiración. Lee quita la mano que envuelve la mía y solo logra enunciar una cosa.

—Guau. —Luego maniobra para transformar el movimiento en un apretón de manos. Es tan ñoño que me hace sonreír—. Trato —dice y asiente con decisión. Me pregunto si querrá sellarlo con sangre.

—Trato —afirmo mientras me sonríe. Caray. Es tan bonita que verla se siente como una patada en el estómago—. Eh... solo no me asesines. Adonde sea que vayamos —agrego.

—Pablo Neruda Rind, no me digas que te pone ansioso pensar en un pequeño homicidio. —Se acomoda el cabello detrás de la oreja—. Yo creía que los neoyorquinos eran rudos.

Despegue a las dos y media de la tarde

Recibo un mensaje, pero no de Lee, sino de alguien que se esfuerza por dejármelo muy en claro:

No soy Lee

Se presenta como Jess. La guardo en mi teléfono como «Jess que no es Lee». Mientras me baño, no logro determinar si estoy nervioso, lo cual es señal inequívoca de que estoy nervioso. Y cuando el shampoo cae sobre mi cabeza entro en pánico extremo al pensar que mi pasaporte podría estar vencido. Ese es el estado mental al que todas las personas en mi vida se refieren como «hacer un Pab». Esa espiral sin salida e impulsada por el pánico que crece incontrolablemente hasta que logro conseguir una pizca de información relevante. Abro la cortina de la regadera de golpe, voy de puntitas a mi cuarto, desnudo, con los pies empapados, dejando charcos a mi paso y mojando todos los calcetines del cajón antes de tomar mi pasaporte. Gracias a Dios. Por otro lado, ni siquiera sé si vamos a salir del país.

«Despegue a las...» es una frase demasiado intensa. Es como «paren las prensas» o «liberen al kraken». Es un término que es casi seguro que nunca vas a escuchar si tienes una vida de lo más aburrida. Hablando de aburrimiento, debo encontrar la manera de decirle a Lee o a Jess que no es Lee que debo volver al trabajo pasado mañana, y que tengo una junta con Joey Santos, de Five Points, para discutir mi futuro académico. Pero ¿qué tan presuntuoso hay que ser cuando una chica te invita a pasar un rato y tú le dices que tienes que volver dos días después? Todo está bien. Como el meme del perro en la casa en llamas. Todo está muuuy bien.

Me envían una ominosa Escalade con los vidrios polarizados, aunque es ilegal. Todo se ve sumamente sospechoso. Y mientras les escribo a mis compañeros que estaré fuera, me pregunto cuándo volveré.

Debo decir que los asientos del auto tienen calefacción.

—¿Le parece bien la temperatura, señor Rind? —pregunta el conductor. Es un tipo con la cara cacariza, como de la edad de mi papá, canoso y con piocha, vestido con un traje de tres piezas y lentes oscuros.

—Está genial —le digo—. Increíble. —Mis nalgas nunca habían estado tan calientitas.

—Muy bien. Hay cargadores y agua. —Cuando hace un gesto para señalar detrás suyo, veo que trae un anillo de oro en el meñique.

Dicho y hecho, hay un discreto compartimento lleno de una colección de cables que contiene incluso el viejo cargador de iPad de treinta pines. Voy en el Uber más elegante del mundo.

Hay tráfico en las calles, así que supongo que tomaremos la ruta larga hacia el aeropuerto JFK por Atlantic, pasando por el Barclays Center, que parece un Coliseo postapocalíptico. Sin embargo, cuando rodeamos para volver a entrar a la ciudad y tomar el túnel Lincoln hacia Nueva Jersey, caigo en cuenta de que estoy a punto de abordar un avión con alguien a quien acabo de conocer. Cuando mi cuerpo caiga en llamas desde el cielo en un ataúd de metal, no seré más que una moraleja. Por lo menos borré mi historial de búsquedas.

Inhalo profundamente.

—Oye —me inclino hacia el asiento delantero—, ¿cómo te llamas?

—Basim.

—¿Qué onda, Basim? ¿Vamos a Newark?

La gente habla mal de Newark, pero no puede ser peor que JFK ni que —Dios nos libre— LaGuardia, la propiedad federal más vergonzosa para recibir a un visitante. No puedo evitar imaginarme sonriéndole a Lee con la mandíbula tensa bajo esa iluminación horrible como de boliche de mala muerte y el aire cargado del asqueroso aroma a mantequilla falsa de Auntie Anne's.

—Teterboro.

Hago una búsqueda rápida de Teterboro. Ah, claro. Avión privado. Ups.

Teterboro, como cualquier otra cosa en Nueva Jersey, es excelentemente mediocre. Está bien. No está mal. Como un consultorio médico o un edificio de oficinas. No sabía qué esperar, pero supongo que todas las salas de espera, hasta las de los famosos, están decoradas con colores neutros y madera falsa. Un puesto de periódicos o de dulces le vendría muy bien al escenario, pero no hay tal.

Tomo asiento en un sillón y finjo que me siento como en casa.

Hay una pareja, ambos rubios, a cuatro mesas de distancia a mi izquierda. Los reconozco a medias. Tienen esa capa de fama en la que se nota su atención, la expectativa de que los reconozcan. Ella trae pantalones de piel y lee el periódico con los lentes de sol puestos, lo cual es conspicuamente absurdo. Es como si le faltara una gabardina y un sombrero para completar su disfraz de espía.

Su compañero está encorvado, también con lentes oscuros, y tiene los pies sobre la mesita de café. Cabecea como si estuviera en pleno ciclo REM, pero está jugando con un Nintendo Switch y lleva puestos unos AirPods negros. Sus tenis son esos Jordan 1 azules y hueso de UNC, y trae puesta a juego una banda que hace que su cabello sucio parezca cosido a su cabeza. Entonces lo identifico.

Es Dyland Nagl, el *snowboarder* olímpico francocanadiense que se volvió rapero y después actor. Sobra decir que las mujeres lo aman. No sé quién es su acompañante pero, a juzgar por el lenguaje corporal, es su novia o su mamá.

Veo la hora. Otra vez. Me pregunto si iremos a algún lugar lejano. Me pregunto cuánto durará el vuelo. La convicción de que me voy a marear en el avión se apodera de mi cerebro y, aunque nunca me ha pasado antes, me da ansiedad pensar que hoy sea el día en que pueda suceder. Vomitar frente a Leanna Smart en un espacio cerrado es una pesadilla muy específica.

Reviso las redes sociales de Lee. No hay actualizaciones nuevas desde que estuvo en el gimnasio en la mañana. Reviso mis propias cuentas. Perdí cinco seguidores. Se nota que no saben nada.

Me quedo pasmado viendo el suelo beige y deseo poder quitarme los zapatos, estirarme y acostarme con la cara tocando las partículas de piel humana y ácaros de la alfombra. En este momento tomar una siesta digna de un vagabundo sería glorioso. Pero la dignidad no me lo permite. Además, mi mamá me vacunaría contra el tétanos directo en los ojos.

—¿Pablo?

—¿Sí?

No sé si me quedé dormido un segundo. Me aclaro la garganta y me enderezo en el asiento.

Una chica afroamericana, alta y de piel clara, con cabello rizado hasta la cadera, me tiende la palma de la mano.

—Soy Jess. Jessica Longworthy —dice—. Soy la jefa de personal de Lee. No hay que confundirme con su asistente.

Calculo que tiene más o menos mi edad.

—Está bien —le estrecho la mano—. Considérame libre de confusiones.

Jessica trae puestos unos pants, una sudadera de cuello redondo color menta, y unos Jordan 4 Retro F&F negros de kaws, todo a juego con un bolso Goyard color azul pastel. Pero afuera el piso está cubierto de sal, nieve y lodo. O es ultrarrica o está loca. Aun en venta al público, he visto esos tenis en StockX en más de dos mil dólares.

—Genial —dice y me sonríe con calidez. Tiene el colmillo derecho cubierto de platino y adornado con un diamantito—. Entonces nos llevaremos mejor que bien.

Quisiera que Tice estuviera aquí. Jessica Longworthy es la encarnación de todo lo bueno de la sección «Explorar» de Instagram.

Jess revisa su celular y me da una palmada en el brazo.

—¿Me das tu identificación, por favor? Y ¿cuándo necesitas volver a casa?

—El martes. —Le entrego mi pasaporte. Ella asiente, envía un correo y le toma una fotografía.

—Muy bien. Recibirás una confirmación pronto. —Mira detrás de mí—. Llegó Lee.

CAPÍTULO 12

—Hola. —A Lee se le ilumina el rostro al verme. Me pongo de pie.

—Hola. —No sé si debería abrazarla o…

—Ay, hola, Cam y Dyland. —Saluda de lejos con absoluta familiaridad a la lánguida pareja rubia que de inmediato entra en acción. El que antes parecía un tipo comatoso corre hacia nosotros.

—¡Hola! —exclama mientras se abrazan. La mujer, que asumo se llama Cam por proceso de eliminación, se quita los lentes y le da tres besos falsos a Lee. La sudadera que trae puesta es el combo doble de Gosha Rubchinskiy que salió hace unos años.

—Gracias por todo —dice Dyland, rebotando sobre las puntas de los pies—. Estoy emocionado. El tour va a ser épico. De película.

—En serio, gracias —interviene la mujer. Son tan deferentes que casi espero que empiecen a hacer reverencias.

—Será divertido —afirma Lee.

Me pregunto si me va a presentar, pero un movimiento de la cabeza y una pausa les indican a Cam y a Dyland que deben retirarse, así que lo hacen.

—Viniste —susurra con una sonrisa tímida y jalándome la camiseta.

—¿Creíste que no vendría?

Trae puestos unos pants y sudadera blancos, y unos Celine Air Force 1 azules, sin la palomita; son tan increíbles que me detienen el corazón un segundo. Se sienta en el brazo de mi sillón y noto que huele increíble. A calabazas de invierno.

—No quería albergar falsas esperanzas —admite y se acerca a abrazarme.

Siento otra ráfaga de aire frío cuando las puertas se abren. Lee se queda tiesa y se aleja rápidamente. Entra un hombre bajito, de cabello castaño, de unos treinta o cuarenta años, con un gorro anaranjado y azul de los Knicks.

—Ey —saluda a todo el mundo con la cabeza, pero sin quitarme la mirada de encima—. ¿Quién es este? —Está superbronceado y tiene una sonrisa enorme. Mientras se acerca a nosotros, veo que sus dientes están tan blanqueados que lucen casi azules en las orillas. Es uno de esos sujetos que compensan sus inseguridades genitales con una absoluta falta de respeto hacia el espacio personal ajeno. Además, habla como si trajera audífonos puestos.

—Se llama Pablo. —Lee se lleva el pulgar a la boca.

El tipo me cae mal de inmediato.

—Pablo —repite casi a gritos y me palmea el hombro como si fuera su primo perdido. Es unos quince centímetros más bajo que yo, y lleva el cabello endurecido por el gel. Tiene arrugas alrededor de los ojos, y trae puesta una cantidad indecente de joyería para hombre, brazaletes muy sueltos y anillos que parecen sacados de la utilería de *Juego de tronos*—. ¿Qué hay, hermano? —Tiene las manos rojas por el frío—. Lucas-Sebastian. —Me toma la mano y me jala para darme un seudoabrazo, de esos muy masculinos.

Lo más triste de todo es que reconozco al tipo. No había hecho mis cuentas para adivinar que Luca, el manager de Lee, era Luca Loops. Hubo una época de mi vida en la que me habría emocionado conocerlo. Luca Loops es el galardonado compositor que fundó Waribashi Records a los dieciséis años, en la época en la que Pharrell y los Beastie Boys y toda esa gente estaban obsesionados con la cultura japonesa. Asiento con un gesto frío para responder a su intensidad, y guardo silencio.

—¿Viste la mierda de partido contra Dallas anoche? —pregunta en tono amable, como si mi silencio me hubiera ayudado a superar alguna especie de prueba. Okey. Está bien. Como aficionado masoquista de los Knicks que he sido toda la vida, si alguien quiere hablar de ver partidos con el corazón sumido solo por sufrir, lo permitiré—. Boletos de temporada —dice mientras menea la cabeza, y nos conmiseramos por un momento—. Primera fila. Me encanta pasarla mal. Deberíamos ir a un juego.

Estoy seguro de que jamás iré a ningún evento deportivo con este hombre.

Luca vuelve a darme una palmada en el brazo. Viajamos en un carrito de golf hasta el jet privado que está estacionado a unos treinta metros. Sé que debería impresionarme, pero el tamaño de ese avión diminuto en el horizonte solo me asusta. No se vuelve mucho más grande a medida que nos acercamos. Cuando despegas en un enorme avión comercial, con cientos de personas más, al menos puedes sentir el peso colectivo de humanos, equipaje y botellitas individuales de alcohol elevándose por el cielo. Es reconfortante. Te sientes más seguro, contenido, aunque solo sea psicológico, como si los mil paquetes de pretzels pudieran amortiguar la caída. Cuando atraviesas husos horarios en un tubo de metal del tamaño de una camioneta, cuando puedes ver sus dimensiones de cabo a rabo, su pequeñez y la falta de misterio en la maquinaria, su fragilidad es tangible.

Al abordar, nos reciben unos ostentosos asientos de cuero color crema que me parecen opulentos, pero de un modo fatalista, como pensar en la proporción entre candelabros y botes salvavidas del *Titanic*.

—Estás muy callado —dice Lee, acercándose para picarme el brazo con el índice una vez que alcanzamos la altitud necesaria para movernos. Me doy cuenta de que no me encanta volar. Cada uno ocupa un asiento del tamaño de un sillón reclinable, acomodados en un ángulo que permite que nadie le dé la espalda a nadie. Jessica está con Luca. Dyland y Cam están juntos en un asiento doble.

—¿Puedo ofrecerle algo de tomar? —pregunta una diminuta rubia con un elegante traje azul marino.

—Solo agua para mí, Nina. Gracias —dice Lee.

Yo pido lo mismo, pero luego cambio de opinión.

—Espera, Nina.

—¿Sí, Pablo? —pregunta volteándose.

Okey. Eso sí es genial. Sabe cómo me llamo.

—¿Tienes agua de coco sin pasteurizar?

—Sí, por supuesto.

—¡Eso es mío! —grita Luca desde atrás de nosotros.

—Okey. En ese caso, me quedo con el agua simple —digo. Lee sonríe—. Siempre he sentido que el agua de coco sin pasteurizar es una estafa —le susurro.

—Estafa total —concuerda y me pica de nuevo con el dedo, esta vez en el muslo.

Quiero hablar con ella, pero el silencio se apodera del avión y comienza a inflarse hasta llenar toda la cabina. Lee se cruza de piernas. Yo miro el celular, pero me da vergüenza pedir la contraseña del wifi, así que solo repaso mis fotos, aunque sé a la perfección qué tengo guardado en mis carpetas.

Suelo borrar fotografías de forma religiosa. Las que quiero conservar, las transfiero a un disco duro externo, donde las tengo bien organizadas. Las carpetas están ordenadas por fecha y tema. Es mejor tener algunos recuerdos acordonados, en caso de que no quieras borrarlos por completo. Mi mamá es igual. A veces me pregunto si es señal de un problema de personalidad o una patología.

Guardo el celular, pues me siento incómodo. Por lo menos en los vuelos comerciales todos estamos de acuerdo en que estamos juntos, pero sin estarlo en realidad. Es como en los restaurantes neoyorquinos, donde puedes estar casi sentado sobre el vecino, pero se ignoran por cortesía. Las reglas en los aviones privados son extrañas. Sientes la necesidad de quedarte callado porque te parece que el contrato social es el mismo que el de un ascensor. Pero si Tice, Wyn, Miggs y Dara estuvieran a bordo seguro estaríamos corriendo como *hooligans*, grabando historias para Instagram y usando letras de Drake en los pies de foto.

—¿Quieres escuchar algo de música? —pregunta Lee y saca una bocina ovalada de su bolso.

—Claro.

Me pregunto cómo serán sus gustos musicales; si le gusta de todo un poco, si está obsesionada con el rap no comercial, si prefiere el afro beat o, quizá, el country. Oigo el ominoso silbido del viento. Es la introducción a una canción que nunca he escuchado. A la mitad, me doy cuenta de que es de ella.

—Se llama «Insecurity» —me dice sin pena alguna.

La canción es más bien larga y me sorprende que ponga su propia música después de que admitiera que no le gustaba. Supongo que no era su intención, sino que fue lo primero que su Spotify reprodujo. Sin embargo, luego recuerdo que la reproducción automática va siempre en orden alfabético. Así que estamos oyendo esto a propósito.

Me observa mientras escucho, así que esbozo una sonrisa incómoda y espero lo que sigue. Entonces vuelvo a escuchar el silbido del viento. Le lanzo una mirada, pero ella está entretenida viendo foto tras foto de sí misma en su iPad, y me pregunto si se da cuenta de la repetición. Tal vez ya está desensibilizada, como cuando dices tu nombre una y otra vez hasta que deja de tener sentido. Pero cuando la canción empieza y termina por tercera vez, me pregunto si es solo su forma de ser, si así es frente a otras personas, si en realidad le encanta su música y me mintió para mostrar una falsa humildad. Quiero hacer un chiste sobre si trae una camiseta con su propia cara debajo de la sudadera, porque este nivel de egocentrismo está más allá de toda hilaridad, pero para la cuarta vez que la canción se repite, el nudo en mi estómago se aprieta. Recuerdo que en realidad es una desconocida. No importa qué tan familiar me resulte su cara.

Lee me mira, sonriéndome con dulzura, y me toca el antebrazo

—Esta es la versión acústica —me informa. Efectivamente, hay una guitarra y la voz tiene menos efectos—. ¿No es fascinante cómo va con cualquier estado de ánimo?

—Muy versátil —digo de forma enfática.

—¿Sabes algo? Tengo un póster de mí misma enmarcado en mi baño y, sin importar dónde estés, mis ojos te siguen. Hay ciertos artefactos que tienen ese tipo de atracción, ese magnetismo inalcanzable.

Asiento. No digo nada.

Okey. Este sería el momento en el que le gritaría al imbécil de la película que huya de ahí porque hay una zanja en su futuro o alguna tortura estilo *Saw* que está a punto de ocurrir. Miro hacia la puerta. Mi atención se desvía hacia Jessica, quien está enfrascada en su teléfono, y no logro ver las expresiones de Dyland o Cam. Aunque nada me sorprendería de ese par de locos. Parecerían estar más que dispuestos a practicar algún tipo de canibalismo o a ponerme a luchar en una jaula para su diversión.

—La que sigue es la instrumental. —Lee toma la bocina y me la acerca. La pone en mi regazo para que me dé serenata solo a mí.

Se acabó, es mi fin. Se van a turnar para ponerse mi cara como máscara.

—Genial —digo y sostengo la bocina con ambas manos—. ¿Ya salió?

Lee da saltitos en su asiento.

—Aún no, pero pronto.

La escuchamos y vuelve a sonreírme, así que le sonrío de vuelta. Las orillas de sus labios comienzan a inclinarse hacia arriba… y tiemblan ligeramente. Oigo que Jess se carcajea antes de que Lee pierda la compostura.

—¡Perdón! —exclama con una mano en el corazón—. Pero tenías que saber que era broma.

Cierro los ojos un segundo. Intento controlar mi pulso.

—¿Cómo iba a saber que era broma? Ni siquiera sé adónde vamos.

—Ay, Dios, ¿en serio?

—No hubo mucho tiempo para preguntas —declaro.

—Los Ángeles —aclara. Luego me pone una mano sobre el brazo—. En serio, perdón. —Echa la cabeza hacia atrás al carcajearse de nuevo y me deja ver su hermoso cuello.

—En serio, Pablo, estaba empezando a dudar de ti —dice Jess desde atrás.

—¿No ibas a decir nada? —pregunta Lee.

—Llevamos escuchando esa mierda de «*Insecurity*» durante veintiséis minutos —interviene Luca y Lee pone algo de Whitney Houston.

—¿Cuánto tiempo ibas a hacerme sufrir?

—La *playlist* es de cincuenta minutos —dice con los ojos bien abiertos—. Si ya tuviéramos la versión en español, habría sido de cincuenta y siete.

Eso me hace reír. Lee sonríe, complacida consigo misma, y reclina el asiento.

—El asunto es —le digo, mientras ajusto mi asiento para que quede a la altura del suyo— que si de verdad fueras así, no te culparía. Si yo estuviera en tus zapatos, sería un monstruo. Exigiría que pusieran mi canción adonde quiera que fuera. Supermercados, restaurantes, *lounges*.

—Los *lounges* son supercomplacientes —asiente Lee.

—Sería la única música que escucharía. Sería como: «Guau, no puedo creer que a todo el mundo le guste tanto mi arte. Estoy en todas partes». Y mi jefe de personal… no, mis jefes de personal…

—¿No serían jefes de personales?

—No, jefes de personal. Como sea, cuando yo dijera así como: «Todo el mundo está obsesionado conmigo», ellos dirían algo como: «¿Verdad que sííí?».

—Suenas como alguien sumamente generoso y que tiene los pies bien puestos sobre la tierra.

—Estaría sobre la tierra solo porque la banda de doce instrumentos que me sigue a todas partes tocando mi canción ocuparía demasiado espacio en el avión privado.

—¿Sería tu *ringtone* también?

—Por supuesto. Y mi alarma y mis notificaciones y mi todo.

—Te creo —dice sacudiendo la cabeza—. Si te contara las cosas que he visto… el cabello se te pondría blanco.

Durante el almuerzo comemos pollo a la parrilla, salmón y una especie de ensalada de quinoa con frijoles servidos al estilo bufet en una mesa baja. El sofá en la parte de atrás se convirtió en una cama sobre la que Dyland está recostado bocabajo, jugando videojuegos, con los lentes de sol y los zapatos puestos.

—Landy —trina Cam por encima de su hombro, mientras se cierne sobre la comida—. Nos voy a servir pollo sin grasa. Tienes la sesión de fotos mañana.

Dyland se encoge de hombros y observo a Cam pasar los siguientes cinco minutos usando las tenacitas de la ensalada para quitarle la piel a una parte del pollo. Luego pasa otros tantos minutos intentando desmenuzarlo en trozos más pequeños, agitándolos con desesperación.

—¿Necesitas ayuda?

Cam me mira, desconcertada por el hecho de que le hablara directamente. De cerca, su piel es color crema, y la delgadísima capa de vellosidad que la hace parecer un durazno capta la luz del espacio; sus hoyuelos están tan pronunciados que sus labios carnosos le dan la apariencia de ser una persona que se está devorando a sí misma desde adentro. Tiene la piel tan tensa que me hace pensar en una víctima de incendio. Una víctima hipercostosa. Inmolada, pero a la moda.

—Ay, Dios, sí —dice con voz de bebé y encoge el cuerpo con el rigor de la vulnerabilidad—. ¿Podrías cortarlo por la mitad? ¿Por qué los hacen tan grandes? Pero es orgánico, ¿verdad?

A esto me refiero cuando digo que la gente siempre cree que soy un empleado del lugar en el que estoy.

Tiene unos ojos hermosos, de un tono verde intenso. Y sus labios están pintados por fuera del contorno.

Tomo un cuchillo y un tenedor, y abro un surco en la carne reluciente.

—Jess. —Es Luca. Alcanzo a escuchar el chasquido de su boca mientras mastica—. Haz que Pablo se encargue de eso.

—Claro. —Jess asiente y saca un iPad de su bolso—. Tienes más de dieciocho, ¿verdad? —me pregunta con voz amable—. Es más que nada una formalidad.

Cam se va sin siquiera darme las gracias y yo vuelvo a mi asiento.

La formalidad es un AC, o sea, un acuerdo de confidencialidad. Mientras deslizo el dedo por la pantalla del iPad, veo que son ciento veintiún páginas. Mi apetito se esfuma, e intento no concentrarme en el hecho de que, de repente, Lee ha empezado a ignorarme.

Asiento.

—¿Quieres tomarte un segundo para leerlo bien? —pregunta Jess en tono casual.

Me toma más de un segundo, por supuesto. En resumen, no puedo usar las redes sociales cuando esté cerca de Lee, ni tomar fotografías, ni escribir un libro, ni decir nada que sea vagamente difamatorio sobre ella o la gente que la rodea, ni usar su imagen para nada.

No puedo comprarle regalos dadas sus obligaciones contractuales con sus patrocinadores. No puedo discutir nada que llegue a escuchar relacionado con ella, su trabajo, su música, proyectos afiliados o colaboraciones. No puedo describir ninguna de sus características físicas, ni reseñar o comentar obras que aún no estén publicadas, en ningún medio, incluyendo redes sociales.

Técnicamente, no puedo usar el nombre Leanna Smart en nada que sugiera o promueva alguna otra cosa, pues es un nombre con marca registrada. De igual manera, Smartees, el nombre oficial de su *fandom*, es una marca registrada. Hay una cláusula entera dedicada a Smarties y los derechos en Estados Unidos de esos dulcecitos en pastillas, en oposición a los derechos internacionales de Smarties, la barra de chocolate relleno. Es una disputa en la que no había pensado siquiera.

Además, tengo prohibido mencionar cuál es la naturaleza de mi relación profesional, personal o de otra índole (¿cuál podría ser?) con «Leanna Smart».

Cualquier violación de estos términos resultará en una multa de una cifra superior a los diez millones de dólares. Eso me hace esbozar una sonrisa involuntaria; es una cifra tan ridícula que me hace pensar en un villano de *Austin Powers.*

En pocas palabras, si le cuento a cualquiera de mis roomies o a mi familia, podrían demandarme hasta la muerte y a ellos también.

Además, por si fuera poco, tengo que aceptar que hagan una revisión de mis antecedentes y una serie de entrevistas como parte de un «contrato de intimidad», en caso de que nos enfrasquemos en una relación de esa naturaleza. O sea, si nos acostamos. Es mi dueña. Para siempre. Nada como la promesa de una demanda civil para incitarte a intentar ligarte a una mujer que también resulta ser un conglomerado multinacional.

Además, hay tres páginas adicionales dedicadas a la posibilidad de que nuestra relación dure más de un año. O dos. Y tres, cuatro o cinco. El siguiente nivel es siete.

En pocas palabras, por cada página en la que deba poner mis iniciales y la fecha, sin importar lo que pase entre Leanna Smart y yo, habrá papeleo que dicte cualquier permutación posible. A perpetuidad. En cualquier lugar del mundo. Con cláusulas para controlar las altas y salvaguardar las bajas. Bajas que un sofisticado despacho de abogados apuesta que son casi inevitables.

La lista menciona después que no puedo divulgar o siquiera insinuar que tuve que firmar el acuerdo, o que el acuerdo siquiera existe.

No puedo discutir nada que hayamos hecho o de lo que hayamos hablado, ni tampoco puedo emitir una opinión al respecto.

Me pregunto si los crímenes de pensamiento estarán incluidos.

Si firmo esto, habrá un contrato inviolable entre nosotros que me obliga a no decirle al mundo que la conozco.

—Lo siento —dice Lee en voz baja. Al fin—. Me gustaría que no fuera necesario. He aprendido con los años que ayuda a mantener las cosas más claras. Creo.

Detrás de mí, Cam estalla en risitas. La pareja juega a que lucha y se besuquea.

—¿Sabes? Ni siquiera le dije a nadie adónde iría hoy —susurro—. No dije nada sobre esto.

—No creí que lo hicieras. —Lee suspira—. De otro modo no te habría invitado. Sé que es molesto…

Es más que molesto. Es insultante. Este documento cuelga sobre mi cabeza como un registro permanente del bachillerato. Mi historial académico de la universidad. Mis deudas de tarjetas de crédito. ¿Hay algún área de la vida en la que la gente no lleve un registro de por vida?

—No te preocupes —le digo con frialdad. Firmo con el dedo y le devuelvo el iPad a Jess. Ella lo revisa.

—¿Tienes alguna duda?

—Nah —contesto mientras ella me muestra una página.

—Te faltaron las iniciales en esta. —Me da una palmadita en el hombro—. La cláusula de moralidad suena peor de lo que es. Solo no filtres *nudes*.

CAPÍTULO 13

Al aterrizar, Lee se baja la visera de la gorra y vuelve a ponerse los lentes oscuros. Otro auto negro nos recoge a ambos directo de la pista y sale a las calles de Los Ángeles. Las palmeras están a contraluz y el cielo está teñido de rosa. Parece el típico paisaje artificial y de mal gusto californiano, pero es tan surreal que me recuerda a las pantallas verdes de efectos especiales.

Estoy ansioso por abrir la ventana para experimentar la atmósfera y no sentir que estoy en un videojuego. Pero en el altero de contratos que firmé seguramente hay una cláusula en contra de permitir brisas cruzadas. Quiero tomarla de la mano para asegurarme, para confirmar que estoy aquí. Para demostrar que somos reales y estamos haciendo esto. Pero me contengo.

En la carretera nos quedamos atorados detrás de un Prius plateado. Y cuando veo a otro idéntico a nuestra derecha, un mareo se posesiona de mí. Inclino la cabeza para ver por el retrovisor y confirmar que detrás de nosotros también hay un Prius plateado. Contengo la respiración. Miro a la izquierda y, por fortuna, veo una camioneta azul.

Me pongo la capucha para recargar la cabeza en el vidrio y debo haberme quedado dormido, porque lo siguiente de lo que me doy cuenta es que estamos subiendo en un ángulo imposible y nos acercamos a una calzada privada que surge detrás de un muro de enredaderas.

—Ya llegamos —afirma—. Logré conseguirnos un hotel. —«¿Hotel?»—. Tiene tres habitaciones —menciona al bajar del auto; carraspea con torpeza y de forma caricaturesca.

Carraspeo del mismo modo para burlarme de ella.

—¿Tres habitaciones? *Ejeeem…*

—Sí, más de dos —dice—. Y menos de cuatro. Tres. *Ejeeem…*

Me pregunto si querrá que yo me quede en un cuarto aparte.

Hay un hombre sij increíblemente atractivo con un turbante rosado y un traje negro esperándonos en la entrada. Después de una retahíla de amabilidades —por si Lee necesita hidratarse o cualquier otra cosa—, la puerta se cierra con firmeza.

—Hola. —Al fin estoy frente a ella. Nervioso.

—Hola —responde y me jala para abrazarme. Nos fundimos el uno en el otro y me quito el contrato de la cabeza.

—Lo logramos. —Levanto el puño a medias en señal de minicelebración—. ¡Wujú!

—Lo logramos.

Pongo las manos en su espalda baja, consciente de su calidez. Ella alza el rostro para mirarme. Si hay un momento para besarla, es este.

Me acerco. Acorto a la mitad la distancia que nos separa y…

—¿Hay algo que…?

«Ay, no».

Me doy cuenta, demasiado tarde, de que su boca estaba enunciando una pregunta.

—Eh… —balbucea y se aleja.

—Guau.

La suelto. Me meto una mano al bolsillo, fingiendo que no pasa nada, y me paso la otra por el cabello mientras el alma se me va del cuerpo.

—Bueno, discúlpame si…

—No —dice ella, alarmada. Y luego—: Es que quería…

«Mierdamierdamierdamierdamierda. Mierda. Cree que soy un idiota».

—Maldita sea —dice ella, con el ceño fruncido y el puño en la boca. La reacción universal de cuando ves que a alguien se lo está llevando el carajo.

«Ay, Dios. Ahora siente lástima por mí».

El corazón se me estruja.

—Escucha, no quise…

Tiene los ojos como platos. Se aferra a mis hombros y se impulsa para besarme con tanta fuerza que incluso escuchamos cómo chocan nuestros dientes.

Ahora me toca a mí estar sorprendido, mientras ella se cubre la cara con las manos.

—Dios, te acabo de dar un cabezazo.

—Okey. —Inhalo profundamente—. Hagamos una pausa. He querido besarte desde el momento en el que volviste a la tienda.

—Yo igual —afirma—. Bueno, desde que *yo* volví a la tienda… Dios mío, ¿por qué sigo hablando? —Me río—. ¿Sabes? Pasaremos un par de días juntos —sentencia—. Necesito determinar qué tan compatibles somos en este plano.

—Concuerdo.

—Entonces ¿podemos dejar de hablar?

Asiento. Cierro el pico.

Ella asiente. Se relame los labios.

Vuelve a poner las manos en mis hombros.

Me acerco a ella con la cabeza un poco ladeada y, por un instante, sus labios se tuercen en una sonrisa; sin embargo, cuando le acaricio la quijada con el pulgar, se queda en silencio y…

No me jodan.

¿A la gente normal le pasa esto? ¿Que el primer beso sea tan histórico, tan estúpidamente bueno, tan aderezado a la perfección que pierdes la conciencia un instante?

A cuenta de nada, había estado convencido de que Leanna Smart sería pésima para besar. ¿Cómo podría no serlo? Lee no necesita ser buena besando. A Elon Musk o a Marie Curie no les exigimos que también fuesen buenos en la cama. Ese no es el punto. Esa no es su contribución a la civilización. Además, ¿quién se ofrecería a ser el hombre que le informara a Leanna Smart que tiene que cuidar su secreción de saliva o su movimiento de lengua o cualquiera de los otros factores mecánicos de los que los simples mortales sí tenemos que preocuparnos?

Por fortuna, por gracia divina, todo el ruido se evapora. Olvido recordarme quién es, más allá de llamarla Lee. La cálida, suave, graciosísima chica que huele increíble y que está entre mis brazos, que me está dejando meterme de cabeza en un túnel tan absorbente que podría incluso tragarse al sol. Todas las inseguridades habituales y la metralla que suele volar en mi cerebro se detienen. Por un instante no soy el peor del mundo. De hecho estoy haciendo algo que vale la pena.

Todo esto para decir que somos más que compatibles en este plano.

—Gracias —dice con un tono que me hace reír. Casi creo que me va a pedir que choquemos esos cinco.

Mientras me recompongo, las moléculas de la habitación en la que estamos parados empiezan a llamar la atención que merecen.

Esta habitación de hotel es una locura.

La entrada da a una reluciente cocina blanca y plateada a la derecha, una isla separa la estancia del comedor a la derecha, una inmensa sala con sofás bajos al fondo, después de la cual hay unas puertas de cristal, y al otro lado una fogata encendida.

—Me encanta el cantón —digo—. Nunca digo «cantón», por cierto.

—Me encanta que te encante el cantón —dice y me toma de la mano para llevarme adentro, al otro lado de la inmensa mesa de café blanca, y nos acostamos en un sofá modular gris claro del tamaño de una cama.

Este hotel no tiene nada que ver con las cajas de zapato color beige en las que nos hemos quedado cuando mi mamá va a congresos de medicina, o como cuando fui a visitar universidades. Este es un departamento completo. Hasta tiene un segundo piso.

—¿Sueles quedarte en hoteles? —En realidad quiero preguntarle dónde vive, pero seguramente el contrato no me autoriza a hacerlo.

—Ajá —contesta mientras se quita los tenis y los avienta, y se sienta sobre los tobillos—. Mi casa está lejos de aquí —dice pero no agrega más. Estira los brazos por encima de los hombros y bosteza y siento que podría ser cualquier chica con la que fui a la escuela, e incluso me viene a la mente la posibilidad de que esté pagando una hipoteca. Quizá incluso varias—. ¿Quieres agua?

—Claro, pero yo voy por ella.

Me levanto, saco el cargador de mi mochila y voy a la cocina. La alacena está llena de cosas, como si fuera la casa de alguien. Hay copas de vino. Tazas. Tarros al estilo *Mason Jars* para hidratar a tu hipster interior.

—Toma agua embotellada del refri —me grita cuando oye que abro la llave del fregadero—. El agua de Los Ángeles dista mucho de ser potable. Y no es nada alcalina.

La alcalinidad jamás ha sido una de mis preocupaciones, pero algo me hace pensar que mi vida después de hoy será muy distinta.

Abro el refrigerador. No es una de esas porquerías miniatura que ponen en los cuartos de hotel de todo el mundo, sino uno de esos enormes y plateados que los asesinos seriales tienen en las películas. Es evidente que alguien fue a Whole Foods antes de que llegáramos. Hay huevos, yogurt, fruta fresca picada y endulzante para el café. Tomo una botella de Smartwater y la toco con la uña. Oigan esto: ¡el envase es de vidrio!

—Guau. —Tomo mi celular y me grabo tocando la botella otra vez—. No sabía que existían botellas de vidrio de esto.

—Ah, deberías ver el resto de la despensa. Los snacks están de locura.

Los snacks están decentes. Si acaso, es una selección poco inspirada: papas Terra, dos tipos de M&M's y barras de chocolate gigantes de veinte dólares cada una, según el discreto letrero que está sobre la canasta. Un pequeño recordatorio de que estamos en un hotel.

Siempre pensé que llenar minibares sería mi trabajo ideal. Para este lugar haría una selección de snacks de alta gama y cosas baratas, tipo chícharos con wasabi, Hot Cheetos, Funyuns para alocar las cosas con el sabor a cebolla, chocolates de Ritter Sport, todos los sabores de Hi-Chew, nueces de macadamia hawaianas cubiertas con chocolate, mentitas para las papas, dulces masticables de Santa Cruz, chocolates de See's Candies y esos sándwiches de helado de It's-It con galletas de avena que alguna vez quise vender en la tienda, pero los costos de envío eran una locura.

El señor Kim suele darme el control del inventario de snacks si logro explicarle la logística. Le tomo una fotografía a la alacena y luego la borro junto con el video del agua. Me preocupa que de alguna manera puedan violar alguna de las cláusulas legales que apenas si recuerdo haber firmado.

—¿Quieres una? —digo mientras alzo la botella para mostrársela.

—Sí —responde—. ¿Sabes en qué estaba pensando que es una tontería?

—Dime. —Le doy otro beso rápido, feliz de que hayamos roto el sello. El sofá es tan grande que los dos podríamos recostarnos sin tocarnos.

—Extraño mi Brita —declara—. Tuve una cláusula para las giras en las que solo podía beber agua de un termo, hasta que me di cuenta de que la estaban rellenando con dos o tres botellitas de agua Fiji. Estoy harta de vivir de una maleta. Problemas de niña rica, ya sé —agrega en tono reflexivo—. Pero de verdad extraño beber la porquería de agua de la llave filtrada por una jarra de agua con partículas de carbón que compré en Target en un vaso que sea mío. Porquería de agua de valle que mi nutrióloga dice que me está volviendo porosos los dientes.

—Yo también extrañaría el agua de Nueva York, sin duda —le digo vuelto loco de felicidad porque ella también va a Target, como el resto de los mortales. Me encanta el agua de la llave de Brooklyn; me sabe extrarrefrescante y brillante.

—Vamos a sentarnos afuera —sugiere y la sigo hasta una tumbona. Aún en la oscuridad, la silla está tibia por el sol de la tarde y me calienta la parte trasera de los muslos. Por fin me quito la sudadera, me arremango los pants, revelando mis piernas de pollo, y me estiro. Ella se sienta junto a mí. Está descalza, así que alcanzo a ver un pequeño tatuaje en su tobillo izquierdo que dice «22.2». Pone la pierna junto a la mía y la deja reposando ahí—. Gracias por venir.

—Gracias a ti por no asesinarme. —Se ríe en respuesta—. Y por no asesinarte sola y hacer parecer que yo lo hice. Ya vi ese especial de Netflix y al tipo de mi color siempre le va mal.

—Recuerda que yo también soy de color —reclama entre risas—. Bueno, más o menos. Soy coloroide.

—Y galesoide.

—Claroide —dice y ambos reímos.

Lee se reclina en la silla. La camiseta se le levanta y deja ver su vientre bajo. Bosteza y se ríe, como si su chiste le hubiera vuelto a parecer gracioso. Adoro cuando esta chica se ríe.

—¿Qué te gustaría hacer esta noche?

—Ah, cierto —dice—. Te lo iba a preguntar. ¿Has estado aquí antes? —Niego con la cabeza—. ¡Guau! —exclama—. Estoy ebria de poder. En una escala del uno al diez, ¿qué tan turista eres?

—¿Diez sería «Quiero ver el letrero de Hollwood y el Paseo de la Fama»?

—Ajá.

—Paso —admito—. Si de algo sirve, yo no te llevaría a la cima del Empire State tampoco.

—¿Y si de verdad quisiera ir?

—Entonces encontraríamos un momento para ir entre el tour guiado de Times Square y el recorrido en autobús de *Sex and the City*.

—Ja. Nunca en la vida —sentencia—. Okey. ¿Qué tanto te ofenderías si viéramos una película y pidiéramos servicio a la habitación hasta que pase la hora pico y luego volvemos a pensarlo?

—Cero por ciento.

Vuelve a bostezar.

—Qué bueno. Porque no tengo muchas ganas de generar escándalos hoy.

No sé si está bromeando o no.

—¿Tienes que trabajar mañana?

Ella asiente, mientras un bostezo más se apodera de ella.

—En la mañana, por lo menos. —Y sin decir una palabra más, nos volvemos a acomodar en el sofá.

Lee escoge una película animada sobre hombres lobo que he sido demasiado flojo como para descargar por Torrent, lo que demuestra una vez más que esto es cosa del destino. Estamos hechos para envejecer juntos. Toma el menú y pide una ensalada y sopa, mientras que yo tengo el ojo puesto en el humus, que imagino que debe ser lo más barato.

—No te preocupes por la cuenta —me tranquiliza—. Lo mismo con los snacks. La compañía paga.

Pido filete con papas a la francesa y abro las papas Terra como aperitivo.

CAPÍTULO 14

Cuando llega la comida nos reacomodamos en el sofá y ella invade mi lado con el argumento de robarme papas, luego me tapa como una sábana con su cuerpo y se queda ahí. Siento la suavidad de su cabello en mi cuello. Me encanta que encaje a la perfección en mi costado, con comodidad, sin preocupaciones, como si lo hubiéramos hecho miles de veces. La ansiedad del día se va derritiendo y me doy cuenta de lo tensos que tengo los hombros, lo rígido que estuve desde que empezó esto. Es difícil reconciliar a esta chica con el papeleo y los anuncios espectaculares, la tersura de su piel, el peso de su cuerpo contra el mío, la inconcebible pequeñez de una figura que puedo envolver por completo con mis brazos. Despierta mi instinto protector y me hace sentir capaz de todo, pero también absoluta y completamente asombrado.

Después de un rato, su respiración se vuelve más profunda y rítmica, y es el momento en el que dejo que la comida se enfríe porque empieza a roncar ligeramente. Es tan encantador que me gustaría despertarla para comentárselo.

Resulta que la película sobre hombres lobo es un dramón. Se me hace un nudo en la garganta porque todo el tiempo el bebé licántropo está intentando encontrar a sus padres para por fin volver a casa. Pero queda atrapado entre los lobos y los humanos, sin darse cuenta de que es el último de su especie. Durante la segunda mitad de la película se la pasa buscando y buscando, pero resulta que lo que deseaba encontrar todo ese tiempo en realidad no existe. Y se da cuenta de que el hogar no es un lugar específico; es donde sea que encuentres aceptación y apoyo. La voz del chiquillo del número musical de apertura se parece mucho a la de Rain —quien supongo que canta como un auténtico ángel—, lo que hace que se me llenen los ojos de lágrimas. Pobre lobito adolescente, condenado a estar solo.

Cuando empiezan los créditos, Leanna despierta y sonríe con cara adormilada.

—Rayos —dice y se estira—. Soy pésima guía de turistas, ¿verdad? —Se come una papa de mi plato y me mira avergonzada—. ¿Ronqué?

Niego con la cabeza, pero me cuesta tanto contener la risa que ambos sabemos que estoy mintiendo.

—Bueno, y ¿qué lugares has visitado tú? —le pregunto mientras el tema de la película resuena en mi cabeza.

Agarramos la comida y vamos a la cocina. La veo revisar la base del tazón para asegurarse de que se pueda meter al microondas y luego taparlo con una servilleta para impedir que el horno se ensucie, y eso me provoca una sensación extraña en el corazón. Me recuerda a su ataque de tos. Me encanta este tipo de momentos. Comemos la ensalada sin aderezo con las manos, entre trozos crujientes de lechuga romana y crotones, mientras conversamos sin parar.

—Todos —contesta—. Suiza, Japón…

—¿Egipto? —aventuro. Ella asiente—. ¿Has visto las pirámides?

—Es imposible no verlas.

—¿Y cuál es el veredicto?

—Muy extraño. Son sorprendentes, pero también como que... solo están ahí. La mayoría de la gente local solo las trata como parte de la escenografía. Y luego están los turistas, desesperados por tomarse una selfie con la pirámide entera detrás, recortando los restaurantes de comida rápida para darle autenticidad. —Lee frunce el rostro y se pone la mano enfrente—. Puras papadas y fotos a contraluz. Los verdaderos héroes son los que venden los palos para selfies. Sí que arrasan. —Me mira calentar mis rebanadas de filete en la estufa—. ¿Cocinas?

—A veces. —Quiero mantener sus expectativas bajas con respecto a mi creencia sobre que el jugo Maggi resuelve casi todos los inconvenientes culinarios.

—Es atractivo —opina con gesto de aprobación mientras comemos la carne con las manos.

—¿Qué tan bien conoces Nueva York? —pregunto e intento imaginar a qué lugares la llevaría.

—He ido tantas veces sin verla en verdad que no sé cómo responder a esa pregunta.

Esto es algo en lo que pienso con frecuencia, la diferencia entre ver y observar.

—¿No te parece que es una locura que nunca apreciamos las cosas que tenemos justo enfrente?

Pienso en que jamás he ido al Guggenheim, aquel museo en forma de espiral que se asemeja a una broca de taladro; tampoco recuerdo cuándo fue la última vez que fui de paseo a Central Park.

—Sí, totalmente —concuerda—. Como con los Alpes. Cruzas de Italia a Suiza y estás mirando estos gigantescos e indiferentes monumentos ecológicos cubiertos de nieve, pero la mayoría de quienes viven ahí se la pasa quejándose del tráfico en el túnel durante las vacaciones. —Baña un trozo de carne en el aderezo complementario de la ensalada y en ese momento pienso en lo placentero que es ver a una chica comer. Con todo gusto le daría de comer por el resto de mis días—. Además, jamás he visto un turista que disfrute activamente el momento…

—La gente jamás vive en el momento —intervengo y visualizo a las hordas de personas que viajan billones de kilómetros para interponer una pantalla entre sus ojos y aquello que cruzaron océanos para ver—. Tenemos que planear y organizar y comprar la mejor oferta, y luego, cuando llegamos, lo primero que hacemos es derrumbar la experiencia y almacenarla en el teléfono. La gratificación instantánea no es suficiente. Tenemos que guardarla para después porque estamos demasiaaado ocupados. —No es que yo no lo haga también. El verano pasado, en un festival de música, a Tice y a mí casi nos dan calambres en los brazos por estar grabando—. A veces extraño tener la capacidad de aburrirme. Extraño ese sitio adonde se va el cerebro cuando se vacía. —Me aclaro la garganta—. No era mi intención acaparar la conversación.

—No, estoy de acuerdo con todo. —Se inclina para besarme. Volvemos a acurrucarnos en el sofá de las siestas—. ¿Has pensado alguna vez que las cosas ya no desaparecen? —pregunta. No sé adónde quiere llegar con eso—. ¿Cómo la energía, la masa y todo se conserva?

—¿Estamos hablando de la muerte?

—No. Aunque sería muy propio de nosotros hablar de convertirnos en cadáveres. —Se me estruja el corazón al oírla hablar de «nosotros», aunque tenga que ver con cadáveres—. ¿Alguna vez piensas en qué es la nube? ¿Qué les ocurre a todas esas selfies y videos de pirámides o viajes en carretera y conciertos y bodas que no volvemos a ver jamás?

Se reclina para apoyarse sobre mí y hacemos cucharita. La envuelvo cruzando los brazos sobre su pecho.

—No es tan misterioso —declaro. Puedo hablar por experiencia propia porque «hice un Pab» relacionado justo con eso hace un par de meses y tuve que googlearlo para que mi cerebro me dejara dormir—. La nube parecerá etérea, pero es un amasijo de granjas de servidores análogos que se sobrecalientan y contribuyen al calentamiento global. Se calientan tanto que Facebook tiene un centro de datos en el círculo ártico en Suecia. Y Microsoft tiene uno literalmente bajo del mar.

—Puedo creerlo con el cerebro, pero necesito verlos.

—¿Quieres ir de vacaciones a una granja de servidores?

—¿Por qué no? —Se encoge de hombros—. Tomarme una selfie y volverme parte del problema. —Se da vuelta y me da un besito en la barbilla. Oficialmente estamos en la parte relajada y tierna de esta relación. Me emociono. Pero no puedo evitar frotarme la barbilla con expresión pensativa para asegurarme de que no me esté creciendo la barba o, peor aún, que tenga alguna espinilla—. ¿Has ido a muchos lugares?

Me inhibo al pensar en quién es ella, pero es una tontería. Es como si un hombre chaparro le prohibiera a su esposa usar tacones, como si el mundo entero a su alrededor no fuera un claro indicativo de las diferencias de estatura.

—No realmente. He ido a Canadá.

—¿Adónde irías si pudieras ir a cualquier parte del mundo?

Tengo que pensarlo un poco.

—Supongo que a Corea. O a Pakistán. Pero necesitaría visa.

—Seúl es maravilloso —asegura—. Pero nunca he estado en Pakistán.

—Bueno, yo no he estado en ninguno de los dos lugares —afirmo—. Se suponía que iríamos a Corea cuando era niño, pero mi mamá se peleó horrible con mis abuelos, y luego se murió mi abuela y, al año siguiente, mi abuelo.

—Lo lamento.

—Es triste. Y es raro que casi nunca hablemos de ello —agrego. No sé por qué le estoy diciendo todo esto, pero es más fácil porque no me está mirando a la cara—. Estaba en octavo grado cuando mi *halmoni*, es decir, mi abuela, se murió. Le pregunté a mi mamá por qué no iríamos a su funeral, pero no quiso hablar de ello. Mi mamá es misteriosa con ese tipo de cosas. O necia, supongo. Cuando murió su papá no le hice preguntas. Me puso demasiado triste. Y que ella fingiera que todo estaba bien hacía que las cosas fueran más tristes aún. En ese entonces empezó a trabajar más que de costumbre.

Nunca había establecido aquella conexión con el contexto en el que extendió su jornada laboral.

—Las familias son una cosa muy rara —apunta Lee—. Crees que conoces a tu familia tan bien que no te importa estar en malos términos con ella. —Es verdad—. No fue sino hasta que empecé a vivir sola que mi mamá y mi papá se convirtieron en personas ajenas a mí —comenta—. No me refiero a eso de que: «Ay, mis papás son seres humanos con sus propios defectos». Eso lo sabía desde hace mucho. Mi papá nunca ha figurado de forma frecuente, pero no fue sino hasta hace poco que empecé a aceptarlo sin enojarme con él. —Se acomoda entre mis brazos—. A eso me refiero con ajenos. No es mi responsabilidad averiguar por qué mi mamá es tan infeliz. Ni tampoco me toca enseñarle a mi papá a ser padre. Los quiero y los perdono, pero no le pido peras al olmo ni espero que me den cosas que no pueden. Me doy permiso de no pasar tiempo con ellos. Y le doy gracias a Dios por mi abuela. No sé qué haría sin ella.

Es inteligente. Sabia. En cambio, yo no sé qué hacer con la vergüenza que me da el rumbo que tomó la vida de mi papá. O la culpa de ignorar a mi mamá.

—¿Cómo descifraste todo esto?

—Con terapia —admite—. Pero una vez que lo supe tuvo todo el sentido del mundo. Había una señal inequívoca: mi mamá no me hace preguntas. Jamás. Solo afirmaciones como «Suenas bien», o «Te vi en Late Night y me gustaron tus zapatos». Jamás me ha preguntado cómo estoy o si estoy bien.

—Supongo que no a mucha gente se le ocurre preocuparse por ti.

—¡Exactamente! —exclama y voltea para mirarme a los ojos—. Te hace sentir muy sola que nadie se preocupe por ti, ni siquiera tus padres. Empiezas a preguntarte si es tu culpa.

—Okey. —La estrujo con fuerza—. A partir de este momento puedes considerarme preocupado por ti en todo momento, entre nivel moderado y extremo.

—Gracias —murmura—. Sé que es absurdo, pero escuchar esas palabras significa mucho para mí. —Al fin, mis habilidades de preocupación de campeonato me sirven para algo en la vida—. Me encantaría ir a Corea contigo —comenta y me toma de las manos—. Asia es divertida. Tokio, Shanghái, Hong Kong, Seúl… son tan rápidas. Y amo la diferencia de horarios. Asia es como el futuro. Me encantan las ciudades. El pulso. Nueva York lo tiene también. ¡Y el sonido! Suenan increíble. Siempre que puedo las grabo. Pero las grabaciones siempre se arruinan.

—¿Cómo?

—Con la gente que grita mi nombre. —Recuerdo los aullidos de las niñas. Qué ensordecedor y desorientador sería que ese ruido te siguiera a todas partes—. Estoy ahí, pero no estoy ahí —continúa—. Es lo que decías sobre las selfies. En cualquier ciudad, sin importar qué esté pasando, nunca puedo sumergirme en ella. El ambiente siempre parece estarme invitando, pero en cuanto se da cuenta de que soy yo cambia para complacerme. Estoy separada de la realidad. Suspendida en estas torres de cristal o en esos autos polarizados. Y es como si estuviera sellada en un vacío o en un terrario. No, en un diorama.

»La comida no cambia, porque mi chef viaja conmigo. Y casi siempre llevo una dieta impuesta por mi nutrióloga. Antes me volvía loca, pero se ha vuelto una necesidad. No tengo que tomar decisiones. Voy adonde me dicen y sonrío durante las mismas entrevistas con las mismas respuestas preaprobadas. —Suspira—. ¿Sabes? Antes me partía la cabeza intentando formular respuestas superúnicas para no sonar falsa, pero luego me di cuenta de que todas las preguntas son iguales y nadie se da cuenta ni le interesa.

»Así que, mientras estoy ahí moviendo la mandíbula y recitando las tres mismas frases sobre un escenario, puedo ver la bestia de la ciudad a la distancia. Esa en la que todo el mundo puede vivir y que yo ansío pero no puedo. Me muero por ser quien logre montar al gigante.

La forma en que lo dice me hace imaginarla como la protagonista de una animación de Miyazaki. Quiero ser yo quien rompa el hechizo y la libere. Pero entonces recuerdo no haberme atrevido a preguntar adónde íbamos, como si Lee fuera una corriente o una fuerza de la naturaleza a la que no se le cuestiona.

—Lo que haces… quien eres… tiene su propio centro de gravedad. O campo de distorsión, supongo.

—Lo entiendo —acepta—. Pero no soy más que otro engrane en la maquinaria. A la gente siempre le sorprende que dé mi opinión. No se les ocurre que yo también leo libros o veo películas, o que tengo alergias y me dan agruras. —Se lleva una mano al esternón y hace una mueca.

—¿Tienes agruras?

—Sí —dice—. Tus papas están intentando matarme.

—Pues me siento honrado de ver este inusual y tierno lado de tu vida.

—De nada. —Y deja escapar un eructo—. Perdón —dice entre risas—. ¿Quieres ir a la alberca?

¿Que si quiero meterme al agua en poca ropa con esta chica?

—Sí, claro.

CAPÍTULO 15

Cuando Lee sale de la habitación, trae una toalla anudada bajo las axilas y el cabello atado en un chongo. Inseguro del nivel de desnudez que se esperaba de mí, tengo puesto un traje de baño que se me ocurrió empacar de último minuto y una larga bata con un cinturón con el que no dejo de jugar hasta que ella aparece.

—Hola —dice con timidez.

«Sé mi novia».

—Hola.

La sigo a la alberca, con pasos silenciosos. Sin importarle el muy bien iluminado letrero que dice NO CLAVADOS, se sumerge con elegancia en el agua; veo un destello de un bikini blanco. Yo entro caminando, pues mi clavado habitual es hacer una bomba. Nada hacia mí y me maravilla la forma en que caen sus hombros. Me habían preocupado nuestros cuerpos y me angustiaba que su belleza fuera tan celestial que resultara aterradora o, por el contrario, que fuera de una delgadez terrorífica y preocupante. La realidad es más amable, más cálida, curveada e interminablemente atractiva.

Nada con brazadas practicadas, lo que da cuenta de que tomó lecciones de natación. Hay tanto que no sé sobre ella y que quiero averiguar. Es difícil imaginar que esta misma mañana estábamos comiendo bagels. Que, como por arte de magia, sigamos en el mismo día.

La cabeza de Lee perfora la superficie cromada del agua y la luz crea una fosforescencia como de ensueño. Intento no mirarla demasiado. Haber visto su cuerpo antes, pero solo a la distancia, genera una tensión desconcertante. A pesar de sus incontables apariciones en público y sesiones fotográficas, en realidad uno solo ve a Leanna Smart en partes. Incluso sus videos musicales están hechos a base de cuadros estáticos, la mayoría de los cuales está retocada digitalmente. El cerebro está entrenado para procesar a las celebridades en fragmentos, como si fueran diagramas de una vaca con líneas punteadas que marcan los distintos cortes. Trozos dictados por el precio. La cara en un anuncio de cosméticos, el cabello en un comercial de shampoo, un brazo en un espectacular que muestra un reloj.

Me pregunto si ella me estará estudiando de la misma manera. Me recargo en los oscuros y fríos azulejos de la alberca, esperando parecer más gallardo. Imaginarla pensando en mí me genera ansiedad. No sé qué hacer con mis manos.

—¿Dónde aprendiste a nadar? —le pregunto.

—Es lo único en la vida que me enseñó mi papá.

—¿Él también vive aquí?

—Ajá. —Silencio. La alberca burbujea—. Pero no sé andar en bicicleta —agrega después de un rato, sin volver a mencionar a su padre—. Lo que sí soy es una jinete consumada.

—Naturalmente.

En la alberca, flotando a la misma altura, nuestras cabezas están a una distancia tentadora. Se siente resbaladiza cuando la tomo de la cintura. La temperatura de la alberca es comparable con el interior de una boca.

—Y puedo hacer un salto mortal —susurra; su muslo roza el mío, su pecho se estruja contra mi antebrazo.

—Yo también —afirmo.

Siento una nota de ajo en la lengua. Mataría por tener un chicle. Traje chicle. Y mentas. También traje condones, en caso de que el chicle y la menta lleven a algo más. Todos están muy bien, guardados en mi maleta del otro lado de la habitación.

—También soy una gran malabarista —declara.

—Impresionante. —La cargo y ella rodea mi cadera con las piernas. Su rostro está a centímetros del mío—. Carolina Suárez.

—¿Sí?

—¿Cuáles son tus intenciones para esta velada?

Sonríe. Un destello de dientes.

—Corrupción moral e inducción al equipo Smartees.

Cierto. El equipo Smartees. Marca registrada. Logotipo. Legión.

El papeleo vuelve a figurar en mi cerebro, junto con la jerga legal que ejerce dominio sobre ambos. Me recuerdo que estoy con Lee y que Lee se siente tan atrapada en esta enorme maquinaria como yo.

Sin embargo, de lo que me doy cuenta un poco tarde es que yo también quiero algunas garantías. Quiero saber con qué frecuencia hace esto. Cuántos cuerpos ha dejado a su paso. Si las estadísticas están a mi favor. Quiero tener indicios de cómo me sentiré en el futuro. Mañana. En una semana. En un mes.

Lo ignoro todo y la beso.

Se me apaga el cerebro.

No hay nada más.

Leanna Smart me besa.

Dulce olvido.

A la mierda. Si soy un peón en la campaña continua de Leanna Smart por desflorar a inocentes jóvenes que atienden tienditas en todo el país, que así sea.

Cuando caminamos de vuelta a la habitación, tomados de la mano, no decimos una palabra.

Gotas de agua de alberca en el piso de la cocina. Me empuja contra la barra. Las yemas de sus dedos se deslizan debajo de mi traje de baño. Su boca está salada.

—¿Está bien? —pregunto antes de jalar uno de los hilos de su bikini.

Ella asiente; el amarre se afloja.

—Espera —dice y se aleja.

—Está bien.

Manos en los costados. De inmediato. Como si algo me hubiera picado. El corazón me martilla dentro del pecho, e inhalo profundo. Hago un esfuerzo titánico para intentar desactivar las distintas secuencias fisiológicas.

—Perdón —dice mientras vuelve a anudarse el traje de baño.

—No, yo lo siento. —Sacudo la cabeza un poco para aclarar mis ideas—. ¿Estás…?

—Estoy bien. No pasa nada —asegura y también inhala profundo—. Fiu. —Recobramos la compostura—. Necesito preguntarte algo.

Repaso todo mi historial sexual. El susto de embarazo con Heather; la prueba de VIH después de una noche de estupideces; la chica del guardarropa en El Portal el otoño pasado que resultó estar casada; Alice (Tinder), cuya fobia al VPH ha hecho que yo sepa absolutamente todo lo que hay que saber sobre el virus del papiloma humano, como que puedo ser transmisor sin tener síntomas. Pienso en el número de personas con las que me he acostado y si es demasiado elevado o muy reducido. Siempre he creído que estaba justo en el medio. Pero ¿qué voy a saber?

—Pregúntame lo que quieras.

—Necesito que no me busques en Google —suelta.

—¿Qué?

—No busques noticias sobre mí —intenta decir otra vez ya que parece que el idiota que tiene enfrente no sabe qué es Google.

—Espera, ¿esa es la pregunta?

Su postura se descompone, como si un pedazo de andamio esencial se hubiera caído.

—Hay tantas estupideces sobre mí en internet. Mi familia. Mis amigos. Lo que desayuno. No puedo anticipar lo que dice la gente, sobre todo porque la mayoría es pura mierda falsa. Así que necesito que no empieces a creer cosas sobre las que yo no sé nada.

—Tiene sentido. —En serio lo tiene—. Claro.

—No, nada de «claro» —dice—. No es tan fácil como crees. Necesito reducir al mínimo tu exposición a las *fake news*.

—Prohibido eso de «yo tengo otras cifras».

—Y las investigaciones sobre con quién me estoy acostando, mis cirugías plásticas, mis múltiples embarazos, mi cáncer de cuello…

—¿Cáncer de cuello?

—En internet abunda la gente extraña.

—Te lo prometo.

—Me cuesta mucho trabajo confiar en cualquier persona —declara con solemnidad; hay cierta oscuridad en su expresión que parece insinuar que está pensando en alguien en particular.

—No te daré razones para no confiar en mí —prometo.

El blanco de sus ojos refleja la luz tenue de la habitación.

—Es más sencillo si no husmeas.

—Okey. Bloqueo de medios inaugurado.

—Y si alguna vez tienes alguna duda, ¿me preguntarás a mí?

—Cien por ciento.

Vuelve a poner las manos en mi cintura.

—Bien, ahora que hemos instalado un campo de fuerza profiláctico entre las hienas del chisme y tú... —La pausa es interminable. Se desanuda el bikini y detiene la tela con las manos sobre su pecho—. Una cosa más —dice—. Tampoco es una pregunta.

—De acuerdo.

Lee quita las manos para revelar sus senos. Pero están cubiertos por un par de prótesis externas de silicón y su torso parece el de un maniquí o una Barbie.

—Guau.

—Ajá... —Se arranca uno con una mueca de dolor—. Ya que estamos aquí, más vale que veas este lado de mí. Casi me arranco los pezones a diario.

—Dios. —Retuerzo la cara. La forma en que su piel se aferra al adhesivo me parece espantosa.

Deja caer uno y luego el otro.

—Aaaaaah. —Exhala y se masajea el pecho—. ¿Trajiste condones? —susurra.

—Sí —admito.

—Pervertido —acusa entre risitas y me jala hacia ella.

CAPÍTULO 16

Caray. Lo que ignoro de los ricos serviría para escribir un libro. Lo mismo pasa con los famosos, pero olviden todo lo que han escuchado sobre su dieta de macarrones con queso y langosta y botellas de Moscato. Y es que si hay algo que distingue al uno por ciento del resto de nosotros, son las camas. Cubrecolchones carísimos, sábanas frescas y resbaladizas, y cortinas con *blackout* que te permiten tener una calidad de sueño en la que las pesadillas son demasiado débiles como para afectarte. Me doy vuelta y el cabello rojo de Lee está esparcido sobre las tersas sábanas blancas. En algún momento de la noche se puso mi camiseta, lo cual me mata. Aunque sin duda es el máximo cliché de las comedias románticas, es maravilloso cuando ocurre en la vida real. Le beso la nuca, me pongo unos shorts y bajo a preparar café.

Son poco más de las ocho, pero pareciera mucho más tarde, y mientras busco las tazas fantaseo con cómo serían las cosas si viviéramos juntos y dividiéramos nuestro tiempo entre Nueva York y Los Ángeles. Podría irme de gira con ella y vivir de una maleta. Ser su *groupie*. Cuidar a nuestros hijos vagamente beige que hablan todos los idiomas y comen todo tipo de comida. Tal vez me haga un *man-bun*.

«¡Dios! ¿Qué me está pasando?».

Me detesto por creer lo que estoy imaginando.

—Gracias por dejarme dormir —dice y me abraza por detrás. Me sobresalto, un poco paranoico de que vea mi fantasía de mantenido. Le entrego un café americano, con suficiente azúcar como para provocar caries inmediatas y con litros de crema. Tal y como se lo preparó cuando nos conocimos. Le da un sorbo y echa la cabeza hacia atrás para que la bese. Sabe mitad café, mitad pasta dental—. ¿Cómo te trata Los Ángeles hasta el momento?

—Cinco estrellas. Excelente servicio. Se lo recomendaría a un conocido.

Puedo decir con toda honestidad que no hay otra actividad en Los Ángeles que hubiera preferido hacer anoche.

—Tengo que atender unas llamadas —me dice en tono apologético.

—Tú haz lo tuyo.

Saca un puñado de estuches de AirPods de su bolso que pone sobre la barra y me descubre mirándola.

—Los pierdo todo el tiempo —explica y sonríe antes de tomar su café para salir—. No tardo, pero ¿quieres ir por tacos después?

«Sip, definitivamente me quiero casar con ella».

La beso.

—Siempre.

Los Ángeles es increíble. En la costa este la gente se llena la boca hablando de las estaciones, el cambio del follaje, la cosecha de manzanas, etcétera, etcétera. Pero al carajo con todo eso; nada le gana a la luz del sol. Parece ilógico que este paraíso templado sea parte del mismo país que Nueva York. Tener un auto a tu disposición también es genial y hay un Nissan plateado medio descuidado en el que supongo es nuestro garage privado. Está resguardado por una capa de hojas, aunque el único camuflaje que sería más efectivo sería que fuera un Prius.

—Es mi auto secreto —dice mientras se pone una peluca, un sombrero y lentes oscuros antes de subir—. Una de las cuantas carcachas que uso. Es de mi abuela.

Así como es inconcebible ver a Leanna Smart desnuda, al menos hasta que ocurre, es absurdo verla realizar tareas tan mundanas como conducir un auto. En cierto nivel, entiendo que esta persona que mueve el pie al dormir también da conciertos en estadios repletos en todo el mundo, pero estar sentado junto a ella mientras se integra al flujo del tráfico como una desquiciada me vuela la cabeza. Veinte minutos después nos estacionamos en una gasolinera remota, donde hay camión de tacos grafiteado con una larga fila enfrente

—Mi lugar favorito solo abre por las noches. Pero este no está mal.

Le envía un mensaje a alguien y, en cuestión de segundos, un tipo con mandil y camiseta negra se nos acerca muy sonriente.

—¿Qué hay? —saluda. Lee se asoma por la ventana y le da un abrazo.

—Te presento a Héctor —dice dirigiéndose hacia mí—. Héctor, él es Pablo.

Me da la mano y le entrega a ella una bolsa blanca de papel que huele delicioso, mientras Lee, discretamente, le pone un billete de cien en la palma de la mano, como si se tratara de un intercambio clandestino. Conversan un rato en español y por el tono de Lee noto que está diciendo groserías. Vuelven a abrazarse antes de que él se vaya.

Minutos después estamos ocultos y a salvo detrás de un autolavado, y nos cae jugo de carne por la barbilla mientras gemimos de placer. Tenemos las puertas entreabiertas y las piernas colgando de fuera, mientras nos atascamos de taquitos de cerdo.

El sombrero de Lee está chueco y los lentes se le están cayendo.

—¿No están riquísimos? —pregunta con la boca llena.

—Espectaculares —concuerdo—. Me parece genial que hables español. Yo no hablo ninguno de los idiomas de mis padres.

—Disto mucho de hablarlo con fluidez —admite—. Pero me emociona mucho que por fin vayamos a sacar canciones en español para la edición de lujo del disco. No sé si te dije, pero mi siguiente disco se llama *Lee*.

—Ah, qué bien. —En el ínter, me he alimentado de anuncios de su nuevo disco durante semanas, gracias a mi historial de búsquedas—. Suenas emocionada.

—Supongo que lo estoy. No me malinterpretes. Sigue sin gustarme… lo de la música…

Extrae una rebanada húmeda de chile toreado del paquete de papel aluminio que está en el tablero y la planta en mi taco.

—¿Te dije que Héctor suele cobrar extra por las cebollas a la parrilla y los jalapeños? —Señala en dirección del camión de tacos—. Pero a mí me los da gratis. —Se limpia los dedos con una servilleta—. Lleva doce años aquí. ¿No es maravilloso? —Me pasa una servilleta y se señala la mejilla, y luego se ríe al ver que no logro limpiarme lo que sea que tengo en la cara—. A ver. —Y me ayuda a limpiarme.

El tierno gesto es como un puñetazo en el plexo solar. Mañana a esta hora habré vuelto a casa. Peor aún. Estaré sentado frente a un consejero estudiantil, suplicándole que mi potencial futuro le parezca lo suficientemente valioso como para otorgarme el privilegio de sumergirme en otra cataclísmica deuda estudiantil para ir a una escuela a la que no quiero asistir. Inhalo profundo.

—Gracias por traerme. —Hago un gesto para referirme al maravilloso clima y los exquisitos tacos—. Es un sueño.

—Eres un encanto. Te la pasas agradeciéndome todo. —Ninguno de los dos menciona mi partida—. ¿Qué quieres hacer el resto del día?

Me contento con hacer lo que sea con esta chica.

—No importa —le digo.

—Lo mismo digo. —Y luego—: Oye, ¿sabes qué tengo ganas de hacer? Ir a ver a mi maldita abuela.

—Pues vamos a ver a tu maldita abuela.

—¿En serio?

—En serio.

—¿De verdad?

—Mira, yo estoy dispuesto si tú no tienes problema. —He llegado al punto en el que no hay mucho a lo que no estaría dispuesto a hacer con ella.

Lee se muerde el pulgar antes de esbozar una inmensa sonrisa.

—Al diablo —dice al fin—. Vamos a verla.

Nos toma una hora llegar a Moreno Valley y me pregunto quién decide cómo se verán los distintos barrios de Los Ángeles. Me hacen pensar en un papel tapiz con puertas o libreros pintados en él, porque el paisaje no parece del todo real. Para ser franco, el bucle interminable de restaurantes de comida rápida, lavanderías, tiendas de donas y gasolineras parece obra de un diseñador gráfico aburrido: copiar y pegar, copiar y pegar, copiar y pegar.

—¿Conoces estos barrios?

—No realmente —dice mientras el paisaje pasa detrás de su perfil—. Pero me gustaría. —Intento ver las secciones de quince kilómetros con una mirada distinta: dejándome llevar, con el aire cálido en el rostro, permitiendo que los colores sangren como uno mismo. Todos los señalamientos de tránsito están deslavados por el sol, como si los hubieran pasado por la lavandería cientos de veces—. Los Ángeles no funciona así —continúa—. He ido a unos cuantos lugares. —Señala una gasolinera—. Pero a menos que tengas un amigo que viva aquí o que haya un restaurante buenísimo que alguien te recomiende, en general solo pasas por estos lugares en auto.

—Supongo que Los Ángeles no te deja entrar con facilidad.

—Totalmente —dice. Por su parte, Nueva York te devora de un bocado—. Me da mucho gusto que me estés acompañando.

—Espero caerle bien —murmuro. Me sudan las manos.

—Claro que le agradarás.

—¿No cree que todos los musulmanes somos responsables del atentado del 11 de septiembre? ¿Ni tampoco se decepcionará al saber que no soy estrella de k-pop?

—¿Qué? —Lee me mira de reojo como si me estuviera dando una embolia.

—Nunca sabes qué esperan de ti los ancianos.

—No conoces a muchos, ¿verdad?

Pienso en mis abuelos y recuerdo que nunca fueron parte de nuestra vida.

—No, supongo que no.

—Bueno… —Esboza una sonrisa—. Mi abuela es una católica recalcitrante, así que quien no esté en su equipo se irá directo al infierno. Pero me aseguraré de preguntarle qué opinión racial tiene de ti.

—Genial.

—Y lo haré tan pronto lleguemos y en inglés.

—Perfecto.

La abuela de Lee vive en un fraccionamiento privado, erigido en otro amplio páramo genérico. Es rosado con gris y está junto a una iglesia.

En el estacionamiento de visitas hay un gran anuncio que dice SUNSET CLIFFS en cursivas y entonces descubro que es una especie de asilo para ancianos, pero muy elegante. En el vestíbulo hay decoraciones de Pascua colgadas en las paredes y letreros que señalan hacia la piscina y el spa. Por lo que veo, es como el Crucero Disney de los asilos.

—Tienen un chef de cuatro estrellas —dice Lee cuando nos registramos—. Aunque ella no deja que nadie toque su comida.

La sigo al ascensor y me pregunto si ella pagará este lugar. Es probable que sí.

—¡Abuela! —exclama cuando una mujer diminuta con cabello negro azabache y ligeramente encorvada nos recibe en el pasillo lúgubre con un vestido oscuro. Me sobresalto un poco porque aparece justo ahí tan pronto se abren las puertas del ascensor. No esperaba que hubiera nadie, mucho menos una mujer achacosa con ojos brillantes.

Pero cuando sonríe sus facciones quedan ocultas tras sus arrugas mientras me da unas palmadas en la espalda.

Abraza a Lee y al gesto le sigue una ráfaga de frases en español. Escucho que su abuela la llama Carolina y pienso en el gorgoreo de la «R» mientras la seguimos a su departamento. La abuela camina sorprendentemente rápido y habla incluso más veloz, pero reconozco que menciona la palabra novio, la cual aprendí de una canción de J Balvin. Me enfurece no entender más, a pesar de haber tomado clases de español en bachillerato. Aunque si me preguntas dónde está la biblioteca o la zapatería, soy un as.

Con los tres adentro, el departamento se siente abarrotado. Si bien la abuela de Lee mide menos de un metro cincuenta y podría bailar breakdance aquí si quisiera, la sala de mi departamento es más grande, y eso es mucho decir. Aun así, la gigantesca televisión de pantalla plana que está montada en la pared es del tamaño de un pizarrón. Podría provocarte náuseas jugar videojuegos en ella.

—Te presento a Pablo.

Estrecho la mano de la abuela con dificultad, pues trae en ella una servilleta hecha bolita, y aunque tengo la precaución de no tronarle los huesos de papel, la mujer no es ninguna novata en eso de dar apretones de mano. Su saludo es frío y firme, y se le oscurecen un poco las venas violetas de la mano.

—Pablo —repite—. Un placer. Sofía —agrega y se da una palmada en el pecho.

—Un placer —contesto. Jamás digo «un placer»—. Gracias por recibirme.

CAPÍTULO 17

La mesa está puesta en medio de la estancia. Es pequeña y de imitación de mármol, cubierta con una capa de plástico transparente grueso; está repleta de pequeños tazones con comida y Tupperware abiertos. Hay una naranja partida en gajos sobre una tapa rosada de hule. Un puñado de cebolla picada en un tazoncito de plástico. Hay unas cositas verdes que parecen ser pepinillos, pero no son una verdura reconocible. Frijoles en un plato. Y un sartén tan pequeño cuya capacidad no es mayor a la de una taza de té. La olla contiene carne bañada en una salsa escarlata, en la que la capa de un centímetro de aceite brillante flota por encima de lo demás. La escena habla de sobras y trozos de cien comidas; me recuerda a mi papá y a como, si llegas con cualquier snack a su casa —por ejemplo, una bolsa de cacahuates de noventa centavos—, la encontrarás dos meses después al fondo de su alacena, cerrada con un clip.

—¿Tienes hambre, Pablo? —me pregunta.

Asiento con entusiasmo.

—Muero de hambre.

Lee pasa junto a mí para tomar su asiento. Le da un beso en la mejilla a su abuela y conversa animadamente en español. Su abuela la llama «Lina, Lina, Lina». La conversación conlleva varios chasquidos de labios por parte de Lee mientras cuenta chistes y saca la lengua para acentuarlos. Cuando los tres estamos sentados, Lee aplaude al examinar la mesa. Se ve muy feliz.

—Le dije que tenía meses sin comer comida casera.

Nos comemos las cosas verdes en salmuera, que resultan ser nopales, así como frijoles picantes embarrados en tortillas y acompañados de arroz. Lee y su abuela están tan ocupadas poniéndose al corriente y traduciendo y poniendo cosas en mi plato y pasándome contenedores con rábanos y chiles y queso deshebrado y cilantro, que pierdo la noción de lo que estamos comiendo.

—¿Comes cabra? —pregunta Lee y yo asiento—. La gente es rara con la cabra.

—No la mía —digo, mientras ella sirve el guisado encima de una pequeña montaña de arroz en mi plato. Estoy a punto de tomar un bocado, pero me detiene.

—Espera. —Sirve un poco de cebolla picada encima—. Ahora sí. —Le pongo unos cuantos rábanos para complementar y la consistencia fresca contrasta con la densidad de la carne. Lo balanceo todo acompañándolo con una tortilla que sumerjo en el caldo, para la buena suerte—. Muy bien hecho —me dice.

Mastico el bocado y está delicioso. Su abuela asiente con gesto de aprobación.

—Dice que comes muy bien —traduce Lee con una sonrisa.

Nunca he sido remilgoso. Hay historias sobre cómo comía cucharadas de kimchi pasado por agua desde que tenía solo un diente.

Con la boca llena de carne y chile, tomo un círculo café y plano de un plato de unicel y me lo llevo a la boca; descubro que es dulce, chocolatoso.

Las mujeres se ríen. La abuela me da una cariñosa palmada.

—Ese era el postre —dice Lee—. Sus vecinos se los trajeron.

En efecto, descubro que es una galleta Ritz cubierta de chocolate. Soy un genio.

—Pues está muy buena. —Estoy un tanto avergonzado. Lee toma un bocado de arroz con salsa, se lo lleva a la boca, y luego prueba una galleta con chocolate para experimentar lo mismo que yo.

—Muy bueno —concuerda y obliga a su abuela a hacer lo mismo. Todos estamos de acuerdo en que lo dulce contrarresta lo picante a la perfección.

—Como el mole —dice la abuela, tras lo cual interviene Lee.

—¿Ves? Los mexicanos ya lo pensamos todo. Ustedes no inventaron ni mierda.

Cuando se ríe, un trozo de comida sale volando de su boca y cae directo en mi antebrazo, lo que la hace reírse aún más. Ese instante, esa precisa porción de tiempo y la infinidad de decisiones que me llevaron a estar frente a esta chica y a su abuela, a la mitad de un lugar del que nunca había oído hablar, me confirma que, sin importar lo que suceda después, aquí es donde debo estar.

Nunca he estado tan seguro de nada.

Hago una nota mental para recordarlo después. Me obligo a registrarlo. A archivarlo para siempre. Para tener acceso a este recuerdo una y otra vez, siempre que necesite algo bueno y verdadero. No sé qué fue lo que llevó a Lee a la tienda la primera vez. Tampoco sé qué la hizo volver. No sé si fue suerte o destino. Pero en ese momento decido que da igual. Así haya sido una conspiración benevolente la que me dio todo esto, lo único que necesito saber es que Leanna Smart no es nada comparada con Carolina Suárez.

Nos retiramos a la sala. O sea, damos medio paso desde donde estábamos sentados. Lee y yo empujamos la mesa del comedor hacia la cocina para hacer un poco más de espacio. La abuela nos sirve café soluble. El mismo café soluble que mi papá guarda junto con el azúcar y el sustituto de crema mezclados todos en el mismo frasco. Lee se sienta en el piso y busca algo en el librero mientras la abuela se sienta en el sofá.

—Mira. —Lee saca un álbum de fotos con tapas de piel rojas.

Me siento con ella en el suelo. Son fotografías de bebé y escolares.

—Instagram de baja resolución —digo.

—Tenía años sin verlo.

Nos detenemos en una foto amplificada de Lee cuando era bebé, con un traje de baño de arcoíris y maquillada como payaso. Mira directo a la cámara.

—Guau… —exclamo. Parece que está embrujada.

—Ya sé.

Traza el maquillaje con un dedo. Está en el patio trasero de una casa, sumergida a medias en una piscinita inflable azul; se alcanzan a ver borrones que resultan ser otros niños. Hay adultos también, pero solo se les ven las rodillas, pues la fotografía está tomada desde el punto de vista de los niños. Lee es la única que mira hacia la cámara.

—¿Por qué el maquillaje de payaso?

—¿Por qué soy la *única* que tiene maquillaje de payaso?

—Ay… —Es cierto. Nadie más está pintado así.

—Ya sé —dice—. Al día de hoy, no tengo idea de qué estaba pasando. Mi madre ni siquiera recuerda haber estado ahí. —Pasa la página. Recortes de periódico y anuncios. Concursos de belleza locales y papeles pequeños en producciones teatrales en Moreno Valley—. Mi abuela lo colecciona todo —explica—. Siempre lo ha hecho.

—Mi mamá es la persona menos sentimental que conozco —confieso—. Abre el correo al mismo tiempo que abre el bote de basura; dice: «Ay, qué lindo», y luego lo tira. Tarjetas navideñas. Invitaciones a bautizos. Todo. «Ay», y a la basura.

—Qué eficiente —murmura Lee y se acerca para besarme la mejilla. Por instinto, volteo a ver a la abuela y busco indicios de desaprobación. Pero ella le sonríe con expresión beata, mirando su taza de café.

Seguimos pasando páginas. Hay una serie de fotografías de Lee a diferentes edades, con enormes vestidos y el cabello esponjado. En una de las tomas, la lente está como empañada para darle una apariencia como de ensueño. Me recuerda a las sofisticadas fotos de los concursos para bebés.

Hay una foto de Lee a los cuatro años con una corona y una banda. Una mujer morena y delgada, con cejas muy finas, que a todas luces es su madre, está agachada y su cabello cae justo sobre la cara de su hija. Lee, por su parte, tiene una mueca de irritación e intenta quitarse el cabello de encima.

—Mi relación con mi mamá en una sola imagen —dice y yo me río. Parece como si Lee estuviera intentando escapar.

—¿De dónde es? —Su enorme cabello podría sugerir tanto San Antonio como Staten Island.

Ella cierra el álbum de golpe, como poniendo punto final al asunto.—De aquí. Pero eso es algo que olvidamos del sur de California: que no deja de ser el sur de Estados Unidos.

La abuela deja escapar un suspiro de satisfacción. Hasta el momento, mi viaje a Los Ángeles ha consistido en visitar un hotel tan espectacular que me atormentará el resto de mi vida, un puesto de tacos tan delicioso que hará lo mismo, el interior de un auto que no le pertenece a Lee y un asilo de ancianos. Pienso en Tice, recriminándome por no ir a Malibú o a Melrose, pero la verdad me ha encantado el viaje. Es una versión de Los Ángeles que es auténtica para Lee. Una versión a la que tuvieron que invitarme, pues está oculta de las calles por las que uno suele pasar.

—No puedo creer que tengo que trabajar mañana —se queja con la cara hundida en mi hombro. Lo había olvidado por un momento. Había olvidado todo lo que esto implica.

Lavo los platos para olvidarme de la vida a la que tengo que volver. Tuve que luchar por liberarme de la abuela, quien me bloqueaba el paso hacia el fregadero, pero al final logré ponerme a lavar, Lee se puso a secar, y la abuela se puso a ver telenovelas en la televisión con el volumen al máximo.

—A veces sueño con comprar una casa para mi abuela y para mí. Pero ella no quiere. Dice que me la paso viajando por el mundo y que estaría demasiado sola en una casa tan grande. Esto es lo mejor que pude hacer por ella. Además, ella escogió eso. —Señala la tele y suelta una risotada amarga, después de lo cual mira hacia la ventana, y su sonrisa se esfuma. Entonces lo veo. Justo al otro de la calle, como si la oficina de urbanismo tuviera un sentido del humor muy perverso, hay una funeraria.

Nos despedimos y la abuela me entrega unas cuantas galletas Ritz cubiertas de chocolate en una bolsa resellable de Star Wars, en la que las lunas gemelas de Tatooine ya están despintadas de tanto lavarla. Sin embargo, cuando llegamos al auto, reviso el celular y descubro que el chat grupal de mis roomies está en llamas.

Dónde carajos estás?

Wyn le ofrece a cualquiera de nosotros veinte dólares por quitar con una pala la nieve de la entrada del edificio. El coro griego está intentando subir la oferta hasta cien.

Mierda. Palas. Paso los mensajes.

—Carajo.

El primer mensaje es una fotografía de la puerta principal cubierta con lo que debe ser casi medio metro de nieve.

—¿Qué sucede? —pregunta Lee.

—Nevada. —Jamás se me ocurrió revisar el clima en esta zona de confort absoluto con veintidós grados perpetuos que es Los Ángeles. Mientras tanto, en Nueva York está ocurriendo un suceso meteorológico llamado «bomba ciclónica». Una tormenta del noreste con vientos tan poderosos que la nieve cae en horizontal. No cejará durante un día más, por lo menos.

El teléfono de Lee se enciende.

—Sí, tu vuelo está cancelado —dice. Se lo informó Jess.

«Mierda. Mierdamierdamierdamierdamierda».

Joey Santos. La reunión. Five Points. El doctor Houlihan y su esposa. Mi mamá me lo va a reclamar hasta el fin de los tiempos.

—Tengo que volver a casa. —Toda la comida que tengo en el estómago se revuelve.

—Jess dice que puede conseguirte un asiento en un vuelo de medianoche mañana. Pero llegarías a las siete del día siguiente. Todos los aeropuertos están cerrados.

El corazón se me acelera. Se acabó. Estoy cancelado. Tendré que trabajar en una tiendita el resto de mi vida.

«Mierda. Los Kim».

—Tengo que trabajar mañana.

—Estoy segura de que lo entenderán. —Su tono es compasivo—. Es culpa del clima. —Debido a mi mentira sobre NYU, no puedo decirle todo lo que me preocupa—. Además, sí sabes lo que esto significa, ¿verdad? —Lee se atreve a sonreír—. Tenemos un día más. —Y levanta el puño.

Tiene razón. Por un milagro, tenemos un día más.

—Un día más —repito. Estoy como entumecido, pero ella sonríe y me pica las costillas, instándome a celebrar.

Lee se quita el cinturón de seguridad, se estira y me besa, tomando mi cara con ambas manos y mirándome a los ojos.

—Sabía que esta historia no iba a terminar hoy —dice—. Tenía un presentimiento. —La beso también—. ¡Un día más! —declara, con los brazos alzados, victoriosa—. ¡Un día más!

—¡Un día más!

—¡A la mierda el trabajo! —dice—. ¡A la mierda las responsabilidades!

—¡Sí! —exclamo—. ¡A la mierda con todo!

Lee está aquí. Yo estoy aquí. ¿Cómo podría importar algo más?

Leí en el *Post* que cada dos centímetros de nieve que caen sobre las calles de Nueva York le cuestan al gobierno un millón de dólares. Uno supondría entonces que el costo de detener toda operación por parte de Leanna Smart durante una hora es igual de sorprendente.

Quizá no hay sal, arena, ni hombres con cascos batallando contra el hielo para liberar los caminos, pero las llamadas son interminables.

—Lo siento —dice Lee. Son las 6:45 de la mañana y, según mis cálculos, Lee se ha disculpado con al menos mil personas. En su defensa, lo maneja con elegancia. Con profesionalismo. Como si solo hiciera su trabajo al informarte que lo que querías ya no va a ocurrir. Y que tu única opción es aceptarlo—. Lo sé —susurra cerrando la puerta de cristal tras de sí y camina descalza en el patio, otra vez con mi camiseta puesta, otra vez en la habitación del hotel. No alcanzo a escuchar el resto de la conversación, pero la cara de malas noticias es bastante universal. Aun si esa cara es la de Leanna Smart.

A las siete y media, Jess aparece con una asistente. Dora o Cora. Cabello corto. Elegantes jeans negros y un saco del mismo tono. Nadie me la presenta. Me retiro a la recámara, para dejar que hablen los adultos.

Cierro la puerta para llamar al señor Kim. Nunca antes había tenido que llamar para avisar que no iré. Nunca.

—Tuve que viajar a California de último minuto. —El autodesprecio estalla en mi pecho—. Escuelas. Para visitarlas. Voy a volver a la universidad.

Nada de esto tiene sentido, pero espero que él le pase mis pretextos a la señora Kim, pues la escuela anula casi todos los pecados.

Busco el correo de mamá que incluye el contacto del señor Santos. Escribo el nombre de mamá en la barra de búsqueda y doy clic. Nada. Busco «Santos». «Five Points». «Reunión». Nada. Paso el dedo, víctima de un frenesí, hasta que las fechas empiezan a ser de años pasados, así que comienzo otra vez. Pensará que soy un idiota. Llamo a Five Points, donde la voz de una grabación me pregunta si conozco el número de la extensión de la persona a quien quiero contactar. Veo la hora. Ya es mediodía en Nueva York. Debería salir en quince minutos para luego tomar el tren F a la ciudad y encontrarme con este tipo. Mentira. Debería salir en este instante, considerando los retrasos en los trenes. Eso, por supuesto, si no estuviera a cuatro mil kilómetros de distancia.

Tecleo S-A-N-# una vez que llego al directorio de la planta docente. La llamada se corta. Luego, tono de marcado. Perfecto. Presiono «remarcar» cuando Lee llama a la puerta.

—Buenos días —dice mientras abre la puerta de la recámara.

—Hola. —Siento como si me hubiera atrapado haciendo algo sospechoso. Cuelgo mientras el teléfono sigue llamando.

—Perdón. ¿Estabas hablando por teléfono?

—No. Acabo de terminar.

Entonces la veo bien.

«Jesucristo».

Si estuviera en casa, esto es lo que extrañaría. En algún momento de la última media hora Leanna Smart se cambió y se puso un brasier deportivo rojo y leggins del mismo color, que están empapados.

—Hola —dice y mueve la cabeza para que su larga cola de caballo caiga de un lado.

¿Cómo es que tengo tanta suerte?

Me toma de la mano y bajamos las escaleras para encontrarnos con un tipo cuyo bronceado es tan uniforme que parece que lo bañaron en pintura. Trae puesto un leotardo blanco que dice CALIFORNIA. Llevo mucho tiempo creyendo que anunciar el nombre de un estado en tu atuendo es señal inequívoca de que no eres de ahí.

—Pablo, él es Marco.

Estrecho la mano de Leotardo. Tiene las palmas muy callosas.

—¡Qué mal que no pudiste entrenar con nosotros, Pablo! —dice con un denso acento ibérico.

—¿Café? —Jess se dirige a mí.

—Gracias. —Tomo una taza.

Marco se va tras la llegada de un hombre de unos cincuenta años llamado Jerry. Viene de traje. Sus modos bruscos y su loción costosa inundan la habitación. Lee y él salen para hablar. La tentación de leerles los labios es embriagante.

—¿Dormiste bien? —pregunta Jess, levantando la mirada de su teléfono. Más bien teléfonos, en plural. Hay tres sobre la barra de la cocina. Uno de ellos está bocabajo, con una etiqueta blanca pegada atrás, donde se lee un número. Hay más estuches de AirPods junto a ellos. Me pregunto si Jess estará enojada conmigo. El intruso. La interferencia que destrozó sus planes.

Jerry me está dando la espalda, pero algo de lo que dice hace reír a Lee.

—No mucho. —Contrario a la fantástica primera noche, mis sueños estuvieron plagados de la ansiedad que conlleva abandonar tu vida y escapar con el circo—. ¿Y tú?

—Pues… —Deja la frase en el aire y esboza una sonrisa amable que nunca parece alcanzar sus ojos.

—Supongo que el cambio de planes será problemático para ti —reconozco.

—Ay, está bien —dice con cierta humildad. Cambia de teléfono—. No es el mejor momento, pero estas cosas suceden. —El café está amargo, seguro está lleno de arsénico—. La última vez que escapó así, de último minuto, fue porque tenía un herpes —cuenta Jess con absoluta serenidad—. Fue en julio de 2014. —Uno de los teléfonos suena. Ve el número. Suspira—. Solo no me digan que irán a Disneylandia —implora y esta vez sonríe de manera genuina—. Sé que se ve muy lindo en la televisión, pero no estoy de humor para conseguirles seguridad privada que les cuide el trasero en Space Mountain. ¿Está bien? —Luego contesta el teléfono—. ¡Hola, Fátima! —le canta a la bocina y se deja caer en el sofá—. ¡Qué bueno que llamaste!

CAPÍTULO 18

—Solo recuerda que adonde sea que mires es adonde irás.

No es la mejor idea, pero fue la única que se me ocurrió. Tampoco es Disneylandia, cuando menos. Pero sí parece que resultará ser un gran error.

—No creo que mi seguro cubra esto —murmura Lee, titubeante, mientras se asoma bajo el enorme casco de grafito que trae puesto.

La bicicleta la compramos en Target.

Bueno, la compré yo. Ella me esperó en el auto después de hacer una búsqueda exhaustiva en internet. Irónicamente, también descubrimos que existe una bicicleta marca Leanna Smart. Tiene todos los colores del arcoíris, serpentinas neones y una canastita, pero ya no había en existencia. En la caja hay una fotografía pésimamente editada de Lee haciendo un caballito con la bici.

—¡La única diferencia entre saber hacerlo y no saber hacerlo es aprender! —exclama. Lee lo ha repetido al menos cuatro veces en los últimos quince minutos.

Estamos en una tranquila calle residencial a unas cuadras de Pico, que supongo que es la versión angelina de la calle Houston, pero mucho más larga. Hemos estado una eternidad dando vueltas en el auto.

—Demasiado empinada —dice de una calle llamada Rimpau—. Demasiados autos —opina de otra. Es como jugar una versión residencial de Ricitos de Oro—. Malas vibras —apunta de Keniston porque—: Jess era novia de alguien horrible que vive ahí. —Después de dar vueltas durante veinte minutos, Lee se estaciona—. Aquí.

Antes de bajar del auto, repasamos el plan.

Todos los mejores tutoriales de YouTube recomiendan aprender a balancearte antes de poner los pies en los pedales.

—Entonces: equilibrio, equilibrio, equilibrio —recita Lee—. Luego, cuando tenga la confianza suficiente, levanto las piernas, pongo los pies en los pedales y *¡boom!*, estoy andando en bicicleta.

—*¡Boom!* —repito—. Eres una erudita que sabe domar caballos y malabarear. Seguro que aprendes a hacer esto en diez minutos.

—Es la última frontera —afirma—. La bicicleta y la cetrería. —Se ve tan seria con su casco de principiante, coderas y rodilleras, que no puedo evitar besarla—. No, Pab —replica y me aleja—. Tengo que concentrarme. Sabes que la única diferencia entre saber hacerlo y no saber hacerlo es aprender.

Los primeros intentos son un desastre. Es demasiado nerviosa y desesperada. Al más mínimo tambaleo pone los pies en el suelo.

—Tienes que ir a cierta velocidad para que la bicicleta se mantenga en pie —explico. Me subo para demostrárselo, pero, por supuesto, es como describirle a alguien por teléfono un color que acabas de inventar.

—¿Tienes que tensar el abdomen? —cuestiona cuando paso a toda velocidad una y otra vez por la misma cuadra. Es increíble que las zonas suburbanas de Los Ángeles estén a solo unos metros de las arterias principales. Rain y yo aprendimos a andar en bicicleta en la casa de verano de una amiga de mi mamá en Long Island.

Lee lo intenta de nuevo, alejándose por la cuadra con las rodillas extendidas y los pies rígidos.

—¡Dobla las rodillas! —grito mientras corro detrás de ella—. ¡Pedalea!

Justo cuando digo «pedalea», se tambalea, baja la velocidad y derrapa sobre el pavimento. Lee se derrumba sobre un jardincito; es una caída tan inevitable como cómica y lenta, con las piernas enredadas en la maquinaria.

Corro hacia ella. Los pulmones me arden.

—Vas mejorando —apunto, con las manos en los muslos, encorvado, desesperado por recobrar el aliento.

Lee se queda tendida. Parpadea repetidamente. No levanta la mirada.

—Recuérdame por qué estamos haciendo esto. —Su camiseta gris está empapada en sudor y a mí las pantorrillas me están matando.

Buena pregunta. Una parte de mí se imaginaba que sería como uno de esos comerciales de fondos para el retiro; que en el momento en que mis manos soltaran la bicicleta, ella se deslizaría sin esfuerzo hacia el horizonte, y no se daría cuenta sino hasta el final de que lo logró, que lo está haciendo, que está andando en bicicleta por sí sola.

La realidad es que nunca he estado tan estresado como en los últimos cuarenta y cinco minutos.

Esta no es una adolescente común y corriente intentando andar en bicicleta. Leanna Smart es un cargamento muy valioso. Casi tan valiosa como un diamante de tamaño humano, pero mucho menos indestructible.

—Vamos. —Le tiendo la mano—. Cinco veces más en cada dirección. Estás muy cerca de conseguirlo. —No sé por qué la estoy retando ni qué estoy intentando demostrar.

Lee levanta la bicicleta y mira al otro lado de la calle, hacia donde estamos estacionados.

—¿Puedo pedir un Uber?

—Cinco veces más.

—Nah, me rindo —sentencia y suelta la bicicleta.

Algo dentro de mí se enciende. Estoy desesperado por que lo logre. Quiero que esto sea aquello por lo que me recuerde. El único regalo que tengo permitido darle.

—No te rindas. —Me doy cuenta de que sueno igual que mi madre—. ¡La única diferencia es aprender! —Me acerco y levanto la bicicleta. Toco el asiento; sigue caliente—. ¡Vamos, Suarez! ¡No me falles!

—No. —Esboza una sonrisa tensa. Sé que se acabó—. Ya no puedo. Admítelo. Todo esto fue una mala idea. No quiero hacer esto hoy.

Miro la hora. Las dos y cuarto. Nos quedan apenas unas cuantas horas antes de que tenga que tomar el avión de vuelta a casa. Pero no puedo dejarlo pasar.

—¿Quieres que hoy sea diferente? —le pregunto—. Es nuestro día extra. Es como un año bisiesto. O como si fuéramos a Nueva York desde Taipéi una y otra vez y ganáramos un día. Es tiempo que se supone que no íbamos a tener.

—Bueno, pues vamos a disfrutarlo —dice buscando una nueva estrategia—. ¿Tú lo estás disfrutando? —Se quita el casco. Tiene el cabello aplastado sobre la frente—. Olvídalo, Pab.

—Guau —le digo y niego con la cabeza.

—¿Por qué te importa tanto?

—¿Cuándo tendremos la oportunidad de hacer esto de nuevo? —Sé que estoy siendo un hipócrita. Me encanta darme por vencido tanto como a cualquiera. Pero cada vez me queda más claro que ya no estoy hablando de la bicicleta.

—Yo nunca voy a volver a hacer esto —dice—. Y le doy gracias a Dios por eso.

—Pues hoy también es mi día libre. Y ya invertí gran parte de él en ir a Target y encontrar la calle correcta. ¿Por qué rendirnos ahora?

—No sé qué decirte, bro —contesta con absoluta tranquilidad—. Ya hay suficientes hombres presionándome todo el tiempo, así que esto se acabó. —Me paso las manos por el cabello y no digo nada. Intento imaginar una discusión larga con esta chica. Pienso en cómo funcionarían las cosas. No importa qué tanto parezca tener los pies sobre la tierra de cuando en cuando, imagino que no hay forma de sacarle ventaja a Leanna Smart—. Mira, no eres mi papá. ¿Querrías que yo te enseñara a conducir en este momento?

Lo pienso. He fantaseado con conducir y lo que se supone que uno debe hacer con las manos y los pies parece ser bastante intuitivo. No puede ser muy distinto de jugar *Grand Theft Auto*. Pero imaginar a Lee ladrándome instrucciones al fin me hace entender a qué se refiere.

—Tienes razón. Eso sería muy poco sexy.

—Gracias —exclama, juntado las manos como en una plegaria—. Nunca me he sentido menos sexy en la vida. Ni tan sudorosa.

—¿Qué haremos con la bicicleta?

—Olvídate de la bici —dice y deja el casco junto a ella—. Algún niño se la llevará. Vamos a comer papas con carne asada y a manosearnos.

La tina del hotel es de esas que tienen patas, bastante profunda. Lee deja caer una *bath bomb* negra que al detonar forma una nube de lodo. Me da una bata. Me quito la camiseta y me pongo la bata antes de quitarme los shorts y los bóxeres.

—Me he metido a una tina como dos veces en toda mi vida —confieso mientras observo el agua. Mi mamá tiene regadera, y si bien hay una tina en mi departamento, es demasiado comunal. Demasiado caldo de cultivo.

—Okey —murmura mientras se recarga en un costado de la tina—. Tengo otra confesión que hacer.

—¿Cuál fue la primera?

—Las bubis fraudulentas.

—Oye, no son fraudulentas. Tus bubis son una bendición con la que estoy encantado de pasar tiempo siempre que me lo permitas. Con o sin la capa adhesiva de silicón. Como tú prefieras.

—Bueno, pues la siguiente es casi igual de personal.

—Dios mío, ¿te vas a derretir? —Recuerdo aquella película de los ochenta, *Cocoon*, en la que los ancianos se quitan la piel y se convierten en bolas de luz extraterrestre.

—Algo así. —Lee hunde una mano en la base de su cráneo y, por un segundo, sí me la imagino abriendo el cierre de un traje de piel y luego pienso en cómo volvería a casa después de eso. Se quita un pedazo de cabello y lo pone a un costado de la tina. Otro. Y uno más. Su cabello está degrafilado a la altura de la barbilla, aún rojo, pero mucho más corto—. Este es mi cabello de verdad. Mi cabello en reposo. Mi cabello desnudo.

—Cuando algún tipo te escribe «manda n00dz» ¿le mandas una foto de ti haciendo una señal de paz con los dedos, traje de buzo y este cabello?

Me regala una sonrisa tímida.

—Exacto.

—Se ve muy bien —le digo para reconfortarla. Y sí se ve muy bien. Sus facciones ahora son enormes. Muy expresivas.

—Están tan sobreprocesadas. —Se pasa una mano por la nuca—. No puedo creer que me metí a la alberca con ellas. —Sacude la cabeza—. Si sirve de algo, estoy casi segura de que mi cabello falso viene de Asia.

—Ay, qué linda —le digo y doy un paso hacia ella—. Eso me hace sentir mucho más cerca de ti.

—¿Verdad? —Mete la punta del pie al agua. Vuelvo a ver el tatuaje: 22.2.

—Veintidós dos. ¿Qué significa?

Se quita la bata y entra a la tina. La sigo. La *bath bomb* huele a aceites costosos y flores; el agua nos llega hasta las clavículas.

—El 2 de febrero fue la fecha en que me emancipé de forma legal de mis papás. El número simboliza unión y división. —Se pasa el pulgar por el tatuaje—. Todo en el mundo tiene dos caras. Es extraño. Todo es mucho más complicado de lo que puedes imaginarte en ese momento. —No agrega nada más y yo no insisto—. ¿Recuerdas cuando hablábamos de música? —pregunta con una expresión imposible de descifrar. El agua es como tinta de calamar.

—¿La conversación que tuvimos hace cuarenta y ocho horas?

—Dios. —Suspira y sonríe—. Qué jóvenes éramos.

—Unos bebés.

—¡Recién nacidos! —exclama entre risas—. Pues creo que encontré la forma de dejarlo —continúa—. Hay una película que muero tanto por hacer que me está volviendo loca. Me asusta lo mucho que lo deseo.

—¿Cuál es? —Doblo las piernas para que mis pies no invadan su espacio. Estamos frente a frente y estoy tan apretujado como puedo estar.

—Espera. —Se da vuelta y se desliza hacia atrás de forma que yo sea la cuchara grande.

—Mucho mejor, gracias. —Le beso la nuca y a toda prisa me acomodo las partes del cuerpo que me quedaban colgando para evitar que se le restrieguen.

—Se llama *The Big One*. Es independiente y el guion es una maravilla —explica, acomodándose sobre mi cuerpo—.

Es sobre un robo de poca monta en Nueva York. —Nueva York. La posibilidad de que Lee esté en Nueva York. Conmigo—. Es como *Bonnie y Clyde* más *Sid y Nancy* más *Tarde de perros,* pero ocurre en Bushwick. Audicioné para el papel de la hermana del protagonista porque Luca no quiere que deje la gira. Es un papel pequeño, pero hay una escena que me mata. Están en una cafetería y es la última vez que se van a ver, y es devastadora. Él es adicto a la heroína y está perdido, y ella es un desastre, pero está intentando salvarlo porque es su hermano mayor y él fue quien la crio. En fin, grabé un video y lo envié.

—¿Y?

No hay forma de que no se lo den.

—Luego decidí que en verdad quería el protagónico. Así que hice otro video y lo envié también. —Lee toma un poco de agua con las dos manos y se enjuaga la cara. No puedo ver su expresión, pero me imagino que es la opuesta a la mirada vacía y perdida que tiene cuando habla de música—. Es muy vergonzoso. Van a pensar que estoy loca.

—¿Ya supiste algo? —Niega con la cabeza—. ¿Cuándo lo enviaste?

—Hace una semana.

Una semana. ¿Es una señal? Quién sabe. Me doy cuenta, en medio de un profundo pánico, que me estoy permitiendo desear que ocurra. Que Lee mande a Luca al diablo, deje la música y compre un lindo departamento en la ciudad.

Se da vuelta para verme. Bigote de sudor. Ojos bien abiertos.

—¿Qué hago?

Me halaga y sorprende por partes iguales que me pregunte.

¿La verdad? ¿Si fuera yo? Tomaría el silencio como un rechazo explícito y me iría a una esquina a esperar la muerte en posición fetal. Pero ella es Lee. Todo es posible para ella.

—Creo que debes permitirte desearlo de verdad y creer que te lo van a dar. ¿Quién es el director?

Dice un nombre que nunca he oído.

—Y el protagonista es Teddy Baptiste.

Ese nombre sí lo reconozco. Algunas películas de superhéroes, una nominación al Oscar. Y…

—Mierda. Ese sujeto es hermoso. —Lee se ríe de mis palabras—. Momento. Creí que dijiste que era independiente. —Me pregunto si tendrá escenas de sexo. Un recelo como de Gollum se apodera de mí. Si las tiene, jamás veré la película.

—La está produciendo una compañía inglesa muy pequeña. Pero su historial es excelente; créeme cuando te digo que he leído cientos de guiones y este no es ningún chiste.

—¿Filmarías en Nueva York?

—No lo sé —responde—. Caray, no recuerdo la última vez que quise tanto algo. —Su anhelo por un Grammy hace eco en mi memoria—. Qué incómodo es no saber cómo van a salir las cosas.

Si llegara a filmar en Nueva York mientras yo trabajo en las noches, cabe la posibilidad de que nuestros horarios puedan empalmarse. La imagen de Leanna sentada junto a la ventana con una taza azul vuelve a aparecer en mi cabeza. Pero no está en California esta vez.

Nos quedamos sentados en un cálido y humeante silencio. El aire está cargado de una tensión que no logro nombrar. ¿Es tonto querer que estemos juntos?

Sacude la cabeza; su cabello me salpica agua en los ojos.

—Auch. —Me quejo en un tono que revela más dolor del que habría querido.

Voltea y toma mis mejillas en sus manos. Me besa deprisa.

—¿No te parece que este baño es lo menos cercano a la limpieza?

—¿Me preguntas que si siento que nos estamos marinando en nuestro propio sudor?

Quiero salir. Quiero bañarme. Quiero limpiarme estos sentimientos que no logro desenredar.

—Exacto. —Se pone de pie y abre la llave de la regadera—. Vamos a enjuagarnos.

—Uf. Gracias.

—Amo que estemos siempre en la misma sintonía —dice al darse vuelta para besarme.

Mientras tanto, yo daría cualquier cosa por saber cuál es esa sintonía.

CAPÍTULO 19

Cuando llega el momento de irme abro las cortinas y el sol que comienza a ponerse cuelga sobre la habitación, brillante, henchido. Lee está abajo, preparándose para ir a cenar. La recámara sin ella se ve distinta, anónima.

—Adiós, cuarto —digo en voz baja. Es puro sentimentalismo, pero le tomo una fotografía. La cama, las sábanas revueltas, el edredón enrollado.

Jess llegó hace una hora con una estilista, una peinadora y un maquillista detrás. Me quitaron la oportunidad de despedirme de Lee en privado. Todos están en la cocina cuando bajo, hablando sobre los próximos días.

—Estaremos en el auto —dice Jess antes de darme un abrazo—. Ve con cuidado.

Cuando solo quedamos nosotros, Lee se lleva el pulgar a la boca y me mira.

—Oye —murmura y suena tan miserable como yo me siento—. Estoy triste.

—Esto es triste.

—¿Me vas a llamar?

—Por supuesto. —Vuelvo a abrazarla. Huele bien, tal y como debería de oler.

—Gracias otra vez —dice—. Por venir conmigo.

Tomo mi maleta y mi sudadera, y mientras cierro la puerta tras nosotros, el corazón me pesa tanto que duele.

La veo subir al auto. Yo subo al mío y espero.

«Si baja la ventana significa que la voy a volver a ver».

La Escalade, con sus frías ventanas entintadas, permanece apática.

«Vamos, Lee».

Una línea. Luego una pequeña apertura. Cuando sus ojos aparecen, mi corazón canta.

No alcanzo a bajar mi ventana más rápido.

—¡Adiós, Pablo! —grita, agitando la mano como loca—. Te voy a extrañar mucho.

Durante el vuelo a casa me siento aturdido, como en medio de una bruma. Necesito dormir, pero el escándalo en mi cabeza no se apacigua. Estoy volando en primera clase y quisiera estar en el asiento de la ventana para poder ver el cielo, pero el honor le corresponde a un niño de cabello rizado cuyos tenis Yeezy no alcanzan a tocar el piso. Tiene unos seis años. Me preguntó cómo será el resto de su vida si está volando en primera clase a esta edad. De hecho, me pregunto cómo será el resto de *mi* vida.

Me sobo el cuello. La presión de la intimidad de los últimos días se anuda en mis hombros. Tantas personas y situaciones nuevas. ¿Le caeré bien a Jess? ¿Y a la abuela de Lee? ¿Qué hay de Dyland, Cam, las asistentes, los entrenadores, el tipo de traje con pinta de abogado que solo me miró de reojo? Dios mío, hasta Luca. Me importa lo que piensen estas personas. Ni hablar de lo que piense Lee de mí.

Dios santo, Lee.

Me pregunto cómo me habrá ido. Si pasé la prueba. Siento como si el fin de semana hubiera sido la entrevista laboral más larga de toda mi vida, y, para ser franco, creo que me fue bien. Solo quisiera poder decírselo a Joey Santos y a los Kim. Quisiera que pudieran revalidarme los créditos.

—Pablo, necesito hablar contigo.

Otro auto negro me recoge cuando llego a Nueva York y me lleva directo al trabajo. Cubriré al señor Kim en el turno matutino, pues Tina y él me cubrieron anoche. Me está esperando junto a la caja cuando entro. No es buena señal.

—Claro. ¿Qué pasa? —Veo el reloj. Llegué casi cuarenta minutos tarde. Incluso contando el tiempo de reacomodo de cosas.

—Ven a la oficina —dice sin sonreír. Se me estruja el corazón.

Lo sigo a la parte trasera, donde se termina el piso beige brillante de resina y empiezan los tapetes de plástico antiderrapante cubiertos de hollín que nos dividen a ellos de nosotros. Lo privado de lo público. Vadeamos las cajas apiladas y cruzamos las puertas de los refrigeradores. Es difícil imaginar este laberinto lleno de recovecos desde afuera, pero es casi tan grande como la tienda misma. Una versión fantasma. Recuerdo la primera vez que descubrí que un empleado reabastece los refrigeradores desde atrás. Jamás se me ocurrió que era obra de un humano. Lo mismo me pasó la primera vez que vi cómo rellenaban una máquina expendedora cuando era niño. O cuando cambian los anuncios en el metro.

La señora Kim está dentro de la diminuta oficina y me encanta que su esposo jamás pasa por alto la cortesía de tocar la puerta antes de entrar, aunque siempre sean solo ellos dos. La señora Kim trae puesto un mandil negro impecable y sonríe sin mirarme a los ojos. Se va, pero no sin antes dame un apretón en el antebrazo. Esto no puede ser bueno.

Me alegro de haber llamado para avisar que no vendría, pero estoy esperando las repercusiones. Estuve a punto de transgredir la política de «Si no llamas, olvídate de volver», pues apenas si les avisé con medio día de anticipación. Esperaba que Tina quisiera matarme, pero no podía imaginar cómo sería la confrontación con el señor Kim. Cuando menos solo estamos él y yo. No sé si podría lidiar con la decepción de la señora Kim.

La señora Kim está entre mis tres humanos favoritos en el mundo. Me recuerda a mi mamá, aunque una versión más amorosa. No exagero cuando digo que estaría dispuesto a arrojarme frente a un tren por ella. Fantaseo con eso a veces, pues sus hijos —Michael, que es un esnob, y Alfred, que es menor y me recuerda a Kim Jong-un por el corte de cabello— rara vez vienen a verla.

El señor Kim se sienta en su escritorio. Yo tomo el banquillo junto a él, donde suele sentarse su esposa cuando comen. Percibo el olor a kimchi del desayuno, pues la diminuta estancia no tiene ventanas.

—¿Estás bien, Pablo?

Que inicie la conversación sonando tan preocupado me provoca un nudo en la garganta.

—Claro. ¿Cómo está *usted*, señor Kim? —pregunto en tono casual.

Relaja los hombros al suspirar.

—Recibí una llamada —informa. No suena precisamente molesto, pero su expresión de seriedad es firme—. Varias, de hecho. De tu madre, por ejemplo. —Mierda, eso significa que hablaron. Los Kim saben que no fui a ver universidades—. Te estaba buscando.

Ciertamente, me dejó dos mensajes de voz después de mandarme mensajes de texto acerca de la reunión con Joey Santos. Pero jamás creí que llamaría a mi trabajo.

—Le dije que no sabía dónde estabas —afirma mientras

se pone los lentes que le cuelgan del cuello con una correa negra—. La otra llamada fue de una oficina de cobranza. —Revisa entonces un bloc de notas cubierto de garabatos y pequeños cuadrados entrelazados—. Dicen que te demandarán por falta de pago.

Me doy cuenta de que las raíces de su cabello son de un blanco contundente. Es como la franja de zorrillo que le sale a mi mamá cuando falta a una cita con su peluquero. Eso significa que el señor Kim se tiñe el cabello. Por alguna razón, me desconcierta su mortalidad. Visualizo a la señora Kim haciéndose cargo del cuerpo con guantes de plástico y es una imagen tan intrusiva que me inunda la vergüenza.

—Es muy grave —finaliza y yo carraspeo.

—Entiendo.

—Ay, Pablo —suspira—. Dicen que llevan muchos, muchos meses llamándote. Que han enviado muchas cartas. —Asiento, y me doy cuenta de que, sin importar cuánto tiempo pase de pie, el señor Kim siempre trae zapatos de vestir negros, de piel, como hombre de negocios. Y siempre parecen estar recién boleados—. Tienes que contactarlos, ¿de acuerdo? —indica con amabilidad—. Lo consulté con mi hijo, Alfred, y dice que si les llamas podrás negociar un plan de pagos, pero tienes que hablar directamente con ellos.

—De acuerdo.

No puedo creer que los cobradores me vayan a demandar. Me van a demandar. Soy demasiado joven para que me demanden. Los abogados y los juzgados son para los adultos, y yo disto mucho de ser uno. No sé cómo ser adulto. La mayor parte del tiempo ni siquiera sé cómo ser humano. Se me enfría la sangre al recordar la avalancha de sobres que he lanzado al cajón de los calcetines sin siquiera abrirlos. No soporto que Alfred esté enterado de esto.

—Mi hijo dice que estarás bien —asegura. Cuando por fin soy capaz de mirarlo a los ojos, no puedo hacer más que asentir. Se me acumula la presión detrás de los ojos, el ansia repentina y abrumadora de llorar—. Y yo también creo que lo estarás —añade el señor Kim y me da una palmada en la pierna. Es brusco.

—Lo lamento. —No sé qué más decir.

—No te disculpes conmigo. —Su mirada es tan generosa que me quiero morir—. Pero llámales hoy, ¿de acuerdo?

Copia el número telefónico del bloc en un pedazo de papel en blanco y me lo entrega. Lo guardo en el bolsillo. Estoy anestesiado. Hace apenas unas horas estaba viendo películas en el avión y tomando mi primera mimosa.

Cuando volvemos a la tienda me dan ganas de disculparme de nuevo con él. Por decepcionarlo. Por mentirle. Por ser un desastre. Por involucrarlo en mi desastre. Me ha dado instrucciones precisas sobre lo que debo hacer. Tengo que llamar y enfrentar las cosas, aunque una parte de mí sabe que no lo haré. No puedo. Al menos hoy no. Estoy tan exhausto que siento que tengo el cerebro fuera del cuerpo.

Me cambio los zapatos detrás del mostrador. Hay un vacío donde debería estar mi corazón. Permito que mi mente divague por las escenas grabadas en mi cabeza. Hace apenas unos días Lee y yo estábamos aquí. A pesar de lo atroz que es extrañarla, agradezco que me permita distraerme de mi vida. De la deuda. De este trabajo. De la escuela. Cierro los ojos y hago una compilación de las cosas que quiero decirle.

Quiero preguntarle cuál es su nuez favorita; sirvieron avellanas calientes en el avión, lo cual me pareció una buena táctica. Quiero confesarle que busqué en Google cuánto tiempo tardan en contestarte después de hacer una audición, y que es como preguntar la longitud de un trozo de cuerda. Quiero saber si la regla de no buscar información sobre ella también incluye sus redes sociales; ojalá no sea el caso.

Son inconcebibles las ansias de mi pulgar por revisar su Instagram.

Me pregunto si a Lee la habrán demandado alguna vez. Aunque me da la impresión de que quizá es ella quien ha demandado a otras personas.

Los Kim me dan mi espacio, y el turno transcurre en un aturdimiento desapasionado. En algún momento del mediodía la señora Kim me da una caja de almuerzo con arroz y bulgogi. Me pone sentimental.

—*Ma-sshitge-deh-saeyo* —dice y hace una lenta reverencia. Es el honorífico para «Disfruta la comida». Siempre intenta hablarme en coreano, y también a Jorge, el encargado de abastecimiento, quien, sorprendentemente, ha aprendido bastante.

Le contesto con una reverencia también, y le agradezco por la comida:

—*Gamsa-ham-nida*.

Ella me lee la mirada y me da dos palmadas en la mejilla con sus pequeñas manos frías y callosas. Es un gesto equivalente al de su esposo, pero más cálido.

—Todo estará bien —me anima con una sonrisa.

Sé que lo cree, pero yo solo puedo pensar: «¿Cómo podría saberlo?».

CAPÍTULO 20

Hace más de seis meses que no cubro un turno diurno y es una bestia increíblemente salvaje, por decir lo menos. Los clientes son implacables y mucho más conversadores que la gente de la noche, por lo que me irrita pensar que no me están pagando para dedicar la mayor parte del tiempo a ver videos con Gusto. Me llevo la mano al bolsillo para asegurarme de tener aún el teléfono que me dio el señor Kim.

Quizá los juicios sean un rito de paso. Me pregunto si Lee habrá tenido que demandar a sus padres para emanciparse. Sospecho de mi falta de angustia inmediata con respecto a las deudas. Quizá ya perdí la cabeza. Quizá estoy en un estado de psicosis. Quizá después de conocer a Lee hay tal interrupción de la incredulidad que el cerebro simplemente lo soporta. Solo quisiera recibir una llamada suya.

Una mujer asiática con un bebé mitad asiático deja de golpe su canasta de compras sobre el mostrador.

—Hola. Traje mi propia bolsa.

Saca una bolsa enorme de nylon, como la de Lee, pero el diseño es de gatos y no de perros, y siento una punzada en el corazón. Al ver que el total de su compra son ochenta y seis dólares, me quedo boquiabierto. Me asomo a la bolsa. Ah, claro, es lo que pasa cuando compras helado de doce dólares, yogurt de quince y varias bolsas de café de veinte. ¿Por qué las cosas cuestan lo que cuestan en Nueva York? ¿Cómo se espera que sobreviva aquí?

Debo reconocer que comprar aquellas tornamesas fue un error, pero lo demás pareció inevitable. No es que me haya desbocado con las tarjetas. Es que las usé cien veces para compras chiquitas. Muerte por mil cortes. Órdenes de café complejas. Visitas al deli. Lo que sea que ocurre en la farmacia Duane Reade que te hace gastar cincuenta dólares cuando solo ibas por hisopos. No sabía que las tarjetas de crédito pudieran ser tan poderosas. Parecían inofensivas cuando el tipo con el portapapeles y unos tenis Flyknit nada ostentosos me las ofreció en el campus. Además, el termo de agua gratis fue lo máximo. Aunque ni siquiera recuerdo dónde lo dejé.

A lo que me refiero es a que el hecho de que alguien pueda recibir el estado de cuenta de su préstamo estudiantil, tres estados de cuenta bancarios y la factura del teléfono el mismo día me hace preguntarme quién diseñó las cosas. Sé que es mi culpa. Pero hablando en serio, ¿cómo se supone que deba aprender a ser económicamente responsable cuando ya estoy metido en el tipo de ruina financiera que hace metástasis tan deprisa?

Salirme de casa de mi mamá fue cuestión de necesidad. Le estaba robando años de vida con nuestras peleas. Pero ¿qué creen? Incluso si solicitas tus estados de cuenta en versión electrónica y no en papel, los malditos te mandan recibos que dicen que te enviaron por correo tu estado de cuenta, y luego te mandan cartas para asegurarse de que lo hayas recibido.

Además, es posible que no sea la mejor idea aprender a diferir tu deuda estudiantil con ayuda de un videotutorial gratuito; sin embargo, cuando empecé a recibir sobres que decían ESTO NO ES UN ESTADO DE CUENTA, supuse que todo estaba bien. Pero seis meses después empezaron a llegar estados de cuenta de verdad en sobres idénticos a los anteriores, así que la verdad te hacen sentir timado.

Mientras les cobro a los clientes uno por uno, pienso en cuánto dinero deberá cada uno: colegiaturas, impuestos, servicios gubernamentales en general, gastos médicos, tarjetas de crédito y demás. Incluso en un barrio tan rico como este, supongo que todos estamos muy jodidos.

El chico coreano de los tatuajes entra y compra un bote de plástico con gajos de toronja cortados que cuesta seis dólares. No puedo dejar de pensar que acabo de volver de un estado en el que los cítricos crecen con toda tranquilidad en los árboles junto a las calles.

En otras palabras, la fruta ahora me recuerda a Lee.

Los tacos también. Y los bikinis blancos.

Han pasado once horas. Me quiebro y le escribo.

Pablo

Dime lo que sea.

Silencio.

Debí saber que sería así. Que el segundo en que enviara el mensaje, la caída libre sería aterradora. ¿Qué se supone que debo hacer si no responde?

Morirme.

Reviso las redes sociales de Jess. La mayoría son selfies, y una cantidad sorprendentemente pequeña de su contenido es sobre Leanna Smart. Parecería que Jessica Longworthy es su propia entidad. Lanzó una agencia de consultoría, una línea de cosméticos incluyentes para la comunidad LGBTQIA y, mientras navego por Google, recuerdo con cierto detalle su historia.

Jessica comenzó como una Smartee de a pie, pero era tan efectiva consiguiendo apoyos de las grandes empresas que Leanna Smart bajó levitando del monte Olimpo y la contrató, justo a la mitad del tercer año de Jess en la Universidad Emory. Es ahora parte de las leyendas fundacionales de las redes sociales. Jessica Longworthy cuenta ahora con cuatro millones trescientos mil seguidores propios, y el año que viene debutará con un *reality show* que es como *Shark Tank*, pero para adolescentes. Como era de esperarse, la trayectoria de su carrera ha inspirado a dos de cada tres Smartees que creen que pueden lamer botas hasta conseguir un puesto en el gabinete de Lee. Debo decir que vería sin problemas un video de YouTube sobre cómo lo hizo Jess.

Termino en las redes de Luca. No hay una lección de vida aquí, salvo que ser un niño prodigio es de lo más conveniente. Desertó de Skidmore después de haberse saltado dos años de preparatoria. Es uno de esos. Sus padres, maestros los dos, viven en Long Island, lo que explica su devoción a los Knicks, pero fue un encuentro fortuito con Lynette Harrisberg mientras daba una fiesta, siendo todavía literalmente un niño, lo que lo llevó a convertirse en desarrollador de talento. Una temporada con un software de producción musical de lo más accesible hizo que lo vendieran como un genio para crear *beats* supersencillos y superpegajosos. Su fortuna estimada es de cincuenta y un millones de dólares. Y está bastante bien conservado para tener cuarenta y tres años.

Luego está Teddy Baptiste, el interés romántico de Lee si todo sale bien. La función de autocompletar de Google ofrece las siguientes opciones:

Novia
Altura
Habla francés

Ejercicio
Oscar
Nudes

Es afrodescendiente, políglota, soltero, alto, musculoso, millonario, exitoso, y existen unas cuantas fotografías filtradas de un supuesto video sexual que, más que ponerlo en una situación comprometida, da cuenta de sus absurdos atributos físicos. Yo no sabría decir si es cierto. Ni siquiera yo soy tan masoquista como para hacer clic y verlas.

Otra oleada de clientes entra a la tienda para atormentarme mientras yo reviso mi teléfono por debajo del mostrador cada dos segundos. Pero me gusta este grupo: gente que viene a las nueve de la noche, tropezando, muertos de hambre, armando comidas de emergencia con sopas enlatadas y cereal, pues en vez de cenar se fueron directo a la hora feliz.

Una clienta frecuente, con un vestido rojo de mangas largas y medias del mismo color, deja un juego de llaves conmigo para «un idiota de Bumble» que va a pasar por ellas. Me siento tentado a decirle que podría conseguirse algo mejor, pero la verdad es que no sé si sea cierto, así que le informo que tenemos salmón a la parrilla, el único sabor que Belle, su fold escocesa, se digna a comer. Me dice que se joda la gata, me regala una sonrisa maliciosa y sale corriendo.

La esposa pelirroja del paquistaní —o Pecas McGee, como la llamo en mi cabeza— entra a la tienda. Trae puestos pants; compra solución para lentes de contacto y helado. Cuando se abre el abrigo para sacar su cartera, me doy cuenta de que está embarazada. Quiero felicitarla, pero no me parece apropiado.

Un tipo joven, blanco y con cara de hombre de negocios al que nunca he visto antes toma cinta de aislar, dos paquetes de tocino, dos frascos de atún italiano de veinte dólares cada uno, un destapacaños, y pregunta si tenemos vaselina en presentación mini.

—¿En tubo? ¿Cómo en labial? —Miro la colección de productos farmacéuticos que tengo detrás. Sacude la cabeza con impaciencia.

—No, el frasco pequeño —dice con un dejo de impaciencia, la mano alzada y los dedos separados un par de centímetros.

—No tenemos. Lo siento, amigo.

Se va sin comprar ninguna de las otras cosas. Y mientras, me pongo a pensar si ellos se preguntarán sobre mí.

Miro el celular después de que los clientes se van, y pasa de treinta y ocho por ciento de batería a solo once. Mierda. Seguro se va a morir de camino a casa.

Alrededor de la medianoche el señor Kim me deja ir. Escucho el crujir de la nieve debajo de mis pies. Mis Jordan 3 color negro y gris están recibiendo una paliza. Debí haberlos envuelto en bolsas de plástico antes de salir, pero estoy demasiado cansado como para que me importe.

Tengo que pagar la renta en doce días. El dinero de mi cumpleaños se esfumó hace mucho. Me van a demandar. Ni hablar de los préstamos estudiantiles.

¿Es así como la gente termina en bancarrota? ¿Cómo funciona todo esto? ¿Cómo es que me están demandando? Estos cabrones se van a gastar más dinero en cobrarme que lo que les debo. Es como eso de que fabricar las monedas de un centavo cuesta más de lo que valen.

El departamento está vacío, así que camino cabizbajo a mi habitación y me tiro en la cama. Bebo un vaso de agua que lleva tres días ahí mientras mi teléfono cobra vida.

Tengo un mensaje. Mi corazón se electrifica.

Es Lee.

Lee

Hice una tontería

Y luego:

Lee

Lo siento mucho.

De pronto, mi teléfono se vuelve loco con notificaciones. Recibo otro mensaje de Lee, pero la oleada de notificaciones que inunda mi pantalla va tan rápido que el sistema operativo no puede seguirle el paso. Estúpido 6S de segunda mano. Apago las notificaciones y al fin logro volver a abrir los mensajes.

Es un emoji de sonrisa tiesa, seguido de una captura de pantalla.

Es mi última publicación de Instagram: Doritos tapatíos con los Huarache Run Q en color naranja Chicago.

Leanna Smart le dio *like*. Y añadió el emoji de labios relamiéndose.

Entro a mi cuenta y voy hasta el final de las notificaciones. Ahí está: «Leanna Smart (palomita azul) te está siguiendo».

En ese momento la mierda se pone intensa.

El siguiente recorrido infinito de seguidores consiste de páginas de fans de Leanna Smart, páginas de chismes, más bots de los que puedo imaginar y cualquier persona con un mínimo interés en seguir exestrellas de Disney. No sé muy bien cómo funciona. No sé si tengan espías acechando la página de actividad o de seguidores o algo así, pero cuando Leanna Smart le da *like* a alguna de tus publicaciones, al parecer es cuestión de segundos antes de que una Smartee se dé cuenta. Tienen un sexto sentido para cualquiera de sus interacciones electrónicas. Además, los comentarios son hilarantes. Más labios relamidos. Una marabunta de emojis pensativos, el sello distintivo de las Smartees. Incontables «Hola, Leanna» y «Te amo, Leanna» y una infinidad de comentarios buscando intercambiar *likes* y *follows*. También hay una absoluta cacofonía de idiomas distintos, pues son las dos de la madrugada, hora del este, la hora del desayuno en Europa y África y la tarde en Asia.

Le respondo el mensaje:

Pablo
Rayos

Contesta después de un rato.

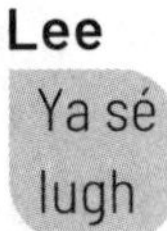

Tengo doscientos seguidores nuevos en menos de treinta minutos. Y esto es lo peor de todo: me encanta. Me doy cuenta de que me encanta. Me descubro ensayando. Respondiendo a entrevistas sobre cómo nos conocimos. Qué hicimos en nuestra primera cita. Si lo de los Doritos es un chiste local o no. Tengo libertad contractual de responder a estas preguntas de fantasía porque hay un papeleo actualizado para cuando estemos felizmente casados.

Me dejo ir en mi propia asquerosidad. Estoy extasiado en ella. Había pasado todo el día anterior preparándome para no volver a saber de ella jamás, así que ahora que existe un lazo que nos une estoy encantado. Repaso todo mi historial de Instagram. Solo hay unas cuantas selfies al principio de mi cuenta. Me pregunto si debería borrarlas en preparación para mi nueva vida.

Las redes sociales sacan lo más detestable de nuestra sed de atención. Me encanta que la gente sepa que Leanna Smart me conoce. Que el mundo sepa lo que hago. Hasta cierto punto es prueba de que no me estoy volviendo loco, pero también me enorgullece.

Lee

Deberías desactivar las notificaciones
Te dejé de seguir.
Nunca había hecho esto.
Quería escribirte desde mi cuenta privada.

«Oh».

Lee

Borra Facebook también.

Pablo

Okey

Repaso mis publicaciones de nuevo. Casi todas son comida y tenis. Borro las selfies y luego paso por todas las imágenes en las que estoy etiquetado. Había borrado las etiquetas en la cuenta de Heather cuando consiguió un novio nuevo porque… ¿quién no lo haría? Pero hay una foto de Tice, Wyn y yo posando como raperos enfrente de una carcacha de camioneta con una placa decorativa que dice TIENDITA. Me desetiqueto de esa foto también.

De cualquier modo, una parte de mí desea que hubiera una buena foto mía por ahí para que la encontraran. Nada que llame mucho la atención, pero algo.

Guardo la captura de pantalla que me envió. Solo para tenerla.

Este no es mi estado mental más atractivo.

De acuerdo. Por lo menos nos estamos escribiendo. ¿Le llamo? No recuerdo la última vez que tuve una llamada telefónica de verdad con alguien que me interesara, pero quiero oír su voz.

Tras una larga deliberación, ejerzo un comedimiento heroico y le envío solo un emoji.

El emoji de elote.

CAPÍTULO 21

¿En qué coños estaba pensando cuando le envié el emoji de elote? ¿Qué se supone que representa? ¿Que soy un ferviente admirador de las cosechas transgénicas de Monsanto?

Cuando despierto a la mañana siguiente Lee sigue sin responder. Estoy vuelto loco. Debería llamarla. No es como si las reglas normales de mensajes y relaciones entre terrícolas aplicaran a los estratosféricamente famosos. No corro riesgo al revelar mi interés, pues no hay persona en el mundo que no esté interesada en ella. Millones de personas están interesadas. Hay manadas —de verdad manadas— de sus fans cuyas descripciones en redes sociales son la fecha en que conocieron a Leanna Smart, y sus fotos de perfil son de Lee. Las he visto. Lo he constatado. Tres mil de esas fans me siguen ahora. Algunas han dejado comentarios. Y no solo sobre Lee. La publicación de la dona de jamaica de Dough con los Mizuno Wave Ride Phoenix está teniendo bastante éxito a pesar de tener más de un año.

Tal vez debería enviarle un correo electrónico.

¿Y si la dirección de correo de Leanna Smart es Carolina_Suarez@gmail.com? Ja. Sería increíble.

Quiero encuestar a mis roomies, pero no quiero que terminen en la prisión de los Acuerdos de Confidencialidad. Además, las cosas se han puesto muy raras esta última semana. Soy un pésimo mentiroso y saben que algo pasa. Ni siquiera respondí a los mensajes de Tice:

Tice

Bro, ¿estás vivo?

Salgo casi a rastras de mi habitación. Todo está en silencio.

¡¡¡¿Por qué elegí el emoji de elote?!!!!! Los emojis suelen ser bastante seguros, pero debí haberle enviado un corazón negro. Es menos corazón que los demás corazones, en el sentido de que es un pictograma rudo que le dice cuánto me importa sin hacerme quedar como un cursi de lo peor. Pero siempre me ha gustado el emoji del elote. ES UN BUEN EMOJI.

Pero ¿sugiere lo mismo que el de la berenjena? ¡Ay, Dios! ¿Y si es igual que el hot-dog? ¿Es fálico de alguna forma? Tal vez debí mandarle el fantasmita. Ese siempre cae bien. ¿El de CD-ROM?

Voy al congelador, tomo un cubo de hielo y lo sostengo en mi mano. Mientras la quemazón pasa, me tranquilizo. Es lo que hace mi mamá cuando entra en crisis, y vaya que estoy en crisis.

Me seco la mano, me pongo el abrigo, me calzo las botas y salgo.

El frío es como una prensa de metal que se aferra a mi cabeza. Me descubro el oído de un lado y la llamo. Como hombre.

Buzón de voz. Estoy a punto de echarme a llorar. Como hombre.

Cuando estoy por volver a entrar, me llama.

—¿Elotemoji? —dice a manera de saludo.

—¡Elotemoji! —concuerdo. Mi corazón se está volviendo loco.

—¡Hola, hola, hola! ¡Te extraño! —exclama. Es ella quien lo dice. No la Leanna Smart de Instagram. No la Leanna Smart que trajo a mí los miles de comentarios pidiendo *follows* y *likes*. Es Lee. Mi Lee. Volvimos.

Camino por la cuadra con los ojos en el suelo para evitar un pedazo de hielo negro. Los bancos de nieve gris están compactos y elevados hasta los muslos. Veo a una mujer en un abrigo de piel caminar con cautela por el sendero paleado tomándose todo el tiempo del mundo a pesar de que se hace una fila detrás de ella.

Hundo mi Timberland izquierda en un charco y, de inmediato, el agua helada me empapa el calcetín.

—Mierda.

—¿Qué?

—Nada —digo—. Me mojé el calcetín.

—Iugh. Odio cuando me pasa.

No estoy muy convencido de que Leanna Smart alguna vez se haya mojado un calcetín con agua de la calle.

—¿Cómo está el clima por allá?

—Veintisiete grados.

—Vete a la mierda. —Escucho su risa rasposa—. ¿Qué hiciste hoy?

—Demasiadas cosas. Quería llamarte antes.

Le sonrío a un transeúnte que le frunce el ceño a mi buen humor.

«¡Quería llamarme antes!».

—De hecho, voy a salir a una cena —dice—. Perdón por lo de Instagram. Estoy superdistraída. Jess ya me regañó al respecto. Entre tomarme días de descanso del trabajo y esto, cree que me estoy volviendo loca.

Le doy la vuelta a la cuadra y vuelvo al departamento.

Me encanta tener ese efecto en ella. Es lo justo, pues yo estoy hecho un desastre.

—Dame un segundo. Tengo que subirme al auto. —La escucho intercambiar saludos con el chofer—. Listo. —Pero luego—: Perdón, ¿me das otro segundo? —Alcanzo a distinguir que habla con alguien—. Pablo, voy a tener que llamarte luego. —Hace una pausa—. Te extraño.

—Te extraño —respondo. Y una vez más se ha ido. Subo las escaleras corriendo.

Media hora después, tiempo suficiente como para haber obligado a Wyn a llamarme para asegurarme de que mi teléfono funcionara, mi teléfono suena.

—Tengo, a lo mucho, cinco minutos —dice—. Literalmente te estoy llamando desde el baño.

—Hola

—Hola.

—¿Cuál es tu relación emocional con FaceTime? —le pregunto. Me muero por verla—. Digo, como herramienta de comunicación.

—¿Relación emocional? —Se ríe—. Soy bastante más apegada a WhatsApp y su encriptación punto a punto. —Recita la última parte en sonsonete, a pesar de la connotación.

—Hagamos eso esta semana, entonces.

—Obvi.

Me hace reír.

—Ñoña.

—*Smart* —corrige—. Inteligente como tu celular. Aunque a las de mi clase se nos conoce coloquialmente como *Smartees*. Mierda. Espera. —Cubre el teléfono otra vez—. Espera —repite, impotente. Como si fuera yo quien tiene que irse—. Dime lo que sea —pide, y sonrío al saber que recuerda el primer mensaje que le envié—. Dime tres cosas que vayas a hacer esta semana para que pueda imaginármelas. —Mi mente aprovecha la oportunidad para quedarse en blanco—. Cuéntame sobre la tienda. Cuéntame sobre Gusto el gato. Cuéntame sobre tus clases. Cuéntame de tu papá. Me dijiste que tu mamá es doctora, pero no sé nada sobre tu papá.

Está suplicando, como si saber en qué trabaja mi papá fuera la cura para la horrible enfermedad terminal que es no tener tiempo suficiente para hablar por teléfono.

—Es dramaturgo —digo—. O está intentando serlo. A mi hermano lo aceptaron en LaGuardia, la escuela a la que cualquier neoyorquino famoso fue… ay, seguro que sabes eso. Y… eh… un tipo entró a la tienda y quiso comprar tocino, cinta de aislar, un destapacaños y vaselina, pero no teníamos vaselina y se fue sin comprar nada.

—¡Un asesino!

—Un asesino, sin duda.

—Gracias —murmura y puedo oír la sonrisa en su voz—. ¿Hablamos pronto?

—Encripchateamos pronto.

Menos de diez segundos después me envía un mensaje con unos mil emojis de elote. Y le respondo con unos mil corazones negros.

Cuando tiro mis llaves en la mesita de la entrada veo que hay correo nuevo. Mierda. Un sobre con mi nombre de parte de la Corte del condado de King; es enorme.

Lo dejo justo donde está.

Unos días después voy a los ensayos de la obra de papá con Rain. Vamos casi cuarenta minutos tarde.

—Tranquilízate —le digo cuando lo recojo. Baila como si tuviera que ir al baño, lo que me enfurece—. Oye, en serio, sí sabes que nosotros no somos parte de la obra, ¿verdad?

Los ensayos son en una escuela pública, y cuando abrimos la puerta del salón vemos a un grupo de gente de todas las edades y todas las razas amontonado alrededor de una mesa, leyendo lo que supongo que son copias del libreto de mi papá. Todos traen sus gorros y sus abrigos puestos y pasan las páginas con guantes, pues la producción debut de mi papá es tan importante que nadie prendió la calefacción.

Papá alza un dedo y se lo lleva a los labios para silenciar a la gente de la forma más boba del mundo. Me irrita. Nos sentamos en los bancos más cercanos a la puerta.

Papá nos llama con la mano para que nos acerquemos.

—No van a oír nada desde allá. —El grupo de actores voltea hacia nosotros, y mi padre nos presenta—. Son mis hijos.

Rain comienza a acercarse justo en el momento en el que yo digo:

—Aquí estoy bien.

El idiota de mi hermano me fulmina con la mirada, como si fuera yo quien estuviera haciendo el ridículo, así que me acerco.

—Entonces ¿cuál es la distancia entre su yo verdadero y cómo los percibe la gente? —pregunta papá, y la sinceridad que irradia me hace estremecerme por dentro.

Observo al grupo tan heterogéneo ahí congregado. Bien podríamos estar en un autobús atravesando la ciudad. ¿De verdad esta gente cree que mi papá es dramaturgo? Apenas si puedo mirarlo mientras reparte palabras de apoyo y deconstruye el «proceso artístico».

Veo mi teléfono. Me retuerzo al imaginar lo que Lee pensaría de todo esto. Daría su apoyo. Pero prefiero morir que hacerla presenciar esta fraudulenta pantomima. Miro los hombros encorvados debajo de los abrigos. Si existe una versión de Nueva York idealizada por Hollywood, este ni siquiera es el Nueva York de la televisión abierta. Es el Nueva York de los departamentos de una sola estancia con la tina en la cocina, de la ropa lavada colgando de un tendedero por la ventana de un séptimo piso sin elevador, de la vecindad convertida en objeto de museo. La colección de humanos aquí reunida despide un ligero olor a sopa. El hombre de origen chino que tiene el papel protagónico debe tener cuando menos cincuenta y cinco años.

Afuera el cielo está nublado y gris, pero solo alcanzo a ver un fragmento, pues la ventana está empañada por toda la gente que está respirando adentro. La risita de Rain interrumpe mis pensamientos. Inclinado hacia ellos con una media sonrisa estampada en el rostro, el pequeño lambiscón parece estarlo disfrutando.

Por lo que logro entender, la obra trata de un repartidor de origen chino que anda en bicicleta. Vive en una casa de huéspedes en las profundidades de Queens, con artritis en las rodillas y pocas opciones de vida. Su restaurante quiere deshacerse de él, pero entonces se gana la lotería.

Miro al tipo. ¿Cómo se espera que creamos que alguien así ganó la lotería?

Rain vuelve a reírse. Y cuando la mirada de papá se posa sobre nosotros logro esbozar una débil sonrisa.

Mi padre anuncia un descanso de quince minutos, tras lo cual una mujer con casquete corto y una bufanda rosa fluorescente enciende la radio. Mientras veo mis mensajes escucho su voz. «Hola, Smartees. Soy Leanna Smart y están escuchando el 98.1 FM, donde el pop hace *pop*». Escucho una guitarra acústica tocar unas cuantas notas vagamente conocidas mientras su voz habla de presagios y lo que no ignoraba.

Rain tararea y canta «*highway, highway*», cuando en realidad la letra de la canción ahora dice «*byway*» o «*by the way*».

—¿Esta es Leanna Smart? —le pregunto.

Me lanza una mirada que parece decir «ooobvio» y sigue tarareando. No es que no conozca la canción. La reconozco del año pasado. O del año antepasado. Es el tipo de canción que parece estar de fondo en ciertas zonas, algo que das por sentado, un sonido que parece ser parte de adonde quiera que vayas en el mundo durante algunos meses. Es una de esas tonadas que solo es lejanamente familiar, que nunca te molestaste en averiguar quién la cantaba porque es una copia perfecta de todos los otros grandes éxitos anteriores.

Me doy cuenta de que no sé qué canciones que suenan en los taxis que pasan a mi lado son suyas. Tampoco las distingo entre los distorsionados sonidos de los audífonos de alguien en el tren. Ni qué decir del combustible de migraña que son los remixes de dubstep que me taladran los oídos cuando las puertas de gimnasios que no puedo pagar se abren y cierran en mi cara.

Ella podría ser todas esas.

Caigo en cuenta de lo que significa Leanna Smart®.

Aquí estoy, burlándome de la idea de que un hombre chino pueda ganarse la lotería, cuando mis probabilidades de ser novio de Jesús son mayores de las que tengo de ser novio de Leanna Smart®.

Le pongo atención a la letra por primera vez. La canción trata sobre un imbécil que es tan tonto que la deja ir. Yo no dejaré que eso ocurra. Yo no haré pedazos mi vida dos veces.

El resto de la tarde transcurre como a rastras. Es difícil estar dentro de mí. Siento una especie de pena ajena por mí mismo. Cuando el ensayo termina intento huir tan rápido como soy capaz. Pero, por supuesto, Rain no coopera.

—¿Qué les pareció, chicos? —pregunta papá enfrente de todo el mundo.

Carraspeo. No puedo lidiar con exámenes sorpresa en este momento.

—Me pareció increíble —dice Rain con alegría—. Es bueno ver a los viejos, sin ofender —y le da una palmadita al hombre chino en el brazo—, como personajes redondos, y a los jóvenes como caricaturas. Es muy refrescante.

—Superrefrescante —mascullo.

—¿Creen que a mamá le guste?

—¿Mi mamá? —Sus expectativas y esperanzas me derriten las entrañas.

—También es mi mamá —Rain puntualiza con una sonrisa—. Y creo que le va a encantar. Está increíble, papá. De verdad.

Papá me mira en busca de confirmación, pero no logro dársela. En vez de eso, murmuro:

—Vamos tarde. Tenemos que irnos.

CAPÍTULO 22

Esa noche sueño con que publico por accidente una selfie en las historias de Instagram de Lee. Un manchón borroso y feo con un ojo medio cerrado y la boca abierta.

Lo poco imaginativo que es resulta humillante. Juro que me estoy volviendo cada vez más tonto.

Lo peor no era el acto en sí mismo, sino las consecuencias. Yo intentaba razonar con ella que había sido un accidente, convencido —por alguna razón— de que era culpa de mi papá. Lee se enojaba cada vez más, pues no recibía una respuesta real, y yo desperté sintiendo como si acabara de pelearme con mi mamá. Las implicaciones freudianas me dan náuseas.

Sé que mi mamá se merece una explicación por lo que pasó con Five Points, pero lo sumo a la lista de cosas con las que soy completamente incapaz de lidiar en este momento.

En el transcurso de la siguiente semana Lee y yo hablamos todas las noches, desde diez segundos hasta dos horas cuando ninguno de los dos puede dormir. Pero fuera de eso mi vida es un montaje de despertar, ir a trabajar, ir a casa, abrir la arrocera, recibir burlas de mis compañeros, mandar a volar a Rain, visitar a Rain cuando sé que mi mamá está trabajando, acostarme y volver a despertar. Enjuague y repita.

Tice

Sal, está lindo afuera

Evito el mensaje y paso la tarde entera durmiendo. Para cuando vuelvo al mundo el clima cálido no significa más que el hecho de que los resbalosos y duros pedazos de hielo comienzan a cederle su lugar a asquerosos charcos de lodo.

Ese mensaje es lo más que nos hemos dicho en semanas.

Cuando me uno al resto de los roomies, salvo por Dara, en la sala para ver al personaje de Tice morir, cargo conmigo una hostilidad fermentada, pero me como la pizza celebratoria de todos modos.

—Caray, sí que te dejaron trabajar este episodio —dice Miggs.

Miramos embobados a Tice estallar en una cámara lenta digna de John Woo.

—¿Verdad que sí? —Tice sonríe, mientras come su pizza con cuchillo y tenedor en un plato que tiene sobre las rodillas. Ya no nos burlamos de él por eso, pero esta noche me siento tentado a hacerlo—. Se suponía que me iban a rociar un paralizador Novichok en los primeros cinco minutos, pero extendieron mi historia un poco.

Una notificación del calendario timbra en mi teléfono. La ignoro. Llevo ignorándola dos días.

Me queda solo una semana para hacer mi solicitud para Five Points, con o sin la firma de apoyo de Joey Santos. Pero más apremiante aun, al menos desde mi punto de vista, es que tengo tres semanas para hacer mi solicitud para el semestre de verano en NYU. Después de eso solo cuento con dos meses para encontrar la manera de pagar los ocho mil setecientos seis dólares de colegiatura y tarifas de materias en caso de que me acepten. Me pregunto si recuerdo mi contraseña de Albert, el sistema en línea de NYU.

Cuando la cámara se acerca a la cara ensangrentada de Tice me pregunto cuánto le habrán pagado por todo. ¿Unos cuantos cientos? ¿Miles?

Juro que si a este tipo le pagaron miles de dólares por ser un estereotipo en la televisión…

Me pregunto si yo podría ser actor. ¿No es más fácil entrar a la universidad cuando eres famoso?

Me recargo en el respaldo de mi asiento. Tice me mira esperando a que diga algo, pero le sonrío a medias y hago como que me limpio la boca con una servilleta. Quisiera ser menos imbécil.

Quisiera poder volver a la escuela. Solo necesito una oportunidad. La oportunidad que me ponga en el mapa, porque la alternativa es impensable.

Es decir, ¿has oído hablar de Earl Lamb? Un chico superagradable, polaco y nigeriano, que decidió, para su infortunio, que tenía que convertirse en rapero. Si alguna vez pasaste un rato en el deli hipster de Greenpoint con las bancas enfrente, sabes de quién estoy hablando. Como sea, un ser humano de lo más talentoso.

Hizo todas las cosas correctas. Hasta cierto punto. Tuvo un éxito menor en Pyrite Records, grabó un video en Berry Playground en South Williamsburg en el que todos tuvimos cameos. Consiguió números bastante decentes en SoundCloud y firmó un gran contrato con una disquera. Pensamos que lo había logrado. Pensamos que había ganado y que era solo cuestión de tiempo antes de que lo inundáramos con mensajes pidiendo favores y tenis de edición limitada. Pero pasó un año y: grillos.

Earl dejó de salir a la casa y supusimos que estaba en el estudio trabajando duro, como energúmeno, pero sus redes sociales no tenían nada más que sus videos de ejercicio. Se convirtió en un chiste habitual decir que se estaba convirtiendo en musculoco. Los comentarios en sus publicaciones eran: «¿Dónde está el álbum? ¿Dónde está el álbum?», con el emoji de la nota musical, una y otra vez.

La música no llegó. Pensamos que la disquera debía estar dándose topes contra la pared. Entonces el chico se murió de una embolia cuando intentaba levantar el doble de su peso. No lo encontraron sino hasta tres días después. Y lo peor de todo ni siquiera fue la cucaracha que se estaba comiendo su cara, sino que en su disco duro estaba el álbum terminado. No lo había tocado en ocho meses. Su manager lo lanzó y fue un monstruo. Hubo rumores incluso de una gira con su holograma, pero no recuerdo qué pasó con eso.

El álbum se llama *Hidalgo Crescent*, y lo peor de lo peor de todo es que es increíble. De hecho es empíricamente excelente. Los críticos de música que formaron parte de una carrera de imbéciles para ver quién lo ignoraba más mientras estuvo vivo llaman a Earl Lamb un *genio*. Imagínate. ¡Un genio! Y hablaban y hablaban de lo «relevante» que era, que es el cumplido más grande que una de esas basuras puede hacerle a alguien. Es tan triste. Mientras tanto yo me muero por preguntarle por qué carajo se llama *Hidalgo Crescent*, pues no son las dos palabras más fáciles de pronunciar. Pero no puedo, porque está muerto.

Pienso en Earl Lamb todo el tiempo. En que no quiero ser él. Hay un álbum dentro de mí. Lo sé. Una obra que se muere por salir. Y NYU es el catalizador que le va a abrir la puerta. Necesito una segunda oportunidad. No todo el mundo la tiene.

—¡Oye! —protesta Miggs cuando tomo sin pensarlo una tercera rebanada de pizza sin preguntar. Los cinco acostumbramos a comer dos rebanadas cada uno, en dos pizzas; los dos más hambrientos se disputan la rebanada sobrante. Le doy una mordida cuando aparecen los créditos. Ahí está: «Ziad al-Abbasi - Tyson Scott». Los roomies aplauden.

—No lo sé —le digo—. Tu actuación estuvo increíble, pero sigo sin saber si se suponía que eras de Medio Oriente.

No estaba intentando ser un idiota, pero mis palabras le sacan todo el aire a la habitación. Tice sacude la cabeza.

—A esa sexy agente Salinas no le importó mucho de dónde fueras —opina Wyn, dándole palmadas en la espalda—. Mucha química ahí.

—A eso es a lo que me refiero —intervengo—. El programa no es verosímil. ¿Cómo diablos te puedes convertir en el interés romántico de alguien en dos minutos? Alguien en una misión suicida estaría demasiado concentrado. Además, ¿cómo podría usar Vans?

—Hermano, ya cállate —escupe Miggs, y me empuja con fuerza—. Estoy harto de oír tus quejas. No te vemos en un mes. Cero explicaciones sobre dónde estás o por qué coño estás tan deprimido. Te sientas a comerte la pizza de tu amigo mientras lo estás viendo en un maldito programa de verdad, enorme, y no puedes alegrarte por él. Estoy harto de tu puta envidia. Vete a caminar a la calle o algo.

—Con gusto. —Me pongo de pie—. Felicidades —le digo a Tice, y tiro la orilla de mi pizza de vuelta a la caja antes de irme a mi habitación.

—Egoísta de mierda —escucho a Miggs decir cuando cierro la puerta. Le mando un emoji de corazón a Lee para hacerle saber que estoy pensando en ella. Si me responde en menos de una hora, es un gran día. Si no, pues…

Mi mamá vuelve a llamar y la envío al buzón de voz. Entonces, tanto Rain como papá comienzan a hablar en el grupo familiar. Al fin, acepto ir a cenar con ellos. Cuando llego a casa de mamá el jueves estoy en estado de alerta. Me gustaría que existieran abdominales para entrenar antes de un ataque de culpa materno. Me quito los zapatos y veo que hay contenedores de comida china en la mesa aún en sus bolsas.

—¡Llegué! —grito, pero nadie responde.

Tiro mi ropa sucia en la lavadora y me asomo a la cocina. Estoy intentando no ser un imbécil total, pero mi parte neandertal está molesta porque mamá me hubiera acosado para que fuera a cenar y me encuentro con que la cena llegó en Seamless. Uno pensaría que antes de matarte podría hacerte una comida casera.

Me molesta que el departamento nunca huela a comida. Que no huela a cebollas caramelizadas. Al fuerte aroma terroso de una carne al horno. Si el lugar tiene algún aroma particular, es el del perfume de mamá combinado con esos desodorantes ambientales que me dan dolor de cabeza si me acerco demasiado. Mamá redecoró cuando yo estaba en la preparatoria, así que todo es beige. Hay incluso un artístico tazón en el centro de la mesa del comedor que alguna vez tuvo fruta, pero ahora es el hogar de los cómics de Rain y una pila de ejemplares del *New Yorker* que mamá no tiene tiempo para leer.

Tomo un plato para servirme, como en un bufet, sin vaciar las cajas en tazones, que es lo que mamá suele hacer. Me da un poco de náuseas al abrir las tapas sudadas del contenedor de fideos fritos y el pato resplandecientemente grasoso. No sé si tengo energía para pelear. Solo sé que quiero que esto termine lo más pronto posible.

—Dios. ¿Qué haces? —Rain aparece y me hunde el huesudo codo entre las costillas. Acomoda las cajas y hace el plato de peltre a un lado. Lo atrapo con un candado a la cabeza.

—¡Ya déjame! —Logra escaparse para ir a tomar platos de la cocina—. ¡Mamá! —grita, mientras me hace una mueca—. A comer. —Y como para advertirle—: ¡Llegó Pab!

Mamá emerge de su oficina, que antes era mi habitación, con los lentes puestos.

—Pablo —dice con una ligera sorpresa plasmada en el rostro. Sonríe y casi inmediatamente frunce el ceño al notar que me estoy comiendo un fideo con los dedos—. Pab —suplica, mi nombre suena más bien un suspiro. Mira su teléfono—. Estamos esperando a papá.

—¿Papá? —Paso saliva. Miro a mi hermano. O está tan confundido como yo o es mejor actor que cantante.

El rostro de mamá permanece tan impasible que es molesto.

De entre el caos de emociones, pánico, vergüenza y frustración, surge una ira protectora, pues mi mamá no tiene por qué invitar a mi padre a cenar. La incomodidad y la vergüenza me inundan de nuevo al recordar a mi papá preguntando si creemos que a mamá le gustaría su obra. De pronto estoy furioso con todo el mundo.

—¿Papá? —pregunto de nuevo—. ¿De verdad? Sabes que va a llegar tardísimo.

—Le volví a escribir —replica, y aunque me siento tentado, no le digo que su teléfono está fuera de servicio porque proteger a papá es como una respuesta condicionada.

Llega cuando la comida comienza a coagularse. Mamá no está muy impresionada, pero hay algo más que flota entre ellos. Se abrazan, cosa que no he visto en un buen tiempo, y caen en ese horrible «Ups, ¿a qué lado muevo la cabeza?» tan incómodo que terminan por casi besarse en los labios. Puedo ver que están nerviosos.

—Compramos mapo tofu con pollo molido —informa ella. Es el favorito de papá.

La veo darle un plato; intento encontrar el significado de sus acciones. Saboreo muy poco mi comida mientras la devoro. Papá trae puesto el mismo suéter de mujer que la última vez y mastica despacio, tentativo, al igual que Rain; es como si estuvieran enfermos.

Me pregunto si papá tiene cáncer. Mamá estaría devastada. De cualquier forma, preferiría que fuera papá el que se enfermara.

Sé que suena horrible, pero es solo por cuestiones prácticas. Mamá lograría recuperarse después de un tiempo; papá no tendría oportunidad de sobrevivir. Es el tipo de persona que se moriría un mes después que ella y la autopsia revelaría un corazón roto de caricatura. Además, si Rain tuviera que vivir en el diminuto departamento de papá lo más seguro es que le daría escorbuto o raquitismo por la falta de nutrientes.

Mamá saca un plato de fruta y pone té a hervir.

Googleo si escorbuto y raquitismo son la misma cosa. Uno es una deficiencia de vitamina C; el otro, de vitamina D. ¿Quién lo hubiera dicho?

—Rain. —Es mamá quien habla—. ¿Nos das un minuto con tu hermano?

Rain me mira, yo asiento, y él va a su habitación. Usualmente haría un berrinche, llorando sobre cómo ya tiene edad suficiente como para estar enterado de todos los asuntos familiares. Pero esta vez no lo hace. Seguro sabe del plan, el muy traidor. Momento. ¿Soy yo el que tiene cáncer?

—Pablo.

—Madre. —Tomo una mandarina y la sostengo. Si no es una enfermedad terminal, le doy diez segundos antes de que diga las palabras *Houlihan, Santos* o *responsabilidad*.

—Estamos… —comienza a decir. Okey. Esto ya me está asustando. Mis padres no han sido «nosotros» en más de una década—. Estamos preocupados por ti. Por lo que estás haciendo con tu vida.

—Tu madre y yo… —El tono de papá se parece al de un señor blanco dándome un sermón sobre drogas. Me recargo en el respaldo de mi silla. Perdón, pero ¿de dónde carajo saca esta ausente y pobre excusa de patriarca los pantalones como para sermonearme sobre lo que sea?—. Queremos que pienses seriamente en tu futuro. —Me mira con ojos de borrego a medio morir.

—¿Futuro? —Me echo una rebanada de fruta a la boca. No está muy dulce, pero la mastico con insolencia, como si fuera un chicle—. ¿*Tú* me vas a hablar a *mí* sobre el futuro? ¿Ya se te olvidaron los últimos diez años de tu vida?

Papá se cruza de piernas y se acomoda el cabello detrás de la oreja.

—Pablo —me advierte mamá. No importa que no vivan en la misma casa. Los dos me patearían el trasero si atacara a alguno. Se toman lo del frente unido muy en serio.

—¿Qué? —le pregunto—. ¿Él? De ti lo entiendo. Tú puedes hablarme de mi futuro, de trabajos y de responsabilidad fiscal, pero él no.

Sé que estoy siendo un idiota. Pero el origen de mi irresponsabilidad no es ningún misterio.

—Está bien —dice mamá, exhalando—. Mira, cuando no fuiste a la reunión a Five Points estaba furiosa. Pero luego pasaste semanas sin tomarme la llamada y explicármelo. Eso no es propio de ti.

—¿Es en serio? ¿Qué hay de los seis meses que pasamos sin hablar?

—Pab —me interrumpe—. No dejaste de ver cómo estaba. Siempre que te pregunté algo respondiste. Y cuando te ponía un corazón en Instagram me lo devolvías. Nunca pasamos tanto tiempo sin hablar. Nunca, en veinte años, ha habido silencio total. Si no fuera por Rain estaría convencida de que tuviste un accidente o de que te pasó algo en el trabajo.

—Está bien —acepto, pero las quejas de Miggs sobre mi ausencia me retumban en el oído.

—Y me prometiste que ibas a considerar inscribirte en el verano. Me lo juraste. ¿Al menos terminaste la solicitud?

Papá le da una palmadita en la rodilla cuando su voz cobra un tono estridente.

—Esto no es solo sobre la escuela —dice él.

—Es sobre todo, sobre tu vida. —Mamá se masajea el pulgar con el dedo índice. Lo hace cuando está por darle una migraña—. Pero la escuela es una parte importante de ese todo. ¿Qué vas a hacer? El resto de tu vida es mucho tiempo.

Le da un empujoncito a papá, indicándole que es su turno para hablar.

—Sé que piensas que soy un hipócrita —comienza. Una especie de estornudo falso se escapa de mi garganta. Es como el equivalente laríngeo de poner los ojos en blanco. No sé de dónde viene toda esta hostilidad; solo sé que hay mucha dentro de mí—. Pero este es un problema más grande. Puede que no lo creas, pero fui yo quien llamó a tu mamá para hablar de esto. —La mira un momento y luego regresa a mí—. Estamos preocupados porque ya no pareces disfrutar nada. Siempre fuiste un niño tan talentoso, que contigo el reto fue que eras bastante bueno en todo lo que hacías. —Los cumplidos son un señuelo. Me embeleso con el brillante color de la cáscara de mandarina que tengo en la mano—. Te invité al ensayo para ver si el teatro te inspiraba —aclara—. Y está bien si no lo hace. Pero no podemos ayudarte hasta que no te involucres en tu propia vida. ¿Cómo quieres dejar tu huella en este mundo?

Los ojos se me calientan. Me imagino un partido de ping-pong y a Bob Ross. Desvío mi atención a imágenes neutrales y relajantes, como cuando tengo que lidiar con erecciones espontáneas e inexplicables en el transporte público. Bloqueo a mis padres. Bloqueo la preocupación del señor Kim cuando me hablaba sobre las agencias de cobranza. Bloqueo a la señora Kim dándome más comida, como si estuviéramos en el velorio de mis proyectos de vida. No puedo ver a mi mamá a los ojos. Hago un esfuerzo monumental para no romper en llanto. Todo es humillante.

—¿Estás deprimido? —pregunta papá.

Me doy cuenta de que lo he estado mirando. La tentación de contárselo todo es enorme. Nunca había estado tan cansado. Quiero que mis papás me ayuden.

Mamá se estira por encima de la mesa y parece que es *ella* quien está al borde de las lágrimas.

—¿Te cuesta trabajo despertar en las mañanas? —pregunta—. ¿Estás irritable? ¿Te resulta difícil concentrarte?

Está repasando el cuestionario sobre depresión clínica que se sabe de memoria. No puedo echarles mis problemas encima. Mamá lo absorbería todo como un fracaso personal. Ninguno de los dos tiene las herramientas como para lidiar con esto. Tengo que resolverlo solo.

—Oigan —digo al fin—. Les agradezco la preocupación. De verdad. Pero no estoy deprimido.

—Pero te comportas como una persona distinta. —Me examina, decidida—. ¿Sabes? La gente deprimida no siempre sabe que está deprimida.

La claridad enfermiza de que tiene razón me cae encima como un saco de piedras.

—De verdad —repito, intentando sonreír—. Con la mano en el corazón. —Me llevo la mano al corazón—. Les prometo que no tengo fantasías sobre autolesionarme. —Al escuchar esto, mamá suspira como si hubiera estado conteniendo la respiración—. No estoy deprimido. No me estoy drogando...

—Corazón, nadie dijo nada sobre drogas —dice mamá a la defensiva, y así es como sé que tomé la decisión correcta. Procede a anunciarle a un jurado imaginario—: Creo que sabría si mi hijo se estuviera drogando.

—Es un bache. —Descruzo los brazos y me acerco a ellos. Soy la viva imagen de la salud mental equilibrada y la honestidad temeraria—. Tengo un plan. —Hasta mi papá parece dudar de lo que digo—. Voy a salir de esto —aseguro. ¿Qué otra opción tengo? — Voy a resolverlo todo. Tienen que confiar en mí. —Le doy a mi mamá el resto de la mandarina, que ella termina de pelar y comparte con mi papá sin decir nada—. Solo denme unas semanas.

Mamá me estudia como si pudiera diagnosticar una enfermedad mental con la mirada.

—Pero el plan es volver a la escuela, ¿cierto?

—Mamá.

—Bueno, Pab —replica con los ojos bien abiertos—. No puedes esperar que no pregunte. El historial de tus planes no es muy esperanzador. NYU era tu gran plan. Mudarte cuando no tenías dinero para mudarte también fue un plan. Contratar tarjetas de crédito cuando…

—Kay. —Papá le toca la rodilla.

—Sigo esperando los detalles del plan —dice mamá. Puedo ver que se muere por ponerle comillas a la palabra.

Papá me da una palmadita en el dorso de la mano y me guiña el ojo. Mamá se come la fruta y hace una mueca. Le quita su parte a papá y, en su lugar, le da unas uvas. Envuelve el cítrico ofensivo en una servilleta.

—El plan te mantiene en Nueva York, ¿verdad? No hagas ninguna locura, Pablo Rind, o te juro…

—¡Mamá! —Los dos nos damos un respiro—. Sí, me voy a quedar en Nueva York.

—Muy bien. —Luego se dirige a papá—. Puedes intervenir cuando quieras, Bilal.

—Creo que los dos lo hicieron tan bien como podía esperarse.

Mamá y yo rodamos los ojos al mismo tiempo. Mi papá es el peor.

—¡Rain! —grita ella por encima del hombro—. Ya puedes salir.

Rain regresa corriendo a la mesa; toma una manzana, se la da a mamá para que la corte y se sienta muy cerca de mí. Los hijos más chicos no tienen sentido del espacio personal.

—Si te vas de Nueva York —dice— ¿me puedo quedar con tu jersey de los Knicks de BAPE?

—Por supuesto.

Mamá parece estar preparada para asesinarnos a todos. Me da un pedazo de manzana con un palillo.

CAPÍTULO 23

Después de que mi papá se va, y mientras Rain y mamá ven una película, yo pongo mi ropa en la secadora. A pesar de todo el alboroto es agradable estar de vuelta. Comida gratis. Toallitas de suavizante, que nunca compro cuando estoy en casa. Además acostumbro robarme un par de los rollos de papel de baño de mamá, porque ella compra de esos dobles que tienen como mil hojas y que cuestan ocho dólares por paquete en Duane Reade. Se siente bien ser un niño otra vez. Aunque sea por un momento. Aún si durante la preparatoria sentí que ni mis padres, ni mi novia, ni la mayoría de mis amigos me conocían.

Me pregunto si mis amigos me conocen ahora. O si yo los conozco a ellos. La idea me pone ansioso.

Cierro la puerta de la oficina de mamá y me recuesto en mi antigua cama, que sigue arrumbada contra la pared. Es una locura pensar que aún vivía aquí hace poco más de un año. No recuerdo nada sobre los primeros dos meses en NYU. Todo es material perdido. Aquel tipo jamás habría creído que conocería a alguien como Lee. Pensar en Lee en mi recámara en la casa de mi mamá me provoca una extraña inquietud. Quisiera poder decirle a todo el mundo que al menos una parte de mi vida va bien. Mejor que bien. Increíblemente bien.

Llamo a Lee. Rompo mi regla de no llamarle dos veces seguidas si ella no me ha escrito.

Cuando contesta, me llena una mezcla de alarma y gratitud.

—Hola —saludo, sonriéndole al teléfono.

—Hola.

Comienzo a dar vueltas en el metro cuadrado que tengo de espacio. De pronto estoy nervioso por tener su atención.

—Pues… —Intento poner un tono alegre—. Mis papás literalmente acaban de hacerme una intervención.

—¿Qué?

—Sí, expresaron algunas preocupaciones sobre mi futuro. —Me siento en el escritorio de mi mamá y, sin prestar mucha atención, abro todos los cajones. Me doy cuenta de que espero que Lee me reconforte de alguna manera, que me diga que las cosas no pueden estar tan mal.

—No te creo —dice.

—Ya sé. —El cajón de arriba, el que tiene un seguro, se abre con facilidad. Está lleno de plumas y libretas del hospital, además de unas cuantas ligas.

—¿Por qué harían algo así?

Tomo una goma con forma de sushi de Japón que sigue en su empaque. Mis papás guardan cosas como si vivieran en un refugio nuclear. Mamá regala cualquier cosa que pueda ser siquiera un poco indulgente y siempre reutiliza el papel para envolver.

—No lo sé.

—¿Tú estás preocupado por tu futuro?

—¿Qué quieres decir con eso?

—Me refiero a que si quieres hacer algo más grande con tu vida.

—¿Más grande? —Dejo la goma de rollo California.

—Bueno, no necesariamente más grande. No quise sugerir nada.

—Digo, no voy a trabajar en una tiendita el resto de mi vida.

—Pablo, es una *tienda de comida saludable*. —Lo dice con un acento de chica fresa, lo que aligera el ambiente—. Supongo que lo que quise decir fue significativo…

—Significativo, ¿eh?

¿Por qué tuve que mencionar el tema? No puede haber algo más desmoralizante que hablar con Leanna Smart sobre tus aspiraciones profesionales. En una versión ideal de este momento, mientras ella me presiona, yo debería tener un talento oculto. Una habilidad indiscutible y prodigiosa que descubrimos juntos. Quizá se supone que deba ser poeta, como la persona a quien le debo mi nombre.

—Te encantan los snacks —ofrece.

—Suficiente sobre mí. —Sigo husmeando—. ¿Qué has estado haciendo? Dime lo que sea.

Debajo de una agenda de 2009 (sin usar) hay una pila de papeles con mi nombre. Recibos de hace dos años, organizados por fecha con pequeños garabatos en la horrible letra de mi mamá, con diversas cuentas y sumas.

—Hay algunos programas culinarios increíbles en Nueva York —continúa Lee—. No sé si tus horarios…

Cuando tocamos el tema de la escuela siento como si la habitación se llenara de agua. He tenido varias oportunidades para confesar lo de NYU, pero lo evito siempre.

—Es cierto —concluyo—. Lo tendré en consideración. Dime tres cosas que vas a hacer esta semana que te emocionen.

Hay una junta para discutir una colaboración con una marca de tenis, una sesión de fotos para una revista, y algún problema con sus planes de viaje.

—Aunque tenemos preabordaje y Global Entry. —Se queda en silencio un momento—. Esto no es interesante.

—No, claro que lo es —replico, aunque apenas si estoy prestando atención. Sigo, en cambio, hurgando en el papeleo de mi mamá—. ¿Cómo te sientes con eso?

—Bien. Más que otra cosa, estoy nerviosa por prepararme para la gira. ¿Me das un segundo?

Dirijo mi atención al archivero de mi mamá. Está abierto, porque es mi mamá. Estamos hablando de una mujer cuya contraseña para todo es QWERTY123.

Adentro hay un llavero de placas de auto de Nuevo México con mi nombre, el cual compró en un aeropuerto. Compra todo lo que encuentre que diga «Pablo», pues no suele encontrar muchas cosas. A Rain tampoco le ha ido muy bien en ese rubro.

Lee masculla y se ríe. Una voz de hombre se ríe con ella.

—¿Quién es?

—Dyland —responde—. Mi *prometido*. —Está bromeando, pero odio escuchar el término—. Según las noticias, llevamos seis meses comprometidos, pero lo estoy engañando con alguien de mi pasado. En serio, Pablo, hay días que creo que son mis propios publicistas los que inventan cosas para vender más boletos.

—Bueno, la gira se llama Intimidad. —Un poco de irritación se cuela en mi tono de voz. Algunos de los pósters en blanco y negro hacen muy poco por contradecir los rumores.

—Qué asco —se queja en tono conspiratorio—. Créeme, no estoy intercambiando babas con ese idiota. Prefiero meterme un tenedor en los ojos que meterle mano a Dyland.

Me río. A veces la extraño tanto que duele.

En el archivero de mamá encuentro un sobre con viejas fotos suyas para pasaporte. Una pequeña e incómoda sonrisa instalada en su cara. Su rostro no muestra una sola arruga. Su cabello tiene un enorme permanente, pero bien acomodado detrás de las orejas.

—Te extraño —murmura Lee.

—Yo a ti.

—Me enfurece. Claro que a Dyland no le toca ni una sola de las repercusiones. Y la gente no sabe nada de Cam.

—¿Cuántos años tiene Cam?

—Nadie lo sabe.

—¿Y cuánto tiempo llevan juntos?

—Desde que él tenía diecisiete.

—Guau. Y también qué asco. ¿Cuántos años tiene Dyland?

—Los mismos que yo.

—¿Y cuántos tienes tú? —le pregunto. Lee se ríe—. Me dijiste que las cosas te las preguntara a ti.

—Adivina.

—Ni loco.

Se ríe otra vez.

—Veintidós. Pero el internet dice que tengo diecinueve.

—¡Uuuh! Una mujer mayor.

—¿Ves? —afirma—. ¿Ves cuánto confío en ti?

—Cuéntame algo más.

—Me reuniré con el director la próxima semana.

Vuelvo a guardar el sobre con fotografías en el cajón. Tomo los ojos vigilantes de mi mamá como una señal de que debo dejar de husmear, pero entonces veo sus archivos. Organizados por colores y en orden cronológico, rogando por que alguien los esculque.

—Debe haberles gustado tu video.

—O solo se van a reunir conmigo por cortesía profesional y en realidad creen que estoy loca —aventura—. Estoy haciendo todo lo que puedo por no convertirme en un monstruo horrible hambriento de atención. Voy a cenar con Teddy y su gente hoy.

El estómago se me va al piso. Sé que es una cena de negocios, pero me imagino la luz de las velas, el vino, las risas tintineantes, el inocente roce en el brazo.

—Genial —logro decir.

—Estoy muy nerviosa.

—Les vas a encantar.

—Dios, eso espero.

—Te extraño —escupo. Y luego—: Creo que eso ya te lo dije.

—Yo también —dice—. En fin… está ocurriendo.

—Quisiera poder verte.

—Yo a ti. —Me muero por preguntarle cuándo—. Oye, antes de que me vaya, ¿quieres hablar de lo que pasó con tus papás?

—No, estoy bien.

—¿Seguro?

—Ajá.

—Okey. Tengo que irme.

—Vete, pues.

Sigo fisgoneando para tener algo que hacer. Todas las carpetas están organizadas por meses, y adentro de cada una hay montones de recibos y estados de cuenta. La misma letra retorcida enumera diversos gastos, las cuentas del seguro de papá, el teléfono de Rain, mesadas, útiles escolares. En la carpeta de febrero de este año hay menos doscientos dólares por mi cumpleaños. Encuentro «Pab» escrito de forma fonética en coreano; lo reconozco solo porque es mi nombre, pero la escritura, mitad en coreano y mitad en inglés, es casi ilegible. Nunca fue pensada para ser leída por nadie más que por quien la hizo. Un legajo por cada fracción de cálculo preocupado y solitario que ha hecho por nosotros. Para mantenernos a salvo.

Me siento en el piso. Ella podría ayudarme. Podría traerle todo el correo. Los recibos. La aterradora carta de la corte. Pero más que eso, quisiera ser más como ella. Tener la mente para organizar y contabilizar, sin importar qué tan aterradoras o abrumadoras sean las cosas. No sé cómo se siente la depresión pero, si soy honesto, la mayoría de los días despierto con un martilleo en el pecho y, a menos que esté hablando con Lee, no le veo el caso a estar despierto.

La secadora timbra en la sala. Es hora de irse.

Apenas puedo mirar a mi familia al salir.

Unas mañanas después Tice me encuentra en la cocina mientras estoy escribiendo a NYU para recuperar mi contraseña. No tengo claro si estoy o no en el sistema y me molesta tenerlo respirándome en la nuca. Desde hace unos días Tice se ha estado levantando más temprano que Dara, pues tiene un nuevo trabajo y filma tres días a la semana a las siete de la mañana en Gowanus. Es una zona ubicada en el sur de Brooklyn, junto a un canal con un terrible problema de ratas en el verano, pero también tiene helado artesanal en ediciones limitadas.

Brooklyn es una locura. A lo largo de mi vida ha sido como ver un *time lapse* de una ciudad respetable convirtiéndose en el paraíso de los nefastos, con todo y restaurantes orgánicos y macrobióticos, y tazas de café de un solo grano que cuestan miles de millones de dólares. Tice nos contaba que Gowanus ahora cuenta con hileras de edificios residenciales, un enorme Whole Foods con una terraza con bar, lo cual es insultante para alguien que, como yo, trabaja en una tienda independiente. Cuando los 7-Elevens comenzaron a aparecer en la ciudad una furia irracional se apoderó de mí. Cualquier neoyorquino que se respete debería de avergonzarse de ir a un 7-Eleven en vez de a su tiendita de confianza. No me imagino a esos cabrones dándoles crédito a sus clientes frecuentes, o guardándoles sus juegos de llaves, ni sus paquetes de FedEx.

—Por favor, no vas a volver ahí —insinúa Tice, mirando mi pantalla mientras toma su asqueroso cereal de linaza y libre de azúcar de la alacena.

Aún tengo una semana y algunos días antes de la fecha límite.

—Semestre de verano, bebé. —Cierro la computadora de golpe para que no pueda enterarse de que perdí el acceso a mi cuenta. Siento que mis mejillas se calientan—. Solo tengo que terminar, hablar con mi tutor, y todo listo.

—¿Eso te dijeron?

—Más o menos —digo de manera atropellada—. Soy como estudiante legado o lo que sea.

Una cucharada de cereal se detiene a la mitad del camino hacia su boca.

—Sabes que los estudiantes legado son otra cosa, ¿verdad? Hermano… —Sacude la cabeza y la cuchara chirría al caer en el tazón—. Llevas más de dos semestres seguidos afuera. Volviste al grupo de los estudiantes que van a empezar este año, además de los que se están transfiriendo de otras escuelas. Es NYU. Sabes que esa mierda solo se ha vuelto más cara y difícil para entrar. Además, ¿estás seguro de que puedes entrar a ese semestre de verano? ¿No es solo para estudiantes de prepa y de otros países?

Para alguien que dejó la universidad y es seis meses menor que yo, Tice sabe bastante sobre orientación vocacional.

—Mira, tú haz lo tuyo y yo hago lo mío. —Parece que han pasado meses desde que nuestra relación parecía fluir sin esfuerzo. Fumar durante el día, mirar nuestros teléfonos y hablar sobre conquistar el mundo parecen ser cosas de un pasado lejano. Veo la hora en el microondas—. ¿No vas tarde?

Tice se llena la boca con el resto de su desayuno. Cuando se voltea para enjuagar su plato noto que tiene puestos sus pants buenos, esos que le costaron casi cien dólares, que tienen costuras en las piernas y usa para salir a citas, y que cuelga en un gancho especial. Es como si fuera una persona distinta.

—¿El trabajo va bien? —Me siento culpable por no habérselo preguntado antes.

—Sí. —Se echa la mochila al hombro—. Me van a pagar extra esta semana, aunque pudieron haber juntado todas mis escenas en un solo día de filmación. Digo, el horario es horrible, pero hay un tráiler con calefacción y *catering*, le decimos Caty, así que aunque tengas que pasar todo el día esperando, hay comida gratis.

Oírlo hablar de horarios de filmación, tráileres y «Caty» hace que me parezca mayor, de cierta forma. Profesional. Como si hubiera comenzado una nueva vida de la que no sé nada.

Me obligo a decir algo agradable. A darle apoyo.

—¿Qué snacks tienen?

—Uf, te encantaría —dice—. Todos. Esas hojuelas crujientes de coco que nos gustan. Chocolates Twix. Lo que quieras. A veces hay tablas con carnes frías. ¿Sabes? Están buscando a un asistente de producción para la próxima semana. Supongo que pagan bastante bien por un día de comprar snacks e ir por café a Starbucks. Sería perfecto para ti.

No hay forma de que me dedique a correr a Starbucks para comprar el café de Tice.

—Estoy bien. —No necesito ser el mayordomo de un actor mientras arreglo mi vida—. Pero te tengo una propuesta más importante. —Se sienta para atarse las agujetas—. Es crucial —le advierto.

—¿Qué?

—¿A quién vas a llevar a los Oscar? ¿A Wyn o a mí? No puedes llevar a Miggs porque Dara lo mataría si se atreve a ir sin ella.

—Idiota —dice Tice entre risas, y se levanta para irse.

—A mí, ¿verdad? ¡Yo me veo mucho mejor con esmoquin!

—Pab. —De pronto, Tice con la seriedad de un adulto que paga impuestos—. Piensa en lo del trabajo de asistente, ¿sí? Y… —Vacila, pero sigue adelante—. Tal vez, piensa también en lo que harías si *no* vuelves a entrar. —Señala mi laptop con la cabeza.

Pongo una cara superseria, tan seria como la de Tice, y le muestro una sonrisa.

—Prométeme que me vas a llevar a los Oscar antes que a Wyn.

—De acuerdo. —Tice mueve la cabeza de un lado a otro y cierra la puerta.

CAPÍTULO 24

Juro por Dios que voy a morir en esta tienda de alimentos saludables.

No sé qué sea, pero cada día me destruye más el alma que el anterior. Y sé que suena a paranoia, pero juro que la señal de celular es rara aquí adentro; Lee me llama mucho menos que cuando estoy en casa. Al menos es lo que siento.

Cuando salgo del trabajo han pasado veinticuatro horas enteras desde la última vez que supe algo de ella. La cabeza me da vueltas mientras paso al lugar de los bagels por algo de confort.

Me detengo antes de entrar. Si en la parrilla está Nando, Lee va a llamar antes del mediodía. Si está Seppi, el tipo siciliano, más joven y malencarado, Lee se escapó con Teddy Baptiste después de su reunión y todo terminó para mí.

Estoy tan feliz de ver a Nando que casi le doy un beso con todo y lengua.

—¿Tocino, huevo y queso?

—¿Por qué no le pones tocino *extra*? —le digo. Tengo ánimos de celebrar—. En pan con ajonjolí. Sin tostar. —Para mí, los bagels tostados son exclusivamente para untarles queso crema—. Están frescos, ¿cierto? —Nando me mira—.

Tienes razón —afirmo, con las manos levantadas. Debería saber que esa pregunta no se hace—. *Mea culpa.* —Por supuesto que están frescos. Estamos hablando del Universo del Bagel.

Tengo los audífonos puestos y estoy esperando a que cargue un video cuando siento una palmada en el hombro. Me doy vuelta, esperando encontrarme con algún idiota impaciente, así que me toma un segundo reconocer la cara.

Es Luca.

—¡Ey! —saluda con una sonrisa enorme y jalándome para otro de esos medios abrazos. Pongo pausa en mi teléfono.

—¿Qué haces aquí?

Está con una chica asiática con botas altas y una blusa delgada, a pesar de que estamos bajo cero. Es obvio que tienen puesta la misma ropa de la noche anterior.

—Este es mi lugar —explica. Miro alrededor como si no supiera dónde estoy. Nada de esto tiene sentido. Nando me entrega mi sándwich y lo miro—. Qué tal. —Luca le dedica a Nando un saludo con la cabeza, lleno de familiaridad.

—¿Cuánto tiempo vas a estar en la ciudad? —le pregunto.

—Como una semana —responde, antes de ordenar—. Pero me quedo por aquí. Compré una casa a la vuelta de la esquina. La de ladrillo. Parece castillo. Tiene una torre.

—¿Lee está contigo?

—Nah. Está en Los Ángeles.

—Te espero en el auto —avisa la chica, quien se despide ondeando la mano y sale.

—O al menos creo que está en Los Ángeles —añade Luca—. Volvemos a salir hasta el miércoles. —Me mira como estudiándome—. ¿También te enseñó este lugar? Dice que los bagels son la bomba, pero que no pidas la galleta blanca y negra.

Claro. Es decepcionante, según recuerdo. El resto de sus palabras me entran por un oído y me salen por el otro.

—¿Todo bien? Oh, ¿sigues medio borracho? —Me da un puñetazo congratulatorio en la espalda, pero luego su expresión cambia, como si todo comenzara a cobrar sentido—. Ah, ya. *Walk of shame?*

Siento otro pesado puño entre mis hombros. Mi visión periférica se nubla, y juro que podría estar en esa escena de *Matrix* en la que todo es blanco y Morfeo le dice a Neo que la realidad es una farsa.

—Un consejo de amigos, Pablo. —Me jala hacia él—. Tal vez no sea buena idea ir al lugar de bagels que tu chica te presentó si estás visitando a tu *otra chica,* ¿entiendes lo que digo? Debe ser rica si vive por aquí. ¿Mayor? Digo, estuvo cerca, si lo piensas. Lee pudo haber estado…

Las piezas del rompecabezas que me tenían confundido desde el principio comienzan a encajar. Por qué estaba Lee en mi tienda. De todos los lugares en el mundo. A las cinco de la mañana. Estaba con él. En su casa.

—O sea, yo sé, hermano. Entiendo. La amo a morir, pero sabes cómo se pone… —Me toma un segundo darme cuenta de que Nando está esperando a que le pague—. Ah, yo me encargo. —Luca saca un billete de veinte de un fajo de dinero más grueso que mi brazo. Cuando toma su cambio, la manga de su suéter sube por su muñeca. 22.2. El mismo tatuaje que Lee tiene en el tobillo.

Esa noche, los roomies y yo salimos porque insisto. Antes de irnos de casa me destruyo con una botella de Bacardí de Dara, lo que me hace acreedor a las quejas de Miggs y a una mirada de preocupación de Tice. Veo mi teléfono. Mi buzón de voz sigue lleno gracias a mi mamá.

Lee me envía un corazón negro y, por primera vez, lo ignoro. Tengo un mensaje kilométrico que no he enviado. Un bloque de palabras que describe mi encuentro con Luca. Lo que sé.

Pero ¿qué sé?

Sé que Luca vive cerca. Lee tienes razones de sobra para estar en casa de Luca.

«¿Sin Jess?».

Claro. Él es su manager.

«¿A las cinco de la mañana?».

Por supuesto.

«¿Dos veces?».

Copio y pego el mensaje en mis notas y lo cierro; la idea de enviarlo por accidente me hiela el alma. Le doy otro trago al ron, sin acompañarlo con nada. Sabe asqueroso.

—Bueno, vámonos —le grito a la casa entera.

Nuestra primera parada es un desastre, así que caminamos por Wythe hacia la siguiente. Estamos en extraños estados mentales de forma individual, esa claustrofobia estacional que viene con haber estado encerrado durante meses por el frío. Estamos en esa parte del invierno en la que jurarías que la luz del sol es una mentira.

Estoy dispuesto a divertirme con ese tipo de determinación que nunca lleva a nada bueno. Como en Halloween o Año Nuevo, las expectativas están destinadas a arruinar la ocasión. Todos estamos congelados por caminar más de cuatro cuadras, y en cuanto entramos al lugar Dara se apodera de un gabinete en la esquina, tirando con agresividad su abrigo sobre el respaldo y sentándose ahí para reclamar su territorio.

Me muero por otro trago, pero estoy fumigado. De verdad necesito una identificación falsa, pero me parece patético mentir cuando falta solo un año. Y no es como si ser un año mayor significara que voy a tener más dinero. Justo cuando veo mi teléfono de nuevo, esta vez para asegurarme de que quité el mensaje de los borradores, la veo. Tabitha. La hermana menor de mi novia de la preparatoria, Heather.

—¡Pablo! —grita con voz aguda y me envuelve en un abrazo entre tropezones. Es evidente que lleva unas cuantas copas.

—Hola, Tabs. —Me la quito de encima y veo a Wyn recorrerla con la mirada como todo un pervertido.

—¡Ay! Tu cabello está tan largo y *fancy* —dice pasándome una mano por la cabeza.

Tabitha es una bala perdida. Siempre existía el peligro de que bajara las escaleras con nada más que su ropa interior cuando visitaba a los McAllister. Aunque en realidad nunca se me pasó por la cabeza intentar algo con ella. Hay que ser un verdadero pedazo de basura para tratar de ligarte a la hermanita de tu ex.

—Señores. —Señalo a los chicos—. Ella es Tabitha. La hermana *mucho menor* de mi ex, Heather. Tabs, ellos son Tice, Wyn, Miggs y Dara.

Dara saluda desde su asiento, agitando la mano.

—¡Mucho gustooo! —chilla de nuevo, y luego me susurra—. ¿Me consigues un vodka con Red Bull sin azúcar? Me quitaron la identificación en Mr. Cerluean.

—Nop —le digo. Está anonadada. Puedo ver cómo se le cae el chicle de la boca abierta. Me pregunto si estoy presenciando el primer no que recibe en su vida—. Tab, tengo veinte años.

—Aaah —Y le bate las pestañas al resto de los chicos. El grupo mira sus teléfonos o al techo—. Está bien. —Y entonces se sienta encima de Dara, o casi.

—Adelante. —El tono de Dara es de molestia.

—¡Ay! Me encantan tus cejas. —Es la respuesta de Tabitha. Me jala al gabinete, pero me alejo de inmediato—.

Y ¿cómo estás? —pregunta sacando más chicles de un bolso brillante del tamaño de una baraja.

—Bien. ¿Cómo está Heather? ¿Cómo la trata Tufts?

—Superbién. —Asiente—. La extraño tanto. Está en Francia en su año de intercambio. Su nuevo novio… —Tabitha mide mi expresión, que dejo neutral a propósito—. Se *dedica* a la hospitalidad en un hotel de París y se la están pasando de lo lindo. Está en sus historias destacadas de Instagram.

En primer lugar, no he visto las redes sociales de Heather en más de un año, mucho menos he vigilado a su hombre. En segundo lugar, Tabitha pronuncia «Parí», lo que me recuerda a Heather y su hábito de tirar palabras en francés entre sus oraciones sin razón alguna

—¿Y cómo te va en NYU? Yo quiero ir a la Escuela Tisch de las Artes. —Tabitha dice el nombre completo: la Escuela Tisch de las Artes.

—Genial.

Me desconecto. Hay una chica con cabello rizado muy corto y lentes cuadrados que tomó la poderosísima decisión de ponerse unos pants holgados para ir al club. Es el tipo de alardeo que resulta mucho más atractivo y proyecta más seguridad que cualquier ropa «de club» de diseñador. Me recuerda a la historia de cómo mi papá conoció a mi mamá. Eran las ocho de la mañana y ella estaba con su uniforme médico comiendo alitas en el tren como una salvaje, y todos la miraban tan feo como podían.

Pocas personas tienen el descaro o las agallas para comer en el tren, mucho menos en la mañana, cuando lo más arriesgado que puedes hacer es abrir una bolsa de papas, quizá un bagel con queso crema, pero de ninguna manera con huevo.

Todo el mundo se alejaba de mi mamá y su comida frita, como haces cuando hay un indigente en tu vagón, o vas junto al tipo que se corta las uñas. Pero mi papá quedó cautivado. *Tenía* que hablar con ella, y cuando ella le dijo que estaba ocupada y que venía de trabajar un turno de treinta horas en el Presbiteriano de Nueva York, supo que iba a casarse con ella.

Miro a la chica que solo tiene ojos para la persona con quien está bailando y es entonces que veo que se trata de otra chica de cabello corto. Se besan.

—... no es que mudarse a Los Ángeles lo vaya a arreglar —grita Tabitha por encima de la música.

—¿Qué? —La parte de Los Ángeles captura mi atención. Tengo algunas opiniones sobre Los Ángeles.

—¡Los Ángeles! —me grita justo en el oído.

Un brillo rojo cubre a la multitud, que se retuerce al ritmo de la música, y se apodera de mí una sensación de que estoy viendo una película que ya conozco.

Me pregunto qué estará haciendo Lee. Si estaría celosa de verme con Tabitha. Me siento como un idiota por siquiera pensarlo. Como si Lee pudiera sentirse amenazada. Además, Heather ya me sacó una vuelta en la carrera de la vida; no es sorpresa que esté hablando con su hermana menor. Si estoy aquí con Hailey —la hermana quinceañera de Tab y Heather— en unos años, me voy a tirar del puente de Manhattan.

Tice se acerca.

—Vámonos.

Wyn asiente detrás de él. Tomo mi abrigo. ¿Cómo me permití olvidar que esto es un asco? Todas las noches son iguales. Caras y aburridas. Ni siquiera sé en qué gasté el dinero; solo sé que los sesenta dólares que saqué del cajero automático se evaporaron sin mucho escándalo de mis jeans de cuarenta dólares. Es tan predecible. Me siento peor sobre el encuentro con Luca, no mejor.

Tabitha se pone de pie con dificultad. El rostro le brilla por la luz de su teléfono.

—Pablo, ven conmigo al Valle Feliz —dice con los ojos cerrados. Está borrachísima.

—Ya terminé, Tab.

Entrecierra los ojos para ver su teléfono.

—¿Al Bosque Seis Dieciséis? Hay un *after* en Lucien.

—Me voy a casa —la interrumpo—. Tú deberías hacer lo mismo.

—¡Nooo! —dice tambaleándose. Una de sus pestañas falsas se suelta. Le cuelga del ojo mientras ella sonríe de una forma caricaturesca que me recuerda a una frase de *Los Soprano,* en la que Tony se refiere a los ojos de loca como «lámparas Manson».

—¿Dónde está tu chamarra? —le pregunto.

—Por allá. —Señala hacia ningún lugar en particular, entre la oscuridad. Se acerca y le habla a mi pecho—. ¿Adónde vas? —lloriquea.

—Ya te lo dije: a casa.

—¿Puedo ir? Tengo hierba.

Miro a mi alrededor. No encuentro a nadie en este lugar que esté preocupado por esta chica.

—Nah. Pero puedo esperar hasta que llegue tu Uber —ofrezco.

En ese momento Wyn grita:

—Oye, Tabitha. ¿Estás intentando colarte?

Tabitha se queda dormida sobre mi hombro en el taxi. Por lo general estaría nervioso por que una chica viera el departamento, pero es Tab, así que no cuenta.

Cuando llegamos a casa lo primero que hago es servirme otro shot y acabar con él.

—Tranquilo, tigre —dice Tice, quitándome la botella.

Wyn, por supuesto, está al tope de sus habilidades. Juro que su parte favorita de una noche de fiesta es cuando volvemos a casa. Sufre de un insomnio terrible, así que le encanta cuando todos estamos despiertos hasta tarde con él.

Es la hora mágica, cuando ocupo mis talentos para hacer un Tentempié Caliente.

—¡Tentempié Caliente! —declara Wyn, frotándose las manos.

Los Tentempiés Calientes, marca registrada, son una de mis especialidades. La idea es que después de una noche de fiesta en la ciudad nos merecemos una verdadera experiencia culinaria y no nuestros tentempiés habituales, como papas o galletas.

Para los Tentempiés Calientes® Wyn es mi ayudante de cocina, así que saquea las sobras del refrigerador y las coloca sobre la barra para que yo pueda poner manos a la obra. Suele ser una mezcolanza de nuestros favoritos: arroz frito con kimchi, el amor nostálgico de Miggs por los paquetes de saborizante de fideos ramen y los coditos instantáneos, la pasión que siente Tice por cualquier cosa que tenga curry, y la inventiva de la mamá de Dara con la mortadela. Es un acuerdo de paz en las altas horas de la noche. Ha aumentado incluso mi respeto por la mayonesa, el condimento del demonio blanco, pues si se la pones a un sándwich y además lo untas por fuera con mantequilla, se tuesta como no tienes idea.

La única vez que no estuve para hacer un Tentempié Caliente®, Tice tomó mi lugar y sirvió pollo en guisado con papas cambray, y Miggs dijo que lo hizo llorar. Sin embargo, tuvo ayuda de su mamá, quien llevó un Tupperware con el pollo. Y todos sabemos que aceptar el Tupperware de una mamá con minoría étnica es hacer trampa.

Hay sobras de comida china —fideos fritos estilo Singapur—, suficientes como para hacer una ancha base en el fondo de un sartén. Caliento en el microondas unas salchichas congeladas de Trader Joe's que quedaron del desayuno, las pico y las pongo también en el sartén, añado huevos revueltos con pimentón ahumado, un sazonador sin sal de apio, porque esa mierda sabe horrible con los huevos. Luego volteo la mezcla para hacer una *frittata* con fideos que sirvo en rebanadas. Queso rallado, salsa sriracha, crema, y estamos listos para empezar.

Wyn toma todos los condimentos, pues uno nunca sabe qué necesita un Tentempié Caliente® hasta que lo prueba. Noto que Tabs come como si llevara días sin probar bocado. Para el postre preparo unos *affogatos* improvisados con helado de vainilla sumergido en café Bustelo cubierto de M&Ms de chocolate oscuro y trocitos de Violet Crumble. Aquí también es donde las galletas Parle-G entran en juego.

Para cuando añado los pedazos de pretzel Miggs está salivando como un perro, pero lo hago esperar mientras grabo un video de referencia. Tengo todo un archivo de material de Tentempiés Calientes®. Encantado de la vida vería un programa de cocina en el que todas las recetas fueran hechas con sobras o con ingredientes que pudieras comprar en la tiendita. Sobre todo si pareciera de poca calidad y producción amateur; las cosas demasiado brillantes siempre me parecen como un anuncio.

Cuando terminamos Dara saca su minibong e incluso deja que Tabitha fume antes de quedar casi muerta.

Tab está acurrucada en el sofá hecha un ovillo. Le tiro mi abrigo encima, pero me entra una crisis de conciencia.

—Oye, Tabitha. —La sacudo un poco—. Tabs.

Abre apenas los ojos.

—Estoy muy cansada, Pablo —murmura—. Tengo dos días sin dormir.

—Vamos.

La llevo a mi cuarto. La hago quitarse los zapatos y le doy una playera y unos shorts de basquetbol. Luego voy a cepillarme los dientes para que pueda cambiarse. Cuando voy de regreso Wyn asoma la cabeza y me dirige una sonrisa inquisitiva, una estúpida cara de gato de Cheshire con dientes que parecen brillar en la oscuridad.

—No seas idiota —susurro—. Tiene como doce años. Y está borrachísima.

Asiente con fuerza varias veces.

—Claro. Consentimiento mutuo expreso. No puedes comprometer la agencia de una mujer.

Le golpeo el brazo. A veces es un imbécil y a veces se convierte en un arbolito de sabiduría florecido.

Cuando entro a mi habitación Tabitha está roncando sobre la cama; sobre las sábanas y el edredón. Todo. La envuelvo con la mitad de las sábanas como si fuera un burrito. Tomo una almohada y mi sudadera y voy al sofá.

Intento dormir, pero no puedo. Destellos del tatuaje de Luca aparecen en mi mente cada vez que cierro los ojos. Estaba seguro de que embriagarme y drogarme serían distracciones suficientes. Al menos podría quedar inconsciente. Pero mis pensamientos se aferran únicamente a lo que podría significar esto.

Es una estupidez, y no debería hacerlo, pero mis pulgares se rebelan y comienzo a buscar. Luca, Leanna Smart, doscientos veintidós. Sus nombres y veintidós de febrero. Luca, Leanna, amor. Pero todas las búsquedas emparejan a Leanna con Dyland o con un puñado de otros rompecorazones, quienes, se rumora, han salido o dormido con todo el mundo. La combinación de Leanna, emancipación, padres tampoco arroja resultados. Me pregunto si Lee tiene poder suficiente como para alterar el internet. O si hay algo de verdad en lo que me dijo.

Y como no estoy suficientemente asqueado de mí mismo, me sumerjo en su perfil de Instagram. Y en el de Twitter. Y en el de Snapchat. Todo es sobre su perfume, el nuevo álbum, y una sorprendente ausencia de algo que muestre una declaración que revele cuán enamorada está de su manager o etiquetas que la ubiquen en su casa en Brooklyn.

Amanezco furioso y con el cuello torcido. Tengo una resaca por la mota y el alcohol y el consumo de datos nocturnos en igual medida. ¿Por qué carajos tuvo Wyn que invitar a Tabitha e impedir que yo pudiera tranquilizarme en mi propia cama? Eso equivale a veintiocho dólares de renta. Si Tabitha hubiera dormido en la cama de Wyn, él habría perdido siete dólares. Soy tan mezquino como para hacer los cálculos en mi teléfono.

Vuelvo a mi habitación. Tabitha sigue dormida.

—Tabitha. Levántate. Tengo que ir a trabajar.

Se queja, asiente y pone un pie en el piso.

—¿Me la prestas? —pregunta jalándose la playera y bostezando.

—Claro. —Estoy consciente de que nunca volveré a verla. En silencio, la sumo a mi lista de resentimientos contra Wyn—. Pero los shorts no.

—Gracias, Pab —dice tirando los shorts al piso y pasando por encima de ellos. Me volteo—. Gracias por pasar tiempo conmigo. Fue divertido.

Se lleva sus tacones en la mano. Trae el vestido colgando en un brazo y está a punto de salir a la calle sin pantalones.

—¿Necesitas dinero para el taxi? —Estoy preocupado, aunque no es como que tenga algo para darle.

—Nah —dice con los ojos pegados al teléfono—. Ya pedí un auto. —Deben ser unos cien dólares de aquí a su casa.

—Muy bien.

—Adiós, Pab. —Besa el aire cerca de mi mejilla y cierra la puerta. Huele a cabello sin lavar.

Una nueva pila de sobres atrae mi mirada. Todos son para mí. Aquí podría terminarse todo. Una nueva mañana.

El primer día del resto de mi vida. Tomo la pila y me dirijo a mi habitación. Casi se siente radiactiva en mis manos. Abro el cajón, saludo a los demás sobres, y tiro los nuevos adentro.

Con la garganta reseca y un sabor metálico en la boca hago lo que siempre hago.

Le escribo a Lee.

CAPÍTULO 25

A lo largo de los siguientes días desarrollo un resfriado con una tos tan estruendosa que suena como si sillas rotas se traquetearan dentro de la aspiradora que tengo en el pecho.

—Por Dios, Pab —se queja Tice, alejándose de mí en el pasillo y tapándose la boca con la sudadera—. ¿Puedes ir a que alguien te revise esa mierda?

Tengo el edredón alrededor de los hombros mientras arrastro los pies de vuelta a mi habitación.

—Es gripa —afirmo. Nunca me pongo la vacuna de la influenza—. Estaré bien, solo necesito dormir.

La cosa es que dormir es una tarea imposible con el escándalo que hace mi cuerpo. Y por la posible fractura en las costillas que explicaría el agudo dolor en mi costado izquierdo.

—¿Dolor muscular o de hueso? —Tina pone cara de repulsión y se asegura de mantener su sana distancia.

—De hueso. —Me sorbo la nariz con tanta fuerza que me mareo.

—Ajá —murmura, negando con la cabeza—. Tienes que ir a que alguien te revise esa mierda.

—Vete a casa —ordena el señor Kim, quien aparece detrás de nosotros. Los dos nos sobresaltamos un poco.

Se pone gel desinfectante en las manos, como si solo verme fuera a contagiarlo—. Vas a enfermar a los clientes.

Camino a tropezones hasta CityMD, la clínica de emergencias en la Séptima, abrazándome en un esfuerzo por mantenerme caliente. Quisiera poder llamar a mi mamá y decirle mis síntomas, pero estoy evitándola de nuevo. El radio de la explosión de su ira me aniquilaría si le dijera que mi gran plan consiste en una parálisis total más allá de intentar volver a entrar a NYU o a cualquier otro lugar. Tengo los bolsillos —de los pants, de la sudadera, del abrigo— llenos de pañuelos desechables. Tengo heridas y ardor dentro de la boca por todas las pastillas y no puedo ver más allá de mi nariz.

Lleno formas por triplicado en un portapapeles con una pluma que tiene impreso el logotipo de la clínica, y escribe tan bien que me la guardo. Espero cincuenta y cinco minutos por una cita que dura treinta y cinco. Una mujer de veintitantos con expresión agotada me pesa, con los ojos fijos en el dedo gordo que se asoma por el calcetín cuando me quito los zapatos. Soy un desastre. La enfermera me hace algunas preguntas, escucha mi respiración y se niega a darme codeína. Me dan una bata; me quito las dos sudaderas y tiemblo. Cuando me dejan solo en la sala de consultas por más de quince minutos sin darme más instrucciones, vuelvo a ponérmelas.

Cambio de guardia. Una delgada mujer india de unos treinta y muchos o cuarenta y pocos con manos heladas. Se las frota para calentarlas al verme respingar.

Me pregunta si me puse la vacuna de la influenza.

—No.

—¿Por qué?

Me encojo de hombros. Tengo veinte años; me comporto como de doce.

Otros quince minutos de espera para una radiografía torácica de cinco minutos. No hay huesos rotos. Ni de cerca.

Le escribo a Lee, pero está distraída y me responde con un emoji de cara enojada. Hablamos esta mañana, pero mi tos era tan brutal que estaba demasiado avergonzado como para decir algo.

Ciento once minutos de mi tiempo. Ciento treinta dólares por la consulta. Trescientos sesenta dólares por la radiografía. Cuatrocientos noventa dólares sumados a los miles y miles y miles —y centavos— que le debo al universo.

—Probemos… —En la recepción, mis dedos flotan sobre la cartera falsa, pero falsa de forma irónica, de Louis Vuitton que está rota de un costado, un claro recordatorio sobre el estado de mis finanzas—. Con esta.

Saco una tarjeta y se la entrego a la robusta recepcionista con corte de cabello de hongo y lentes enormes. Tiene la decencia de probarla dos veces antes de devolvérmela.

—Tal vez quieras llamar a tu banco —sugiere con absoluta amabilidad, en vez de decirme: «Tu mierda esta no pasa porque no tienes ni un centavo».

Le doy la otra Visa. La de las emergencias. La buena, con la que he sido responsable. La que tengo en un compartimento especial de la cartera porque no quiero que se contagie de la peste de las demás. Sigue teniendo un porcentaje de tasa anual de presentación del ocho por ciento al que puedo transferir mis otros saldos, pero, por supuesto, no lo he hecho.

—Ya quedó. —La mujer me da el recibo para que lo firme. Me robo una segunda pluma de CityMD. Tienen mango ergonómico.

Me dan una receta para píldoras de benzonatato, pero en Walgreens no hay genéricos, así que tengo que comprar el Tesalón de patente que cuesta ochenta y ocho dólares por una dotación para dos semanas. Para este momento estoy tan traumado que presento la Visa buena y rezo para que pase.

Quisiera haberme quedado en el seguro familiar de mamá, pero me sacó del plan cuando me mudé y dejé la escuela. Por su parte, mi padre sigue asegurado con ella.

Cuando llego a casa Wyn está al teléfono. Sin decirme nada me empuja a una silla y me pone una taza humeante de jengibre, limón y miel en las manos. Es una mezcla tan fuerte que me arden los ojos y la garganta. Aferrándome a la taza para que me caliente, pienso en cómo me gasté la mitad del dinero de la renta en una sola tarde para cuidar el inútil saco de piel y huesos que es mi cuerpo demacrado. Tomo un sorbo.

Wyn, con el teléfono en la cara, me arrebata la taza y la reemplaza con una enorme olla de agua hirviente con un montón de hierbas flotando adentro.

—Inhala tan profundo como puedas —indica, palmeándome el hombro. Me pone una toalla en la cabeza. El vapor se abraza a mi cara y cierro los ojos. Cuando los abro me arden y apenas puedo distinguirme en el reflejo; no soy más que el tonto y borroso contorno de una cabeza. Vuelvo a cerrar los ojos y me imagino la incesante presión en mis senos paranasales como un furioso nudo negro que se afloja y se disuelve. Wyn, detrás de mí, habla en croata y se ríe. Logro entender la palabra *mejorana*. El calor y la humedad me cubren. Es lo más cálido que he estado en meses, y es la mayor cantidad de tiempo que llevo sin toser.

—Gracias, mamá —dice Wyn desde algún lugar por encima de mi cabeza—. *Volim te.*

Me siento tan mal que apenas puedo mantenerme sentado. Veo repeticiones del programa de Lee intentando descifrar si sus dientes se ven distintos. Hay un episodio de hace mucho tiempo con Dyland. Estoy en el punto de origen de los rumores sobre su relación.

En el estado en el que estoy es difícil no ver la química.

La semana pasada Lee pasó una hora al teléfono quejándose de él.

—Es una diva.

—Cuéntame. —Soy adicto a los detalles de la gira.

—Bueno, pues lleva una dieta superextraña.

—Predecible.

—Ya sé —asiente—. Imagínate, se la pasa gritando «menos de diez» y haciendo lagartijas porque quiere tener menos de diez por ciento de grasa corporal.

—Bicho raro.

—Reprobable. Además…

—Ajá…

Se ríe.

—Espera. Tengo que asegurarme de que no haya moros en la costa. —El día anterior cometimos el error de intentar tener sexo telefónico mientras ella tenía un micrófono. No fue sexo telefónico *per se,* pero las cosas se estaban calentando cuando Mike, el sonidista, llamó a la puerta—. Bueno, toma una bebida especial que llama opulencia. Y no es joda. Es Sprite Zero con Bai de coco.

—¿Opulencia?

—Opulencia.

—No jodas.

—En serio. Siempre se lo sirven en un vaso de unicel con un popote. Llego a los ensayos y está ahí, esperándolo. Un estúpido vaso con un popote de plástico de los que se doblan y el pedacito de papel encima para que sepa que su preciada bebida no está contaminada.

—Y te vuelve loca que esté en un contenedor que no es biodegradable, ¿verdad?

—Quiero matarlo cada vez que lo veo.

—¿Sabes? Sprite Zero con Bai de coco suena delicioso.

—Es delicioso. Me dejó probar y estaba objetivamente bueno. Pero no entiendes: una de sus tres asistentes tiene que estar ahí para dárselo en cualquier momento.

Me lo imagino jugando con Cam y todo me parece verosímil.

—Pab, les dice «asistente», aun cuando las tres están enfrente de él. Asistente, en singular. Creo que no sabe cómo se llaman.

—¿Tú sabes cómo se llaman *tus* asistentes?

—Mira, en primer lugar, son damas de compañía, no asistentes. En segundo lugar, claro que sé cómo se llaman —replica—. Todas tienen placas con sus nombres. —Una pausa—. Sí sabes que estoy bromeando, ¿cierto?

—¿Qué hay de los demás?

—¿Como quién?

«Luca, Luca, Luca, Teddy, Luca».

—Eh, pues no sé —digo con tono alegre mientras contengo la respiración.

Silencio.

—O sea, ¿preguntas quiénes tienen otros extraños fetiches con alguna bebida?

«O, ¿estás enamorada de Luca?».

—¿Recuerdas cuando Luca también quería tomar agua de coco sin pasteurizar en el avión y yo dije que mejor no? —le pregunto.

Otro silencio.

—Sí, fue gracioso —dice Lee sin comprometerse demasiado.

Cuando Lee y yo encontramos algo de tiempo para hacer una videollamada está rodeada de gente.

—¡Ey! —me grita Luca por detrás de ella. Si pudiera salir de la pantalla y ahorcarlo con la vincha de Dyland, lo haría.

—Fuera de aquí. —Lee lo ahuyenta—. Perdón, voy tarde. —Me está llamando desde su laptop. Ella reconfigura mientras voy hacia una pared y luego al respaldo de una silla. Poco después Lee reaparece a cuadro—. Podemos hacer esto ahora que estoy en maquillaje o te puedo llamar supertarde en la noche.

—Nah. Esto está bien.

—Hola, Pab —dice una voz gangosa.

—Hola, Chase —saludo a su estilista.

De la cintura hacia arriba estoy vestido con una sudadera entre decente y buena; en la parte de abajo soy Jabba el Hutt hecho de edredón. Acomodé la lámpara de mi habitación para que la iluminación no revele mi palidez. Me aclaro la garganta.

—¿Sigues enfermo?

—Ajá.

—Lo siento, cariño. La temporada de gripas es cosa seria.

—¿Te pusiste la vacuna contra la influenza?

—Claro. Y un millón de dosis de B12 también. Y soy noventa por ciento aceite de orégano y jengibre. —Lee toma su teléfono mientras el codo tatuado de Chase cubre la cámara de la computadora—. Dios, no puedo esperar a que termine la gira.

Le quedan doce fechas nacionales más, una semana de descanso y, luego, tres semanas en Europa. Chase le toma un mechón de cabello, lo tuerce y lo asegura con una pinza.

—Cariño, ¿podemos hacer la trenza otra vez? —pregunta Lee desde una nube de spray.

—Nop —responde él—. Solo te quieren con el cabello suelto. Vas a filmar promos para… —estudia una hoja de papel—: Japón, China y Corea del Sur, cariño.

—*Cariño* —intervengo—. Pensé que en China les gustabas con coletas.

—¿Eh? —Lee está perdida en su teléfono.

—Nada.

—Perdón —murmura, antes de guardarlo.

—No te preocupes por ellos —dice Chase, trabajando con un gigantesco cepillo en la coronilla de Lee—. Es una campaña de desprestigio. Ya pasará.

—¿Campaña de desprestigio?

—Chase… —Lee lo reprende.

—¿Qué es lo que va a pasar? —Alzo la voz. Por la culpa, he estado bajando el nivel de las búsquedas en los últimos días. Claro, justo en ese momento tenía que aparecer una noticia.

—Los idiotas envidiosos de los Dummees —explica Chase. Lee se inclina hacia adelante y le lanza una mirada asesina—. Perdón, pero es tendencia desde esta mañana —argumenta—. No hay forma de que no sepa.

—No importa —replica ella.

—No importa —repite Chase, castigado.

Sixtina entra y comienza a trabajar en las cejas de Lee. Verla prepararse me recuerda a una parada de pits en las carreras de autos, donde cuatro personas se toman seis segundos para cambiar de llantas y llenar el tanque.

—Hola, Pab.

—Hola, Sixtina. Oye, ¿qué es una campaña de desprestigio?

—¿No es cuando una persona insulta a otra un montón? ¿Como en la política? ¿No? Tirar tierra o como le digan. —Se pone justo enfrente de Lee durante un segundo para revisar su trabajo—. ¿Quieres ser congresista, Pab? Este país necesita a alguien como tú.

—No. ¿Quién está liderando la campaña de desprestigio contra Lee?

—Ah, a la mierda con los Dumees —dice con desdén, mientras le pasa un tubo de pintura brillante sobre las mejillas—. ¿Se te ocurre un nombre *menos* original? ¿Quién querría hacerse llamar con una palabra que significa «tonto»? Supongo que es algo autorreferencial, con bastante autoconsciencia, o tal vez lo usan de forma irónica… que en realidad no es irónica porque vaya que son estúpidos.

—¿Lee? —le pregunto a mansalva.

Suspira.

—Okey. Aprieta los labios un segundo, cariño —pide Sixtina, tomándose su tiempo con el delineador.

Espero.

—¡Bueno, venga la explicación! —le grito a Lee cuando terminan—. ¿Quiénes son los Dummees?

—Perdón. —Lee vuelve a suspirar—. Esto es una locura. ¿Puedo llamarte luego?

Lo busco en Google. ¿Qué otra opción tengo?

Esta vez romper el sello es algo maravilloso. Ni siquiera me siento culpable. Por el contrario, la sensación es como si tronara un kilómetro de papel burbuja al mismo tiempo. Como cuando las tijeras se deslizan por el papel para envolver. Googlear a Leanna Smart es de lo más gratificante. Me atraganto con su ubicación, sus acciones y, ¿por qué no?, con sus atuendos. Clic, clic, clic, clic, clic, como un adicto en la vergonzosa oscuridad de mi habitación. Es glorioso.

Los Dummees, sin embargo, son mucho menos agradables. De hecho, aquí es cuando la vergüenza me golpea. Los Dummees son de lo peor. Me dejan en un estado de decepción total con respecto a la condición humana. Todo comenzó en una página en Reddit con una población moderada, donde se quejaban de que Lee no era *suficientemente* latina. Que solo sale con blancos. Que su música se fue por el barranco cuando dejó de ofrecerle su corazón a Dios y comenzó a quitarse la ropa en los conciertos. Alguien subió una foto de cuando tenía seis años donde —lamentable— llevaba el cabello peinado en trenzas africanas. Sin razón alguna, se hizo viral. Un diseñador de ropa urbana la imprimió en una patineta que se exhibió en Art Basel. Si soy honesto, es justo el tipo de cosa que Tice y yo querríamos imprimir en una toalla de playa si no la conociera.

Consumir el contenido de los Dummees me hace querer meterme a la regadera con la ropa puesta. Hay otra página que ayuda a amplificar el movimiento antiSmartee. Está dedicado a examinar todas las imágenes posibles de Lee y descifrar si se ha hecho cirugías o no; aunado a ello, acumulan cientos de fotografías que muestran un antes y un después, mismas que, alegan, fueron modificadas con Photoshop. Las referencias «reales» de Lee son en realidad malas fotos espontáneas en alfombras rojas, donde tiene todo el cuerpo contorsionado.

Ahora entiendo por qué no quería que hiciera esto. Es violento. Es pura infamia.

Entiendo por qué se protege los pechos con las prótesis adhesivas y por qué lleva extensiones en el cabello. Por qué balbucea y habla demasiado cuando está nerviosa, y por qué parece estar tan insegura con su valía fuera de la industria musical. Su convicción de que no es indispensable tiene sentido.

Quiero parar por decencia, por un sentido del honor y de la ética. Pero les dedico otros dieciséis minutos a las teorías de conspiración sobre el 22.2 y me sumo al tráfico de los rincones más cuestionables de internet.

Sigo sin encontrar nada.

Los primeros indicios de una migraña me arañan la base del cráneo y se cuelgan de ahí. Presiono con la palma de la mano. No ayuda.

CAPÍTULO 26

—Voy rumbo a Canadá —anuncia Lee al día siguiente, mientras yo miro el cursor que parpadea en el documento en mi computadora.

La llamada es la excusa perfecta para dejar el currículum que estaba intentando llenar. No es que quiera el trabajo que Tice me ofreció, es solo que quizá sea buena idea tenerlo.

—¿Canadá? ¿Para qué?

—Búscame —me dice.

Presiono «guardar», pero me doy cuenta de que el único cambio que hice en la plantilla fue mi nombre. Pensé en pedirle ayuda a papá, pero eso implicaría toda una conversación sobre sueños y esperanzas que no puedo tener en este momento. Llevo tanto tiempo mirando el «Pablo Neruda Rind» en la parte superior de la página, que ha perdido todo el sentido. Así como cuando dices «iguana» tantas veces que terminas por dejar de pensar en el reptil. Agrego mi dirección. Centrado. Luego, cambio la fuente a Futura Heavy Oblique porque esa es la letra del logo de Supreme.

—¿No está eso cerca de Nueva York? —Vuelvo a guardar el archivo, cierro la laptop y abro la ventana para recibir una ráfaga de aire fresco. Me pongo las botas y salgo a la escalera de emergencia. Es la mejor parte de tener una habitación que solía ser parte de la cocina.

—¿Ah, sí? —me pregunta.

—Se *siente* cerca.

La escucho reír.

—Sí se *siente* cerca. Como *norteñoso* y por *allasoso.*

—¿Adónde en Canadá?

—No pregunté. Me quitan la cartera y el pasaporte y me arrean como ganado. Hace años que no cargo un juego de llaves.

—Lo haces sonar como si fueras una rehén.

—Mis pies apenas tocan el piso.

A veces, cuando Lee describe su vida, siento como si estuviera hablando con un miembro de la Familia Real.

—No puedo creer que el invierno dure tanto. —Han pasado cinco semanas desde que nos vimos por última vez. Me pregunto si Leanna Smart alguna vez tuvo que escribir su currículum.

—Extraño Nueva York —confiesa. Casi de inmediato, añade—: Mierda. Me tengo que ir.

—Sí, yo también —suelto como por instinto. Después tomo una urgente siesta de tres horas.

—¡Broma! —me dice la noche siguiente—. Estoy en Melbourne.

—¿Cómo es que estás en Australia?

Estoy llegando a mi turno en el trabajo. Me parece incomprensible que, desde la última vez que hablamos, yo haya recorrido la distancia entre dos estaciones de metro y ella haya ido de un continente a otro.

—Solo son nueve horas en un vuelo directo desde Hong Kong.

—Pensé que ibas a ir a Canadá. —Ni siquiera sabía que estaba en Hong Kong.

—Es lo mismo.

Me río. No sé por qué.

—¿Cómo pasó eso? —pregunto.

—Algo con archivos, marcadores y un complejo sistema de… leí mal el itinerario.

—También me pasa.

—Qué fastidio. En fin. Ahora puedes imaginar mi línea punteada en el mapa volando hacia Australia y no a Canadá.

—Sí, bueno… la verdad es que no entiendo nada de eso.

—¿Por qué es todo el mundo tan malo para la geografía? Yo al menos tengo una idea general, aunque sea solo porque tenía una cortina de baño de un mapamundi cuando era niña.

—¿Recuerdas los globos terráqueos?

—No mucho.

—¿No te parece una locura pensar que hubo una época en la que esa era toda la información que teníamos sobre el mundo?

—O sea, las buenas épocas.

—Ja. Exacto. Ahora sabemos todas las cosas horribles que le han pasado a cualquier persona en cualquier lugar. Los desastres naturales, escándalos, violaciones a la privacidad, cuando una *influencer* se embaraza. Vemos osos polares morir en tiempo real. No puede ser saludable.

—Nada de esto puede ser bueno para nosotros —afirma—. ¿Recuerdas cuando memorizar números de teléfono era algo bueno? Esas también eran las buenas épocas.

—¿Crees que haya alguna persona en el mundo cuyo único talento era memorizar números de teléfono? —Me imagino a un hombre delgado llamado Neville.

—Seguro que sus amigos estarían hartos de oírlo —asegura.

—Tal vez ni siquiera tenía amigos, de tan aburrido y molesto que era.

—Y repetitivo.

—Dios mío. ¿Y si memorizó los números de sus padres y luego un montón números de desconocidos solo para saberse más? —Neville vive en el sótano de sus padres, con un futbolito y un hurón anciano—. Este tipo es lo peor.

Intento no pensar en lo cerca que estoy de ser Neville.

—No lo sé —dice Lee—. Ahora me cae bien. Suena como alguien muy solo.

—Buenos días, Leanna. ¿Nos la estamos pasando de lo lindo? —respondo con mi mejor acento australiano, cuando veo el número desconocido en punto de las cinco y media de la mañana. Lee dijo que llamaría justo después del concierto y una comida en algún lugar.

Silencio. Me pregunto si cometí un error estratégico. Tal vez mi terrible acento constituye alguna forma de apropiación cultural desagradable.

—¿Hola? —lo intento de nuevo. Gusto salta sobre el mostrador al sentir la tensión; agita la cola para mostrarme el trasero. Supongo que para divertirse, así que lo acaricio, ansioso.

—Hola. —Su voz es un chillido quedo. Exhala con respiración entrecortada, y de inmediato sé que está llorando.

La inquietud me sube por la espalda.

—Oye —digo en voz baja—, ¿estás bien? —Silencio. El corazón me martillea en el pecho—. ¿Qué pasó?

Una aguda inhalación; una exhalación descompuesta.

—Perdón.

—No te disculpes.

Las entrañas se me retuercen. Una parte de ello es por lo lejos que está. Lo aislada que parece en este momento, sin el ruido de fondo. Voy de cero a cien buscando respuestas de lucha o huida, y estoy listo para pulverizar a una pandilla de maleantes o subirme a un avión con una «serie de habilidades muy particulares». Nunca he estado tan listo para correr mil kilómetros y encontrar la cajuela del auto para rescatar a la chica. Camino de un lado a otro detrás del mostrador.

—Por favor, dime qué pasa —insisto, mientras vuelvo a mirar el reloj. El que esté catorce horas en el futuro la hace parecer más lejos aún—. ¿Estás bien?

—Sí —murmura, tras una eternidad—. Estoy bien. Es una tontería, pero tuve una pelea horrible.

—¿Con quién?

Me aclaro la garganta para atemperar la locura que oigo en mi voz.

—Luca. —El número 22.2 aparece en mi cabeza—. Pero el problema ni siquiera fue con él.

—Okey. ¿Con quién fue? —Mi cabeza invoca imágenes de Luca manoseándola. De los dos besándose en su casa de ladrillo de millones de dólares.

—Es que es… —Suspira otra vez y se suena la nariz—. No, olvídalo —gime.

—Lee, por favor, dímelo. —Suavizo mi tono—. ¿Recuerdas que te prometí que siempre estaría preocupado por ti? Pues… —Intento aligerar la situación—. Mi nivel de preocupación es extremo. —Más silencio—. ¿Qué hizo, Lee?

—No fue nada que haya… —Otro suspiro profundo—. Dios. La verdad es que solo estoy exhausta. No puedo esperar para volver a casa.

—Lee, ¿qué pasó? —repito.

—Te va a parecer ridículo.

—Te apuesto que no. —Acaricio a Gusto detrás de la oreja. Está ronroneando y las vibraciones del pequeño motor que tiene en el cuello tienen un efecto tranquilizante.

—¿Sabes lo que son los *meet and greet*?

—Creo que puedo deducirlo por el contexto.

Lee se ríe suavemente y sorbe la nariz otra vez.

—Hay demasiados en esta gira. Y lo entiendo; es mucho dinero. La gente paga miles de dólares para tomarse una foto o saludar o lo que sea; pero cuando están ahí sienten que tienen derecho a todo. Es como si te hubieran comprado. Se supone que es una foto y se toman treinta y *además* quieren tomarte un video y quieren que les cantes o que saludes a su amiga o que te pongas un estúpido logo de una compañía que acaban de inventarse. Es como… no hay suficiente desinfectante en el mundo… Hay demasiado contacto y empujones, y en este país todos son supereducados y amables, pero… —Otra exhalación temblorosa—. Pero hoy había una mujer como de unos cincuenta años. Sus dos amigos y ella estaban borrachísimos, y me agarró un seno.

—No inventes.

—Ajá. Y cuando seguridad intervino, se moría de risa y me gritaba al oído que no era gay, pero que no pudo resistirse. Luego se liberó de los guardias cuando la estaban sacando y me agarró el trasero. Yo traía una falda y… sé que no es la gran cosa…

Mientras más intenta restarle importancia a la situación, más crece mi instinto de protegerla.

—Suena horrible.

—No fue doloroso… solo mortificante. Estaba impactada.

—¿Qué hizo Luca?

—Ese es el asunto: no hizo nada. Antes, cuando era menor, se volvía loco con esas cosas. Hoy ni siquiera pudo fingir que le importaba. No dejó el teléfono. Ni siquiera alzó la mirada. Me dijo que me aguantara y siguiera haciendo mi trabajo.

Fantaseo con escabullirme en su casa y molerlo a palos bajo el velo de la oscuridad.

—¿Qué hiciste?

—Nada. He tenido tanta mala publicidad últimamente que no quise hacerme la difícil.

—Esa fue una agresión, Lee. Pudiste cancelar…

—Pablo —me interrumpe con una risa corta y seca—. La niña detrás de la mujer estaba en silla de ruedas. No podía cancelar. No en ese momento —Okey. Tiene razón. El internet habría explotado con algo así—. Sí, estuve a nada de cancelarlo todo. Mandar a la gente a sus casas. Pero ahí estaba: Setsuko. Ocho años. Leucemia.

—Vaya.

—Ya sé, es como: ¿qué podría desinflar todas tus quejas y hacerlas parecer una estupidez? —La respuesta, al parecer, es Setsuko—. Era de Kumamoto, que es famosa por sus ostiones y está lejísimos de Melbourne. Y ella era lindísima.

—Esta historia es una montaña rusa de emociones.

—Pablo.

—¿Sí, Lee?

—Yo era su deseo de Make-A-Wish.

—Mierda.

—Sí. Su último deseo era que le cantara «*Highway*», aunque yo estaba lista para hacerme bolita y morir.

—Morir en sentido figurado.

Lee hace un ruidito de molestia.

—Sí. Morir *en sentido figurado*. No como Setsuko. —Otra exhalación—. ¿Hay un nivel que supere los problemas de gente rica, en el que tus quejas sean todavía más despreciables? Me doy asco.

—Mejor afuera que adentro —le digo—. Mira, estoy de tu lado y del lado de Setsuko. —No sé qué más decir.

—Y, no me vas a creer…

—¿Qué?

—Me dijo a la cara que tenía que dejar a Dyland. Que no era suficiente para mí porque, y cito a una maravilla de ocho años: «Le falta carácter».

—¿Le falta *carácter*?

—Oh, sí.

Me imagino a Setsuko estudiándome y declarando: «Puede mejorar».

—Tenía una traductora, una mujer muy agradable, que también era muy cool. Al parecer hay cierto aspecto de enfrentarte con tu propia mortalidad a tan temprana edad que te da sabiduría.

—Al parecer sí.

—De hecho —dice Lee de pronto—, eso no es del todo cierto. He conocido a varios niños de Make-A-Wish que son prueba de que a los imbéciles también les da cáncer. Créeme, no todos los niños con enfermedades terminales o discapacidades son faros de inspiración y esperanza para los demás. Algunos son tan malos como víboras. Pero, caray, Setsuko en particular era una maravilla.

—Me alegra que una niña moribunda pudiera estar contigo cuando más la necesitabas…

—Ay, Dios… —Gusto me manotea, pues dejé de acariciarlo. Los gatos de las tienditas no pueden no ser el centro de atención—. Gracias.

—¿Por qué?

—Por poner las cosas en perspectiva. Y por escucharme sin juzgar.

Sigo acariciándolo.

—Cuando quieras.

De acuerdo. Es ahora. Debería confiar en ella. Si hay un momento para preguntar por Luca, es ahora.

Le doy una enorme rascada a Gusto para cobrar valor; él se vuelve loco.

—Tengo una pregunta.

—Mierda —interrumpe—. Espera. Se me olvidó la mejor parte. ¡Voy a ir a Nueva York!

—¿De verdad? —Me quito a Luca de la cabeza. Le preguntaré en persona—. ¿Cuándo?

—En unos días. Hay una cosa. No iba a ir, pero… No sé, Pab. Es que te extraño demasiado.

—Gracias a Dios. Me muero por verte.

—Ya sé. Yo también muero por verte.

—En sentido figurado.

—Ay, Dios, sí. En sentido figurado.

CAPÍTULO 27

El miércoles en que va a llegar a la ciudad estoy tan ansioso que la pierna me brinca a niveles nunca vistos. Soy tan irritante que la señora Kim no puede estar cerca de mí. Chasquea los labios y va a la parte de atrás. Es una noche tranquila, sin muchos clientes, y reviso mi teléfono de manera compulsiva en busca de una migaja de noticias de Lee. No puedo esperar. En unas cuantas horas podré verla. La veré en el hotel después de bañarme y cambiarme. Está registrada como Frieza Marron.

—Escojo personajes de *Dragon Ball Z* al azar —explica—. O de *Pokémon*.

Es una locura pensar en lo bien que se llevaría con Rain.

Justo cuando estoy a punto de perforar el reloj con los ojos y mi turno está por terminar, se desata el pandemonio. El señor Kim sale corriendo al frente de la tienda, seguido de la señora Kim. Incluso el inescrutable e incólume Jorge parece perturbado. «Es grave», gesticula, sacudiendo la cabeza.

—El congelador de atrás se descompuso —explica el señor Kim.

Eso es malo. Muy malo. El congelador de atrás es el más grande, donde se guardan las comidas veganas hipercostosas junto a los botes de helado italiano de doce dólares. Es más frío que los demás. La señora Kim está al teléfono con un técnico de emergencia, mientras Jorge y yo trabajamos para acomodar la comida en los otros congeladores, o incluso en los refrigeradores, para salvar tanto como podamos.

Mientras apilo las pizzas sin gluten, noto que el cartón está húmedo. Entonces nos damos cuenta de que no es solo el congelador trasero; los dos congeladores grandes están muertos.

Son más de las siete de la mañana. Lee escribe para decirme que aterrizó, pero le digo que hay una emergencia en el trabajo. Muero por salir corriendo del deli, sin embargo, necesitamos de todo el equipo para lograr meter tanta comida como sea posible en el congelador restante. No voy a abandonar a los Kim. Si actuamos a toda prisa, no tendremos que tirar demasiado. Con algo de suerte podré salir antes de las nueve, bañarme antes de las diez y, Dios mediante, estar en el hotel de Lee antes de la hora del almuerzo. La ansiedad trepa hasta mis hombros, mientras me lleno de otra taza de café, que no hace más que aumentar mi intranquilidad. Quiero llegar con Lee tan pronto como sea posible.

Colgamos letreros pidiéndoles a los clientes que no abran las puertas del congelador. Me reporto con la señora Kim. No quiero escapar, pero quizá pueda tener una idea de cuánto tiempo necesitamos.

Tengo tres mensajes de Lee preguntándome en dónde estoy, además de dos llamadas perdidas. Así que le devuelvo la llamada.

—Hola. ¿Estás bien?

—Sí. —Está susurrando—. Estoy en un auto.

—¿Vienes del aeropuerto?

—No. No pude registrarme en el hotel —me informa—. Estamos intentando encontrar otro, pero es un desastre.

Oigo a Jessica al fondo, masacrando a alguien a gritos.

—Señor, como acabo de decirle, cuatro suites en un piso vacío. —Y con un dejo de histeria—: ¿Qué clase de hotel de porquería es ese?

—¿Qué sucedió?

—Nada —responde en un tono que sugiere que sí sucedió algo.

—Lee… —Odio que olvide tan pronto lo mejor que se siente cuando hablamos.

—¡Cabrón! —grita Jorge y me lanza una mirada que parece preguntar: «¿En serio?».

Le suplico con los ojos que me dé unos momentos.

—Lee —lo intento de nuevo—. ¿Qué sucedió?

—Un problema de seguridad —dice de forma críptica—. Nada serio. Una formalidad.

—Hombre, Pablo. Vamos. —Jorge me hace muecas. Me sigo moviendo; el teléfono se me resbala del hombro.

—Espera. ¿Dónde estás?

—Dando vueltas.

Rezongo para mis adentros. Midtown a esta hora es como un estacionamiento enorme.

—¿Ya saliste? —pregunta esperanzada.

—Algo así. —Miro los cientos de cajas que tenemos que mover aún.

—¿Puedo ir?

—¿A mi casa?

«Ni muerto».

—¿Por favor? Tengo amigos con los que me puedo quedar, pero no les dije que venía…

Me imagino a Luca con una sonrisa, llamándome «hermano» con la mano aferrada a mi antebrazo.

—¿En dónde estás?

—Entre la Cuarenta y siete y la Sexta —dice.

Jesucristo.

—Okey. Dale unas cuantas vueltas más a la cuadra y luego ve a…

Le doy la dirección. Va a creer que soy patético. Va a creer que soy un vago. Va a creer…

Dios santo, no importa. ¿Qué van a pensar mis roomies? Espero que Jess traiga consigo suficientes Acuerdos de Confidencialidad de cien páginas.

Alcanzo a Jorge y jugamos Tetris con cajas de comida tan rápido como podemos.

Si salgo en diez minutos, veinte cuando mucho, y corro a casa, puedo al menos poner mi ropa sucia en la cesta y limpiar el baño. Intento imaginarme cómo se veía el baño esta mañana, pero no puedo. Debe haber sido un asco. Siempre es un asco.

La adrenalina se me dispara por todo el cuerpo. Termino de vaciar el congelador, tomo mi abrigo y voy con el señor Kim.

—¿Te puedes quedar unos minutos más? El técnico acaba de llegar. —Son casi las ocho—. Por favor. —Parece estar sufriendo. No sé cuánto vaya a costar, pero no va a ser barato.

—Por supuesto. —Guardo mi abrigo debajo del mostrador.

Le escribo a Lee para decirle que es posible que llegue antes que yo. Llamo a Tice.

—¡Ey! —digo.

—¿Qué hay?

—¿Estás en casa?

—Ajá.

—Algo muy extraño está por sucederte.

—No me gustan las sorpresas, Pablo.

—Okey. —Intento encontrar la forma de explicárselo—. ¿Sabes quién es Leanna Smart?

—Claro. Su música es un asco. Menos la canción con Three Stacks.

—Válido.

—¿Por qué?

—Va a ir a la casa.

Silencio.

—Claaaro…

—Con su amiga Jessica. Jessica, por cierto, es sin duda una persona de la que te enamorarías. Considéralo una advertencia.

—Advertido estoy. Pero… ¿de qué coños hablas? Es muy temprano. Estoy intentando volver a dormir y me dices cosas crípticas sobre unas fantasías idiotas.

—¡Tice!

—De todos los lugares del mundo, ¿por qué carajo…?

—Ya sé. Es una tormenta perfecta de mierda. Escúchame —hablo con una calma que no siento—. Estoy atrapado en el trabajo. Leanna Smart va camino a nuestra casa. Vino a la tienda hace un tiempo. Nos mantuvimos en contacto. Esos días que no estuve… estaba en Los Ángeles con ella. Es increíble y, por el amor de Dios, necesito que limpies. Necesito que no la dejes pasar a mi habitación. Necesito que la casa se vea como quisieras que se viera si la chica de la que estás enamorado sin remedio fuera a visitarte. Necesito que me ayudes. Por favor, amigo. Es urgente. Por favor, prepárales una taza de café y no dejes que nadie las mire ni las moleste. Necesito que hagas esto por mí.

—Mierda. ¿De verdad-verdad?

—De verdad-verdad.

—Mierda —repite—. Oye, si me estás tomando el pelo, te voy a matar.

—¡Está bien! Por favor, haz las cosas. Y asegúrate de que mi computadora esté cerrada. Coño.

Una hora después el señor Kim sigue en la parte de atrás y nosotros lidiamos con la hora pico de la mañana.

Las órdenes de smoothies y jugos son interminables. Estoy tan sumido en mi pánico que quiero trepar las paredes.

Le escribo a Lee para disculparme. Cuando no responde de inmediato me convenzo de que encontró otro refugio, quizá con Luca o Dyland o el modelo de su video que le lame el cuello o lo que sea que hagan en la parte en la que están bajo el agua, moviéndose como sirenas. O —ay, Dios— Teddy. Estúpido Teddy.

—Hey, Pab. —Escucho a Wyn, pero no logro verlo detrás de la mujer que quiere su pan de elote tostado y con mantequilla.

—Sí sabe que si le pongo mantequilla ya no es vegano, ¿verdad?

—Sí —resopla—. ¿Es libre de gluten porque es de elote?

La miro un segundo y reviso el empaque.

—Tiene trigo —le informo.

—Pab —repite Wyn.

—Bueno, entonces no lo quiero —dice la mujer y continúo marcando el resto de sus compras, esta vez con unas galletas Nutter Butter, que tampoco son libres de gluten, pero sé que, de forma sorprendente, sí son veganas.

Le doy el pan de elote a Wyn.

—¡Cómetelo! —le ordeno. Comienzo a sentir que la falta de sueño y las tres horas extra de trabajo me pasan factura.

—Estoy segura de que si se lo pide de buena forma, le puede poner aceite de girasol —sugiere una voz. Es Lee con una peluca rubia, lentes de sol y una gorra. Frente a mí. En la vida real.

—Odio esa cosa —rezonga la mujer, quien toma el pan de cualquier forma, con una mueca de hartazgo.

Lee se ríe, yo me río y luego le doy la vuelta al mostrador para abrazarla. Tiene puestos unos jeans y una sudadera; salta a mis brazos. Huele a ella. Extrañaba el aroma, así que hago una nota mental de quedarme con alguna prenda suya y poder olerla cuando quiera.

—Hola, Pab. —Es Jess. Tiene la capucha puesta y lentes de sol cubriendo sus ojos.

—¿Y ese disfraz de Unabomber?

—Ha sido una mañana estresante —murmura, bajándose los enormes lentes. Puedo ver la fatiga en sus ojos—. Y alguien en tu departamento no nos deja entrar.

La señora Kim, quien está acomodado la fruta, voltea a vernos.

—Te puedes ir —dice despidiéndome con la mano ahora que el caos ha disminuido un poco. Se ve exhausta.

—¿Segura?

Ella asiente de una forma que me dice: «Yo lidiaré con mi esposo después».

—Gracias, Pablo.

—Chicas, ella es la señora Kim —las presento mientras vuelvo a ponerme el abrigo. La saludan levantando la mano y ella les devuelve el gesto.

—No tan rápido, Romeo —interviene Wyn—. Tu amiga Leanna Smart —continúa en voz baja— quería algo de comer y Tice me dijo que las trajera aquí.

—¿Dónde está Tice?

Se encoge de hombros.

—Portándose como loco. No las dejó subir; dijo que tenía algo que hacer.

—Wyn nos estaba educando sobre los Tentempiés Calientes… —cuenta Lee.

—Marca registrada —añade Wyn—. Tentempié Caliente®.

Jess hace una mueca de «¿es en serio?».

—Marca registrada —continúa Lee—. Algo digno de Munchies Paradise. —Me hace un guiño—. Llegamos al tema de lo subestimado que tienen la categoría de snack caliente-a-frío-a-congelado. Que, a mi parecer, es la comida por excelencia de la transición postvuelo-desayuno. Salvo porque requiere algo de preparación.

—¿Me puedes explicar qué demonios es un snack caliente-a-frío-a-congelado?

—Lo mismo que pregunté yo —dice Wyn.

—Novatos —murmura Jess.

—Snack caliente-a-frío-a-congelado® —puntualiza Lee. Wyn se ríe y asiente para informarme que «me cae bien esta chica»—. Es una sorpresa. Pero por eso estamos aquí. Ya vuelvo.

La veo dirigirse a los pasillos habituales: snacks horneados y galletas. Luego, vacila en los congeladores, que están cerrados, y corre de vuelta adonde estamos.

—¿El congelador está descompuesto?

—Sí. Esa era la emergencia.

—Qué catástrofe. Necesito helado.

—Tenemos en la casa —aseguro. Quiero salir de la tienda cuando antes, mientras todo marcha bien.

Cuando salimos, veo a Lee examinar sus alrededores en busca de cámaras o atención no deseada. Cuando ve que está libre, entrelaza el brazo con el mío y se acurruca contra mí.

—Dios, qué bueno es verte. —La extrañaba tanto que quiero comérmela.

El día está soleado y fresco y considero besarla en la calle, pero no lo hago. Es extraño, pero lo más probable es que nunca pueda besar a esta chica en público. Salvo que estemos en Guam. Y ni siquiera así…

—¿Puedes caminar por aquí? —le pregunto—. O sea, así de tranquila. ¿La gente no nos va a ver?

Lee se ríe, pero vuelve a mirar a su alrededor.

—Los videos de TMZ hacen parecer que te rodean adondequiera que vayas —interviene Jess—, pero la mayoría de esos perdedores irrelevantes les dicen adónde van a ir, o van a donde saben que los van a encontrar.

Ya dejé de buscar noticias sobre Lee, pero oír mencionar a TMZ me llena de culpa.

—Tengo algo que confesar. —Lee me aprieta el brazo y cierra un poco los ojos—. En realidad no vamos *tan tranquilos.* —Jess nos lleva al otro lado de la calle, hacia dos camionetas negras—. La segunda es para Isaac y Grandote, mis guardaespaldas.

Guau. Grandote. Cuando el tamaño de una persona supera la tentación de decirle «Chiquito» debe de ser impresionante.

Nos amontonamos en el auto, y cuando llegamos al departamento y nos abren la puerta muero de vergüenza con cada escalón y descanso que pisamos en el bochorno interminable que es habitar el departamento de un quinto piso sin elevador. Es una travesía que maldigo todos los días de mi vida.

—Carajo —exhala Jess en algún momento.

Sin embargo, es el laborioso pero amable silencio de Lee el que me impide mirarla. Paso todo el tiempo rezando por que solo Tice esté ahí, pero, claro, tenemos casa llena. Asomo la cabeza: Miggs está tomando café en calzones y planchando una playera, de entre todas las cosas que podría planchar. Puedo oír la secadora de cabello de Dara más atrás.

—Miggs. —Intento llamar su atención desde la puerta entreabierta—. Oye, ponte unos malditos pantalones. Dios, ¿Tice no te dijo nada?

—¿Sobre qué? —Frunciendo el ceño, como si fuera demasiado temprano para estas tonterías, y chasquea los labios—. No. Tú ponte unos malditos pantalones. ¿Qué diablos le pasa a todo el mundo hoy? Tice corriendo como loco, gritando y aspirando y ahora tú le tienes pavor a la desnudez.

—Tenemos visitas —digo, negándome a abrir la puerta por completo.

—Pues diles a tus visitas que ellos se pongan unos malditos pantalones. Esta es mi casa.

—Como quieras. —Abro la puerta de golpe y entramos en fila. Primero yo, luego Lee, luego Jess y Wyn al final.

—Lindo suspensorio —lo halaga Jess en tono irónico, y observo a Miggs darse cuenta de que las visitas son mujeres. Mujeres atractivas.

—Gracias. —¡Y sigue planchando!

Caray, cómo lo amo. Está loco.

Wyn me mira, después mira a Miggs, quien está redoblando la apuesta, cómodamente apoyado en su desnudez.

—Señoritas, ¿podría ofrecerles una taza de café? —ofrece Miggs. En este momento no sé si él sabe con quién está hablando.

—Me encantaría —dice Lee. Jess asiente también.

—¿Puedo tomar sus abrigos, hermosas damas? —Wyn hace una profunda reverencia; parece que está en un casting para convertirse en el mayordomo personal de Lee.

—Si no es molestia —acepta ella, muy solícita. Le da primero la peluca, lo que lo hace reír. Tiene puesta una red en el cabello, que también se quita. El cabello rojo le cae hasta la cintura.

—Voy a… —Wyn deja el cabello falso descansando en el sofá. Y no puedo evitar pensar en que Lee tenía puesta una peluca sobre lo que ya es una peluca en sí misma.

—Muy amable, buen señor —dice Jess.

Qué increíbles son estas chicas.

—¿Qué tal que hago una nueva jarra? —Miggs camina hacia donde estamos, con sus carnes tambaleándose.

—¿Qué tal que sí? —Jess asiente—. Pero, ya sabes, sin meter las pelotas en el café.

Miggs se carcajea y va a su habitación a ponerse unos pantalones, y sé que le está contando todo a Dara, pues la secadora se apaga y pasan unos cinco minutos ahí adentro.

Me quedo junto a la estufa e intento imaginarme la sala-comedor-cocina a los ojos de Lee. Si una cucaracha aparece para saludar, me voy a hacer el *harakiri*. ¿Dónde diablos está Tice?

—Lindo —sentencia Jess, examinando sus alrededores—. Cariño, mira. —Señala hacia el fregadero—. Tienen el mismo.

Sigo su mirada hacia el dispensador de jabón verde fosforescente que compré, que tiene un pequeño compartimento para un cepillo.

Qué extraño.

—¿Tienen un molde para hacer pan? —pregunta Lee, arremangándose.

—Por supuesto —responde Wyn, atento como soldado—. Sé qué vas a hacer —dice al observar los ingredientes—. Vi un video.

—¿Qué vas a preparar? —pregunto—. ¿Qué es el snack caliente-a-frío…?

Miggs vuelve antes de que termine de hablar. Esta vez lleva puestos unos pants, una camisa y trae a Dara detrás. Juro que si Dara hace una reverencia u otra cosa vergonzosa voy a tirar sus nueces con coco y su secadora de porcelana de cien dólares a la calle.

—Buenos días, roomie gorrona. —Es mi forma de saludarla, mientras ella examina a Lee, boquiabierta—. Te presento a mi amiga Lee.

—¡Hola! —Lee levanta la mano al saludar.

—Nos va a preparar un snack muy sofisticado —explico, saboreando su expresión—. Ella es Dara.

—Así se llama mi prima —afirma Lee.

—¡No jodas! —Los ojos le saltan como si fuera la coincidencia más grande del mundo—. ¿Cuánto tiempo estarán en la ciudad? —chilla Dara, en una octava que solo los delfines pueden escuchar.

—Unos cuantos días.

—¿Se van a quedar aquí? Son más que bienvenidas. Las dos.

—¿Por qué coño querrían quedarse aquí? —le pregunta Miggs a su novia.

—Bueno, sí, ¿qué coño hacen aquí en primer lugar? —replica Dara. Es un muy buen punto.

—Mierda —murmura Lee—. ¿Hay helado?

—Es mío —aclara Wyn—, pero pueden comerlo.

Efectivamente, cuando saca el bote del congelador, tiene una enorme «W» escrita con plumón; es algo tan propio de un dormitorio universitario que me mortifica.

Solo entonces Tice sale del baño y, si ha estado ahí todo este tiempo, pasándola increíble durante una de sus legendarias cagaderas matutinas, lo voy a golpear. De hecho, a este paso podría golpear a todos mis roomies.

—¿Qué onda? —saluda a las chicas.

—Nada menos que el famoso Tice. —Lee responde a su saludo con un abrazo—. Hemos oído tanto sobre ti. ¿Te estabas maquillando o algo? ¿Por qué no nos dejabas entrar?

—Tenía unos asuntos que atender —insinúa con la tranquilidad de un agente secreto—. Bienvenidas.

El rostro de Tice permanece impasible, mientras que la atención de Dara, Miggs y Wyn va de un lado a otro, como gatos con un apuntador láser.

—Hola. —Jess se levanta del sofá y le tiende la mano para un apretón—. Jessica Longworthy. Jefa de personal de Leanna Smart. Estoy enojada contigo por no dejarnos pasar.

Lee alza las cejas un nanosegundo. Le dedico la misma señal. No hay duda alguna que tendríamos la cita doble más linda del mundo. Aun si es el pensamiento más aniñado que he tenido en mi vida.

—Qué tal. —Tice le estrecha la mano—. Tyson Scott. Lamento haberlas hecho esperar. Era inevitable. —Luego esboza su mejor sonrisa. La bomba atómica de las sonrisas. La sonrisa que vi a este chico darle a Chrissy Tiegen en una fiesta caritativa de Navidad que se llevó a cabo en el restaurante de Dara.

—Espera. —Tice examina los ingredientes de Lee—. Sé qué vas a hacer.

Al fin puedo ver la selección. Galletas de oblea, leche con chocolate, crema de cacahuate, leche condensada y aceite de coco.

Lee vierte la lata de leche condensada en una olla de agua hirviendo y troza el chocolate en un tazón.

—Déjame ayudar —ofrece Dara, haciéndose cargo del chocolate.

—¿*Tú* sabes qué voy a hacer? —Lee me sonríe de una forma que me sacude el pecho. Me acerco para besarla. Siento las miradas de mis cuatro roomies quemarme con su intensidad, pero no me importa.

—Ni idea.

—¡Un Big Kat! —Resulta que un Big Kat es un Kit Kat enorme hecho en un molde para hornear pan—. Es un snack caliente-a-frío-a-congelado®, porque tienes que derretir el chocolate para cubrir las galletas entre las capas de crema de cacahuate y caramelo. Es helado porque lo comes con helado —me explica—. La crema de cacahuate y el caramelo son añadiduras mías, porque soy un genio.

Mientras ella arma el producto final, yo me disculpo para ir a asearme un poco. El olor a tocino del deli está impregnado en mi ropa.

Cierro la puerta del baño y abro la llave de la regadera. La casa se siente llena y ruidosa de una forma que me encanta. Vibrante. Viva. En celebración. Como una festividad. Hay momentos en los que mis roomies son más como una familia que mi propia familia, y me pregunto por qué será. Me encanta ver a Lee en el centro de todo. Boba. Un poco desenfrenada. Obsesionada con los snacks tanto como yo. Me la imagino siendo parte de nuestras tontas apuestas. Aplastada en el sofá, comiendo de alguna cacerola enloquecida después de una noche de fiesta. La comida es mágica. Tener a Lee pasando el rato con mis personas favoritas es mágico.

Es entonces cuando noto que nuestro baño está resplandeciente. En el tanque del escusado, donde suele haber ejemplares de la revista *Fader* de hace cuatro años deformadas por el agua y catálogos de Eastbay, hay una pequeña vela con olor vainilla. Sé que es de vainilla porque es nueva y aún tiene la etiqueta que dice que es de vainilla y que costó un dólar. Se la arranco con la uña.

En lugar de la biósfera de toallas agrias y mohosas que acostumbran habitar todas las superficies, solo hay una toalla limpia a la vista. Es una toalla de manos, un artículo ceremonial que nunca hemos usado, y es bastante presentable: color verde botella con una franja color crema. Hago a un lado la cortina de la regadera: los mosaicos están prístinos. Estoy tan conmovido que me llevo una mano al pecho.

Asomo la cabeza a mi habitación. ¿Quién lo hubiera imaginado? La cama está tendida. Los calcetines y la ropa sucia están dentro de la cesta. Las ventanas están abiertas y el ambiente huele a aromatizante Febreze recién rociado. Sé que la última botella comunal está tan rebajada con agua que es casi inerte, así que esto debió haber salido de su reserva personal.

Salgo y le doy a Tice un apretón en el brazo con tanta gratitud que exclama un quedo «auch» antes de agregar un «cuando quieras»; finalmente asiente, porque los dos sabemos que le debo una tan grande que lo más probable es que no pueda pagársela en un buen tiempo.

Una vez que el Big Kat entra al refrigerador, Miggs enciende un porro y se lo pasa a Jess. Ella lo toma entre sus uñas con manicura perfecta y le da una fumada tamaño infantil antes de dárselo a Lee.

—Vaya —dice después de darle un toque y hacer una mueca—. Hierba análoga, ¿eh?

Jess se ríe.

—Cuidado —dice Miggs con falsa rudeza—. ¿Qué? ¿Ustedes las californianas solo vapean o algo así?

—Les aseguro que mi hombre solo tiene producto de la más alta calidad —afirma Dara, quien jamás toleraría ninguna falta de respeto a la marihuana de su novio. Ni siquiera de Lee.

—O sea… —Jess saca un pequeño estuche gris de su bolso. Bien podría ser un estuche para lentes, pero es más corto y delgado. Lo abre y saca cinco plumas idénticas.

—Oooh —dice Tice—. ¿Una cornucopia?

Nos turnamos pasándolas. Porros del futuro. Elegantes. Con las orillas redondeadas. Como si un diseñador escandinavo las hubiera hecho para venderlas en la tienda del MoMa. Descubro a Tice mirando a Jess, como si intentara embarazarla con los ojos.

—Son hermosos —afirma.

Hasta Miggs tiene que admitir lo increíbles que son.

—¿Puedo?

—Cien dosis en cada uno —explica, después de asentir.

Momentos después estamos todos fulminados con la increíble marihuana digital de grado médico de California.

Todo es hilarante.

Repartimos rebanadas de Big Kat con una cucharada de helado de menta y chocolate. Uno creería que la crema de cacahuate no le iría bien, pero vaya que lo hace. Preparo café. El Big Kat es frío y crujiente, pero suave a pesar de todo, y el líquido caliente es amargo y se escurre entre la crema y el azúcar.

—Y es por eso que Instagram es basura —sentencia Miggs, mientras estamos todos en las nubes y hablando, entre otras cosas, de vigilancia y privacidad.

Dara, Wyn, Tice y yo nos quejamos al unísono. Esto y el colapso del capitalismo son las únicas dos cosas de las que quiere hablar cuando está drogado.

—No, esperen. —Jess se pone de pie para estirar todo su cuerpo, con los brazos en alto—. Estoy de acuerdo. Todos esos estímulos están afectando nuestra capacidad de atención. Y nos están espiando. —Exhala, se lleva las manos a la cadera y se dobla—. Ay, Dios. Qué rico —dice en lo que suena como un gorjeo, colgada de cabeza.

De repente, como pasa con los bostezos, me siento tentado a imitarla. Me levanto; la sangre me corre por las extremidades; la vista se me nubla un poco. Me toco los pies con las manos y dejo que me cuelgue la cabeza.

—Ay, Dios mío —gimo.

—Cierto —escucho a Tice a mis espaldas—. Pero todo eso de «Ay, internet nos está causando TDA» está muy gastado ya.

—¿Alguna vez has llenado un diario de sueños? —pregunta Lee con absoluta sinceridad—. ¿Y ustedes qué hacen?

Levanto la mirada. Tres personas estamos contorsionadas en extrañas figuras. Jess hace una pose de yoga; yo estoy doblado por mitad; y Dara tiene las manos detrás de la espalda en un extraño nudo de pretzel.

Vuelvo a sentarme.

—¿Diario de sueños? —le pregunto. Sigo viendo borroso. A Lee la ilumina la luz de la cocina desde atrás. No logro verle la cara, pero sus dientes me sonríen. Amo a esta chica. Amo la cafeína. Amo la marihuana.

«Leanna Smart está en mi casa. ¡Con mis amigos!».

—Hola. —La silueta de Lee con dientes agita el brazo y se ríe.

—Perdón. —Agito el brazo de vuelta. Estoy en el espacio. Si no fuera por el público, confesaría que su cercanía altera la señal de mi wifi interno—. Momento. ¿Los diarios de sueños son como las *morning pages?* —pregunto. Me refiero a eso que hacen los artistas cuando escriben tres páginas de las cosas que piensan cuando recién despiertan.

Lo he intentado, escribirle cartas al universo y hacer listas de preocupaciones. De verdad, pregúntame cualquier cosa sobre los trucos a los que los multimillonarios le atribuyen su éxito y te puedo contar todos los detalles al respecto. He abandonado cuando menos cien de ellos.

—No. En las *morning pages* escribes ideas a detalle. En un diario de sueños llevas un registro de tus sueños de la noche anterior —aclara Jess, flexionando las piernas en posición de flor de loto.

—Ya sé, gran diferencia. —Lee pone los ojos en blanco y luego continúa—. En fin, Jess y yo hicimos un experimento el año pasado en el que anotábamos nuestros sueños. Juro por Dios que Instagram es como Taco Bell para tu cabeza.

Jess asiente enfáticamente, y el resto de nosotros ya está sonriendo de manera burlona.

—No, escuchen, lo digo en serio. —Lee insiste, levantando las palmas—. Instagram es como Taco Bell porque una vez que tu cerebro lo prueba es lo único que quiere comer. —Me mira para asegurarse de que estoy entendiendo—. Y si eso es lo único que tu mente come, eso es lo único que saca cuando va al baño. Y por ir al baño me refiero a tus sueños. Si lo único que haces en todo el día es atragantarte de redes sociales, en la noche vas a tener diarrea explosiva.

Es una bomba de ansiedad y basura porque no consumiste nada nutritivo ni saludable. ¿Me explico? —Lee se pone de pie y hace enormes y dramáticos gestos para el círculo en el que estamos—. Y si tus sueños están llenos de desastres colosales todas las noches, pues, les pregunto yo, ¿cuándo puede visitarte la musa?

Miggs parece a punto de estallar en aplausos. Lee vuelve a sentarse, fuma un poco más de su porro futurista y se encoge de hombros con los ojos casi cerrados.

—Entonces, pues, sí, Jess y yo no vemos las redes sociales antes de dormir. Son veneno.

—Veneno —confirma Jess.

Están astronómicamente drogadas.

—Todo es tóxico —continúa Lee—. Salir es tóxico. ¿La fama? —Sacude la cabeza y resopla—. Basura. La verdad, si pudiera pasaría todo el tiempo en leggings con hoyos y tendría a Netflix preguntándome si sigo viendo el contenido.

—Claro que por supuesto que sí —interviene Wyn con un tono dramático—. Esa pregunta de Netflix es la fuente de mucha inseguridad en mi vida.

Lo dice con tanta seriedad que todos nos reímos. Veo a Lee darle unas palmaditas de solidaridad en la rodilla.

Me pregunto si le creo. Digo, lo de Taco Bell tiene sentido. Eso es ciencia. Pero ¿Netflix? ¿Estaría satisfecha con una vida normal? Leanna Smart tiene la mejor vida. He estado en su avión. Hay una procesión funeraria de autos negros esperándola en este momento. Si acaso, ella es la fuente principal de casi todas las inseguridades de millones de personas.

Lee me sonríe con alegría genuina.

Quizá ella debería dejarlo todo. E ir a la universidad como ella quería. Dejar las giras. Hacer solo unas cuantas películas al año. No es como que necesite el dinero.

—Mierda. —Dara sacude la cabeza como si estuviera recobrando la conciencia—. Voy muy tarde al trabajo.

—Yo también me voy. —Jess lanza un bostezo extravagante—. Voy a registrarnos en un nuevo hotel y bañarme. ¿Vienes?

Lee me mira y luego mira a Jess, mientras yo hago complicados cálculos sobre cómo me siento con que Lee vea mi habitación.

—Nah —responde al fin—. Voy a… *ya sabes.* —Asiente en dirección mía, lo que hace a Jess agitar los brazos.

—Muy bien. —Su jefa de personal se pone de pie y toma su abrigo—. Te dejo para que… *ya sabes.* Con… *ya sabes.* —Mueve las cejas, me abraza por los hombros y me besa la cabeza.

—Ya, basta. —Lee se queja entre risas.

—Pórtate bien, Pab —me advierte. Las orejas me hierven.

—Gracias.

Con eso, la puerta se cierra, pero no sin que antes la oigamos rezongar:

—Jesucristo, estas malditas escaleras.

CAPÍTULO 28

Me siento sobre mi cama y Lee se sienta a mi lado. De pronto es como si hubiera vuelto a la preparatoria y una chica me visitara en casa de mi mamá. La colisión de nervios con emoción es avasalladora. Llevamos horas juntos, pero es diferente en mi habitación.

¿Siempre ha rechinado tanto mi cama? ¿La luz siempre es tan brillante? La paranoia canábica se hace presente: ¿odia mi habitación? ¿Está callada porque está asqueada?

Mis ojos se dirigen al enorme póster de Sade que está sobre mi cajonera. Quisiera que estuviera enmarcado y no colgado con clips y tachuelas; así el papel no se maltrataría.

«¿Odia a Sade? ¿Quién odia a Sade? Qué mal que odie a Sade».

—Así que esta es tu habitación.

—Sip. —Me pregunto si sueno receloso.

—¿Era parte de la sala?

Miro a mi alrededor en busca de la respuesta, como si no lo supiera.

—Ajá —le digo. Ella lanza una risa.

—¿Tuviste que ver para asegurarte?

—Sí —digo, también entre risas.

Ya casi nunca pienso en ello, en que mi habitación es prácticamente un ataúd de tablaroca.

Hay un extraño triángulo de espacio muerto en la cabecera de la cama, donde siempre termina la almohada.

—¿Es un romboide?

Leanna Smart se educó con tutores privados desde la secundaria. Lo que sea que digan de los niños que estudian en casa, sin duda es falso, pues Lee retiene todo tipo de datos extraños. Desde cómo se promulga una ley hasta los diferentes tipos de formaciones de nubes y los nombres de todas las islas que conforman el estado de Hawái. Cosas que no recuerdo desde que tengo un celular.

Vuelvo a mirar a mi alrededor y me encojo de hombros. Me abraza con fuerza y caemos sobre el colchón de costado.

«Leanna Smart está en mi cama. En mi cama. En verdad, en mi cama».

—La vida es muy extraña —murmuro. Nuestros rostros están a centímetros de distancia.

—¿Por qué? —Su tono es inocente. Me concentro en sus ojos—. ¿Cómo estás, Pablo Neruda Rind?

—Espléndido —digo, con voz ronca, y la beso.

Se saca la sudadera por encima de la cabeza. Yo hago lo mismo. No puedo esperar a sentir su piel sobre la mía. Su pecho se presiona contra mí, y me inunda una sensación de alivio y las hormonas que sea que se secreten cuando abrazas a alguien. Tengo el corazón tan lleno que siento una presión en el pecho.

—Me encanta esto —dice—. Estoy recargando baterías.

—Yo igual.

—*Bzzzzzz* —dice cuando nos tocamos, y es tan tierno que no lo puedo soportar.

No puedo explicar muy bien por qué, pero esto es más intenso que aquella vez en el hotel. Solo sé que lo es. Los Ángeles fue una tierra de fantasía. Pero ¿esto? Esto es

Nueva York. Esto es Brooklyn. Mi ciudad. En mi casa. En mi cama.

Nos metemos debajo de la cobija, que es suave y ha sido lavada un millón de veces. En poco tiempo los dos estamos desnudos, y es imposible admitirlo, pero en todo momento en que no nos estamos besando, nos estamos mirando a los ojos. Por lo general bromeamos, intentando superarnos con referencias extrañas o chistes tontos, pero en este momento, en persona, estamos en silencio.

—Hola —murmura cuando nuestras cabezas se separan un segundo en medio de lo que bien podrían ser diecisiete años de besos.

—Hola —susurro.

Cuando le dije a mi ex que la amaba me parecía que estaba haciendo lo correcto. Había una expectativa. Llamada y respuesta. Ella lo dijo primero. Me lo hizo fácil. Sé que si le dijera a Lee en este momento que la amo sería inapropiado, una señal de demencia, pero siento algo grande. Algo enorme, profundo, incontenible.

Intento transmitirle todo lo que pienso y puedo jurar que lo sabe, pues en vez decir cualquier otra cosa asiente. Como si me hubiera escuchado.

Lee se va y yo me quedo dormido. Cuando despierto Dara y Miggs están cenando en la cocina.

—¿Quieres comer? —pregunta Dara—. Hicimos sloppy Joes. —Me asomo al sartén y, aún somnoliento, tomo un plato—. De nada.

Miggs se mantiene vigilante para saber cuántas de sus potenciales sobras voy a robarme.

—Gracias —le digo con dulzura.

—Así que *eso* es lo que has estado haciendo —dice Miggs entre bocados. Siempre come con las manos, cuidando su comida como si estuviera en la cárcel. Tiene sentido. Es el penúltimo de cinco hermanos.

Me encojo de hombros. Pero luego sonrío. No lo puedo evitar.

—Míralo —dice Dara—. Todo enamorado y la mierda.

—Ven a mi presentación de hoy —pide Miggs. Me quejo para mis adentros—. Me toca temprano. Pasa antes del trabajo. Cerca del F.

La comedia es una cosa aterradora. He visto a Miggs recuperar salas que están a un paso de repudiarlo, pero también lo he visto fracasar. Y ese es el tipo de humillación que convierte a todos los involucrados en animales. No hay ninguna confusión sobre quién es el perdedor. Además está el aspecto darwiniano del asunto. Todo el lugar quiere destrozar a la bestia más pequeña, la que está bajo los reflectores, para terminar con su miseria. Es demasiada humanidad.

—Lo voy a pensar.

—No me vayas a matar con tanto entusiasmo —replica Miggs—. Sé que no es un concierto de Leanna Smart.

Le doy una mordida a mi comida. Me encantan los sloppy Joes de Dara. Dulces, pegajosos, pero también un poco ácidos. La salsa es casi pura cátsup.

—Leanna es genial —interviene Dara—. Divertida.

—¿Sabes? No sabía que fuera *tan* famosa —dice Miggs—. ¿Sabías que tiene más seguidores que Cristiano Ronaldo?

—¿El diseñador de modas? —inquiere Dara.

—¿Qué? —Miggs deja su sándwich—. ¿En serio me acabas de preguntar eso?

—Da igual. No me sorprende que tenga más seguidores que *quienquiera que sea ese tipo* —opina Dara—. Leanna ha sido famosa toda su vida.

—No conozco ni una sola canción de Leanna Smart. —Miggs luce muy orgulloso de ello.

—Claro que sí. —Dara le golpea el brazo—. Esa de *highway na-na-na by the way…* —canturrea—. Hicieron como mil remixes el verano pasado.

—Todas son iguales para mí. —Miggs sacude la cabeza—. Estoy pasado de moda. Todo este tiempo podría haber jurado que Leanna Smart salía en esas películas del emperador huérfano. Las del espacio.

—Nah, esa es Tinsley Dahmer —corrige Dara—. Leanna sale en esas películas con el chico del cabello rizado y cuello de lápiz. En las que él es ciego en una dimensión y puede ver el futuro en otra.

—Ah, sí. Los libros son mejores.

—Vi la cuarta en un avión. Volviendo de It-lia. —El lado no judío de la familia de Dara pronuncia Italia como si la primera «a» no existiera. También le llaman «macarrones» a cualquier tipo de pasta—. No sé por qué, pero las películas en los aviones siempre me hacen llorar.

Me siento más tonto por haber escuchado esto. Es como oír por accidente una conversación sobre artes marciales mixtas o microcervecerías en el metro.

—¡Ah! —dice Miggs, como si recién acabara de enterarse—. Leanna es la que está saliendo con ese rapero francés.

—¿Quién?

—Ya sabes, el rapero. —Hace comillas con los dedos al decir la palabra *rapero*—. Tal vez es canadiense.

—Momento, el bajito con la cara pequeña que una vez fingió estar en un avión privado, pero la foto tenía etiqueta de su ubicación y todos se enteraron que estaba en un Walmart. ¿Ese?

—No. —Miggs manotea el aire entre ellos—. El que tiene una cara en la que normalmente te querrías sentar. —Miggs hace un gesto, fingiendo acomodarse el cabello con la mano en la que no tiene el sándwich.

—¡Ah, Dyland! Caray, está muy guapo. —A Dara se le pierde la mirada.

—¡Vamos! —exclama Miggs, chasqueando los labios—. ¿Cómo puedes sentarte frente a mí e imaginarte sentándote en la cara del niño ese? —Termina de devorar su comida—. ¿Qué clase de nombre es Dyland, a todo esto? Dy-LAND. Parece que los idiotas de sus papás solo aceptaron el error en su acta de nacimiento. Como el tipo con el que fui a la secundaria. Sibon. Que en realidad es Simon, pero con una «b».

—Dyland es mi pase libre —explica Dara—. Tengo permitido acostarme con él y Miggs no se puede enojar.

—El tipo es un imbécil —se me escapa.

Antes de darme cuenta, los ojos de los dos están sobre mí.

—¡Cuéntamelo todo! —Dara se desborda—. ¿Lo conoces? ¿Estabas con él? Tice dice que fuiste a Los Ángeles.

—Sale con su publicista, que es veinte años mayor que él. —Sé que no debería decir nada, pero estoy seguro de que el contrato no cubre a Cam y Dyland.

—¡Claro! Sabía que le gustarían las mujeres mayores —exclama ella, triunfal, y le da un beso en la mejilla a Miggs.

Su novio resopla.

—Como sea, trae a tu chica a mi función.

—Le voy a preguntar —murmuro mientras mi teléfono vibra. Es Rain. Lo envío al buzón.

El teléfono vuelve a vibrar. Rain. Un mensaje:

Rain

Oye

—Tienen que venir —continúa Miggs—. Tienes meses sin venir. Hasta Tice vino la semana pasada.

Rain vuelve a escribir:

Rain

911

—Ya te dije, te avisaré. —Me meto el resto del sándwich a la boca. El último bocado de masa me empalaga y me provoca náuseas.

—Espera. —Dara me golpea el antebrazo, con los ojos bien abiertos—. ¿Te hizo firmar esa cosa? —Se dirige a su novio—. Al parecer tiene un Contrato del amor de ochenta páginas que hace que sus amantes firmen…

«Son más de cien páginas», quiero decirles.

Rain

Ayuda. Mamá.

El estómago se me hace un nudo. Me levanto para llamarlo.

—¿Sabes quién es mi pase libre? —Miggs habla desde algún lugar detrás mío—. Selena. Selena Quintanilla es una diosa.

Llamo a Rain. Como no contesta, llamo a mamá. Les llamo y escribo un millón de veces a ambos antes de correr a tomar el tren. Por alguna razón la imagen de su fotografía para pasaporte aparece frente a mis ojos. La parca decisión en su mirada. Nunca me voy a perdonar si se muere creyendo que su hijo bueno para nada es un perdedor irresponsable y que…

En cuanto las puertas del elevador se abren la oigo gritar. Por un minuto mis niveles de adrenalina se van al cielo, pero al menos está viva. Casi me fracturo intentando abrir la puerta. No hay señales de una entrada forzada.

No hay vidrios rotos, sangre derramada ni paramédicos por ningún lado. No hay nadie en la sala o en la cocina. Pero en el pasillo está mi hermano, con shorts de basquetbol, sin playera, frente a su habitación.

El alivio le inunda el rostro al verme.

CAPÍTULO 29

—¿En serio? —le grito—. ¡Te estaba llamando!

—¿Pablo? —dice mi mamá desde adentro de la recámara.

—Mamá. —Rain se da vuelta para implorarle. Lo vuelve a intentar en coreano—. *Umma.*

Me preparo para lo peor. Mi casi siempre racional madre sacó todos los cajones del ropero y los volteó sobre la cama. Está de rodillas en el piso, en el centro de la habitación, con su uniforme quirúrgico y el bolso a sus pies, sacando los libros de los libreros de Rain y hojeando cada uno.

—¡Quítate los zapatos! —me grita.

Me miro los pies, me quito los tenis y los pongo en el pasillo.

—¿Qué pasa?

—¡Ah! ¡Por fin! —Lanzando un libro a mis pies con aire de locura sin destilar—. Pues gracias a Dios que tú no estás muerto. ¿Dónde diablos estabas? ¿Hay alguien a quien le importe algo en esta familia?

—Bueno, ya estoy aquí. —Me acuclillo y hago movimientos lentos al desplazarme por la habitación—. ¿Qué está pasando?

—Tu hermano… —La voz le tiembla; tiene la cara empapada de lágrimas—. Tu hermano se droga. —Lleva el cabello amarrado en una cola de caballo desprolija, y puedo ver que tiene una marca blanca en la sien—. Es mi culpa —murmura, poniéndose de pie, temblorosa. Se sienta en la cama entre los libros y la ropa—. Ay, Dios. —Deja las manos abiertas sobre el regazo y comienza a llorar otra vez.

Rain y yo nos miramos. Solo la he visto llorar una vez: Rain tenía seis años y contrajo una infección viral cuando le extirparon el apéndice; estuvo a punto de morir. Rain se llenó de una extraña satisfacción cuando se lo conté. Pero, al día de hoy, creo que él nunca la ha visto llorar. A papá le gustan las lágrimas y los besos. Mamá es más dura.

—¿Qué drogas? —le susurro a Rain.

—Solo marihuana, *bro*. —Alarga el *bro,* imitando a los drogadictos que ha visto en la televisión—. Hoy llegó más temprano a la casa. —Se encoge de hombros. De la nada, mi hermano menor, un niño de trece años, se convirtió en un adolescente insoportable.

—¿Estabas fumando en la casa?

—Sí, ¿y?

Le doy un zape.

—¡Imbécil!

—¡Fue solo una vez! —protesta.

Da igual. Lo entiendo. Yo sigo sacudiéndome lo último de la resaca de la turbohierba de Jess. Pero no lo haces en casa de mamá. Les pides a tus amigos blancos que la guarden, porque la mayoría de sus papás —alguna vez frecuentadores de *raves*— fuman con ellos de todos modos. Sobre todo porque prefieren que «lo hagan en la casa que a escondidas». Por su parte, mamá es el tipo de persona neurótica que solo nos deja tomar refresco cuando pedimos comida china, e incluso en esas ocasiones, solo compartimos una lata de Dr Pepper entre los tres. Lo llama «una cita con el doctor» y lo sirve en tres vasos con mucho hielo, como si fuera whiskey. Con la cantidad de sobredosis que ha visto en su carrera, si a mi papá se le ocurre tomar una segunda cerveza se lanza a hablar sobre la epidemia de opiáceos en el país.

—Mamá. —Me acerco a ella y me pongo a su nivel—. Estoy seguro de que no va a volver a pasar —le aseguro—. ¿Verdad, Rain?

—Te juro que no va a volver a pasar —promete él, entrando a la habitación—. Mira este lugar. Esto —señala con los brazos alrededor— no vale la pena.

Mamá suspira y una nueva ronda de lágrimas le resbala por las mejillas.

—Qué demonios… —Aúlla su queja, como si la injusticia la hubiera golpeado recién. Deja caer los hombros y me alivia ver que la crisis parece comenzar a pasar. Le doy una de las playeras de Rain—. Gracias —murmura y se suena la nariz con ella.

—¡Oye! —protesta Rain. Le lanzo una mirada asesina—. Es mi playera de Supreme.

Mamá se seca los ojos. Su maquillaje mancha el rojo de la palabra *Supreme*.

—No va a volver a pasar —continúa ella—, porque no lo voy a permitir. —Sus ojos están fijos en Rain—. Te voy a enviar a la escuela militarizada.

«¿Qué?».

—Mamá, no digas locuras.

—¿Qué hay de LaGuardia? —inquiere Rain en voz baja.

—LaGuardia es una preparatoria. —Mamá se queja al ponerse de pie—. Si creces y te haces responsable ahora, por lo menos estarás listo para la universidad. Dios, no puedo sola con esto. —No se dirige a nadie en particular. Tiene los ojos húmedos, pero los puños tensos a los costados. Como puntos al final de una oración—. Algún día me lo agradecerás —le dice a Rain. Se agacha para tomar un libro de entre los treinta que hay en el piso. Lo pone sobre el escritorio de mi hermano y acaricia la portada como para pedirle perdón—. En realidad ni siquiera tienes que agradecérmelo.

—¡Mamá! —grita Rain—. Pab, tienes que hablar con ella.

Mamá me dirige una mirada robótica.

—No lo puedes enviar a una escuela así. Se lo van a comer vivo.

Rain me mira, aterrado, y le hago un gesto para que se vaya. Cuando estamos solos mamá se sienta en el piso, recargada en la cama, con las rodillas recogidas. Me siento junto a ella.

—Mamá. —No me mira a los ojos, pero asiente—. Esos chicos tienen problemas serios. Mandar a Rain a un lugar así… va a cambiarlo.

—*Necesito* que cambie —apunta—. Primero casi lo expulsan de la escuela por vender juguetes sexuales. Luego empieza a salir con esta tal Rachel, dos años mayor que él. Parece una cuarentona. Y desde que lo aceptaron en LaGuardia ha estado tan disperso.

Mamá jala aire para recuperar el aliento.

—Quiero… quiero que sea más que talentoso —afirma—. Quiero que sea exitoso. Es inteligente, gracioso, sensible, encantador, pero necesita una meta. Un propósito. No es fácil para los chicos como ustedes triunfar en la vida. No es justo que tengan que competir con chicos de padres importantes, con fideicomisos y apellidos de renombre, pero la vida no es justa. Tú lo *sabes*. Los crié en Nueva York por una razón. No pueden ser buenos; tienen que ser excepcionales. Solo la educación puede balancear las cosas.

Recoge otro libro. Lo limpia. Castigada. Mamá es el tipo de persona que nos sermonea por faltarles al respeto a los libros. Que dejarlos en el piso es malo para los lomos. Que no les gusta. Amenaza todo el tiempo con donar nuestros cómics a beneficencia.

—No puedo dejar que mis dos hijos terminen como… —Vacila, sus ojos van hacia mi cara y se desvían.

Ese momento me dice todo lo que necesito saber sobre cómo me ve. Nos quedamos sentados en silencio, y pienso en nuestra primera pelea sobre la escuela.

Estaba tan emocionado cuando recibí la carta de aceptación. Había estado revisando mis carpetas de correo no deseado como un loco durante semanas, y me habían aceptado en St. Francis y Queens College. Pero cuando llegó la de NYU casi me desmayo. Llamé a todo el mundo. Papá primero. A mi novia. A todos mis amigos. ¿A mamá? A ella quería decírselo en persona.

Salí a comprar flores, mariné un filete, obligué a Rain a aspirar, y cuando mamá llegó a casa a la mañana siguiente todo estaba listo. Incluso tenía la carta cargada en su iPad para que la viera. Pude disfrutar de doce horas creyendo que estaría orgullosa de mí.

—Entrar a NYU sin una beca no es entrar a NYU —dijo. Luego se pellizcó el tabique como si tuviera dolor de cabeza.

No estaba preparado para eso. Ni un poco. Me destrozó. Por alguna razón recuerdo que aún tenía el bolso al hombro. Ni siquiera se había sentado. En solo un instante mi madre se unió a la multitud de personas que creían que había entrado por alguna inconsistencia en las reglas. Un golpe de suerte. Por accidente. Un error.

Aun si fuera cierto, uno creería que mi madre me mentiría, aunque fuera por un segundo.

Mamá busca mi mano y la aprieta. Sus manos siempre están frías. Suele decir que si no hubiera ido a la facultad de medicina habría sido una gran repostera, pues nada se le derretiría en las manos.

—Rain tiene una gran oportunidad —continúa—. Pero vamos a aceptar los hechos. Cantar es un hobby. Me preocupa que LaGuardia limite sus opciones. No quiero que esté tan perdido. —Toma la playera de Rain para volver a sonarse la nariz—. Sé que no ha sido fácil para ti no saber qué quieres hacer. Que te confundan tantas opciones. Por eso tenemos que hacer algo ahora con Rain. Darle la dirección y la inspiración que necesita. *Hyung ee-ni-kah.* —Porque es lo que deben hacer los hermanos mayores. Vuelve a apretarme la mano—. Necesita nuestro apoyo.

Exhala, temblorosa, pero decidida. Rain al menos aún tiene salvación. Yo, por otro lado…

Me pongo de pie.

—Mamá. —Pienso en cómo, si mi hijo de veinte años estuviera perdido, no me daría por vencido. Y jamás mandaría a mi hijo de trece años a una prisión en las afueras de la ciudad—. Tu fe en la escuela y en la disciplina es casi supersticiosa —le espeto—. La «dirección» no es un remedio para tus fallas como madre. El reformatorio, incluso si es uno de esos bonitos en donde cantan Kumbaya, arruinará a tu hijo. Y si crees que al enviarlo no estás cometiendo los mismos errores que conmigo, te equivocas. Lo que tú llamas hobby podría cambiarle la vida. Y si no lo hace tiene que estar bien. Tienes que perdonarlo. Tienes que dejar que la gente se equivoque, y aun así ayudarle. Tienes que hablar con ellos y apoyarlos mientras toman decisiones, aun si son las decisiones equivocadas. Así es como la gente aprende, mamá. *Umma-ni-kah.* —Porque tú eres la mamá. Voy hacia la puerta—. Castígalo por el resto de su vida. —La voz me tiembla, pero no me importa. Necesita escucharlo—. Pero no puedes hacer que un sádico con complejo de dios críe a tu hijo porque tú te sientes culpable por no estar ahí con él. Sé que ser una tirana es agotador, pero no puedes renunciar a eso.

Cuando abro la puerta Rain está del otro lado, con los ojos como platos. Me sigue por la sala.

—¿Te vas? —susurra, incrédulo.

Mi teléfono vibra. Es Lee.

Lee

¿Nos vemos pronto?

Nos vamos a ver en el hotel antes de que salga su vuelo.

—Ajá —le digo a mi hermano—. Te veo luego.

Rain me golpea el brazo, alarmado.

—No puedes dejarme con ella si está así.

Mi teléfono sigue vibrando.

—Dale su espacio —indico—. Vuelvo en la noche. —Le alboroto el cabello y él se aleja.

—¿A qué hora?

—Tarde, pero vendré.

—Prométemelo. —Se ve igual a como se veía a los cinco años. Como si creyera que yo puedo arreglar las cosas.

—*Bro,* me tengo que ir. —Me lo quito de encima.

El tren hacia el centro está repleto de niños de secundaria volviendo de alguna excursión escolar. Los treinta y tantos preadolescentes son ruidosísimos. Gritan. Sus abrumados cuidadores tienen expresiones que parecen decir que el salario que vayan a recibir no será suficiente para compensar este infierno.

No puedo creer que pensé que ir a la universidad en mi ciudad sería maravilloso.

De cierta forma, el que el Centro de Recursos Académicos de NYU estuviera a unas cuadras al sur de la tienda de tenis, Light Store, me desarmó. Nací en Nueva York. He tomado solo el tren desde los cinco años. ¿Por qué creí que conocer la ciudad simplificaría la escuela?

El programa en el que me aceptaron se llamaba Gallatin y era como NIKEID, pero de carreras universitarias. Lo construías como querías, y no había prerrequisitos obligatorios de matemáticas. Pensé que me había sacado la lotería, así que no sé cuándo perdí el camino. Quizá desde el momento en el que me senté en mi primer seminario interdisciplinario. ¿Sabes cómo se siente ser el único en un salón lleno de estudiantes de primer año que no tiene idea de lo que está haciendo?

Te lo juro, debiste haber visto a ese grupo. Había dos chicos que daban conferencias desde la primaria. Otra que consiguió que prohibieran las bolsas de plástico en su estado. Y uno más que lanzó su app a los ocho años. ¿Creerías que su mamá fue la empleada número seis en la historia de eBay? Eran dieciocho pares de ojos que brillaban con talento y ambición, y luego estaba yo. Ellos sabían a la perfección qué querían conseguir y qué debían hacer para lograrlo.

Mientras tanto mi idiota cabeza sentía que leía letreros en un sueño. Ninguna de las palabras tenía sentido. Debías crear tu propio plan de estudios a partir de una lista de millones de volúmenes del conocimiento acumulado de la humanidad. Pero ¿cómo?

Devoré el internet completo en busca de lo que se suponía que debía hacer.

Si de algo sirve, nunca busquen «¿Qué debería estudiar?» en Google. Y si lo hacen no pasen medio año leyendo la respuesta.

Día tras día pospuse mis reuniones con mi asesora académica. Una gran mujer, con una gran paciencia, pero que tampoco podía decirme qué quería estudiar. Los estudiantes a mi alrededor, que provienen de todos los rincones del mundo, llegaron con planes de verdad. Uno de ellos consiguió un montón de créditos enseñando poesía en una cárcel. Pasantías en la Casa Blanca, becas de periodismo, puestos asegurados en las mesas directivas de los museos. Lo juro, estaba compitiendo con unos jodidos robots.

No había forma de que pudiera seguirles el paso. Debí haberme transferido a otro programa, encontrado una estructura. Pero después de todo lo que pasó con mi mamá —llenar el papeleo a escondidas, pedir todos esos préstamos— me congelé. Con cada momento que pasaba se volvía más evidente que fui un error, un problema de redondeos. No tenía nada que hacer en esa escuela. Los estudiantes que me rodeaban lo sabían. Mis asesores lo sabían. Mi mamá lo sabía. Prueba de mi sublime ignorancia es que tuve que reprobarlo casi todo para que yo también lo supiera.

CAPÍTULO 30

Entro corriendo al hotel de Lee. Los pensamientos dan vueltas en mi cabeza. Tiene dos habitaciones reservadas, una a nombre de Jess, y la otra a nombre de…

—Eevie Blastoise —le digo a la encargada de la recepción, una mujer asiática alta con delineado pronunciado.

Me sonríe como si fuéramos cómplices.

—De hecho, señor Rind —pronuncia mi apellido a la perfección—, la señorita Blastoise me pidió que le dijéramos que la vea en el auto. Lo está esperando en la entrada trasera, sobre Park, del lado sur de la calle.

Me guían hasta una Chevy Suburban, cuya puerta se abre de golpe.

—Cuéntame lo que sea —pide Lee cuando me deslizo hacia el interior para abrazarla.

Trae puesto un vestido negro ajustado con cuello de tortuga, una chamarra delgada y las piernas desnudas, y entonces me doy cuenta de que si eres Lee, el único clima que te debe preocupar es el de los aviones y los autos.

—Me hace tan feliz verte. —Inhalo su aroma particular y cierro los ojos—. ¿Adónde vamos?

—Es sorpresa. —Me jala hacia sí para besarme y sonríe conforme nos integramos al espantoso tráfico.

Le mando un mensaje a mi hermano:

Pablo

Todo estará bien. Te lo prometo.

Hay un perrito negro con suéter rojo en la banqueta esperando el cambio de semáforo. El pelo le cae sobre los ojos y trae algo escrito en el suéter: ANIMAL DE APOYO EMO. Alzo la mirada y, como es de esperarse, su dueño es un hipster con una diminuta chamarra de cuero.

—¿Crees que los animales de apoyo emocional reciben suficiente apoyo de nuestra parte?

El brazo de Lee está entrelazado con el mío. Me lo estruja con la mano.

—Explícate.

—Es solo que… —Lo pienso un poco—. Entiendo lo del beneficio mutuo. Si yo fuera perro intentaría actuar como si nada para que mi dueño me alimentara. Pero ¿apoyo emocional? Esas ya son palabras mayores. Es increíble el vacío abismal de la necesidad humana, parece que tiene una aspiradora de ansiedad en el centro. Me pregunto si se estresarán.

—Para nada —contesta ella, confiada—. Para eso viven. Somos como dioses para ellos.

El auto frena bruscamente y luego avanza otro metro y medio.

—Pero un perro no puede ser un pozo inacabable de buen humor y sacrificio personal.

—No tienes forma de saberlo —dice y se apoya en mí, con la cabeza en mi hombro. Huelo su cabello. El perro cruza la calle alegremente.

—Supongo que no.

Aun así, siento que es un acuerdo muy jodido. Me deprime un poco, como me deprimía el Árbol generoso de los libros para niños.

La beso con urgencia, y ella me besa igual.

—Me siento muy afortunado.

Una hora después llegamos a Midtown. En metro habrían sido quince minutos. Y por primera vez entiendo a qué se refiere. A lo inconveniente que es estar con ella en términos logísticos. Todo el mundo en Nueva York conoce a Leanna Smart. Publicó una foto suya comiendo un cono de helado sabor Salty Pimp en la heladería Big Gay Ice Cream del West Village. Lo sé porque le puso el *tag de espeleología*. Fue tan emocionante como la primera vez que lo hizo. O más bien la otra vez, pues solo ha ocurrido dos veces. Aun así me pregunto si podré subir una foto en la que salgamos ambos. Juntos. Siendo ese *nosotros* que yo sé que somos.

—Llegamos —avisa y abre la puerta. Nos recibe un coro de nombres de diseñadores estampados en edificios relucientes: Burberry, Chanel, Miu Miu, Armani, YSL. Los turistas parecen tener la impresión de que fotografiar el edificio de Gucci hace que sus fotos sean «marca Gucci»—. De entrada por salida —añade. Examino la fachada de cristal de la boutique antes de que dos sacos negros me bloqueen la vista—. Ellos son Isaac y Grandote. —Por fin tengo el placer de conocer a los escoltas de Lee. Isaac se parece a Matthew McConaughey, si le hubieras inyectado hormonas de crecimiento durante la pubertad, y Grandote era justo como imaginaba: el equivalente humano de tres *linebackers* parados uno encima del otro.

Les estrecho las manos y es un milagro que mis metacarpianos estén intactos.

—¿Listo? —Lee me toma de la mano y me lleva adentro.

La tienda entera está tapizada de sedas. Es como si estuviéramos dentro del bolsillo de la chamarra de un gigante muy bien vestido. Somos nosotros cuatro, flanqueados por cuatro vendedores con sonrisas estampadas en el rostro, esforzándose tanto por mantenerlas que me recuerdan a los miembros de un culto.

Un tipo delgado, afroamericano, con cabello azul y unos pómulos de locura se nos acerca.

—¿Puedo ofrecerles algo de tomar? ¿Café, té, champaña, agua mineralizada?

Lee me sonríe.

—¿Tienes agua de coco sin pasteurizar? —pregunta.

—Lo siento —responde él—. Me temo que no. Pero podemos conseguirla.

—No, no, no pasa nada —le digo—. Estoy bien.

—Yo también —agrega Lee.

—¿Qué hacemos aquí? —le susurro.

Este es justo el tipo de establecimiento en Nueva York que me pone incómodo. En el que nunca pondría pie por voluntad propia. Lincoln Center, el Met, los claustros. No tienen nada que ver con mi vida. La única excepción fue cuando Miggs y yo fuimos al club 40/40 para ver si Jay-Z estaba ahí. En otras palabras, nunca paso mucho tiempo en lugares de los que espero que me echen a patadas.

Me aclaro la garganta.

—Vamos arriba —indica—. Hice que Trev te armara algunos looks.

El segundo piso es el departamento de caballeros, con otros cuatro robots vestidos a la perfección y esperando a ser activados. En el frente están los lentes de sol, carteras con logotipos, bolsos; a un costado, junto a las ventanas, hay un muro lleno de zapatos. Sigo a Lee hacia la parte trasera, donde hay otro salón con bordados de piso a techo con un sofá con el mismo patrón, camuflado contra la pared. Lee se deja caer, feliz, en él.

—Señor Rind. —Una mujer pálida, cuya cintura no puede ser más gruesa que mi pierna, me llama en tono serio.

Me ofrece una flauta de vino espumoso y señala la hilera de ganchos a su izquierda.

—Todo debería ser de su talla.

—Quería ver. —Jubilosa, Lee se lleva la orilla de la copa a la boca—. La de piel primero.

En el bastidor más cercano a mí está colgada una chamarra de motociclista café. La superficie es lisa y suave, distinta a cualquier otra piel que haya sentido, nada que ver con la gomosa sensación de la piel falsa del sofá de la casa. De inmediato le doy vuelta a la etiqueta negra mate que le cuelga para saber cuánto cuesta. No tiene precio, y la ausencia del número es, de cierta forma, mucho más intimidante que si tuviera escrito «un trillón de dólares» con sangre.

—Es hecha a la medida —dice la mujer con una voz tersa—. Piel de becerro. —La forma en que dice «piel de becerro» me convence de que es un vampiro. Me quito de encima mi chamarra de nylon y me saco la sudadera, mientras ella me ayuda con las mangas—. Precio solo a petición.

Casi quiero taparme los oídos por si acaso llega a decirlo, pero aquí no corremos el peligro de que ocurra algo de tan mal gusto.

El forro de seda se siente fresco y resbaloso. Mis brazos se deslizan como si estuvieran aceitados, y conforme el peso de los hombros se asienta sobre los míos comprendo de inmediato de qué es lo que han estado hablando cientos de años de diseñadores, Semanas de la moda, todas las revistas y los anuncios. Entiendo qué es lo que están vendiendo. La seducción es irresistible.

Olvídate de la universidad. Debías haber estado comprando chamarras de piel.

—Ufff —exhala Lee, enderezándose en el sofá. Es entonces que me doy cuenta de que tengo puesta una versión más grande y color coñac de la chamarra que ella está usando.

Ufff es correcto. La chamarra parece tener vida. Se siente fresca sobre mi playera, pero cálida en tanto que es una chamarra. Es como si las cosas caras tuvieran un control de temperatura muy superior al que tú tienes integrado.

—Tony Stark estaría en la lista de espera por una chamarra así —dice con una sonrisa—. Te ves increíble.

Me miro. Muevo los brazos para tomarme la muñeca y vuelvo a mirar. Me pongo las manos en los bolsillos para saber si me veo más genial. ¿Y sabes qué? Sí me veo más genial. Poso para la portada de un álbum, pues con esta chamarra sería plausible que yo fuera una persona en la portada de un álbum.

Lee me abraza por detrás. Cuando asienta la barbilla sobre mi hombro, nos miro a los dos.

—Qué lindos somos —confirma. Con nuestros cabellos oscuros, ojos oscuros, su cara con forma de corazón y mi cara angular, sí nos vemos bien. Decido en ese momento que quiero dejarme la barba—. Ahora pruébate la blanca —me susurra al oído.

Salgo del probador decorado con una chamarra abrigadora, demasiado grande y color nieve, que me devora, con pantalones que combinan y que serían pants si no estuvieran acolchados y hechos de una especie de lana de alta tecnología. Me veo como uno de esos imbéciles a los que los fotógrafos persiguen por la calle. Cuando le pregunto a Lee si mis Timberland parecen el calzado apropiado, dice que no están del todo bien, y se desata un aluvión de actividad para localizar el calzado correcto.

—Te ves tan costoso —dice Lee, levantándome la sudadera blanca para ver los pants—. Mataría por tus caderas.

Nos reímos. Es la risa frívola, con la cabeza echada hacia atrás, del uno por ciento.

—Ahora el traje.

Me pongo el traje. Es azul medianoche, casi negro, pero no del todo, y cuando capta la luz cobra un cariz casi ultramarino. En él, con una impecable camisa blanca y el último botón desabrochado, parezco más alto. Si actualizara todas mis fotos de perfil en redes sociales con esto puesto, mis enemigos se ahogarían.

Nunca he sido alguien que esté a la moda, y mucho menos alguien que vista trajes, pero es evidente que estuve equivocado sobre la clase de persona que era hasta este momento.

—No jodas. —Lee pasa el dedo sobre la solapa del saco a manera de apreciación. Me besa justo en los labios frente a todos, y volvemos a estudiar nuestros reflejos.

—Quiero una foto. —El yo del espejo le dice a la ella del espejo.

—Ay, sí, la necesitas —dice ella, tomando mi teléfono y alejándose—. Espera, tengo que tomar los zapatos. —Es cierto. Tienen que estar en la toma. Son de terciopelo.

Quiero corregirla. Lo que quería era una foto de los dos, pero no puedo admitirlo. Si me sonriera con paciencia y dijera que no, me moriría.

Toma la fotografía sacando la lengua un poco. La beso cuando termina y ella me abraza la cintura.

—¿No es divertido? —La curvatura de las pestañas le llega casi hasta las cejas.

—Totalmente. —Siento una punzada de culpa por Rain, pero la desecho.

—Qué bueno —dice—. Déjame comprártelo.

—De ninguna manera —resoplo. Me quito el saco.

Leanna Smart no va a comprarme ropa.

—Anda —insiste Lee, sujetándome antes de que vuelva al probador.

—Gracias, pero no. —Mi tono es al mismo tiempo suave y firme.

—Pab. ¿Y si te digo que podríamos comprar este ardiente conjunto o la chamarra de piel, lo que quieras, sin enganche y ningún pago mensual por la eternidad?

—Lee. —Pongo el saco en un gancho—. No eres mi mamá.

Con eso, cierro la puerta del probador. Presiono la frente sobre la frescura del espejo y respiro, empañándolo. En silencio, de forma subrepticia, me vuelvo a poner el saco. Necesito un momento a solas con este traje.

«Dios Santo».

Una vez más estoy transformado. Soy Pablo de una realidad alterna. Una realidad alterna en la que gané. Es una mentira tan convincente que casi me la creo.

Asegurándome de que el teléfono esté en silencio, me tomo una selfie. Y otra. De acuerdo, tomo más de unas cuantas. Las fotos que Lee tomó no están nada mal, pero una selfie de probador en una boutique es canon.

Abro Instagram, pensando en subir algo a mis historias, y veo lo que hizo.

Publicó la fotografía del traje en mi cuenta de Munchies con las etiquetas #sabroso y #espeleología. Sé que es gracioso, que lo hizo como una broma, pero se siente como todo menos eso. Considero borrarla, pero algo me detiene. Quizá porque fue Lee quien lo hizo. Más probable que sea por vanidad. Me quito el saco y, al hacerlo, veo la etiqueta.

¿Qué significan cuatro mil dólares? Meses y meses de turnos de media noche. Una porción de lo que le debo a la escuela. ¿Qué estoy haciendo? ¿Por qué no tiene sentido el dinero?

Doy un paso atrás. En mi camiseta interior y los entallados pantalones del traje me miro en el espejo. Parezco estar extradesnudo. Expuesto. Como si me hubiera quitado una armadura.

Borro la fotografía de mi perfil.

Por un lado, no me sorprende que todo el mundo gane más dinero que yo. Y en mis días buenos mi trabajo sin futuro me resulta hasta cierto punto punk. Jorge, Nando, Sylvan, quien hace las entregas del lugar de los bagels, y yo, todos estamos en el mismo nivel de humildad y me gusta. Hacemos chistes sobre los esnobs del vecindario. Por eso odiamos a los hijos de los Kim. Pero Nando tiene hijos que mantener, Jorge manda la mayor parte de su dinero a Puebla y además tiene un plan: convertirse en un guitarrista famoso con su banda de death metal, Cabra. Dejar que mi novia me vista no es mi destino profesional.

Un pensamiento estremecedor me cruza por la mente más rápido de lo que puedo detenerlo. ¿Está muy mal que la deje comprarme el traje? Considerando el Acuerdo de Confidencialidad, y ya que no hay otro objeto o evidencia de que esta es la vida real, ¿no debería quedarme con un memento?

Quizá llegué a este traje por alguna razón. ¿Es una locura querer quedarme algo tan lindo? Las puertas que este traje podría abrir... No puedo negar lo mucho que lo quiero. Tengo miedo de que Lee vea cuánto lo quiero y me lo compre. La cosa es que una parte de mí sabe que si tuviera este traje nadie podría decir nada sobre mi relación con Lee. Tendríamos más sentido juntos.

Dios, cómo quisiera no saber de este sentimiento, de esta ropa.

Cuando me pongo la sudadera y veo una mancha en la manga me siento enfermo. Quiero salir de esta tienda. Quiero salir de este momento. Quiero salirme de mi propia piel. Necesito pellizcarme. Me tallo los ojos hasta que veo estrellas. Los tallo otra vez, como si pudiera raspar y borrar las horribles y débiles fantasías de mi cerebro.

Para cuando bajamos las escaleras en silencio no puedo obligar a mi cara a sonreír ni a mis hombros a enderezarse. Nos embosca una voz gritando el nombre de Lee.

—¡Leanna! —ladra un hombre. Cuando volteo, un flash se dispara en mi rostro.

—Mierda —la oigo decir, pero no la puedo ver. Más flashes. Lee me suelta la mano y toma unos lentes oscuros, pero no antes de otra ronda de luces centelleantes.

—¿Leanna? ¿Quién es él? Amigo, ¿nos regalas una sonrisa? Lee, ya sabes cómo es esto. Danos la toma y te dejamos en paz. —Hay cuatro o cinco hombres de diversas razas, edades y tamaños arremolinándose cerca de nosotros—. ¿Dónde está Dyland? —inquieren—. ¿Qué hay de Luca?

Mira, he visto los videos. Todos los GIF de los famosos golpeando paparazzi en el aeropuerto. Siempre supuse que era parte de ser famoso, el costo de la riqueza. Pero cuando estás en medio del embrollo, justo en el centro de la acción, es aterrador. Te empujan con tanta fuerza por todos lados, y lo peor es que todos tienen unas enormes sonrisas en la cara. Se ven… hambrientos.

—¿Cómo te llamas, amigo? —Tiene la cara tapada, pero su voz grave y nasal es toda Nueva York. Me siento un tanto traicionado.

Otro, un tipo con facciones de Medio Oriente de unos cuarenta años, se acerca a Lee con una cámara y micrófono.

—Lee, Lee —grita. Ella está apretujada entre su equipo de seguridad y yo con la cabeza agachada, el cabello en la cara—. ¿Quién es tu juguete? ¿Dónde lo conseguiste? ¿Le vas a cambiar el guardarropa?

Al oír esto Lee se da vuelta y le lanza una mirada fulminante, mientras el hombre sigue filmando. El paparazzi sonríe, disfrutando la atención.

—A mí me hace falta ropa nueva, si es que la estás regalando —dice y chasquea los labios a unos centímetros de Lee.

—Quítate, imbécil —estallo.

Estamos a un par de metros del auto, pero aun con Grandote e Isaac abriéndonos el paso, estamos acorralados. Isaac se pone justo frente a mí, mientras yo me muero por lanzarle un golpe al tipo.

—¡Leanna! —Una voz aguda. Una mano pequeña dentro de la manga de un abrigo salta hacia arriba y hacia abajo. Una mujer mayor, tal vez la mamá de la niña, hace lo mismo con el teléfono en la mano.

—¡Leanna! —grita—. ¡Es tu mayor fan! ¿Podemos tomarnos una selfie?

Otras Smartees se materializan. Es aterrador verlo ocurrir en primera fila. Es como una toma aérea de cualquier película de zombis.

—¡Yo también! —exclama alguien más—. ¡Por favor! Todos se acercan con sus cámaras, listas en modo de autorretrato y caminando de espaldas hacia nosotros. Un hombre mayor toma una fotografía con su iPad.

—¿Son famosos? —nos pregunta con un acento alemán y toma otra fotografía antes de que podamos decir algo.

De pronto estamos en el auto.

—Mierda —masculla Lee.

Un codo se estrella con pesadez en la ventana de mi lado y me hace saltar. Estoy lleno de adrenalina mientras me quito el abrigo y me pongo el cinturón de seguridad. A través de los vidrios polarizados, aún tan de cerca, la gente de afuera no parece real.

—¿Estás bien? —le tomo la mano, pero ella la aleja.

—Tengo que hacer una llamada —informa, temblorosa—. Hola —murmura, y escucha a quien esté del otro lado de la línea—. No muy bien. —Lanza una risa sardónica—. Peor que de costumbre. Paolo, Bruno, todos. —Asiente, espera—. Sí… alguien debió hacerlo. —Asiente de nuevo. El auto comienza a moverse. Veo mi teléfono. Mierda. Las ocho y media. Será hora de irme al trabajo en cuanto lleguemos al hotel. Y no pude ver a mi hermano—. Eso dijiste la vez pasada —le dice Lee al teléfono. Luego sonríe al fin—. Yo sé que sí. Gracias. Me salvaste la vida.

Lee cuelga, cierra los ojos y se recarga en el respaldo del asiento.

—¿Cómo estás? —le pregunto—. Dime lo que sea.

Un momento. Sigue con los ojos cerrados. Otro suspiro. Luego me mira e intenta sonreír.

—Bien. —Está tensa—. ¿Cómo estás tú?

—Eso fue una locura.

Asiente, y avanzamos en silencio.

Rain llama. Presiono «ignorar». Algo en el temperamento de Lee cambió y no sé cómo. Luego le devolveré la llamada a mi hermano.

El auto se detiene. Le acerco el cinturón de seguridad.

—Cinturón —digo como un tonto.

—Gracias. —Pero puedo ver en su mirada cristalina que algo está dando vueltas en su cerebro.

Estamos atrapados en el tráfico de la ciudad de nuevo.

—Lee, ¿vamos a hablar de lo que acaba de pasar?

Es una pregunta justa. Alza la mirada, como midiéndome.

—¿Qué hay para discutir?

La frialdad de su tono me sorprende.

—¿Qué va a pasar? Supongo. ¿Puedo recibir algo de información? —Mi tensión crece para igualarse con la de ella.

—No va a pasar nada.

La falta de detalles me enfurece.

—Pero las fotos…

—Pablo. —Me toma la mano y le besa el dorso—. Por favor —murmura, como si no debiera preocupar a mi lindo cerebro con los matices del asunto.

—Lee…

—No quiero pelear —afirma y sonríe.

Es la sonrisa la que me enciende.

Yo tampoco quería pelear, hasta que la opción de pelear se vetó de forma unilateral. Estoy hirviendo. Increíblemente frustrado. Pasé de querer plantarles los puños a los fotógrafos a ser dejado fuera de toda consideración.

—Mira —comienza Lee, usando de nuevo en un extraño tono frío—. Sé que esto es difícil. —Casi espero que me ordene callarme—. Estar conmigo viene con retos, y si no puedes hacerlo, lo entiendo. Te extrañaría mucho, muchísimo, pero…

Mientras recita las palabras, como si fueran un monólogo que tiene memorizado, veo que algunas hebras de su cabello se pegan a la ventana del auto con la estática y se quedan ahí.

Rain vuelve a escribir. Mierda.

Los ojos de Lee van a la pantalla encendida de mi teléfono y luego de vuelta a mi cara. Su cabello sigue volando y flotando detrás. En ese momento sé que si salgo del auto no volveré a verla. A la Lee que tose. La Lee con la pantalla de error. La Lee que recarga sus baterías. La Lee de la tina. La Lee de la bicicleta. La Lee del cabello con estática.

—Voy a estar en Asia los siguientes días. Tal vez lo mejor será que nos tomemos un tiempo para…

—Espera un momento —interrumpo—. Espera. —Le aliso el cabello con cuidado y le toco la mejilla con la mano. «Se va a llevar su aroma cuando se vaya».

—Pab. —La tristeza de esa única sílaba me atraviesa el pecho—. ¿Cuánto tiempo podemos seguir con esto?

Envuelve mi mano en las suyas. El pánico se apodera de mí.

«¿De qué se trata esto?».

Debí haber dejado que comprara el saco. No debí haber provocado a los paparazzi. Nada de eso.

«Por favor, que esto no esté pasando».

Le trazo la mandíbula con el pulgar. Cierra los ojos y se recarga en mí.

La beso.

«Esto no tiene sentido. Todos los sentimientos siguen aquí».

—¿En verdad quieres que nos tomemos un tiempo? —pregunto con voz entrecortada.

—No —admite. La beso de nuevo—. Ven conmigo. —Sonríe con tristeza.

Pienso en Rain. En mamá.

Pienso en mi turno en la tienda de los Kim, que comienza a las diez.

—Está bien. —Asiento.

—Basta. —Se aleja—. Pab, me voy en una hora.

—¿Adónde vamos?

—Voy a ir a Seúl.

«¿Es en serio?».

—He oído cosas buenas sobre Seúl —le digo.

«¿Cómo podría no ser una señal?».

Un álbum fotográfico de mi primera visita a Corea con Leanna Smart se forma en mi cabeza. Es intoxicante. No es real, pero ya lo extraño.

—¿Qué hay del trabajo? ¿Qué hay de la escuela?

—Mira —comienzo, y cuando vuelve a besarme puedo sentir el cambio en su humor—. Cuando esté en mi lecho de muerte, contemplando mi vida, esto será algo que quiera ver.

—Un día más —canta, agitando el pequeño puño. Sonriendo.

—Un día más.

—¿Crees que si enviamos un chofer a tu casa alguno de tus compañeros pueda darle tu pasaporte?

—Wyn puede hacer una infinita cantidad de cosas si se lo pides de buena manera.

Le escribo, aturdido.

—¿En verdad vas a venir?

Un vuelo de dieciocho horas no es cosa fácil.

No importa cuánto se esfuerce Lee por hacer que sea bueno. En algún momento de la interminable penumbra del vuelo transpacífico Lee me sacude la pierna.

Cuando me quito el manchado antifaz de los ojos la encuentro mirándome, sonriendo, como una niña pequeña en una pijamada. Bostezo, pero me cubro la boca para no desmayarla con mi aliento de muerto.

La novedad de dormir en la cápsula de un avión privado se perdió hace unas seis horas. Cuando ella va al baño me conecto al wifi y, como me lo advirtió, no hay nada en la prensa sobre nuestra excursión a la boutique.

—¿Sabes cuál es la mejor parte de volar a Asia? —pregunta entre bostezos cuando vuelve, poniéndose la capucha y cruzando las piernas.

—¿La embolia por estar suspendidos en esta altitud por lo que parece un año entero?

—Ese es el segundo lugar —replica—. ¿El primero? —Presiona un botoncito y una sobrecargo se materializa. Fideos instantáneos. La respuesta es fideos instantáneos—. El sodio hace que se te hinchen los dedos —explica, mientras el vapor del kimchi me baña la cara y alivia un poco de la resequedad en mi nariz—. Pero dime que esto no es perfecto.

Tiene razón. El ramen en vaso es la mejor parte.

No me doy cuenta de que estoy casi inconsciente hasta que una discreta luz ilumina con suavidad debajo de mí. Y aunque estoy en medio de un inquietante y habitual sueño en el que mi mamá o la señora Kim me dan la espalda y se niegan a voltear a verme, sin importar cuánto las zarandee, oigo mi nombre.

—Pablo, mira. —Lee levanta la cortina de la ventanilla y me besa el hombro mientras entramos al espacio aéreo de Seúl al amanecer. Rascacielos que no reconozco, que no me pertenecen de la misma forma que el Woolworth Building o el Empire State. Nunca vi las Torres Gemelas desde un avión y siento un dolor en el estómago al pensar que no podré contarle a mi mamá de esto. Que Rain no esté conmigo. Como con tantas otras cosas en mi vida, lo estoy haciendo mal, pero lo estoy haciendo.

Son las seis de la mañana en Seúl cuando tocamos tierra. Cuando veo a Luca y a Jess bajar del avión, también con sudadera y lentes oscuros, estoy sorprendido pero demasiado cansado como para golpearlo en la sien, como he fantaseado durante semanas. Me preparo para lo que viene cuando pasamos por una fila privada en migración y aduana, preguntándome qué nos espera del otro lado, pero no hay fans gritando ni fotógrafos acampando en el aeropuerto. En cambio, un hombre y una mujer en elegantes atuendos monocromáticos y con un excelente inglés nos reciben con profundas reverencias. Respondo al gesto, como papá y mamá me enseñaron y espero que lo noten, que reconozcan que hay algo en la forma en que lo hago que revela lo mucho que soy como ellos. Pero no sucede. Y entonces llega otro auto negro.

Esto va a sonar de lo más ignorante pero, al recorrer la carretera, me sorprende que los autos estén llenos de personas coreanas. Me emociona. En la calle principal, veo las letras cuadradas en las tiendas y restaurantes y quisiera poder obligar a mis ojos a leerlas.

El hotel está en una colina, pues a los ricos les encantan las buenas vistas, y conforme subimos por los serpenteantes caminos, el significado de lo que Lee me dijo alguna vez cobra su verdadera dimensión. Lo sellado que puedes sentirte. Seúl bien podría ser una imagen en un juego de realidad virtual.

—¿Cómo estás? —pregunta Lee.

—Bien. —Y un poco triste.

Entramos al *lobby*, pasamos junto a un resplandeciente bufet de desayuno donde hombres con sombreros de cocina de casi medio metro operan estación tras estación representando a todas las naciones que puedas imaginar: panadería francesa, muesli, wafles, sopas de fideos, congee, miso, pescado a la parrilla, dim sum, galletas, estofados y un jamón de Pascua.

Mi mamá se volvería loca con todas estas opciones de cena para desayunar. Pero arrumbo los pensamientos sobre mi madre en el fondo de mi mente, junto al resto de mis preocupaciones.

Lee me aprieta la mano, y me señala el bufet. Estoy demasiado desorientado por el vuelo como para comer, pero cuando ella se pone mi brazo sobre el hombro y me sonríe en el elevador todo vale la pena.

—Me alegra haber escapado de todo eso —dice cuando nos llevan a nuestra habitación.

Sigo sin creer que las fotos no se van a filtrar, que no es cuestión de tiempo.

La habitación es grandiosa, revestida de elegantes telas color champaña y con una vista espectacular. Por supuesto, hay una sala de estar contigua y varios baños. Nos quitamos los zapatos y nos dejamos caer en la cama.

—Tengo que trabajar hoy —se queja, dándose vuelta para apoyarse en los codos—. De hecho, tengo que alistarme pronto.

—¿Qué tan pronto?

Se arranca la sudadera.

—Más o menos pronto. —Me jala el suéter—. Rápido, rápido. Tenemos que recargar baterías.

Chocamos barrigas, lo cual me hace reír.

—*Bzzzzzz* —zumba.

—¿Qué hay hoy en la agenda? —le pregunto.

—Juntas. Pero no muchas. Les dije que se alivianaran.

—¿En serio les dijiste que se «alivianaran»?

—Mis palabras exactas fueron: «Escuchen, borregos: alivianen la lana».

—¿Entonces acabarán temprano y me mostrarás la ciudad?

—Sin duda —asegura—. Será divertido. Tienen centros comerciales abiertos hasta las dos de la mañana. Y puestitos de comida abiertos las veinticuatro horas que venden el mejor pollo frito del universo, y unos dedos de arroz riquísimos. Esos gorditos y chiclosos que sirven con salsa picante.

—*Dduk book ki?* No jodas, es mi platillo favorito. —Tiene más de un año que no lo como.

—A eso me refiero —dice—. Aquí tienen banderillas de salchicha con incrustaciones de papas a la francesa. Es tu herencia. Traes los tentempiés en la sangre. Nos la vamos a pasar increíble. Me hace muy feliz que estés aquí.

Siento la calidez de su barriga pegada a la mía.

—¿En cuánto tiempo te tienes que ir?

—En media hora. —Una protesta burbujea en mi garganta, pero luego recuerdo su frialdad en el auto.

—Bien, entonces tenemos treinta minutos —digo alegremente. Le doy un beso en la sien y la tomo de la mano—. Treinta minutos es mucho tiempo, si lo piensas bien. Piensa en cuánto puedes aburrirte en treinta minutos cuando no tienes nada que hacer.

—Gracias por ser tan comprensivo —dice después de besarme—. Pero tenemos dos días. Bueno, treinta y ocho horas.

—Una riqueza absurda.

—Sí, podemos despilfarrar el tiempo —asiente. Casi no puedo creer que estuve a punto de permitirle terminar conmigo—. Acabaré a mediodía. ¿Estarás bien aquí?

La simple idea de tomar una siesta en este palacio esponjoso tiene cierto encanto.

—Creo que me las arreglaré. —La jalo hacia mí para darle un abrazo de oso. Puedo envolverla por completo con mi cuerpo. Es dolorosamente encantador.

Se relaja entre mis brazos, y su peso entero se apoya con suavidad en mi pecho.

—Podemos tomar uno de esos baños poco eficaces después —susurra.

—Lo esperaré con ansias.

CAPÍTULO 31

Despierto aturdido. De espaldas en medio de la oscuridad absoluta, y tardo un momento en caer en cuenta de que no estoy en casa. Ni siquiera estoy cerca de Estados Unidos, y ya no digamos de Nueva York. Una especie de vértigo se apodera de mis sentidos cuando busco mi celular. Es la 1:22 p.m. Mi cuerpo grita con vehemencia que eso no puede ser verdad.

—¿Lee? —pregunto con voz ronca y paso la mano por la extensión interminable de cama a mi lado. Me pongo de pie, y cuando abro las cortinas la luz del sol me perfora las retinas. Estamos rodeados por una cantidad sorprendente de árboles.

Vuelvo a la cama. ¿Dijo Lee que volvería mañana u hoy en la noche? Lo único que sé es que nos iremos a la mañana siguiente, y aunque quiero dormir otras doce horas no puedo desaprovechar esta oportunidad. Me gruñe el estómago al recordar las pilas de comida del restaurante del hotel. Los panes, las carnes, el ejército de hábiles chefs.

Pero… ¿está incluido el desayuno? ¿Tengo permitido pedir servicio a la habitación? ¿Quién está pagando todo esto? Cuando estábamos en Los Ángeles, Lee mencionó que «la compañía» absorbe la cuenta, pero cada vez estoy más convencido de que la empresa es el Conglomerado Multinacional de Empresas de la Corporación Leanna Smart, y que es ella quien pagará la cuenta. No soy de esos que se niegan a dejarse invitar por una chica, y sin duda no soy conservador cuando se trata de faltarles el respeto a mis propias tarjetas de crédito, pero no me atrevería a cargar algo a una cuenta ajena sin antes preguntar.

Reviso mis mensajes de texto y veo que tengo un mensaje de mi proveedor de telefonía móvil que dice que el *roaming* internacional cuesta diez dólares diarios y que pueden aplicar costos adicionales.

Llamo a la recepción.

—Buenas tardes, señor Snorlax —dice una mujer en inglés, pero con un acento particular—. ¿En qué podemos ayudarlo hoy?

—Eh, sí, mire, tengo una pregunta tonta... —Silencio—. Sí, eh, quería saber si el bufet del desayuno viene incluido en el costo de la habitación.

—Me temo que no —contesta.

—¿Cuánto cuesta?

Me da la cifra en wons y la convierte a dólares estadounidenses; digamos que equivale más o menos a treinta desayunos copiosos en el Universo del Bagel.

—¿Hay un cajero automático abajo?

—Claro. Pasando el salón de eventos.

Encuentro mis zapatos. Sé que a Lee todo esto le parecerá ridículo. Sé que no le importa. Pero también sé que si le llamo para pedir permiso sería el equivalente a pedirle moneditas a mi novia. Eso sin tomar en cuenta aquella sensación de «¿Es una puta broma? ¿Estás interrumpiendo mi superimportantísima negociación de enemil dólares para consultarme por unos centavos?» que me invade.

Un escalofrío de cuerpo entero se me concentra en las entrañas.

Me lavo la cara, me pongo algo de ropa y salgo cuando me doy cuenta de que no tengo llave. Es casi un hecho que me arrepentiré de salir de la habitación, pero siento las articulaciones rígidas por toda la energía acumulada, y las molestias generales no hacen más que intensificar mi ansiedad. Asumo el costo del *roaming* internacional para enviarles un mensaje a Lee y a Jess. Sin embargo, mi apetito ya no es una expectativa burbujeante sino una penetrante alarma de pánico. Pierdo el tiempo otra media hora, bebo una botella de agua, descubro que ninguna de las ventanas abre, guardo el cargador en el bolsillo y me dirijo al ascensor.

No hay indicios de Jess. Como es de esperarse, tampoco los hay de Lee, ni mucho menos hay indicios del cajero automático. De hecho, en realidad sí tienen un cajero. Está después del salón de eventos, como se me prometió. E incluso tengo dinero en mi cuenta corriente, pero no me deja acceder a él. Hay tres botones idénticos que dicen TARJETA LOCAL de un lado de la pantalla y luego tres botones que dicen TARJETA EXTRANJERA del otro lado. Presiono uno de los botones de TARJETA EXTRANJERA al azar. Me pide una clave pin que no es el número habitual de cuatro dígitos. No tengo idea. Meto la tarjeta de crédito para ver qué pasa y me pregunta si quiero obtener efectivo a crédito.

Los resultados de Google sobre lo que implica retirar efectivo a crédito gritan en mayúsculas que NO LO HAGA.

«Mierda».

—Hola.

Le pregunto al empleado de la recepción si hay alguna tienda de comestibles cerca. Es un chico como de mi edad vestido con un elegante traje azul. Me examina de arriba abajo, e imagino lo que debe pensar. El uniforme neoyorkino de botas, pants y sudadera y la chamarra de aviador no dicen precisamente a gritos que soy «un desertor universitario totalmente normal cuya madre es doctora».

Desearía saber coreano.

—Hay un autobús —indica—. Caminando es como media hora.

Me arriesgo y tomo una manzana y un plátano de un tazón junto a la puerta de entrada, y los devoro tan pronto me alejo lo suficiente del hotel como para que los empleados no crean que soy un vago ladrón de fruta.

Bajar la colina hace que me ardan las pantorrillas y, como sugería la vista boscosa desde el cuarto del hotel, no parece haber tiendas ni restaurantes en varios kilómetros a la redonda. Lo que sí hay son residencias inmensas con portones de acero impresionantes y muros cubiertos de enredaderas —indicios inequívocos de la inmensa riqueza de sus habitantes—, pero casi no hay ningún otro peatón.

Veo el celular de nuevo. Son más de las tres. Me está dando calor por la chamarra, pero en ese momento escucho pasos a mis espaldas y volteo. Es un chico en edad universitaria, con audífonos. Bajo el ritmo para que pueda rebasarme. Más adelante se bifurca el camino, así que decido seguirlo porque trae puestos unos tenis Foamposite rojos, que son los más confiables de esa gama, además de que parece saber adónde va.

Finalmente veo una boutique de ropa. Está cerrada, pero un poco más adelante hay varios cafés con terrazas externas, algunos carteles en inglés, un lugar de crepas, otro restaurante que parece especializarse únicamente en «pastel de queso japonés» y, por gracia divina, surge un rayo de esperanza: un GS25. El anuncio en el exterior dice AMIGABLE, FRESCO, DIVERTIDO, y claro que lo es porque es una tiendita.

Me siento en casa. El interior es como un desfile colorido de snacks, pescados secos, frituras y diminutas galletas empacadas en cajas de colores pastel. Además, una tierra de ensueño de piernas de pollo selladas al vacío y bolas de pescado en banderillas almacenadas a temperatura ambiente que me recuerdan a los tazones de fideos de plástico que ponen afuera de los restaurantes japoneses, en los que los palillos parecen estar suspendidos en el aire.

Tomo un video de todo.

La sección más prometedora es el mostrador refrigerado de cajas de almuerzo servidas en charolas de cafetería, envueltas con todo y la charola. Una conversión aproximada me indica que la que tiene queso, maíz, arroz, tres salchichas rosadas que parecen un emoji, una maraña de algo rojo y una porción triangular de algo amarillo que bien podría ser huevo cuesta solo cuatro dólares. Aplasto un poco la cosa amarilla con el pulgar, pero eso no me aporta nada de información adicional sobre su posible origen. Es probable que sí sea huevo.

Cada una de las cajas de almuerzo tiene una calcomanía con una mujer coreana con los dientes blanqueados y un permanente. No se parece en nada, pero de inmediato me hace pensar en la señora Kim. Intenté llamarles de camino al aeropuerto, pero nadie contestó, y luego mi turno entero lo pasé en el aire.

Sé que estoy despedido. No les dejé alternativa. Los decepcioné de forma colosal al no tener siquiera la decencia de renunciar de frente. Al menos intentaré llamar a Rain cuando despierte.

Tomo una botella de plástico que contiene un licuado de plátano y camino con decisión a la caja. Mi tarjeta emite un pitido amenazante de protesta.

Intentamos con la otra tarjeta. La buena. Esa también emite el pitido. La joven pálida de lentes me la devuelve.

—Lo siento —dice. Luego se cubre la boca y ríe, avergonzada. No es una risa maliciosa, pero me hace sentir aún peor. Lo último que comí fueron fideos instantáneos hace mil años. Recuerdo el jamón del desayuno y empiezo a sudar. Tengo tanta hambre que veo doble.

Al salir de nuevo a la calle la simple idea de subir la colina me mata. Sé que la gente tiene cosas mejores que hacer, pero estoy convencido de que me están mirando.

No fue así como lo imaginé. Pensé que mi primera vez en Corea sería una especie de regreso a casa. Parte del mito que conjuré en el que las trazas de metales en mi sangre reconocerían sus orígenes en este suelo. Esperaba experimentar una especie de afinidad fundamental. Pensé que la gente me enseñaría frases y se reiría de mi pronunciación, como parte de una especie de fantasía egocéntrica dibujada con crayolas que debo de haber creado en mi infancia. Pero este lugar no es más que una ciudad. Soy tan especial aquí como cualquier provinciano que se acerca a un neoyorquino en el metro y espera una recepción entusiasta.

Desearía poder encontrar a mis primos.

Sigo andando hacia abajo porque ascender por la colina me sigue pareciendo intimidante. Y para ser sincero, no me molestaría que Lee volviera y se preocupara por mi paradero. Me acerco a lo que debe ser una carretera principal.

Hay carteles en inglés que indican en qué dirección se encuentra una universidad para mujeres, y fila tras fila de puestos informales de ropa, como cuando en St. Mark's hay más vendedores ambulantes que boutiques. Encuentro una estación de metro, pero no tengo adónde ir.

Son casi las cinco para cuando vuelvo al hotel, y paso las siguientes dos horas en un sillón del lobby, intentando pasar lo más desapercibido posible. Incluso me resisto a ir al baño porque una parte de mí está convencida de que me sacarán a patadas.

Quiero escribirle a Rain, pero no sé qué decirle. Quiero recargar mi celular, pero no tengo adaptador y no puedo evitar fantasear cómo me trataría la gente del hotel si se diera cuenta de quién soy (por asociación). Como es de esperarse, ese pensamiento solo me deprime más.

Mi teléfono suena. Me sobresalto, pero no es quien esperaba. Son las cinco de la mañana en Nueva York.

—¿Papá?

—*Babbu!*

Hace años que no me dice así.

—¿Qué pasa? ¿Estás bien? —le pregunto.

—Sí, sí, todo está bien. No podía dormir. —Hace una pausa para darle un sorbo a su té—. ¿Estás en el trabajo?

Miro a mi alrededor.

—Nah —le digo—. Pero estoy despierto. ¿Por qué no puedes dormir?

Escucho un suspiro profundo.

—Son los nervios, supongo. La obra es un desastre.

No me sorprende.

—Estoy seguro de que saldrá muy bien —murmuro mientras me froto la cara.

—Eso espero. ¿Estás bien? Suenas… no sé.

La inquietud en su voz. El tono suspicaz. Algo en mí se estruja.

—Sí, estoy bien.

—Pero vendrás a la función de estreno, ¿verdad?

—Por supuesto.

—Bien. —Otro suspiro—. ¿Y seguro que estás bien?

Su preocupación viaja a la velocidad del sonido hasta el otro lado del mundo.

—Claro. Deberías intentar dormir un poco, papá.

—Tú también.

—Todo va a salir bien, papá —aseguro, y él se ríe.

—Esa es exactamente la misma fe que tengo en ti, ¿sabes? Esta parte de tu vida saldrá bien, *Babbu*.

—Gracias, papá.

Mientras el restaurante del hotel empieza a instalar el bufet de la cena siento como si todo esto fuera parte de un sueño, sobre todo cuando, detrás de una escultura de hielo con forma de barco pirata, la veo. El destello de un abrigo blanco de piel. Acompañado de Luca, Jess y una congregación de trajes. Está al teléfono y se ríe, pero su sonrisa se esfuma al verme. Desvío la mirada. Me avergüenza que me haya atrapado mirándola. Aquí. Expuesto. He ensayado este momento cientos de veces, y mis reacciones varían entre casual, ecuánime y pelea monumental. Para cuando se me acerca y confirmo que es de carne y hueso, siento tal alivio que se me cierra la garganta.

—¿Pab?

—Me quedé afuera. Sin llave —digo, sin mirarla a los ojos.

Lee le dice al séquito que los verá después. Llevo trece horas esperando a esta mujer.

—¿Cómo que te quedaste afuera?

Se quita el abrigo. Se cambió la ropa que traía esta mañana. Ahora lleva un traje de satín escarlata. Parece una pijama, pero ajustada… Un esmoquin para las ocasiones de ocio. O un regalo de Navidad.

Al volver a la suite, a una especie de seguridad relativa, la rabia es lo primero que se me escapa.

—¿Dónde estuviste?

—Lo siento. Hoy nada salió como estaba planeado. De haber sabido que te habías quedado fuera… ¿Comiste?

—Lee, ¿dónde estuviste?

—Pablo. —Me está mirando, pero sus pulgares siguen escribiendo en la pantalla del celular, lo cual hace que se me tense la quijada—. Lo siento. Hay muchas cosas en el aire en este momento.

—¿Es por las fotos? —cuestiono. Parece enojada conmigo otra vez—. ¿Las de afuera de la tienda?

Lee inclina la cabeza y se quita un largo arete de plumas de la oreja derecha, después de lo cual esboza una ligera sonrisa.

—No es necesario que especifiques cuáles fotos —apunta y se frota el lóbulo de forma metódica—. Además, créeme que esas fotos no son una prioridad hoy. —Esta vez su tono es burlón.

—Pero ¿qué va a pasar?

—Ya te dije que ya está resuelto.

—Sí, pero ¿qué significa eso?

—Pablo, ¿para qué necesitas saber cómo se hacen las salchichas? Se cobran favores. Las fotos desaparecen. Los resultados de las búsquedas se entierran. Lo siento. Dirás que estoy loca, pero pareces decepcionado. —Me mira con expresión acusatoria. No sé qué decir. Estoy decepcionado. A una parte de mí le fascinaría que se filtraran—. ¿Puedes siquiera concebir la cantidad de molestias que te ahorré? —pregunta—. Lo resolví para protegerte. A todos ustedes. A tu madre, a tu padre, a tu hermano, a tus roomies. Has sido testigo del caos. Bueno, multiplica el frenesí de las multitudes por mil, y ese es el nivel de mierda intrusiva que les caerá encima a ti y a todos tus seres queridos en este infierno pestilente. No es divertido, Pablo.

—Pero ni siquiera lo discutimos. —La duda que me ha estado carcomiendo todo el día es esta: quiero saber si se avergüenza de mí.

—¿Qué hay que discutir? —reclama, furiosa, con las manos levantadas—. Pablo, ¿sabes por qué fui a tu casa directo del aeropuerto?

Recuerdo vagamente que había sido por una cuestión de seguridad.

—Te pregunté, pero no quisiste…

—Había un paquete en el hotel. Dirigido a mí. Se suponía que nadie sabía que estaría ahí, y yo no me mandé nada. Pero ahí estaba. ¿Sabes lo perturbador que es eso? Este tipo de mierdas me asustan, Pablo. Ha habido amenazas de bomba muy convincentes en mis conciertos. Una vez tuve una acosadora que vivió en mi casa seis meses mientras estaba de gira y sin que yo lo supiera. Durante medio año durmió en mi cama, se puso mi ropa y cocinó en mi cocina. No te cuento estas cosas porque es preferible que no las sepas. Ya suficiente tengo con saberlas yo.

Me desconcierta que, a nivel racional, tiene mucho sentido. *Sabía* lo de la acosadora —lo leí en los medios como el resto de la gente—, pero jamás me había detenido a pensar en el impacto que eso pudo tener en Lee como persona. Me doy cuenta —de forma tajante y con una mortificación intensa— de que ella no ha pensado en las fotos durante todo el día. ¿Por qué lo habría hecho? Admito que una parte de mí se preguntaba si haberme dejado en un hotel era una forma de castigarme. Pero es una fantasía, otra ilusión egocéntrica. Ella no está avergonzada de mí. Eso implicaría que tengo alguna relevancia en su vida. Ella no me está ocultando del mundo porque no hay nada que ocultar. No figuro en sus planes. ¿Por qué iba a hacerlo? Miren su vida. Miren la mía. Así son las cosas. Así han sido siempre.

Gira para sentarse en la cama. Sus pies y pantorrillas quedan enmarcadas por la puerta de la habitación.

—Mira —dice después de un rato—, lamento haber tardado tanto. Se suponía que estaríamos aquí, pero luego el tipo nos canceló. Es prácticamente el dueño de todos los estudios de cine en China, y si él no viene a ti, tienes que ir adonde esté él. Él fue quien nos trajo acá, y si te manda otro avión lo tomas. Créeme que era lo último que quería hacer.

Camino hacia ella.

—¿Estabas en China?

Está tendida sobre la cama como una estrella de mar, mirando el techo.

—Pablo, ya te pedí disculpas. Estaba fuera de mi control. Y para ser sincera, no habrías podido venir con nosotros. Se necesita visa para entrar.

Me paro junto a ella. Lee cierra los ojos como para abrir una brecha entre ambos.

—¿Me dejaste en otro país? —Silencio—. ¿Te fuiste a China? —le pregunto de nuevo.

Visualizo un mapa y la línea punteada del viaje que realizó. Lejos de mí, a otro país. No puedo entenderlo. Excede los límites de mi comprensión. El temor me estruja de forma retroactiva. Estoy incluso más varado de lo que creía.

—Fue un vuelo de dos horas —argumenta en voz baja.

—Ese no es el punto.

—Ya sé que no es el punto —replica, sentándose—. Pero podrías haber ordenado servicio a la habitación. Te dije que pasaríamos tiempo juntos esta noche.

—Han pasado trece horas —repito y de pronto caigo en cuenta. El costo va más allá del tiempo. Hoy debía trabajar. Y ver a Rain. Y hacer las solicitudes universitarias. Lo mandé todo al diablo en el instante mismo en el que ella me convocó. Y ¿para qué?—. Te envié un mensaje.

—¿Sabes qué sería muy agradable ahora? —dice—. Que me preguntaras cómo me fue hoy. —En cualquier otro momento y espacio habría sido capaz de hacerlo. Aun así, me quedo callado—. Porque no me fue nada bien. La salida de mi álbum está frenada. El mercado está atestado de perfumes de imitación. Mi sencillo apenas si está sonando porque una niña de nueve años que se parece vagamente a mí dijo la palabra con «N» en Instagram y todo el mundo está atento a eso. Entiendo que tuviste que esperarme hoy. Pero ¿sabes cuántas veces yo he tenido que ponerme a mí misma en segundo plano? —Su mirada parece estar en llamas—. ¿Qué tal todos los días? ¿Qué tal todas las horas de los últimos catorce años? A eso me refiero. A que nadie se preocupa por mí. ¿Crees que yo tengo algún descanso en algún momento? Como, duermo, viajo, me *enamoro* en pequeños ratos robados, meros parpadeos, en medio de la agenda presurosa de la Gira Maestra que dicta mi vida entera. —Su voz se quiebra—. Sé que no lo entiendes, y que no me corresponde quejarme por eso. La gente asume que tengo resueltos los problemas y no siento dolor, pero soy una persona. Y todo esto es difícil para mí. También estoy cansada.

Se ve que cree sus palabras, y hubo una época en la que no me habría atrevido a cuestionarlo. Pero a pesar de lo mucho que me importa no confío del todo en lo que dice. Hace no mucho imaginé de forma vívida lo desorientador que sería existir en el santuario interno de esa vida que irradia desde ella. La soledad de la chica dentro de la burbuja. Tan costosa y especial que jamás se le permite tomar el timón, pues el cargamento que es su propio cuerpo es demasiado preciado. Pero el mago detrás de la cortina, el que maneja los controles, es la propia Lee. Ahora lo sé. No puedo fingir demencia.

Camina descalza al minibar y abre una botella de agua. Sus pantalones sedosos se agitan con cada paso. Su vida está ejemplificada por lo que trae puesto: tanto pijama como traje. Esta mujer, sin importar cuánta inocencia aparente, es ama y señora de toda la operación. La única jugadora de la organización a quien no se le puede despedir sin importar cuántos otros feudos operen en su nombre. Jess gobierna el reino. Dyland abre sus conciertos. Y Luca. Hasta Luca es su emisario y no al revés.

—Desearía poder salir libremente de aquí en unas míseras horas, pero no puedo —añade—. No puedo simplemente volver a casa. No hay una diferencia entre ir a trabajar y volver a casa del trabajo. Solo hay trabajo. Porque es lo que se necesita. —Le da un largo trago a la botella, tan brusco que le cae agua por la barbilla y moja su blusa. La tela se oscurece y se vuelve color sangre, como si le hubieran disparado.

—¿Lo que se necesita para qué? —pregunto finalmente—. Reconócelo: esto es lo que quieres. Lo quieres todo, así que lo tienes todo. Ganaste. ¿Qué más hay? Dices que dejarás la música, pero ambos sabemos que eso no es cierto. *Tú misma* podrías ponerle fin a todo esto. Ir a la universidad. Estudiar poesía. Salir en todas las películas que se te antojen. Te la pasas diciéndome que extrañas Nueva York. Pues entonces ¡múdate a Nueva York! Podrías hacerlo si quisieras. No puedes fingir ser una pasajera en tu propia vida. Eres la titiritera. Eliges esto todos los días. Hasta el último detalle.

—Bueno, y ¿qué hay de ti? —ruge—. ¿Cómo es posible que, de entre todas las personas, te atrevas a juzgarme sobre lo sencillo que es hacer lo que deseas? Tienes una gran red de apoyo. Tus padres intentaron hacerte una intervención porque les importa mucho tu futuro. Y ¿qué estás haciendo tú con él? —Está llorando. Tiene el rostro arrugado, rojo como betabel y mojado, y sigue sorbiendo largos tragos de agua como si intentara recuperar los fluidos en el instante mismo en el que los pierde. Doy un paso hacia ella, pero me evade, y eso me hace pedazos—. ¿Sabes cuántas opciones tienes? —No ha acabado conmigo aún—. Vives en una de las ciudades más increíbles del planeta. De hecho no tuviste que llegar a ella. Naciste ahí. Aun así eliges no hacer nada. A diario. Vas a morir en la tiendita si no cambias las cosas, Pablo. Tienes mucho potencial.

«Potencial». ¡Dios! ¡Odio esa palabra! Inhalo profundo y meneo la cabeza.

—Mira —intento calmarla—, ambos estamos cansados y...

—Ni siquiera vas a NYU. —Lanza la tapa azul de plástico de la botella al piso, y la veo rebotar en cámara lenta.

Es un golpe en la tráquea. Claro. ¿Cómo fui tan tonto como para pensar que no lo sabría? Qué estúpido.

—Solía hacerlo —me defiendo, con los ojos clavados en la alfombra.

Hasta sus calcetines son rojos. Son tan delgados que puedo verle las uñas de los pies, las cuales también están pintadas de rojo, como es de esperarse. Por supuesto que la consulta de antecedentes tenía que ser exhaustiva. Hay cierta información que te sigue adonde sea que vayas. Metadatos que te asignan un valor, sin importar dónde estés. Mis calificaciones, mi historial crediticio, mis estadísticas en redes sociales e incontables categorías taxonómicas que demuestran que *yo no cuento.*

—No fue necesario que nadie me lo dijera. Era muy evidente.

—¿Por qué no dijiste nada al respecto?

Se encoge de hombros.

—¡Dios! ¿Sabes? Pensé que esto sería más fácil —me dice—. He intentado estar con artistas. Con actores. Pero antes de ti jamás habría considerado estar con un mortal. No me importa lo que haces. Ni dónde vives. Ni cuánto ganas. Pero necesito estar con alguien que sea ambicioso. Necesito estar con un hombre que quiera algo. Que tenga impulsos y pasiones. Nuestra química es innegable, Pablo. Sé que la sientes cuando estamos juntos. Pero cuando hablamos… —Menea la cabeza con expresión triste—. A veces hay tanto bajo la superficie que quieres decirme, pero nunca lo haces. —Abro la boca para intervenir, pero luego la cierro—. ¿Por qué no confías en mí, Pablo? Sé que no puedes, pero es lo único que te pido que hagas.

Intenta esbozar una sonrisa.

—¿Te acuestas con Luca? —suelto. Ella suspira. El arete que se dejó puesto, el morado, me recuerda al vestido que llevaba el día que la vi por primera vez—. Por eso fuiste a mi deli, ¿cierto? Estabas en su casa. —Lee guarda silencio—. ¿Has estado con él todo este tiempo?

—Pablo. —Cruza los brazos.

—Nunca *no* estás con él, ¿cierto? —insisto. Ella se muerde el pulgar—. Hasta tienen el mismo tatuaje.

Una vez más, Lee guarda silencio. Espero que diga algo.

—Es la fecha del día en el que firmé contrato con él —susurra después de un rato—. Me había salido de casa de mi mamá hacía seis meses. Ella tenía un novio de veintitrés años no muy confiable, y entre los dos se dedicaban a despilfarrar mi dinero. Luca fue bueno conmigo. Estaba en el set del programa porque había ido a reclutar a otro niño. Me presentó a su abogado y ambos me ayudaron. Cuando quiso firmarme en su disquera fue como un sueño hecho realidad. Él sabía que yo quería cantar. Y tenía un hermoso estudio de grabación en su casa. Para entonces ya me había hartado de vivir en hoteles, así que me invitó a mudarme con él, y me pareció que tenía sentido. Era una cuestión de negocios. No quería parecer la niña tonta que tiene demasiado miedo como para decir que sí. Él era lo único que yo tenía. Tenía quince cuando firmé aquel contrato, Pablo. Pero es un contrato que no volvería a firmar si pudiera volver en el tiempo.

Las cosas cobran mucha mayor claridad. Las peleas. Cómo se hablan el uno al otro. La forma en la que él la mira.

—No hemos estado juntos de esa forma en años —afirma. Siento un alivio inmediato, pero ella ha cerrado los ojos; me dejó fuera. Me fusiló—. Pero lo sabe todo. Conoce todos mis demonios. Y es dueño de todo. La noche en que nos conocimos, después de mi presentación, llevábamos días peleando. Mi contrato ya venció, pero no sé si puedo estar sin él. No sé si me lo permitirá. —Me siento en donde estaba parado, anestesiado y tambaleante—. Desearía no tener que esperar toda la vida para estar conmigo misma —murmura y toma asiento en el suelo, al otro lado de la habitación—. Lamento haberte hecho esperar. Quería que Corea fuera una gran experiencia para ti. Espero que me creas.

Hay muchísimas cosas que no sé cómo hacer. Incontables defectos. Configuraciones de palabras que se me escapan todo el tiempo, pero daría mi vida entera a cambio de saber qué decir en este momento.

Siento su mirada. Me fallo a mí mismo, como siempre lo hago.

—Te conseguiremos un vuelo —dice desde algún lugar en las alturas.

Asiento en silencio, mientras las lágrimas me mojan las manos.

CAPÍTULO 32

Ella se va instantes después y el entorno cambia sin que me dé cuenta. Es de día y luego de noche. Otro avión. Como algo. No recuerdo qué es. En algún lugar del Pacífico suena una alarma de mi teléfono. Me recuerda que la fecha límite para la solicitud de NYU es dentro de veinticuatro horas. Claro. Si vas a fracasar, qué mejor que hacerlo en grande y en todos los aspectos de tu vida al mismo tiempo. La vergüenza bloquea todos mis sentidos.

Dado el resentimiento que siento hacia Lee por ignorarme durante un día, me doy cuenta de que es lo mismo que yo les he estado haciendo a las demás personas durante semanas. Meses.

Intento dormir, suspendido en un crepúsculo en el que mi cuerpo está anestesiado, lento, tan lento, pero mi mente no deja de acelerarse. Mi autodesprecio es un maremoto. Sin novia. Sin escuela. Sin trabajo. Sin dinero. ¿Cómo reconstruiré todo esto?

El olor de los escapes. Luces. Aire frío. Otro auto. Al llegar a mi puerta siento una maraña de emociones. Alivio. Derrota. Finalidad. Me escupieron de un sueño para el que no me consideraron digno. Me tambaleo a ciegas por las escaleras, colapso en mi cuarto y empiezo a llorar.

Son sollozos horribles e incontrolables. Duermo durante horas y despierto con una ínfima sensación de que todo está bien, pero se rompe en pedazos cuando me doy cuenta de dónde estoy. Mi alarma se enciende en medio de la bruma. Se me pasó la fecha límite para la universidad. Siento la aflicción de un duelo al que no tengo derecho.

Estoy perdido. Soy insalvable. Me abandono en el vacío que dejó Lee tras de sí. Es la negrura del cielo después de los fuegos artificiales. Es mucho más oscura después de haber sido brillante.

—Oye, Pab —dice Wyn del otro lado de mi puerta.

Me tallo los ojos llorosos con los puños.

—¿Qué? —le grito.

—Abre. ¿Dónde has estado?

—Durmiendo —vocifero. Me limpio la nariz con la manga de la camiseta y me quito los calcetines. Ya perdí la cuenta de cuántos días los he llevado puestos.

—No importa —continúa—. Reunión familiar.

No lo puedo creer. Agarro un par de calcetines secos, y al meter el pie me doy cuenta de que es el calcetín agujereado. Sollozo con fuerza sin controlar las lágrimas. Wyn golpea la puerta unas cuantas veces más. Me arranco el calcetín, me seco la cara y abro la puerta.

—¿Qué?

—¡Carajo! —dice Wyn—. Te ves como el culo.

—Gracias.

—¿Te estás enfermando?

Me asomo al pasillo. La puerta de Miggs y Dara está completamente abierta, y su habitación está llena de luz.

—Pensé que habría una reunión familiar.

—Es una reunión entre Tice y tú —aclara—. En serio, ¿dónde habías estado? —Pongo los ojos en blanco e intento sacar a Wyn del cuarto, pero empuja la puerta con el hombro—. Por favor, solo habla con él.

Oigo que a Tice se le cae algo. Su cuarto está enfrente del mío, así que escucho mejor lo que pasa ahí dentro que el propio Wyn, quien duerme en la habitación contigua a la de Tice.

Me quito los pants que están tan sucios que me dan ganas de quemarlos y me pongo la bata de baño encima de los bóxeres. Me lavo la cara. Tengo enrojecidos los ojos. Me sueno la nariz y toco a su puerta.

—Ey. —Es extraño que a pesar de que solíamos pasar mucho tiempo juntos solo he entrado a su habitación como tres veces.

Trae puesta una sudadera roja de St. John, y me pregunto si volverá a la universidad antes que yo.

—Ey —contesta mientras sella una caja con una de esas pistolas de cinta adhesiva que rechinan cuando la dispensan.

—¿Qué está pasando? —Es muy obvio. Las pilas de cajas le llegan hasta la cintura, y hay varias cajas desarmadas, apoyadas contra la pared.

—Me mudo —confirma mientras arma una nueva.

—Mierda. —Así que esa es la noticia—. ¿Te nos vas a fugar a Hollywood? ¿Te mudas a Los Ángeles?

Me inunda la envidia antes de que pueda contestar. Me siento en la silla de su escritorio e intento girar, pero no hay suficiente espacio para hacerlo sin golpear las cajas.

—Casi. A Williamsburg.

Eso me hace sonreír.

—Eeepaaa.

—Ya sé —reconoce—. Pásame aquella pila junto a tus pies.

Me levanto y le paso una torre de suéteres doblados de la misma manera.

—Cielos —exhalo, devastado de pronto. Es el fin de una era—. ¿Qué te dijo Wyn? ¿Lloró? No puedo creer que vas a disolver la banda.

—Nah, se portó bien. Salvo por el depósito. El casero del mal intentó convencerme de que rompí el toallero del baño hace un par de años.

—Ja. —Estamos a ocho días de pagar la renta y no tengo la menor idea de cómo lo haré. Me deben un último cheque del deli, pero estoy demasiado trastornado como para ir por él—. ¿Cerca de Bedford o qué? —Imagino a Tice viviendo a base de ensaladas de veinte dólares y jugos de quince.

—No, es demasiado caótico. Me mudaré con una chica de la escuela. Más al sur. Quiero dejar atrás la vida citadina. Será algo tranquilo.

—¿Cuánto? —Hay un encendedor negro en su escritorio que tiene impreso a24 en letras blancas. Lo enciendo un par de veces y pienso en la posibilidad de robarlo—. Seguro que es una grosería. ¿Cuánto es? ¿Dos mil por cabeza? Eso serían casi cincuenta mil al año. Ni para la hipoteca. Eso es, ¿verdad? Es lo mínimo en lo que están los alquileres en Williamsburg.

A mis espaldas Tice chasquea la lengua y al voltear veo que tiene los ojos en blanco. Azoto el encendedor en la mesa.

—¿Sabes que es la primera pregunta que me haces en meses? —dice con la cabeza ladeada, como si estuviera harto de mí—. Es lo único que ha despertado tu curiosidad: cuánto voy a pagar de renta. Y la última pregunta que me habías hecho antes de eso fue si te llevaría o no a los Oscar. —Niega con la cabeza y agarra otra caja—. ¡Ah! —Me apunta con la pistola de cinta adhesiva—. También estuvo la ocasión en la que me llamaste para que limpiara tu cuarto asqueroso y el baño. Pero eso no constituye una pregunta, ¿verdad? ¿No es más bien una directiva retórica? ¿Porque sabías que tendría que hacerlo?

—¿Qué te pasa? —Me reclino en su silla y estiro las piernas cruzadas, apoyándolas en las cajas—. ¿Te mudas porque no fundé el club de fans de Tyson Scott? —Intento sonreírle—. La gente está ocupada. Además, lo sabes mejor que nadie. Sabes por qué estuve ocupado. La conociste.

Con un manotazo, Tice quita mis pies de encima de sus cajas y se sienta en su cama.

—Mira —empieza, con la pistola de cinta adhesiva en la mano y la cabeza gacha—. No sé qué es lo que te ocurre con la tal Leanna. Y tampoco me importa. Quiero hablar de ti. Te has comportado como un imbécil. En primer lugar, te enojas hasta el culo por un trabajo que a mí me emociona. Y por si no lo sabes, entendería que sintieras cierta aversión hacia *Los agentes*. Reconozco que el personaje era racialmente problemático, pero te pregunté y no dijiste una mierda. En vez de eso me evitaste durante semanas. —Niega de nuevo con la cabeza antes de voltearme a ver. Tice y yo discutimos con frecuencia, pero sobre tonterías. Nunca había estado genuinamente enojado conmigo. ¿De malas? Seguro. ¿Molesto porque me tomé su jugo de naranja? Sin duda. Pero esto es otra cosa. Y no me gusta. Me hace sentir cosas—. Además, no sé si para ti signifique algo —continúa—, pero metí las manos al fuego por ti al pedirle a mi gerente de producción que te diera trabajo. Soy novato y no era nadie en ese set, pero igual se lo pedí.

—Uy, pues gracias —exclamo con ironía—. Pero nadie te pidió que lo hicieras. Estoy bien. No necesito seguirte ni a tu gente para preguntarles si les hace falta un trenta latte o unas pasas cubiertas de chocolate. Debo trabajar el turno nocturno para poder volver a la escuela.

Desvío la mirada. Tice no necesita saber que también quedé fatal con los Kim.

—Juro por Dios, Pab, que a veces sufres amnesia de tu propia vida. Para empezar, has querido dejar ese trabajo desde el verano. Y ¿la escuela? ¿En serio, bro? Mira, lo de NYU no va a ocurrir jamás. No es financieramente posible, además de que no vas a entrar. Tienes que seguir adelante con tu vida.

Su preocupación raya en la compasión y eso me hace querer destruirlo.

—Guau —le digo—. Obtienes un papelito en un programa casi abiertamente racista y ahora ya eres todo un orador motivacional clarividente. Buena tu TED Talk, amigo.

Tice arma otra caja. Se nota que está intentando decidir si sigue o no hablando conmigo. Es una pelea de miradas que va a perder. No hay forma de que me vaya de su cuarto en este punto. Ahora yo soy el que está de humor para pelear.

—Esa es la otra cosa. ¿Desde cuándo eres incapaz de alegrarte por mí? ¿Sabes que por fin soy miembro del Sindicato de Actores de Cine? —Pone otra tira de cinta—. Es algo importante. Ocurrió la semana pasada. Llevo dos años intentando entrar. Y quería celebrarlo, pero no quería hacer un alboroto porque no estaba seguro de que pudieras lidiar con ello a nivel emocional. Últimamente estás amargadísimo por todo. Todo es una puta fiesta cuando estás con Leanna Smart o cuando hablas con ella o cuando hacen lo que sea que hagan, pero luego vuelves a la programación habitual en donde te vuelves un emo insufrible que se comporta como si el mundo le debiera algo. —En ese momento suena mi celular en mi cuarto. Me encojo de hombros. Seguramente son los cobradores—. ¿Te acuerdas de Rooster St. Felix? ¿Un chico regordete de lentes que solía trabajar como diseñador gráfico en Acetate?

No me queda duda que se avecina otra elaborada lección de vida, cortesía de Tyson Scott.

—Sí, claro —Escucho de inmediato la mala intención en mi voz—. Solíamos verlo en las ferias de discos del PlayStation 1. —Tenía una hermana que estaba buenísima.

—El de la hermana —dice Tice y asiento—. ¿Recuerdas que renunció a su trabajo de diseñar estampados de pants y sudaderas para dedicarse literalmente a hacer quesos en la campiña?

—No.

—Pues eso hizo.

Ahora que lo menciona, tengo el vago recuerdo de haberme burlado de él.

—¿Y?

—Todos creían que estaba loco. El chico negro de Staten Island que iba a ser el próximo Jerry Lorenzo lo deja todo por el queso de cabra. Y yo que creía que cualquiera con algo de melanina era intolerante a la lactosa.

—¡Por Dios! ¿Adónde quieres llegar con esto?

Tice me fulmina con la mirada.

—A eso le dedica su vida. A los quesos. Me lo topé hace un mes. En los últimos cuatro años el tipo ha logrado vender un muestrario de quesos de cabra en Whole Foods con quesos que hace con sus propias manos. Tiene seis variedades diferentes. ¡Seis!

Sigo sin saber adónde va todo esto.

—Es lo más patético que he oído en la vida —afirmo, porque de verdad lo creo.

Tice niega con la cabeza como si sintiera lástima por mí.

—Ese es tu problema. —Se levanta para armar otra caja—. Crees que todo debe ser grandilocuente y fácil. Mientras tanto, yo nunca había visto a Rooster tan feliz. Nunca he visto a mucha gente así de feliz. Estaba tan contento que me di cuenta de que era hora de poner mi vida en orden. Por eso quise mudarme. Dejé de fumar marihuana y empecé a comer bien. Y ahora hago ejercicio a diario. La vida es cruel, hermano. Tratar de mejorar en aquello en lo que quieres ser el mejor es humillante. ¿Crees que lo que yo hago no es desafiante? ¿Crees que no es aleccionador intentar triunfar como actor en Nueva York? Es una cursilería. Sé que soy el imbécil con el sueño americano. A veces preocuparme por lo que puedas pensar de mí me frena. Se me quedó grabadísimo de cuando intentamos ser DJ y te negaste a aceptar muchas oportunidades.

—Pues es que nos ponían en el turno de las nueve de la noche. —Lo recuerdo bien—. ¿Quién carajos iría a vernos a las nueve si el acto principal era hasta las dos?

—¿Y por qué diablos te pondrían a ti, un don nadie, en un horario diferente?

—No estoy intentando hacer eso de mi vida —le digo—. Eso implica esforzarse más y no mejor.

Con un ágil movimiento de la muñeca cierra otra caja con cinta rechinante. Estoy tan cansado del rechinido que siento como si viniera desde adentro de mi cráneo.

—¿Te conté que audicioné para un papel en una película de J. Escobedo? —pregunta. Permanezco sentado, taciturno—. Literalmente era el papel de un chico que deserta de St. John y renuncia a su beca deportiva después de un antidoping fallido, pero no me lo dieron. Nunca ha habido un papel que sea tan autobiográficamente perfecto para mí, pero igual no me lo dieron. ¿Sabes cuál es la peor parte? Que sé que lo hice de maravilla. Sé a ciencia cierta que di lo mejor de mí, pero no fue suficiente. Aun así seguí intentándolo. ¿Y tú? Tú ni siquiera entras a la cancha. Y lo de esta chica es igual de descabellado que lo que sea que creíste que iba a pasar con NYU. Esos no son planes. Son fantasías.

Me cierro más la bata y me aferro a ella con fuerza, como una anciana atrapada en una ventisca. Cuando Tice por fin se calla me doy cuenta de que me he estado quemando los vellos del muslo con el encendedor. Huele tan agrio, justo como me siento por dentro.

—Anda —dice—, al menos finge alegrarte por mí.

Quiero alegarme por él. En serio.

—Tienes razón —afirmo, con la mirada clavada en mis pies—. He estado actuado como un imbécil. Y sabía que estaba siendo cruel contigo. —Siento su mirada, pero no me atrevo a verlo—. Perdón. Es mi mierda, pero te juro que a veces se siente como si fuera la vida de alguien más. No sé por qué hago la mitad de las estupideces que hago. Ni siquiera puedo describir lo cansado que estoy de sentir lástima por mí mismo. Pero no soy como tú. No tengo idea de cómo darle la vuelta a esto.

—Pab. —Se sienta en la cama para que estemos a la misma altura—. No se trata de cambiar tu vida en un día. Yo tardé dos años y tomé muchos ansiolíticos para dejar de angustiarme de siquiera salir de la cama. Da el siguiente paso en la dirección correcta y no te preocupes por lo que vendrá mucho después. No estás en un escenario. Nadie te está juzgando. Haz el esfuerzo.

No puedo seguir sentado aquí. Las lágrimas me están cegando y en cualquier momento empezaré a moquear.

—Haz una fiesta para inaugurar tu casa —sugiero y carraspeo, con la mirada puesta en el piso—. Y compra plantas sensuales. No olvides que esa lámpara es de Wyn. —Señalo la *torchère* de veinte dólares de IKEA—. O te la va a cobrar.

Salgo de ahí con el encendedor en la mano.

Al llegar a mi cuarto me tapo la cara con la almohada y grito hasta sentir los latidos de mi corazón en los dientes.

CAPÍTULO 33

—Aquí huele raro. —Rain solo había venido una vez, así que tan pronto como lo dejé entrar al edificio con ayuda del interfono examinó con detenimiento las instalaciones—. Sigo molesto contigo —dice sin cruzar el umbral de la puerta, pero que esté aquí, diciéndomelo a la cara, es buena señal—. Te ves fatal.

Trae puesta mi vieja polo de rugby, lo cual es un descaro de su parte, porque le pregunté si la había visto y me dijo que no. Aun así, ambos sabemos que no diré nada al respecto en esta ocasión. Mi hermano menor llevaba tres semanas sin contestarme las llamadas, lo cual para él es un récord.

—Lo siento —empiezo a decirle. Ya me disculpé por mensaje de voz y de texto, pero decirlo en persona me parece importante.

Al fin se quita los zapatos, deja caer sus cosas en el suelo y se sienta conmigo en el sofá.

—Es un milagro que esté vivo, cara de culo —reclama—. Ella estuvo a nada de aniquilarme. —Le da un pellizco al aire—. ¿Sabes que me hizo limpiar la casa entera? No sabía que las cortinas se aspiraban, pero al parecer sí. Me mangoneó hasta las cuatro de la mañana esa noche. ¿Y tú dónde estabas?

—Tuve un imprevisto.

Mientras él venía de camino decidí que no lo involucraría en el drama de Leanna. Rain pone los ojos en blanco.

—¿Por qué siempre haces eso?

—¿Qué cosa?

—Mentir —dice bruscamente—. Mientes por las cosas más estúpidas sin razón alguna. Si no confías en tu hermano ¿en quién vas a confiar? ¿O crees que soy tan tonto que no me doy cuenta de que estás actuando raro? Alguien te escribe y sales corriendo, y luego te desapareces tres días cuando más te necesito. Sé que tuviste un imprevisto. Conociéndote, seguro fue una estupidez. Yo hago estupideces todo el tiempo, pero te las cuento. Así que te lo pregunto de nuevo. De hombre a hombre. ¿Dónde estabas?

—Con una chica.

Pone los ojos en blanco y lanza los brazos al aire.

—¿Es en serio? —Agita la cabeza—. ¿Mandaste a tu hermano al matadero por una dama?

—Estaba enamorado de ella.

—Ya veo. —Frunce el ceño como si lo estuviera reflexionando—. Para ser sincero, creí que a lo mejor estabas vendiendo droga o algo así. Sin mucho éxito. O que tenías problemas de juego. Siento que es el tipo de mierda en la que podrías meterte. —Se reclina en su asiento—. Entonces ¿qué fue lo que pasó?

—Bueno, es una mujer muy ocupada. —Me viene a la mente por un instante la imagen de Lee alzándose la sudadera para chocar su barriga contra la mía—. Y ambiciosa. Viaja mucho…

—¿Es una *influencer* o algo así?

—¡No! —Rain se ríe—. Es lista y buena para la vida, y… no sé… siendo sincero… quizá no era el mejor momento, pero creí que podía lograr que lo fuera. Creo que me dieron celos o algo así. De lo exigente que es su trabajo.

—Ufff. Qué tontería. Pero lo entiendo. —Se reclina de nuevo.

—¿Y tú qué onda? —le pregunto. Desde que Tice me puso en mi lugar empecé a hacer aquello de preguntarle a la gente por su vida—. Mamá dice que tuviste una novia.

—Ajá. Lo intenté. Pero… —Encoge los huesudos hombros—. Estaba muy por encima de mí.

—Ja. —Creo que eso es lo que de verdad nos une. A mi papá, a mi hermano y a mí. Nos enamoramos de mujeres que nos llevan demasiada ventaja—. ¿Entonces se acabó?

—Sip. —Asiente con desgano—. ¿Y la tuya?

—También.

—Así que ¿estás deprimido o algo así? —pregunta Rain.

—Supongo. ¿Y tú?

—No sé —reconoce—. ¿Cómo se supone que voy a saber si lo estoy? —Es la pregunta de los sesenta y cuatro mil millones—. Bueno… —Rain se estira para tomar su mochila y abrir el bolsillo delantero. Saca una bolsa de plástico negra y me la lanza—. Son de parte mía y de papá. Del deli irlandés de Woodside.

Es un teacake de chocolate con leche marca Tunnock's, una bolsa de Hula Hoops de sal y vinagre, Monster Munch de cebolla en escabeche, una barra de chocolate en rama Flake y gomitas de menta y fruta. Levanto la bolsa de triangulitos verdosos de noventa y nueve centavos, y alzo una ceja.

—Cortesía de papá.

Como si de verdad no supiera quién es responsable de la selección de dulces tradicionales de antaño. La mayor parte del tiempo me irrita su obsesión con la comida de guerra —los cacahuates y la leche condensada, así como las galletas María rancias—, y que sería posible encontrar sus dulces favoritos en raciones de alimentos de 1945, aunque esta vez me parece un poco tierno.

Abro la bolsa y le doy una oportunidad. Rain se inclina y toma una gomita también. La masticamos, ponemos cara de asco y la escupimos al unísono.

—Guácala —dice Rain.

Tiene razón. Es como si empanizaras pasta dental en arena para gato.

—Las gomas de menta no son un dulce de verdad —confirmo mientras saco el celular para tomarle una foto a la bolsa de dulces apocalípticos—. Es como la canela. Las especias sirven para muchas cosas, pero ya existen las paletas heladas de frambuesa azul y naranja.

—Me gusta más el sabor fresa —dice Rain mientras se asoma a examinar el teacake.

—De acuerdo. La menta es como el internet telefónico o el fax de los sabores.

—Fax —repite—. Qué gracioso. ¿Por qué no les pones pies de foto de verdad a tus fotos de Instagram? ¿No quieres que la gente sepa a qué sabe esta mierda? —Alza el domo envuelto en aluminio—. Olvídate de los tenis y esas cosas. Mejor cuéntame qué tiene uno de estos. ¿Cuál es su vibra? —Rain tiene razón—. Pablo. —Suena como si fuera mi tío o algo así—. No le temas a la sinceridad. Deja a la gente entrar. Deja que tus fans te conozcan. Sé que tienes problemas de abandono. O sea, basta con vernos. No hay un miembro de esta familia que no esté jodido, pero la intimidad es cool.

—¿De dónde sacas estas ideas?

—De la app de meditación de papá —confiesa—. Mira, da igual. Paso mucho tiempo solo. El *mindfulness* es la energía que estoy intentando traer a este planeta durante mi decimocuarto año de vida. Abre los postres.

Le lanzo el celular.

—Está bien, haré un *unboxing*. —Desenvuelvo el disco y alzo el envoltorio—. Este es un teacake marca Tunnock's de chocolate con leche. —Examino la galleta y le doy un mordisco—. Es como un Mallomar.

—Pablo —me interrumpe Rain—. Explícate.

Leo la envoltura.

—Bueno. Está hecho en Escocia. Y supongo que si nunca has probado un Mallomar puedes imaginártelo como una especie de s'more. Tiene galleta y malvavisco, pero es un poco más esponjoso, más *apetitoso,* y está cubierto de chocolate. —Le doy otra mordida—. Y para quienes sean kosher, se parece al Krembo.

Se lo paso a Rain para que lo pruebe.

—Nah, esto es más cremoso que los Mallomar —dice con la boca llena—. Me recuerda al merengue.

Su talento es innato.

Filmamos un video de los Hula Hoops y los Monster Munch, y aunque el chocolate en rama está roto, abrimos el empaque amarillo y ponemos a prueba toda la chatarra.

—¿Crees que debería etiquetar al deli?

—Claro —dice Rain—. Y poner los precios también.

—¿En qué momento te volviste tan mandón?

—Cuando empecé a tener sexo —dice con una sonrisa.

Siento una arcada.

—Qué asco. ¿En serio? —Espero que el mocoso al menos se haya protegido.

—Nah. —Me da un codazo—. Pero para el próximo año ya lo habré hecho. Creo que seré bueno para ello.

Le hago de cenar burritos con pasta de chile coreana y pepinillos, y lo mando a casa. Me siento mejor. Lo suficiente como para que me den ganas de ducharme. Es un alivio que mi hermano me haya perdonado. Quiero mucho a ese pequeño desgraciado.

Conforme me asiento en mi existencia bajo el agua me siento mejor que hace muchos días. También estoy rumiando algo. Lo que dijo Rain. Sobre la sinceridad. Está bien hacer reseñas de snacks, pero no dicen mucho sobre mí. Sobre quién soy. De dónde vengo. Qué cosas me gustan. Además, a ese teacake le faltaba algo. Si los Hula Hoops hubieran sido de sabor original, los que vienen en la bolsa roja, el sabor salado y crujiente, combinado con un Tunnock's, todo habría sido sublime. Y el chocolate en rama, aunque me gusta más que el Twirls (aunque nada le gana a un Mint Aero), solo es espectacular cuando lo agregas a un sundae.

Me rasuro, bebo un vaso de agua y espero que mis roomies vuelvan para reincorporarme a la civilización. Pero al ver que dan las diez y media y nadie llega me rindo y le escribo a Lee. De nuevo. No sé por qué lo hago. Supongo que quería agregar otra burbuja azul a la larga lista de mensajes sin respuesta.

Vuelvo a descargar Instagram, con el pretexto de publicar nuevos videos, después de haber borrado la app hace tres días. Pero cuando la abro vuelvo a ver su perfil de inmediato. Y entonces lo veo. Se lo dieron. El papel en la película.

The Big One.

Además, según los tabloides, lleva unos días filmando en Nueva York. Con Teddy Baptiste.

Hay una foto de ella con cabello rubio en Prospect Park. Es mi parque.

Me siento en el piso. Su vida ha continuado. Dio el siguiente paso. Espero sentir tristeza. Soledad. Ira. Celos. Amplío la foto de Teddy, y aunque no me siento de maravilla —pues es un hombre muy atractivo—, miro a Lee. La miro en serio. Recuerdo la conversación en la tina. Cómo sonaba cuando me dijo que me enviaría la segunda grabación, la de la audición para el protagónico. Lo asustada que estaba. Pero lo logró. Habrá nuevas fotos y notas de periódico para el álbum de la abuela de Lee sobre el siguiente capítulo en la vida de su nieta.

La emoción que me sobrecoge es alegría. Estoy eufórico por ella. Me emociona descubrir que soy capaz de ello. Me recuesto en la cama y me obligo a recordar el consejo de Tice sobre dar el siguiente paso en la dirección correcta. Miro a mi alrededor. Empiezo a limpiar mi cuarto. Pongo otro episodio de *Watershed* como ruido de fondo. Es sobre un tipo que creó una especie de Shazam para tenis junto con una tienda. Es un joven atractivo de Long Island con una de esas barbillas partidas que de inmediato te hacen parecer distinguido bajo una óptica ochentera. Trae puestos unos Air Max 1 de aniversario con estampado de piel de tigre bastante feos que solo unas cincuenta personas en el mundo se habrán comprado.

Mientras junto la ropa sucia me pregunto si esta historia me dejará con mal sabor de boca. Del mismo modo en que me hace sentir culpable ver videos de rutinas de ejercicio mientras como chatarra. Sin embargo, cuando dice que desertó de la universidad atrae mi atención más que antes.

No parecería tener más de veinticinco, pero es más viejo. Trabajó en un Foot Locker durante años, y a diario tenía que ir de su casa a la tienda de Times Square. En sus días de descanso, antes del *boom* del mercado de los tenis, viajaba fuera de la ciudad y buscaba zapatos peculiares entre los saldos de tiendas aleatorias para revenderlos en eBay. La mayoría de las veces los dueños de aquellas tienditas desconocían el valor real de sus productos.

Está parloteando sobre lo mucho que le gusta Times Square *precisamente por los turistas,* así que debo suponer que está loco. Y su conocimiento enciclopédico se encontró con el amor de un magnate de la televisión mexicana por los Nike Monarchs (alias los Air Dads), y este empresario decidió invertir en su negocio.

Después de eso, Barba Partida conoce a un geniecillo suizo de diecinueve años que estaba de vacaciones en Nueva York, y por azares del destino termina siendo el principal desarrollador de la empresa.

De ese modo, aquel desertor universitario va camino a hacer miles de millones de dólares, pero él lo explica así: «No ha habido un momento finito que sea el responsable de mi éxito. No hubo una encrucijada. No hubo un punto de inflexión monumental en el que mi vida cambiara. Fue la acumulación de días totalmente normales de trabajo intenso, seguidos de buenos instintos, y eso fue todo. No tienes que empezar de cero día tras día; solo hay que seguir adelante».

Me dan escalofríos. Es básicamente lo mismo que me dijo Tice. Pero esta vez le pongo más atención. Entiendo por qué el terror incapacitante que se cierne sobre mi vida nunca se ha esfumado. Todo este tiempo he estado haciendo mal la normalidad y la regularidad.

Quiero que me apasione algo tanto como a él le apasionan los tenis. Dice que para él son el cumplimiento de sus deseos. Es todo lo que deseas cuando eres niño, que se te cumple de adulto con la misma alegría inmortalizada en ámbar que no puedes encontrar en ningún otro lugar. Es como la magia. O la fantasía. Pero puedes aferrarte y volver a ella cada vez que quieras. Es como el estúpido de Rooster y su estúpido queso. Tice y su actuación. Lee y su dominación mundial. Para ser franco, es aterrador —y sumamente humillante— querer algo y decirlo sin tapujos.

Abro la ventana de golpe y me asomo.

Es cierto que vivo en el mejor lugar del planeta Tierra. En ese momento lo descifro. Lo que quiero hacer. Pero antes tengo que acabar esto.

Lo busco entre mi ropa sucia. La ruina de mi existencia. La molestia constante que marca la pauta de mi visión del mundo. La encuentro. Es el maldito calcetín agujereado. Lo tiro a la basura.

Y aunque parezca raro, me siento un poco mejor.

CAPÍTULO 34

Tice viene al departamento, y es raro tener que abrirle por medio del interfono. Iremos al estreno de la obra de teatro de mi papá en el teatro FiddleStick, en el Village. Es raro. O quizá no es raro, pero estamos nerviosos. Wyn y yo limpiamos la sala, y Wyn incluso colgó en la pared un mapa del metro de Nueva York enmarcado, como si hubiéramos hecho la transición a convertirnos en ese tipo de personas.

—No tenías que venir —le digo mientras él, para quitarse las pelusas de los pants nuevos, se pasa un diminuto rodillo adherente que al desdoblarse se vuelve de tamaño regular.

Se ve muy bien. Sus camisetas se modernizaron, y dejaron de ser de Target para empezar a ser de Uniqlo. Wyn y yo nos miramos a los ojos cuando saca el rodillo de la chamarra, pero ninguno de los dos dice una palabra. Seré honesto; me sigue poniendo triste que ya no viva aquí. Su habitación está vacía y mantenemos la puerta cerrada, sobre todo porque se siente raro con él sentado en la sala. Es como si el departamento estuviera chimuelo.

Ross, el primo de Wyn, se mudará con nosotros, y el explotador de Wyn le sacó setecientos cincuenta dólares de renta, de modo que yo recibiré un descuento por el cual estoy muy agradecido. Le pedí prestado algo a Rain, quien es un poco tacaño con sus ahorros, y estoy esforzándome por pagar el mes y medio de renta que todavía debo. Hablé con los padres de Wyn por teléfono y accedieron con la mejor disposición a permitirme pagarles en abonos.

—Claro que tenía que hacerlo —dice Tice—. Tu papá lleva tres meses saturando mi correo. Dice que quiere mi opinión profesional. —Despega una hoja con pegamento cubierta de pelusa y me pasa el rodillo por la camiseta—. ¿Cómo puede una camiseta blanca llenarse de pelusa de forma tan notoria?

Los tres tomamos el tren, y cuando salimos a la calle el día es brillante y soleado, y todo el mundo está vestido como para vacacionar. Vestidos veraniegos vaporosos, shorts con estampados floridos, lentes de sol y cafés helados. Estamos apenas en primavera y no hemos superado los diez grados centígrados, pero bajo el sol se siente calor. Por primera vez en el año el frío empieza a ceder, y en ese instante nos engañamos y tratamos de convencernos de que todo está perfecto.

Está por llegar la mejor estación —el verano—, cuando nunca jamás estás solo en Nueva York. La ciudad te hace compañía, sobre todo porque la gente que conoces está en las calles, sentada en banquitos o comiendo en mesas plegables en terrazas. Escuchas todas las canciones que se te antojen a través de las ventanas abiertas de los taxis, y si sales de casa a primera hora del día y llevas un poco de cambio en el bolsillo puedes quedarte afuera hasta que anochezca. Si logro llegar al verano estaré bien.

Mamá y Rain ya están ahí cuando llegamos. Mamá asiente con rigidez para saludarme. Mi siguiente objetivo es enfrentarla. Sé que tenemos que hablar, pero aún no sé qué le voy a decir.

Me hace feliz verla. Sobre todo porque sé que no nos pelearemos enfrente del resto de la gente. Bendito sea el *nunchi*. Está vestida muy bella para la ocasión, con una blusa azul de manga corta y una falda que combina. Y cuando baja discretamente la cabeza para verse los dientes en un espejo que trae escondido en el bolso se me estruja el corazón. Quiero suplicarle que me perdone.

Rain me llama por mi nombre.

Nos acercamos a él.

—Tice —dice con una enorme sonrisa y le toma la mano para inaugurar un apretón de manos complejo del que Tice inmediatamente se deslinda.

—No jodas —dice con una sonrisa—. Hola, señora Rind… —Tice titubea al recordar que mis padres están separados, pero mi mamá no lo corrige.

En vez de eso lo abraza.

—¡Te vi en *Los agentes*! Cuando te hacen explotar junto con los pelícanos en el muelle se me llenaron los ojos de lágrimas. Actuaste muy bien.

—Gracias. —Tice se sonroja por el cumplido.

—Hola, mamá.

—Pablo.

Wyn interviene.

—Hola, familia de Pablo. Vieron a Tice en el programa, ¿verdad? Es una leyenda. —Le echa el brazo por encima de los hombros—. Debieron verlo la semana pasada que fuimos a un deli. —Wyn le da una palmada en el pecho—. Una chica se le acercó para preguntarle si se podía tomar una selfie con él.

—¡No jodas! —dice Rain.

—Todo un matador. —Por la sonrisa de Tice, se nota que Wyn está diciendo la verdad—. Pero luego este imbé… —Wyn se sobresalta y voltea a ver a mi madre—. Este hombre le contestó: «Claro». Y chéquense esto: le preguntó si se podía tomar una selfie con ella para mandársela a su mamá. Y le dijo: «¡Gracias por ver el programa!».

—Basta —se queja Tice. Es algo típico de él. Les habla a su mamá y a sus tías por lo menos cada dos o tres días.

—Fue insondable.

—No creo que esa palabra signifique lo que crees que significa —insinúa Tice.

—Da igual.

Hay un mostrador con refrigerios, así que me formo para comprarle agua a mi mamá y tener un pretexto para hablar con ella. Pero como es de esperarse, solo venden Pellegrino y cuesta seis dólares la botella. Me retracto. Estoy intentando no pagar con tarjeta.

—¡Ey, Selwyn! —exclama alguien.

Volteo a verlo. Un chico enjuto con un corte césar bastante crecido choca puños con Wyn. ¡Mierda! Es Cruzo, el tipo que sería mi némesis si supiera que existo. El tipo de los grafittis que se robó el nombre de mi banda con absoluto descaro. ¿Es posible tener un némesis unilateralmente?

—¿Ya viste a Pablo? —dice Wyn.

—¿Qué hay, Esco? —saluda Cruzo y se da unas palmaditas en los brazos antes de acercarse a mí.

—Hola, Salvatore. —Asiento. Tengo que hacer un gran esfuerzo para no llamarlo Escolio.

—Puedes llamarme Cruzo —dice como es de esperarse; y seguro de que no lo escuché, repite—: Ahora me hago llamar Cruzo.

—¿Cruzo? —No puedo evitar tomarle el pelo.

—Sí, Cruzo. C-R-U…

—Bien por ti —lo interrumpo—. Él es Tice. A Selwyn ya lo conoces, aunque ahora se hace llamar Wyn. Con «W». —Jalo a Wyn para darle un abrazo bromista—. Muchos cambios.

—Sin duda. —Puedo ver que Cruzo trae dientes de oro, como si estuviéramos en Houston, Texas, en 2005. Aun así, su mirada es hiperalegre. Es posible que de verdad le dé gusto vernos.

—¿Qué te trae por aquí?

—Tu papá me invitó —explica—. Es muy perseverante. —Eso no es perseverancia; es falta de autoconsciencia. Cruzo menea la cabeza—. Qué bien que Selwyn y tú sigan siendo amigos. Es lindo. —Volteo a ver a Wyn, quien conversa animado con mi mamá y con Rain. Es buen tipo, la verdad.

—Sí, es agradable.

—¿No es una locura que sea tan difícil hacer amistades a nuestra edad?

—Cruzo, tenemos veinte.

—Lo sé. Es solo que… es distinto. —Suspira. Con gesto dramático. Tan fuerte que alcanzo a percibir el tufo a canela en su aliento—. ¿No te parece?

—Sí, claro.

—¿Sabes? Después de que falleció mi mamá… Sí supiste que murió de cáncer este año, ¿verdad?

Soy un imbécil.

—No lo sabía. Lo lamento.

—Gracias, gracias. —Hace una reverencia—. Ha sido duro. No podía salir de casa. Nunca sabes con quién puedes contar cuando pasas por algo así. —En ese momento se escucha una campanada que indica que es hora de entrar—. En fin , me da gusto verte, Esco.

Alcanzo a ver la silueta de la cabeza de mi mamá entrando a la sala oscura. De verdad tengo que hablar con ella. El teatro no es muy grande. Un montón de sillas tapizadas de terciopelo rojo y un único balcón en la parte superior. Aun así, es un teatro de verdad. Hay acomodadores y programas, así como una cantidad considerable de personas.

Papá nos reservó media fila cerca del frente. Está bloqueada con un trozo de cinta adhesiva y una hoja de papel bond que dice RESERVADO con marcador negro. Es, sin duda, la letra de mi papá. Las «e» parecen tener ojitos. Despego el trozo de cinta para entrar y sentarnos.

—Pab —susurra una voz a espaldas mías. Es Dara. Miggs viene con ella. Dara trae ropa de trabajo, mientras que Miggs trae puesto un suéter rosa mexicano que nunca le había visto.

—Hola.

Se sienta y me da un abrazo de lado.

—Hola, mamá de Pab —dice Dara.

Mamá, quien está sentada a dos asientos de mí, la saluda con la mano.

—Hola, mamá de Pab —añade Miggs.

Cruzo está sentado al otro lado de Miggs, y los veo saludarse con un gesto cordial de la cabeza.

Rain está a mi lado, buscando chicles en el bolso de mamá, y la forma en que susurran y se ríen deja en claro que ya se reconciliaron. Sé que mi hermano ha estado cumpliendo con sus deberes al pie de la letra. Se levanta temprano para ir a la escuela, hace la tarea, lava la ropa y a veces hace de desayunar o de cenar (lo que, en su caso, implica hacer arroz frito con huevo y trozos de Spam).

«No puede seguir enojada conmigo», me dijo ayer. Hemos adoptado la costumbre de llamarnos, lo cual es muy extraño, aunque es una buena forma de iniciar el día.

—¿Mi papá te invitó? —le pregunto a Dara en voz baja. Al oírme, Tice se inclina hacia nosotros entre risas.

—¿También te envió mensajes de Facebook a diario durante un mes?

—A mí no —contesta ella y señala a Miggs con la cabeza—. A él sí.

—¡Cielos!

Mi padre no tiene filtro.

—Al parecer hay un monólogo cómico y quiere que Miggs le dé su opinión profesional —susurra Dara.

Emito un quejido.

—A mí no me invitó —interviene Wyn, quien suena genuinamente herido.

—Supongo que no necesitaba la opinión experta de un casero abusivo —dice Miggs, y todos nos partimos de risa.

Sin embargo, cuando una señora nos lanza una mirada fulminante, le bajamos al volumen.

—Esto es muy profesional —opina Dara, mirando a su alrededor.

Cuando se apagan las luces me doy cuenta de que la sala está completamente llena. ¿Quiénes son estas personas?

Mi papá sale al escenario bajo un pequeño reflector, con un suéter de cuello en «V» demasiado grande para él. Carraspea tres veces. Su voz es temblorosa y agita ligeramente la cabeza al hablar, como si negara sus propias palabras.

—La obra dura setenta minutos sin intermedio —anuncia. Entro en pánico al pensar que tendré que estar sentado aquí más de una hora sin descanso—. La escribí yo. Eh, me llamo Bilal Rind. En fin, la obra se llama *El ganador.* Espero que la disfruten.

Se cubre los ojos de la luz para encontrarnos, nos saluda con la mano y luego hace una sutil reverencia antes de salir de escena. Lo escucho volver a carraspear de nuevo tras bambalinas y me doy cuenta de que me estoy cagando de miedo.

Ver la obra de tu propio padre te hace desarrollar una vergüenza preventiva inherente. Es demasiado revelador. Tu columna vertebral intenta encorvarse para hacerte chiquito y permitirte desaparecer. Es peor que verlo tener relaciones sexuales. Es como verlo tener relaciones sexuales mientras te mira directo a los ojos y entona una canción de Adele. Los papás son raros, en especial los sensibles, a quienes puedes leer como un libro abierto. Llegas a cierta edad en la que empiezas a percibir sus defectos y debilidades chocando entre sí como plancton que flota dentro de una medusa. Me rebasa.

Es peor que ver a tu patriarca usando un suéter de mujer. O que verlo comer patéticos sándwiches de viejito, o robar comida de una boda. Me aterra que mi papá esté a punto de revelar su obra frente al mundo. Espero que sea una absoluta decepción, a pesar de sus esfuerzos y su empeño.

Lo único en lo que puedo pensar es en lo poco memorable que es el protagonista. Bien podría ser cualquier repartidor de origen chino que ves en la calle, alguien a quien no voltearías a notar siquiera cuando pasa junto a ti.

Pero diez minutos después, cuando el padre asiático celebra su golpe de suerte, y se agita en una especie de baile errático, y luego finge tranquilidad absoluta frente a los otros personajes tan pronto regresa a la cocina, caigo en cuenta de que ya estoy sumergido en la obra.

Fragmentos del ensayo hacen eco en mi memoria.

—Esta semana no viene bien —dice el héroe con un acento muy marcado. Está hablando al teléfono con sus hijos avariciosos. Mientras tanto, se escucha el noticiero local. El hombre asiente y chasquea la lengua de forma empática—. La siguiente semana tampoco viene bien. —Le da una palmada al boleto de lotería ganador que trae en el bolsillo de la camisa—. La semana pasada venía bien, pero... *aiyah*... la semana pasada fue la *semana pasada*... ¿sabes?

El público se ríe, con un brillo en los ojos y una sonrisa plasmada en el rostro.

Al parecer la obra de mi papá es graciosa. Y dista mucho de ser vergonzosa.

El acto pasa rápido, y al final el hombre divide sus ganancias por partes iguales entre sus tres hijos, no sin antes torturarlos sin piedad, como suelen hacer los papás.

Como es de esperarse, a cada uno le da una lección de vida. Humildad. Contención. Esfuerzo. Cuando termina me ahogo en un mar de aplausos. También me enfrento a una sensación desconocida. Orgullo por mi padre. Me erizo cada vez que alguien dice que se enorgullece de mí. Se me hace muy condescendiente y presuntuoso, como si su satisfacción fuera la principal razón por la que hacemos las cosas. Pero hoy estoy orgulloso de mi papá. Y eso conlleva cierto alivio. Que los ingredientes de los que estoy hecho estén ligados a los suyos me hace tener por primera vez la esperanza de que me permitirán llegar a algún lado.

Recuerdo cuando me llamó y yo estaba en Corea. Dijo que no podía dormir. Recuerdo que dudé de él en ese momento también.

—¡No jodas! —dice Dara, aplaudiendo como desquiciada—. Debería llamar a mi mamá.

Miggs aplaude de pie y silba, y Tice lo imita. Luego, toda nuestra fila se pone de pie, incluso el idiota de Cruzo, quien silba muchas más veces de las necesarias.

Luego, por encima del rechinido de las sillas, el público entero hace una ovación de pie, mientras mi papá y el elenco se toman de las manos y hacen una gran reverencia. Salen del escenario para volver después para un *encore* estruendoso, y espero que papá sienta la oleada de afecto tanto como yo.

Miro de reojo a mamá, quien se está limpiando los rabillos de los ojos, y Rain voltea a verla y luego me mira a mí.

Esperamos a papá en el vestíbulo.

—Gracias por venir —les dice Rain a mis amigos, como si fuera el representante de papá—. Es evidente que somos los artistas de la familia.

Mi mamá se ríe y lo toma de los hombros.

—En fin —les pregunto a mis roomies—, desde su punto de vista profesional, ¿qué opinan?

—Los diálogos son geniales —declara Tice—. Ásperos y verosímiles. Como todas las personas que conozco que acumulan rollos de toallas de cocina y guardan su costurero en una lata de galletas.

—Y son muy graciosos —añade Miggs—. La parte en la que se aparece el esposo blanco de la hija… fue genial.

—A mi papá le dará mucho gusto verlos, chicos.

—No me lo habría perdido por nada del mundo —asegura Miggs y me da un golpecito en el hombro—. Además, voy a empezar a molestarlo hasta el cansancio para que venga a mis presentaciones.

Papá sale, pero lo interceptan de inmediato. Mientras lo miro sonreír y asentir, e incluso en un momento dado echar la cabeza hacia atrás para reírse, me sorprende lo poco que sé sobre él. Se ve muy cómodo rodeado de otras personas. Algunos aspectos de él no nos pertenecen. Se detiene a conversar con alguien más, y entonces reconozco a su interlocutor. ¿Quién iba a pensarlo? Es el paquistaní casado con la pelirroja que iba a la tienda de los Kim. Mi padre y él conversan durante un rato, y luego papá nos señala.

—Guau —El paquistaní se acerca y abre los ojos como platos—. ¡Mira! —exclama antes de abrazarme—. No jodas. Es Pablo, del deli.

—Sí, soy yo. —No puedo creer que sepa cómo me llamo.

—¿Dónde has estado, amigo?

—Qué maravillosa coincidencia —interviene papá mientras yo sigo teniendo un aneurisma a causa del desperfecto en la mátrix—. Al parecer es cierto eso que dicen de que entre todos nosotros nos conocemos. Pero no se lo digan a los *goras*.

Papá se distrae en otra conversación con una pareja de cabello platinado que trae rompevientos a juego.

—Nil. Nil Mehta —se presenta el paquistaní, quien al parecer se llama Nil Mehta—. Así que él es tu papá. Qué locura.

—¿De dónde se conocen?

—Yo le comisioné la obra. —Se pasa los dedos por el cabello cano—. Soy director de programación de Breuekelen Rep, en Dumbo. Y doy clases en la New School. —¿Así que el hombre de las dos Beck's, alias el esposo de Pecas McGee, es director de programación teatral?—. Dime la verdad —continúa—. Me veo fatal, ¿verdad? Subí un montón de peso... —Se da una palmada en la barriga—. Tuve un hijo. Digo, mi esposa tuvo un hijo. Rachel. La conoces. La pelirroja. ¿Y qué pasó contigo? ¿Adónde te fuiste? Rachel y yo nos lo preguntábamos hace unos días. ¿Volviste a la escuela?

Los imagino pidiendo pad thai para llevar y hablando sobre mí. Qué extraño.

—Nah —digo—. Quería, pero...

—¿Dónde?

—Pues...

—¿Qué estudiarías?

—No lo sé... —contesto con franqueza—. No sé nada de nada.

—Bueno, entonces quizá no es el mejor momento para volver. Pff, y es alucinante lo costoso que es. —¿Alucinante? Nil Mehta es muy distinto a como lo había imaginado—. Te juro que voy a tener que vender un puto riñón para que mi hijo estudie. En fin. —Nil me da una palmada en el hombro—. Me da gusto verte. Le diré a Rachel qué es de tu vida. Te manda saludos. Digo, no literalmente, pero sin duda lo hace en espíritu.

—Sin duda —repito.

Luego busca algo en los bolsillos de sus jeans, saca una gruesa cartera de piel y me entrega una tarjeta blanca de cartón.

—Llámame si necesitas ayuda. Yo no encontré mi camino hasta que tenía casi treinta. Mis papás estaban enojadísimos.

Papá vuelve a reunirse con nosotros.

—¡Hola! —dice con los brazos abiertos—. Está aquí toda la camarilla.

—*Baba*! —le dice Rain y es el primero en abrazarlo.

Mamá espera su turno, pero él va a buscarla.

—Fue de otro planeta —apunta ella y le da un beso en la mejilla. Luego hace el gesto de aplaudirle varias veces para enfatizar su argumento, lo cual me parece muy tierno—. No sé nada de arte, pero fue muy divertido. Casi podía escuchar tu voz saliendo de las bocas de los actores.

Mi papá está reluciente de orgullo. Me da palmadas en ambos hombros con entusiasmo. Carraspeo. De pronto siento un nudo en la garganta.

—Gracias por venir.

—¡Estuviste increíble! —exclamo, sin aliento—. Todo fue increíble.

Mientras salimos del teatro nos cuenta que lo aceptaron en el Festival de Teatro Fringe.

—Qué asombroso. —Tice intenta tenderle la mano a mi papá, pero él lo estruja entre sus brazos también.

—Entonces, ¿qué opinan? —les pregunta a mis roomies—. ¿Qué les parecieron los monólogos en particular?

—No paras de hablar de trabajo últimamente, papá —interviene Rain, y entonces los artistas de la familia empiezan a hablar sobre la dirección de las escenas.

Dara me da un caderazo.

—¿Estás contento? —pregunta y yo asiento—. Imagínate que hubiera sido un bodrio y tuvieras que enfrentar después a tu papá. ¿Te lo imaginas?

—Sí, me lo imagino —murmuro entre risas.

—Bueno, debo volver al trabajo, pero ustedes deberían ir a celebrar —dice—. Será lindo.

—Sí, mami.

A pesar de que molesto a Dara diciéndole que es una gorrona y una sabelotodo, en realidad es la principal encargada de mantener la paz en la casa. Sé a ciencia cierta que es la única que cambia el tubo de pasta dental y pone papel de baño nuevo, porque siempre es de la misma marca. Además, es generosa. Auténticamente generosa y mucho más evolucionada que el resto de nosotros. Miggs es muy afortunado.

—Ya que estoy jugando a ser tu mamá —añade—, hay una vacante de mozo en el trabajo. Una vacante hecha a tu medida. Puedes empezar el lunes. Dieciséis la hora, sin propinas. Y tienes que cortarte el cabello.

—¿Dieciséis? —No necesito más argumentos—. Cuenta conmigo.

He revisado las ofertas de trabajo de Craigslist y son miserables.

—Te tocará trabajar desde la hora del almuerzo hasta el fin de los tiempos, pero yo seré tu jefa directa. —Me lanza un beso desde lejos.

—Eres un ángel, Dara —afirmo—. Hablo en serio.

Me reúno con Wyn y Cruzo.

—Sí —dice Cruzo—, tenemos un pianito de cola que es una réplica exacta del Halcón Milenario.

No sé cómo procesar sus palabras ni qué imaginar. En vez de eso voy a buscar a mi padre.

—No pude dormir durante un mes —relata. Me doy cuenta de que papá está demacrado. Tiene unas ojeras enormes. No puedo creer que no sabía que es tan buen escritor. Que mi ensimismamiento me haya hecho pasarlo por alto me pone tan triste que duele.

Somos los peores neoyorquinos al acaparar tanto espacio en la banqueta, pero me encanta este momento entre mi familia y mis amigos. Me encanta que sean gente tan creativa y que tengan la oportunidad de vivir en un lugar como esta ciudad. Aprovechan al máximo la cercanía de la cultura. Es un don saber qué quieres hacer y empeñarte en lograrlo. Ya sea música, escritura, actuación o hasta comedia (aunque no la considero del todo una forma de arte). O —espero no arrepentirme de decirlo— arte en aerosol.

Esa noche decido que estoy preparado. Junto los sobres que llevo meses acumulando al fondo de los cajones y los abro. Por fortuna, al menos la mitad son iteraciones de los mismos tres estados de cuenta principales. Los números me inundan la cabeza.

Tomo una tachuela y clavo la tarjeta de presentación de Nil a la pared.

CAPÍTULO 35

—Agua para la sesenta y nueve —apunta en un bloc Eduardo, un mesero puertorriqueño mayor que parece espantapájaros y fuma en sus descansos como si se tratara de una misión suicida—. Y la veinte quiere que te lleves la canasta de pan. No entiendo por qué estos ricos idiotas no comen bien.

Los restaurantes te exprimen. Corres por todas partes durante periodos extenuantes. No hay horas muertas. Es como jugar un videojuego muy agresivo con un montón de gritos y explosiones. Jamás sabes con qué te saldrán los clientes ni los otros miembros del personal.

El título oficial de mi puesto es *garrotero* pero, por dieciséis dólares la hora, llego a primera hora, con una camisa planchada y pantalones negros. Es una parte de Nueva York en la que no solía pensar, y me sorprende que los turistas, después de observar con fascinación la Freedom Tower, el memorial de las miles de personas que murieron en un ataque terrorista, sientan un apetito voraz.

El almuerzo siempre es más demandante que la cena. Es la hora en la que las oficinas liberan a los robots.

Siempre estoy hecho un desastre. Dara dice que hay que pasar seis meses en este negocio antes de ser capaz de discernir tu cara de tu culo. Apenas voy en el día diecisiete. Amber, una mesera pequeñita con la cabeza rapada, me grita durante tres minutos enteros porque no hay tazas de exprés en el lavavajillas. Eso me ocurre el mismo día que le entrego a un asistente de oficina un pedido equivocado para nueve personas a la hora del almuerzo.

Veo a Nil para tomar un café a las 6:45 a.m. porque es la única hora que le acomoda. Llego temprano y conversamos sobre el futuro.

Cuando al fin siento que tengo algo que se asemeja a una rutina, al esbozo de un plan, voy a visitar a mi madre.

Al llegar la encuentro jugando solitario. Está comiendo semillas de calabaza y trae puesta una de mis sudaderas viejas. Le queda enorme y se le ve muy graciosa, llena de estampados de diamantes gigantescos y signos de dólar. Me quito los zapatos y cuelgo el abrigo en lugar de tirarlo en el sofá. Ni siquiera llevo mi ropa sucia para lavar por simple respeto.

—Hola —saluda y ladea la cara para que le dé un beso.

—Hola. —Me siento junto a ella—. ¿Está Rain?

—No. Está con tu papá. Están escribiendo una obra juntos. —Lanza otra carta a la mesa y examina la alineación.

—Siete de tréboles. —Me estoy entrometiendo y mamá me fulmina con la mirada. Es la principal manía de mamá: no soporta que le ayuden con nada. Detesta a los copilotos que se creen conductores y a los espectadores que se creen directores técnicos.

Le pongo enfrente un tabique envuelto en aluminio azul brillante. Son galletas Ace. De Corea. Sus favoritas.

—Solíamos comerlas en la playa —comenta mientras truena una semilla con los dientes. No parece molesta. Sin embargo, tampoco está contenta—. Bueno, querías hablar.

—Sí —carraspeo—. Sobre la universidad. Y de dinero.

—Okey. ¿Qué hay con la universidad y el dinero?

Intento hacer tiempo. Quiero que juegue el tres de corazones.

—Voy a volver a la escuela.

—¿Y cuál es la noticia ahí?

—Mamá. —Paso saliva.

—¿Dónde planeas volver a estudiar?

—De eso quería hablar. No hice ninguna solicitud para el verano. Se me pasaron las fechas.

—Eso supuse.

No le digo que por fin investigué acerca de la selección del curso de verano de NYU, durante la cual descubrí que ese programa es solo para estudiantes de intercambio.

Pone las galletas en la palma de su mano. Las examina. Luego se sorbe la nariz y se limpia los ojos. Silencio. Vuelve a sorber y carraspea. Mi madre está llorando.

—¿Mamá? —Sigue sin decir nada—. *Umma?*

Después de un rato, se recompone.

—Bueno, ¿cuál es el plan? —Por fin voltea a verme. Tiene los ojos llenos de lágrimas, pero está intentando sonreír.

—Primero me disculparé con el doctor Houlihan y con el señor Santos.

—Okey —gimotea.

Luego, silencio. Vuelvo a intentarlo.

—Mamá. —Quisiera que dijera algo más, que me dijera por qué está triste.

—Te pasaré sus contactos —dice—. ¿Ahí es donde quieres estudiar? ¿En Five Points?

Su expresión es otra vez precavida. Por fin entiendo a qué se refiere la gente cuando dice que me ensimismo. Prefiero hablar de cualquier otra cosa menos de lo que estoy pensando.

—Sí. Hay un curso de mercadotecnia y una clase de finanzas para emprendedores. Me gustaría empezar ahí.

—De acuerdo.

Espero a que añada algo más. Que dé su opinión. Que me dé una explicación frenética de por qué estoy equivocado, pero no lo hace.

—Luego quiero transferirme a la New School. Hay un programa federal para gente que estudia y trabaja que me podría ayudar a pagarlo.

El teatro de Nil es una organización asociada externa al campus, y él accedió a conseguirme un trabajo de asistente.

—Genial. —Su voz es tensa.

A veces me pregunto qué pasaría si nos dijéramos las cosas que siempre nos guardamos. Mamá abre las galletas y me pasa la primera. Siempre lo ha hecho así. Yo recibo la primera porque soy el primogénito. A Rain le toca la segunda, y solo hasta entonces ella toma una para sí misma. Me rompe el corazón en pedacitos que sea tan considerada con nosotros hasta en los más pequeños detalles.

La tomo.

—Necesito ayuda —continúo—. Intenté ser independiente, convertirme en adulto. Pero metí la pata, mamá… —Dejo la galleta en la mesa. No la merezco—. Debo cuatro mil doscientos dólares de tres tarjetas de crédito. Y en un mes exacto los cobradores me van a mandar un citatorio para demandarme y retener mi sueldo. —Me tiembla la voz.

—Muy bien. —Pone su mano sobre la mía y me da una palmadita. Permanecemos sentados en un silencio interminable—. Esto es lo que haremos —dice finalmente y suspira—. Les pagaremos con dinero de mis ahorros.

—¡Mamá! —protesto. Me quiebro de pensar que tenga que reorganizar las carpetas con cuentas y recibos que guarda en su archivero—. No quiero…

—Basta, Pab. Te están ahorcando con los intereses. Ya determinaremos un plan de pago directo para que me lo reembolses. ¡Dios! ¡Este país es un depredador!

Asiento. Estoy agradecido y muy avergonzado, pero debo continuar.

—¿Mamá?

—Dime.

Siento náuseas, pero tengo que preguntárselo.

—¿Qué pasó con mi fideicomiso universitario? —Oí que hablaban de él cuando era menor, entre lamentos ocasionales. Había conversaciones telefónicas entre mis padres, pero al igual que con los misterios de la familia extendida de los que nunca hablamos, siempre he tenido miedo de preguntar.

—Hay cuarenta y seis mil doscientos dieciocho dólares ahí —explica—. Queríamos que fuera más, Pab. En serio. Pero entre nuestra propia deuda estudiantil y que tu papá no podía contribuir tanto… fue lo mejor que pudimos hacer. Lo siento. —La voz se le quiebra de nuevo—. Cuando entraste a NYU no sabíamos qué íbamos a hacer, Pablo. Pasé semanas sin dormir. Es una escuela increíble, pero también es de las más costosas del mundo. Pensé que podría descifrar una forma responsable de enfrentar las cosas, pero luego desertaste. Como si nada. Quería matar a tu padre por haberte ayudado. —Cierra los ojos y suelta un profundo suspiro—. Fue como ver un choque de autos en cámara lenta —continúa, con la mirada clavada en la mesa—. Quería darte el dinero, pero no confiaba en ti. Tu papa decía que sí lo hiciéramos. Decía que estaba mal que te lo retuviéramos. —Por fin voltea a verme—. Y tenía razón. Así que, ¿qué hacemos? —me pregunta—. Es tu dinero. ¿Usamos una parte para pagar tus préstamos, los aplazamos, y vemos cuánto queda para pagar el semestre de otoño? ¿O aplazamos y aplazamos y aplazamos, pagamos tanto de la escuela como sea posible desde el principio y nos preocupamos por lo demás después? ¿Qué opinas?

Mientras recita mis alternativas quedándose casi sin aliento, me doy cuenta de que lo que siente la mayor parte del tiempo no es rabia. Es miedo. Jamás se me había ocurrido que a mi mamá podría asustarle algo.

—Podemos consultarlo con otras personas —opino. Al fin sé a cuánto asciende mi deuda estudiantil. Nil sabrá a quién consultar. Y si no, le preguntará a alguien más.

—De acuerdo.

Sé que se está preocupando por adelantado para encontrar tiempo libre para reunirse con quien nos asesore, pero está bien. Me como la galleta. Las galletas Ace son lo máximo. Son incluso más mantequillosas que las Waverlys de Nabisco. Serían un ingrediente ideal para Tentempiés Calientes®.

—Tengo algo para ti. —Se pone de pie—. Vino a verme la señora Kim. —Toma su bolso—. Me visitó en el hospital.

Me mareo de solo imaginar a la señora Kim y a mi mamá en el mismo lugar hablando de mí. Y me pongo a la defensiva. Ni siquiera sé contra cuál de las dos.

—Okey —murmuro con cautela.

—Es una mujer encantadora.

—¿Fuiste amable con ella?

Mamá frunce el ceño.

—¡Claro que fui amable con ella! ¡Cielos! —Levanta las cartas y vuelve a barajarlas—. ¿Le preguntarás a ella si fue amable conmigo?

—La señora Kim siempre es amable, mamá. Y ¿de qué hablaron?

—De las Olimpiadas —suelta—. ¿De qué crees que íbamos a hablar? Está preocupada por ti. Quería saber cómo ibas…

—Le dijiste que ya tengo trabajo, ¿verdad? ¿Que estoy reordenando mi vida?

—Claro. —Me mira con detenimiento—. Le dije que estabas trabajando como mesero en un restaurante muy elegante en el centro. Por cierto, no me has invitado aún.

—Okey. —Eso me tranquiliza. No sé por qué necesito que la señora Kim sepa que no soy un pobre diablo. Aunque haya metido la pata en el deli—. ¿Te dijo otra cosa?

Es vergonzoso admitir frente a mi madre que me importa lo que la señora Kim piense de mí. Tengo una mezcla grotesca de sentimientos. Como si le estuviera siendo infiel a mi mamá con esta otra mamá.

—Te trajo tu último cheque. —Asiente y dirige su mirada hacia la puerta—. Está en la charolita.

Veo un sobre azul claro. Es una tarjeta de felicitación.

—¡Está abierto!

—Bueno, en realidad nunca estuvo oficialmente cerrado —argumenta mi mamá—. Nadie lamió el pegamento para sellar el sobre.

Es una tarjeta blanca con marco azul que solo dice «Gracias», y de inmediato los ojos se me llenan de lágrimas. Como bien dijo mamá, el cheque está ahí, pero también hay una nota de la señora Kim. Dejó la tarjeta en blanco y escribió la carta en una hoja de papel aparte.

Querido Pablo:

Sé que sonaré superignorante o extraño, pero pienso que es imposible imaginar su acento al ver su perfecta y diminuta letra cursiva. Es como una caligrafía de eras perdidas.

> Espero que estés bien. No te he visto en un rato, pero espero que vengas a visitarnos. Los nuevos congeladores funcionan, pero uno es más grande que el otro. Se supone que debían ser iguales. Tina te manda saludos. No quiero estresarte ni hacerte demasiadas

> preguntas (mis hijos siempre dicen que hago muchas, muchas preguntas), pero me siento culpable porque quizá el señor Kim y yo no te hicimos suficientes preguntas en su momento. Estamos preocupados por ti. Así que visité a tu madre. A veces las conversaciones de madre a madre son mejores. Aquí está tu último cheque. Te llamamos, pero no contestaste. Llámanos si puedes. El señor Kim dice que tiene problemas con el «procesamiento por lotes» con el nuevo programa de la computadora. No sé cuál es el problema. Jorge también te manda saludos.

Luego, está firmada como si la hubieran escrito ambos, pero es evidente que la idea fue de la señora Kim. En el sobre hay también un billete de cincuenta dólares. Es raro ver billetes de cincuenta dólares, sobre todo tan planchados como este. Es un billete de los antiguos, lo que me hace pensar que lo sacó del escondite de dinero que tienen los Kim en su colchón desde hace diez años. Claro que no lo menciona en la carta.

Jamás había examinado un talón de cheque de pago con atención. Sabía que te robaban los impuestos federales, la seguridad social y el seguro médico, pero esto es obsceno.

—Probablemente soy mas amable que la señora Kim, ¿sabes? —dice mamá después de una larga pausa, lo cual me hace reír. No es sino hasta que llego a casa que entiendo por qué la tarjeta está en blanco. Por qué la señora Kim no selló el sobre. Es para que pueda reutilizarla. Imagino que, como mamá, la señora Kim tampoco es una perita en dulce. Y lo digo en buen sentido.

CAPÍTULO 36

Mi parte favorita de trabajar en un restaurante es la comida familiar. Es el Tentempié Caliente® por excelencia, donde el ingenio y la frugalidad se combinan para convertirse en un abrevadero de nutrición diversa y lo suficientemente deliciosa como para satisfacer a algunas de las personas más volubles que he conocido en Nueva York. Pensé en subir los videos que Rain y yo filmamos, pero al mirarlos de nuevo encuentro las tomas de la *frittata* y el *affogato* que hice la noche en que Tabitha vino de visita. Examino todo el material de Tentempiés Calientes® y confirmo que así es. Sabía que debía haber una explicación de por qué borro fotos a diestra y siniestra, pero guardé esto. Es lo mío.

Mi corazón siempre le pertenecerá a la tiendita. Desde que eché las mentas de papá en las palomitas con mantequilla en el cine supe que tenía un don. No es la música ni el teatro, ni tampoco la anestesiología, pero es mío. Siempre me han encantado las combinaciones inusuales.

Edito y publico un video de fideos Shin Ramyun Black con música. Mis fideos instantáneos favoritos, con tres sobres de saborizante y muchísimo ajo. Es el Tentempié Caliente® coreano más clásico de todos, en especial si le echas trozos de salchicha, dumplings congelados, kimchi adicional y —aquí es donde empieza el verdadero arte— huevo, queso, elote de lata y un chorrito de aceite de ajonjolí. Y furikake si andas con ánimos de despilfarrar.

La noche siguiente publico un video de tocino, huevo y queso, pero no en bagel, sino en un bollo glaseado con miel. Aderezado con sriracha y sofrito por fuera.

Luego, chilaquiles hechos con Doritos de chile dulce con chorizo.

Cacerola de hamburguesas de ternera mancilladas con una cucharada de curry japonés untado y cocidas a la parrilla. Con salsa picante Crystal encima y chiles claros en escabeche. Es un troleo, pero la controversia que genera es brutal.

Para el toque dulce: malvaviscos tostados con galletas Petit Ecolier de chocolate amargo y pretzels Rold Gold, chocolate en rama triturado y una cucharada de helado de barra Heath con arroz inflado.

Cuando se me acaban los videos viejos hago *naan*-chos de saag paneer con comida india congelada de Trader Joe's, y resultan ser un exitazo. En especial porque les agregué yogurt y una gruesa capa de Takis triturados encima.

Los comentarios son muchos y son intensos. La gente ama las mezclas tanto como las odia. Me han llovido cientos de comentarios. Muchos más que con la mejor combinación de tenis y snacks que logré jamás. Hay muchas peleas sobre cuál es la mejor mezcla. Por qué las donas glaseadas son mejores que el tocino, huevo y queso en bollo de miel. Todo es tan polémico. La gente está enloquecida. Igual que yo. Hay tanta emoción genuina que siento como si me estuviera uniendo a una manada. A una tribu. Los demás chicos de raza mixta se la están pasando de lo lindo.

Una mañana, cuando voy camino al trabajo, examino los comentarios y encuentro algo inusual. La palomita azul junto a un nombre que reconozco.

«Deberías subirlos a YouTube», dice el comentario.

Es de Jessica Longworthy. Si hay alguien cuyos consejos de negocios seguiría ciegamente, es ella. Le doy *like*.

Al volver esa noche a casa desempolvo mi antigua cuenta de YouTube de mis tiempos de chico triste, edito versiones más largas de los videos y los lleno de gráficos. Cuando termino son las cinco de la mañana.

Unas cuantas semanas después ocurre algo superdescabellado. Recibo un mensaje privado de una empresa que hace carne seca de pavo en el que me preguntan si me pueden enviar muestras gratis para reseñar. Quieren saber qué recetas se me ocurren. Una parte de mí sospecha que están contaminadas con antrax o con *E. coli,* pero en realidad es una empresa pequeña de Columbus, Ohio, y es el fundador mismo quien me escribió. Le encanta lo que hago.

Los roomies se reúnen para planear cómo conseguirme patrocinio de FitTea, porque ahí es donde está el dinero de verdad.

—Solo te hace bajar de peso porque vas mucho al baño —nos explica Dara. Estamos comiendo las muestras promocionales de carne seca de pavo, sentados en torno a la mesa con Ross, el primo de Wyn, quien es un compañero de casa decente, aunque no sea Tice.

—¿No todo el té es diurético? —Miggs se considera experto en dietas y suplementos alimenticios de toda índole.

—Sí. Pero esta mierda te hace mear por donde cagas.

—Guácala —contesta Miggs mientras agita la cabeza.

—Pero son dos pastones —exclama Ross y balancea hacia atrás su silla plegable—. Al menos en eso empiezan los pagos.

—¿Qué es un «pastón»? —le pregunto—. ¿También vas a empezar a hablar de «pagar cuotas» y esas cosas? —Es lo único malo de Ross. Ve películas de mafiosos a diario, religiosamente—. Te juro que hablas como prestamista.

—Pero es dinero gratis —dice.

—No sé si podría hacerlo. —Le echo ojo a un trozo de carne seca. ¿Qué recetas podría idear? Tal vez si la reconstituyera con agua…

—Pero necesitas dinero —insiste—. He visto tu correo.

Al oírlo hablar del correo la cofradía de roomies guarda silencio. Alcanzo a escuchar cómo las quijadas de Miggs, Dara y Wyn mastican la carne deshidratada como si fueran rumiantes.

—Veintidós mil dólares —dice Dara y da un manotazo en medio de la mesa.

Miggs voltea a verla.

—¿Cómo crees? Un año de colegiatura en NYU cuesta como cincuenta. Además, tiene tarjetas de crédito.

—Y esas tienen saldo vencido —interviene Wyn, quien se inclina para tomar otro trozo de carne—. Así que está generando intereses. Y solo estudió un semestre. Yo digo que es más bien como treinta y seis.

Hace un mes esta conversación me habría hecho salir corriendo de aquí.

La mirada de Ross salta de uno a otro.

—Quiero entrarle. ¿A qué estamos jugando?

—Están adivinando a cuánto asciende mi deuda personal.

—¡No jodas! —exclama, con los ojos como platos—. ¿Debes treinta mil dólares?

—Treinta y seis —lo corrige Wyn—. Ah, y son reglas de *Atínale al precio.* Cualquier cifra que se pase queda descalificada inmediatamente.

—Tendré que abstenerme porque sé cuál es la cifra exacta.

Dara me mira de reojo y me estruja el antebrazo como si estuviera orgullosa. O quizá está intentando exprimirme una pista.

—No es posible —interviene Dara—. Su mamá es doctora, así que no es candidato a préstamos subsidiados. Y debe haber un límite de cuánto pudo haber pedido, ¿cierto? Además no es como que le hayan dado becas basadas en méritos.

—¡Oye! —reclamo, pero en realidad sé que tiene razón.

—De acuerdo. —Miggs pone orden—. Dara, tú dices que veintiséis. Wyn dice que treinta y seis. Ross apuesta por treinta y ocho o más. —Se frota las manos—. Yo digo que está más cerca de cuarenta. Todos dentro.

—¡Dios! No puedo creer que hayas intentado ir a una escuela privada —dice Wyn mientras menea la cabeza.

—¡Por favor! Si tú viste a su última novia —se burla Dara—. No es el mejor para poner los pies en la tierra.

—Muy graciosa.

Dara tuvo beca completa en Binghamton y Wyn fue a Hunter. Miggs siempre dice que él se graduó de la Escuela de los Golpes de la Vida porque es un chiste soso con patas.

—Espera, ¿quién fue tu última novia? —pregunta Ross, pero por fortuna todos en la mesa exclaman al unísono:

—¡Nadie!

Ross menea la cabeza.

—Espera, ¿escuela privada? ¿No es pura deuda de tarjetas de crédito?

—Nop —contesto—. Universidad.

—Ah, ¿universidad? —repite Ross mientras agita la mano en el aire—. Esa es deuda buena. Yo estoy en el agujero por ciento sesenta mil. Soy el imbécil que quiso estudiar un posgrado.

CAPÍTULO 37

—Quiero saber más sobre tu vida —le digo a papá después de haber tomado el tren siete en mi día libre.

—Para eso tendremos que salir a caminar.

Ya trae puesto el suéter. Lo sigo por Main Street. La luz del sol se vierte en las banquetas, pero aún corre una brisita, por lo que los peatones entrecierran los ojos y miran directo hacia los rayos, como si siguieran descongelándose después del brutal invierno.

Main Street, a la altura de Flushing, siempre es caótica. Como lo dice su nombre, es la principal arteria del barrio chino de Queens. Hay tres barrios chinos en los cinco distritos de Nueva York. Manhattan tiene Canal Street, mientras que Brooklyn tiene la Octava Avenida en Sunset Park.

Como es de esperarse, están rebosantes de asiáticos. Esta parte de Nueva York bien podría ser un planeta distinto a Soho o Midtown. Está infestada de neófitos que se quedarán bastante rato. No son turistas con abrigos de Moncler tomando un tour de los mejores macarrones de la ciudad.

—¿Alguna vez te he contado de cuando tu madre y yo fuimos a Corea para nuestra luna de miel?

—No —contesto y me hago el propósito de contarle algún día sobre mi primera visita a Corea.

—Mira. —Rebusca en su cartera. Mi papá es el peor peatón neoyorquino. Siempre se detiene sin orillarse. Un hombre de origen chino casi se estrella con él y lo maldice entre dientes mientras avienta su cigarro a la calle.

Tras buscar entre un inmenso manojo de recibos guardados, saca una foto y me la muestra. Está doblada por la curvatura de la cartera, pero son mamá y él sonriéndole a la cámara, tomados de las manos. Me pregunto quién habrá tomado la foto. Mamá tiene el cabello atado en dos trenzas que le enmarcan la cara y le caen a ambos lados del suéter a rayas. Y papá tiene un look noventero, con una camiseta extragrande y arremangada bajo un chaleco de tela de suéter. Están parados en un sendero de tierra, frente a unas montañas. Recuerdo vagamente la foto, pero nunca supe dónde había sido tomada. Para ser sinceros, podrían haber estado en Montana. En la parte de la ventanita plástica de la cartera donde debería guardar su identificación tiene una foto escolar mía de cuando estaba en octavo grado, cuando tenía la piel espantosa, así como una foto de Rain que no está impresa en papel fotográfico, sino en papel normal.

—Yo no les simpatizaba a sus padres —confiesa.

—Tal vez era por la colita de caballo. —Lo empujo del codo para que siga caminando.

—Qué gracioso. —Nos detenemos en el semáforo.

Se nos une un grupo de pubertos con sudaderas. Con gestos sospechosos, se pasan entre ellos un libro de manga japonés que evidentemente es pornografía, pues se les escapan risitas y se empujan los unos a los otros. Es lo agradable de los barrios. A diferencia de Williamsburg o Gramercy, donde todo mundo tiene veinte o treintaitantos, aquí aún encuentras múltiples generaciones que no han sido desplazadas por franquicias de gimnasios y tiendas de Apple.

Al llegar a Northern giramos a la derecha. Ahí es donde todos los letreros empiezan a estar en coreano. Caminamos un rato en silencio y pasamos por fuera de una escuela de música.

—¿Recuerdas que mamá nos hizo tomar clases de piano a Rain y a mí durante una temporada?

—A tu madre le encanta la música —afirma y cruza la calle para que podamos caminar en el camellón arbolado. A papá lo enloquece absorber tanto de la naturaleza como sea posible, incluso si solo es un puñado de arbolitos flacuchos en medio del tráfico—. Tiene una voz perfecta y es capaz de reproducir en el piano cualquier canción después de escucharla una sola vez. ¿Sabías eso?

No, no lo sabía.

—Con razón se puso como una fiera sociópata con esas lecciones —exclamo—. Fueron necesarias treinta peleas para vencerla.

—Rain sí tomó las clases. ¿Recuerdas que ganó aquel premio?

Recuerdo verlo hacer una reverencia en un escenario, con un saco azul con botones dorados. Parecía el muñeco de un ventrílocuo. Radiante. Lo había borrado de mi memoria. Los cuatro fuimos después a Junior's a almorzar y a comer pay de queso.

—Hablamos sobre el fideicomiso universitario —le cuento. Respeto que mi papá no delatara a mi mamá. Jamás la hizo quedar mal frente a mí.

—Se tuvieron conversaciones productivas, según veo.

—Juro que a veces es como hablar con Yoda—. ¿Esto es lo que tenías en mente cuando dijiste que querías hablar de la vida?

Inhalo profundo.

—¿Cómo supiste que querías ser dramaturgo?

—Ah, eso —murmura, como si estuviera esperando la pregunta—. Quería un proceso creativo puramente colaborativo. Y me gustan las obras de teatro.

¿«Me gustan las obras de teatro»? ¿Así fue como la musa lo iluminó? ¿Le gustan? Papá mira más allá de mí, a una distancia no muy lejana. Espero que diga algo profundo.

—¿Te has dado cuenta de que los mangos son un dólar más baratos aquí? —Agita la cabeza y pasa a mi lado de camino al puesto de fruta—. Dos cuadras y te ahorras varios dólares por unos cuantos kilos… —Toma uno y hace un ruido agudo—. Es un crimen que haya tantos tipos de mangos deliciosos en todo el mundo, pero los estadunidenses solo reciben estos monstruos fibrosos. Hay en el mundo mangos jugosísimos que saben a natilla. De color *haldi* brillante. —Aun así, toma una bolsa de plástico para elegir sus favoritos—. ¿Por qué la sociedad moderna está obsesionada con aniquilar la diversidad y los matices para favorecer los monolitos baratos de pacotilla?

Aprieta ligeramente la fruta, inclina un poco la cabeza, la huele y cambia de opinión. Es como si la diagnosticara.

—¿Papá?

—¿Qué?

—¿La dramaturgia? ¿El teatro?

—Ah, sí. El teatro. Me encantan las obras de teatro. Siempre me han gustado. Y sabía que si empezaba a aprender a escribir cuanto antes sería bueno en unos diez años. Excelente en veinte.

La señora del puesto de fruta chasquea la lengua: reconoce a simple vista a un estrujador. ¿Veinte años? En veinte años será un anciano decrépito de un millón de años. Lo empujo para que avancemos.

—*Aiyah* —murmura la mujer mientras reacomoda la fruta.

—Quiero ser feliz —confiesa papá—. Quiero sentir interés y sentirme desafiado por el verbo o el sustantivo que elija en cualquier momento de mi vida. Si estoy sano, mi familia está sana y tengo suficiente claridad mental para sentir curiosidad por mi trabajo, entonces tengo todas las bendiciones que podría querer.

—Empecé a hacer una serie de videos —digo tentativamente—. Es sobre comida… Es una tontería…

Papá mira directo de frente, por lo que no sé si me escuchó.

—Nada que sea una manifestación de la energía creativa es una tontería —sentencia—. La única tontería es no hacer nada.

—Hago reseñas de snacks.

—*Alhamdulillah,* qué hermoso. —Me da una palmada en la espalda—. Eras muy bueno con los videos. Aquel video tan elaborado que filmaste con Heather fue una maravilla. Tu mamá vino un día a tomar el té y lo vimos aquella mañana al menos veinte veces. Esperábamos que encontraras la forma de hacer más.

—Nunca me lo habías dicho.

—No te decimos todo. —Nos golpea una ráfaga apestosa al pasar por el mercado de materias primas y productos frescos, y cuando volteo veo una cubeta roja llena de ranas que esperan su destino final—. Tu mamá y yo estábamos muy preocupados —continúa—. No sabíamos cómo lidiarías con la atención. Desde niño te generaba ansiedad presentarte frente a cualquier público. Y en estos tiempos los chicos creen que la fama es su derecho de nacimiento. Es una bendición que haya quedado atrás. —Me da una palmada en el hombro—. Ser famoso es muy costoso a nivel emocional.

Pienso en Lee.

—Voy a volver a la escuela —añado—. Aunque todavía no sé muy bien en qué me voy a especializar.

—Lo sé. Nil me llamó y me contó que habían conversado. Es un hombre fascinante. Está bien que no sepas aún qué quieres estudiar. La verdad es que puedes aprender cualquier cosa en YouTube. YouTube y práctica. No es tan misterioso.

—Para ti es fácil decirlo —señalo—. Tú estudiaste ingeniería en Princeton.

—Pero no me gustaba la ingeniería —replica—. Me gustaba estudiar, pero eso era todo. Dime, ¿algo te apasiona? —Me mira con ternura. Sé que se avecina un episodio intenso de verborrea emotiva—. ¿Disfrutas hacer algo por el simple hecho de hacerlo? La vida no es un destino. Es la práctica continua de cosas que te hacen más sabio y feliz. Algún día, espero ser capaz de hornear el pan de masa madre perfecto. Quiero aprender a tocar el piano. Me he reconciliado con el hecho de que nunca ganaré mucho dinero, pero gano suficiente para vivir y comer. El resto es para tu madre. Sé que a ustedes les parece deprimente o extraña mi forma de vida, pero el propósito del arte es la creación, no el resultado. Creces conforme construyes. Autotelismo. *Auto* por propio y *telos* por objetivo. Encuentra la alegría en el aprendizaje, Pablo, y no en lo que este te permitirá obtener. Me tomó mucho tiempo de búsqueda el dejar de buscar. El arte se alimenta del anhelo, pero debes aprender a anhelar lo que tienes, no a obtener lo que anhelas. Es la única forma de dejar de sufrir. Espero que entiendas lo que esto significa para cuando llegues a mi edad. —Me da un abrazo brusco, y luego me lleva a otro puesto de frutas—. Ahora bien, este es el snack por excelencia —apunta y toma una esfera púrpura que parece una granada de mano diminuta con corbata de moño—. La reina de las frutas. El mangostán. Deberías reseñarlos. Te volverías viral. O más bien antiviral, beta. Tiene muchísimos antioxidantes.

Compramos unos cuantos para que me lleve a casa.

La vendedora de origen chino, cuyos labios están tan

apretados que luce como si estuviera sosteniendo agujas con ellos, nos regala también unos cuantos lichis.

Mi papá reacciona como si fuera lo mejor que le hubiera pasado. En toda su vida.

CAPÍTULO 38

—¿Eres del 5C? —Un tipo con tatuajes en las manos que trae casco de ciclista está plantado en el umbral del edificio.

—¿A quién buscas? —le pregunto. Sí, el 5C es nuestro departamento, pero no voy a ir divulgándolo por el mundo. Después de todo lo que viví con las cuentas, las llamadas, la campaña de acoso por correo y el establecimiento de pagos automáticos sigo con la paranoia de que me llegue un citatorio por alguna compra turbia en Bed Bath & Beyond que no recuerde haber hecho.

—Pablo —dice mientras lee de la tableta—. Neruda. Rind. ¿Eres Pablo?

Es un milagro que me haya encontrado en casa. Entre los dos trabajos y la escuela, rara vez estoy aquí.

—¿Por qué?

—Traigo un regalo —contesta. Me preparo para lo peor mientras él me entrega una caja negra y plana. Por lo regular recibimos los paquetes en el deli de veinticuatro horas que está en la esquina porque de otro modo nos los roban, pero nunca nos había traído algo un mensajero en bicicleta—. Firma aquí. —Señala su iPad y luego—: Qué nombre tan cool.

Subo el paquete al departamento. Es media tarde, y aunque no están mis compañeros el ambiente es sofocante. Es posible ver el polvo que flota en el aire iluminado por los rayos del sol. Ha pasado más de un año, pero tan pronto retiro la cobertura rosada sé de inmediato lo que es. La tersa tela que está debajo es como una mano helada que me aprieta el corazón.

P, te extraño. L.

Es el traje. Y trae consigo cinco invitaciones a la premier de la película de Leanna. Vuelvo a cerrar la caja, y con mucho cuidado la guardo en mi ropero.

—Suena medio pedófilo, ¿no? —nos pregunta Tice. Estamos sentados en el techo unas cuantas noches después. Bueno, no estamos precisamente sentados. Estamos de pie en círculo para que no se nos ensucien las nalgas porque el techo del edificio queda muy asqueroso después del invierno. Técnicamente no tenemos permitido subir, pero eso no nos impide traernos unas sillas de plástico en verano. Nadie sabe qué les pasó a las sillas que subimos el año pasado, pero, salvo por una que está rota, las demás desaparecieron. Es uno de esos misterios neoyorquinos, como aquello de que es imposible ver palomas bebés.

—No es pedófilo —opina Wyn mientras se cubre los ojos del sol para mirarlo. Hay un tragaluz cuyo objetivo es disuadir el holgazaneo, pero no puede contra nosotros—. En todo caso, todas las jóvenes madres solteras andarán tras tus huesos. Y ese programa lo repiten como loco. Verás que te irá bien.

Todos insistimos en que así será. Después de una mala racha, Tice consiguió trabajo en un programa infantil.

—Es verdad —afirma Ross, a quien a veces todavía le decimos «el nuevo Tice», excepto cuando el verdadero Tice está presente—. Además, es un buen programa. Una vez tuvieron a Questlove como invitado musical. Es enorme.

—Totalmente —confirmo. Es un alivio que Tice no se vaya a mudar a Los Ángeles, al menos no en el futuro cercano.

—No es mi trabajo ideal. Pero estoy contento.

—Y yo estoy contento por ti, amigo. —Le doy una palmada en el hombro y la última cerveza—. Lo digo en serio.

—¿Cómo van los exámenes finales?

—Preferiría no hablar de eso —admito. A este ritmo me graduaré en seis años con una especialidad en negocios, pero aunque lleve la carga más baja no logro sobresalir bajo presión.

—Te irá bien —asegura y me da la cerveza. Le doy un trago, gustoso, y se la regreso.

—Gracias.

Me da una palmada en el hombro.

—Ay, qué tierno —exclama Dara—. ¿Quieren que los dejemos solos? ¿Quieren abrazarse para la posteridad sin un público que cuestione su masculinidad?

—Los hombres de verdad se abrazan y se besan todo el tiempo —interviene Miggs y nos rodea a Tice y a mí para estrujarnos.

—Es cosmopolita —agrega Wyn y se involucra en la acción.

No puedo más. Son demasiados sentimientos.

—Bueno, ya. Reunión familiar —anuncio—. ¿Ya oyeron de esa película en la que sale Leanna Smart?

—Sí —dice Wyn.

—Se ve muy estúpida.

—Completamente estúpida. *The Big One?* —dice Tice—. ¿Qué clase de título es ese? *¿La gran cosa?*

—*¿La gran cosa?* Más bien *La gran caca* —dice Miggs.

—Sí, caca, una montaña de caca —lo secunda Wyn.

Miggs le da un codazo en el brazo.

—¿Aquella con Teddy Baptiste? —pregunta Ross.

—Sí —contesta Dara.

—El tráiler se ve buenísimo —opina—. Probablemente vaya a verla.

Los roomies originales lo fulminan con una mirada colectiva.

—No veremos esa película —Dara es tajante—. Ni por internet. Ni aunque sea gratis.

—Bueno… —murmuro—, pues nos invitaron a la premier en Nueva York.

—¿Espera? ¿A todos? —cuestiona Wyn.

—Sí. —Era imposible que no se los dijera—. ¿Quieren ir?

—Bueeenooo… —dicen Dara y Tice con expresiones que son indicativas de que ya están planeando qué se pondrán.

—¿También a la fiesta posterior? —Asiento hacia Miggs—. Mierda. —Se frota la barbilla. Son unos hipócritas.

—Nah. —Wyn los mira feo—. Yo no voy.

—Gracias —le digo—. ¿Qué pasó con eso de *La gran caca*?

—Bueeenooo… —empieza a decir Dara de nuevo.

—¿Una premier, bro? —dice Miggs y luego se arrepiente—. Pero ¿sabes qué? Si tú dices que lo olvidemos, lo olvidamos. Sin arrepentimientos.

Todos me miran, expectantes. Como si hubiera forma de decepcionar a estos perdedores. Como si esto no fuera como ganar todas las apuestas en ligas de fantasía de un solo golpe.

—Al diablo —exclamo—. Vamos.

Ross esboza una enorme sonrisa confundida.

—¿Quién eres en realidad, compadre?

Nos mandan autos que nos llevan al Metrograph, en el centro. Hay una alfombra negra en lugar de roja, pero las cuerdas que la enmarcan son de terciopelo. Hay una fila de fotógrafos. El tipo de evento es inconfundible: una premier de película en Manhattan. A los fotógrafos no les importa un comino quiénes somos nosotros al vernos bajar de los autos. Cuando llegamos al vestíbulo nos topamos a Jess, quien trae puesto un traje blanco. Se ve increíble.

—Me da gusto verte, Pab —saluda y me da un abrazo—. ¡Hola! —se dirige a mis amigos. Jess se presenta con Ross, a quien pedimos que agregaran a la lista después de que limpió las habitaciones de todos. Nos guía hasta la sección de snacks ilimitados antes de hacerme a un lado para hablar conmigo—. No estaba muy segura de si vendrías.

—Yo tampoco lo estaba. —Le entrego la caja con el traje. Ella me mira fijamente—. No pude.

Asiente.

—Pediré que lo guarden en el auto. ¿Cómo estás?

—Bien. Mejor. —Ahí, frente a Jess, me doy cuenta de lo mucho que me he esforzado para empezar a decirlo con franqueza.

—Me da gusto. —Sonríe—. Te ves bien en tu canal de comida. Veo que te va bien con los patrocinios de leche de avena y los *hashtags* publicitarios.

—Gracias. —Es un horror tener que hacer un video nuevo cada semana, pero la verdad es que no puedo quejarme—. Felicitaciones por el programa, por cierto.

Es cuestión de tiempo para que Jessica Longworthy tenga su propia jefa de personal, y ambos lo sabemos.

—Oye, quiere verte allá abajo.

—Okey —contesto. Supuse que tendría que verla. Solo no sabía cómo ni dónde. Tengo la garganta seca.

—Sabes que no estás obligado a ir. —El tono de Jess es casual.

—Está bien. Quiero hacerlo. —Exhalo. Corea me pasa por la cabeza. El vuelo de regreso a casa. El borrón insomne de los días posteriores—. Será cuestión de un segundo. —Tiene que ser breve. Aun después de todo este tiempo, soy cauteloso. No puedo volver a perderme de esa forma.

—Bien. Baja las escaleras y toma el pasillo a la izquierda —indica. Cuando estoy por irme, me detiene—. No es intencional, ¿sabes? Eso que ella hace. Sé que le importabas.

—Gracias.

—Diviértanse esta noche, Pab.

Cuando bajo encuentro su puerta entreabierta. Voltea a verme antes de que pueda siquiera tocar.

—Hola. —Mi corazón, ese maldito traidor, retumba. No puedo disimular la emoción.

—Hola —contesta con una enorme sonrisa—. Ven acá.

Trae el cabello corto, a la altura de la nuca. Platinado. La hace parecer mayor. El vestido le queda demasiado grande, tiene flecos y está como disparejo. Una manga le cuelga hasta el muslo. Me abraza y vuelve a envolverme con su aroma frutal. Es una fruta tan intensa que no existe en la naturaleza.

—Te ves increíble —le digo mientras la inhalo.

Ve mis jeans negros y se lleva el pulgar a la boca.

—No te pusiste el traje…

—No pude. —Ni siquiera lo saqué de la caja. Ella asiente.

—Okey.

—Guau, lo lograste —le digo—. Tu película ya es una realidad.

—Sí... Estoy contenta. —Luego esboza otra enorme sonrisa—. Dios, me da tanto gusto verte. ¿Sabes que mi abuela está aquí?

—¡No jodas! —exclamo—. ¡Qué increíble! Tengo muchas ganas de volver a saludarla.

—Sí, está muy orgullosa. Los puse a ustedes en la mesa de mi familia, así que...

Eso me destruye. Es increíble lo que el tiempo no es capaz de hacer. Ambos nos miramos fijamente.

—Gracias —exhalo.

—Cielos —chilla con una voz que no parece suya—. De verdad creí que te estaba haciendo un regalo perfecto... —Desvía la mirada.

—Lee. —Me acerco un paso y ella se apresura a abrazarme de nuevo. Se siente bien tenerla así. Es una sensación familiar, aunque no debería serlo. Ella exhala y siento la calidez de su aliento en el pecho. Se queda ahí largo rato hasta que me separo. Le doy un beso en la sien y ella me susurra con la cabeza metida en mi cuello.

—Te extraño.

No puedo mentir. Eso me abre una grieta en el esternón que deja entrar la luz. Las ansias de recargar mis baterías, mi corazón, son monumentales.

—Te extraño —confieso. Es cierto. Es la verdad absoluta.

—Me deshice de Luca —comenta—. Por fin.

—No sé qué decirte.

—No digas nada. Ven conmigo.

Alza la mirada. Ahí está. Las palabras que dieron inicio a todo esto. La invitación a escapar de mi propia vida para entrar a la versión holográfica de la suya. Fugaz. Secreta. Nebulosa. Regida por fuerzas más grandes que yo. Contratos. Reclamos a aseguradoras. Managers. Claro que quiero. Con desesperación.

—No puedo —le digo en vez de eso. Me separo de ella. No puedo porque no lograría volver. Y necesito estar aquí. Picando piedra. Viviendo mi propia vida.

—Está bien. —Le brillan los ojos.

—Oye, ¿alguna vez has pensado en cómo recordaremos esta parte de nuestra vida? —le pregunto con una sonrisa—. ¿Dentro de mucho tiempo?

—¿A qué te refieres? —Sonríe igual que yo.

—No sé —digo—. A veces nos imagino superviejitos. Pero no te preocupes, porque te sigues viendo espectacular.

—Obviamente.

—Pero es como que nadie nos creerá. Que esto ocurrió. Que *tú* me ocurriste.

Su inmensidad es inconmensurable.

Leanna Smart se ríe. Es una risa falsa, aunque su sonrisa es de revista.

—Sí, bueno —comenta, animada—, como bien sabes, este no es mi cabello. Ni estas son mis bubis. Siendo sinceros, parte de la barbilla tampoco es mía, y los dientes también son falsos. —Le da golpecitos a la funda de un incisivo con una uña pintada con esmalte de gel—. ¿Sabes algo, Pablo? En unos años nadie creerá tampoco que yo me ocurrí a mí misma.

Avanza para abrazarme de nuevo y la estrujo. Encajamos como siempre lo hemos hecho.

No quiero soltarla, pero igual lo hago.

AGRADECIMIENTOS

Guau, todo lo que me contaron acerca del segundo libro no es por equivocación. Para nada. Realmente me esforcé demasiado y me rompí la cabeza con esta novela.

Escribir libros es lo más difícil que he hecho y con este en particular tuve mucha ayuda. Gracias, Sam. Mi pareja. Agradezco que los músicos sean lo suficientemente masoquistas como para aguantar a los escritores.

Gracias a mi familia. Mike, mamá, papá, Vicky y Wylie.

A Zareen Jaffery. Mi editora y amiga. Amo nuestras llamadas sinsentido acerca de la mortalidad, la espiritualidad y la manera en que te reíste sin reparo cuando recordaste que estaba escribiendo el Segundo libro y que por eso actuaba como loquita. Tu paciencia, sabiduría y honestidad me siguen impresionando.

A Edward Orloff, mi agente, por tener la mejor cabellera y ser el mejor fabricante de libreros hechos a la medida de la industria editorial. Siempre estaré agradecida por lo que viste en *Contacto de emergencia* y en *Registro permanente*. Penny y Pablo son muy afortunados de tenerte. También agradezco a todos en McCormick Literary, en especial a Susan Hobson, sigo encantada por todas las ediciones en otros idiomas.

A mi increíble equipo de apoyo en Simon & Schuster. Es todo un viaje el hecho de que tenga que hacer negocios en el Centro Rockefeller. Justin Chanda, ufff, eres tan bueno conmigo. Me encanta cómo das la cara por todos y me encanta ser parte de ese colectivo. Gracias, Anne Zafian, Lisa Moraleda y Chrissy Noh por seguir creyendo en mí. Andre Wheeler por los detalles. Ay, mi peculiar gg. Gracias por crear estas hermosas portadas que hacen que me duela el corazón. Siempre seré tu fan. Y, claro, a Lizzy Bromley. Siempre harán que me explote el cerebro cuando tú y gg ven las cosas antes que yo.

Este libro está dedicado a mi familia de Nueva York. Vivo y respiro para hacerlos sentir orgullosos. A mi Marshall (siempre serás mi primer lector), Asa Akira, Jubilee, Suze (tu observación sobre los Smarties fue muy relevante), Naomi, Swoles, Becca, Christine, Phil Chang, Benny Guinness, Rem, Will Welch, Daniel Arnold, Caramanica, Maeve (y Shadow), Rose, Sooey, Keith, Maudie, J. Escobedo, Dap, Yasi (reúne la lana), Brendan + Kenny, Film Club, K Bloc, *C47 Magazine*, Catchdini, Kerin, NCB, Minya, Kristin Iversen, Vivien Wang y Stone (ustedes forman parte de NY en espíritu) y Chethan Jeon Bhan (y más si se lo enseñas a tus papás, ¡ja!).

A Desus & Mero por ser Desus & Mero y por hacer que Nueva York siga siendo relevante en un mundo post Hudson Yards. A Dana por la información sobre el graffiti, a Jian por tu sabiduría acerca de tenis y ropa y a Jake por los detalles acerca de Gallatin. Si me equivoqué en algo que tenga que ver con eso, asumo completamente la responsabilidad. ¡A Jenny Han! ¡Te adoro! Tú brillas para que todos brillemos. Y a Jenna Wortham, mi sanadora energética y la fuerza que necesito para poner los pies en la tierra (voy a convertir mis sentimientos hacia ti en unos hot cakes).

Y a mis amigos que también hacen libros: Bobby Hundreds, Shea Serrano, Samantha Irby, Jami Attenberg. A Rainbow Rowell por su amabilidad y todos esos DMS, a Mark Lotto por los comentarios y a Taffy Brodesser-Akner por las llamadas telefónicas. Y por supuesto, gracias a la gran sociedad de increíbles autores de novela juvenil, tanto en la vida real como en redes sociales. Siobhan, Dhonielle, Nic, DJ, Tahereh, Shusterman, Julie, Jason, Emily, Ashley, Morgan, Jennifer, Maurene, Laini. Son tan inspiradores que no puedo creer que pertenezca a lo mismo que ustedes pertenecen. Sabba Tahir por enseñarme acerca de *deadlines* y de cómo pedir aquello que necesito. Tu apoyo y generosidad me vuelven muy emo. Esa llamada cuando estabas enferma y yo estaba en un *roadtrip* con mis padres resolvió mis dudas acerca de un borrador que ni yo misma entendía hasta que hablé contigo. Gracias.

A todos los chicos por cuyas venas corren diferentes nacionalidades, y también a sus sentimientos. Gracias por compartir sus historias conmigo.

A mi terapeuta, a mi mecenas y a mi grupo del programa de doce pasos. Y a todo aquel que me ha recordado que el arte no es una línea recta y que las expectativas solo son resentimientos planeados.

Jermaine Johnson y Sim Hothi de 3Arts (inserte aquí un GIF de una pequeña galaxia de DJ Khaled). Jason Richman y Mary Pender de UTA... ¡Hagamos películas!

Y a todo aquel que leyó *Contacto de emergencia.* Gracias. No puedo creer que sigo en este camino.